고종석은 19                                        파리
사회과학고등연구                         을 전공하고, 서
른 해 가까이 신문

지은 책으로는 글쓰기 강의록 《고종석의 문장》(전2권), 사회비
평집 《서얼단상》《바리에떼》《자유의 무늬》《신성동맹과 함께
살기》《경계 긋기의 어려움》, 문화비평집 《감염된 언어》《코드
훔치기》《말들의 풍경》, 한국어 크로키 《사랑의 말, 말들의 사
랑》《어루만지다》《언문세설》《국어의 풍경들》, 역사인물 크로
키 《여자들》《히스토리아》《발자국》, 영어 크로키 《고종석의 영
어 이야기》, 시 평론집 《모국어의 속살》, 장편소설 《기자들》《독
고준》《해피 패밀리》, 소설집 《제망매》《엘리아의 제야》, 여행
기 《도시의 기억》, 서간집 《고종석의 유럽통신》, 독서일기 《책
읽기, 책 일기》, 인터뷰 《고종석의 낭만 미래》, 언어학 강의록
《불순한 언어가 아름답다》 들이 있다.

# 사소한 것들의 거룩함

**고종석 선집_에세이**

사소한 것들의 거룩함

# 차례

||||||||||||||||||||||||||||||||||||||||||||||||||||||||||||||||||

## 1부 사랑의 말, 말들의 사랑

1부

✦

# 사랑의 말, 말들의 사랑

✦

# 01
# 입술
✦
## 사랑의 기슭 또는 봉우리

～～～～～

    입술과 입술을 맞댐으로써 우리는 사랑의 기슭에 발을 들여놓는다. 구약성서의 〈아가雅歌〉는 '뜨거운 임의 입술'을 그리는 신부新婦의 노래로 시작한다. 입술은 관능의 둥지이자 표적이다. 청년 서정주는 〈화사花蛇〉라는 시에서 제 주체할 수 없는 관능을 "클레오파트라의 피 먹은 양 붉게 타오르는/ 고운 입술"에 쏟아부었다. 성적性的 소구訴求에 목숨을 건 상품 광고 제작자들이 입술 이미지를 그리 자주 써먹는 것도 이해할 만하다. 우리들은 한 세상 잘 살아낸 배우들의(특히 여배우들의!) 입술을 기억하고 있다. 비비언 리의 입술, 메릴린 먼로의 입술, 마돈나의 입술을. 수백 년 전 여자의 입술도 우리는 알고 있다. 이를테면 레오나르도 다빈치가 재현한 조콘다 부인의 입술.

    꼭 관능이 아니더라도, 입술은 사랑의 반송대搬送帶다. 〈가난한 사랑 노래〉라는 신경림 시의 화자는 "내 볼에 와 닿던 네 입술의 뜨거움"을 돌이켜보며, 사랑을 훼방놓는 가난을 한탄한다. 〈가난한 사랑 노래〉식의 입맞춤, 곧 볼에 입을 대거나 입술에 입술을 포개는 입맞춤은 가장 헐거운 뜻의 사랑, 곧 절제된 사랑의 몸짓이다. 이런 입맞춤은 연인들끼리만이 아니라 가족이나 친구 사이에서도 예사로이 실천된다. 유다는 제가 곧 배신할 스승에게까지 이런 입맞춤을 실천했다. 프랑스인들은 이런 가벼운 입맞춤을 비주bisou라고 부른다. 또는, 다소 젠체하며, '새의 입맞baiser d'oiseau'이라거나 '정숙한 입맞춤chaste baiser'이라 부르기도 한다.

이에 반해, 영어 사용자들이 흔히 프랑스식 입맞춤French kiss이라 부르는(프랑스 사람들은 당연히 이런 표현을 쓰지 않는다) 깊다란 입맞춤은 치정의 몸짓이다. 이런 입맞춤은 대체로 연인들에게만 허용된다. 입술 대신에(또는 입술과 더불어) 혀를 부려 쓰는 이 입맞춤은 일종의 섹스행위기 때문이다. 그 점에서도 입술은 사랑의(연애라는 뜻의 사랑 말이다) 기슭이다. 그 기슭을 지나야 우리는 봉우리를 향해 길을 잡을 수 있다. (나는 섹스가 연애의 시동이 아니라 한 매듭 내지는 완성이라는 보수적 관점을 취하고 있다.)

그러나 입술만 쓰는 입맞춤이 섹스가 아니라 그저 밋밋한 정서적 발돋움의 몸짓일 뿐이라는 바로 그 점에 힘입어, 입술 둘레에선 온갖 성적 환상이 피어오른다. 혀는 들춰진 외설이지만, 입술은 외설의 달콤한 가능성으로 창을 낸 순애純愛다.

사하라사막 아랫녘 아프리카 사람들의 입술은 대체로 도톰하다. 유럽 사람들의 입술은 대체로 얄브스름하다. 동아시아 사람들의 입술은 그 사이 어딘가에 자리 잡고 있는 듯하다. 도톰한 입술은 도톰한 대로, 얄브스름한 입술은 얄브스름한 대로, 제 나름의 관능을 내뿜는다. 그래도 사람의 허영심은 끝이 없다. 그리고 돈이 넘쳐나는 사람 가운데 일부는 그 허영심을 기꺼이 발휘한다. 타고난 입술을 좀더 예쁘게(말하자면 섹시하게) 만들기 위해 성형외과를 찾는 사람들이 꼭 결순(缺脣, 언청이)은 아니다. 문화적 전위에 선 젊은이들 일부는 제 입술에 피어싱을 하기도 한다. 그들은 입술을 구속함으로써 입술을 해방한다.

수려한 용모의 이성(때로는 동성) 앞에서 사람들은 흔히 제 입술을 감빤다. 사랑이 피어날 때 "그대 입술에선 꿀이 흐른다"(《아가》 4:11). 그 입술은 흔히 물앵두처럼, 석류처럼 빨간 입술이다. 그래서 서정주는 〈고을나高乙那의 딸〉이라는 시에서 "석벽石壁 야생의 석류꽃 열매 알알/ 입술"을 노래했다. 사랑싸움을 할 때 우리는 입술을 비쭉 내밀거나 꾹 다물거나 실기죽거린다. 배반당한 사랑 앞에서 우리 입술은 파랗게 죽는다. 그때, 우리는 입술을 꽉 깨물거나 바르르 떤다.

15세기 한국인들은 입술을 입시울이라 불렀다. 훈민정음을 만든 이들이 잘 알고 있었듯, /ㅂ/나 /ㅍ/나 /ㅃ/나 /ㅁ/는 '입시울쏘리(순음脣音)'다. 현대 음운학자들도 이 소리들을 입술소리(脣

音, labial) 또는 두입술소리(양순음兩脣音, bilabial)라 부른다. 입술 소리는 자음 가운데 가장 원초적인 소리다. 사람이 가장 먼저 익히는 자음이 이 입술소리다. 그러니, 아이들이 가장 가까운 가족을 부르는 이름에 입술소리가 들어가게 된 것은 자연스럽다.

한국 아이들이 엄마, 아빠를 익힐 즈음, 유럽 아이들은 마마, 파파(빠빠)를 익힌다.

'입시울'의 시울은 시위(현弦)라는 뜻이었다. 입시울이라는 말에는 입술 생김새를 활시위(궁현弓弦)에 포갰던 중세 이전 한국인들의 상상력이 배어 있다. 그들에게 입술이란 입의 시위, 곧 구현口弦이었다. 시위(시울)는 줄이다. 활시위는 활줄이다. 그러니, 이 시울이라는 말에서 '실(사絲)'을 뽑아내기도 그리 어렵지 않다. 시울은 '실'과 '올'이 어우러져 생긴 말이리라. 그런데 〈아가〉에 따르면, "입술은 새빨간 실오라기"(4:3)다. 아시아의 서쪽 끝과 동쪽 끝에서 나온 상상력이 섬뜩할 만큼 닮았다.

이 시울이라는 말은 현대어 '눈시울'(중세 형태로는 더러 '눈시올')에도 남아 있다. 중세 한국인들이 보기에, 눈시울은 눈의 시위 곧 안현眼弦이었다. 그러나 21세기 한국인들이, 제 상상력 속에서, 입술의 '술'이나 눈시울의 '시울'을 실오라기나 활시위와 포개기는 어려울 것이다. 우리들 마음속의 소리-이미지 놀이터에서, 그 '술'이나 '시울'은 차라리 '살'과 이웃해 있다. 입술은 입살이고, 눈시울은 눈살이므로. 어원과는 동떨어진 곳에서 작동하는 이런 민중적 상상력이 입술과 눈시울을 진정한 사랑의 말로 만든다. 살이야말로 모든 사랑의 거처이므로. 눈시울이 뜨거워지거나 젖어드는 것은 넓은 의미의 사랑 증세, 연민의 증세다. 그 뜨겁게 젖어드는 눈시울은 뭉클한 가슴과 이어져 있다.

중세어 시울은 현弦만이 아니라 현舷과도 대응했다. 현舷은 뱃전 곧 배의 양쪽 가장자리를 뜻한다. 말들의 생태학에서 흔히 관찰되듯, 시울은 시나브로 배라는 공간적 특수성을 잃어버리고 가장자리나 언저리 일반을 가리키게 되었다. (평북 의주 출신의 국어학자 유창돈 선생은 작고하기 두 해 전인 1964년 펴낸 《이조어 사전》에서 '시울'을 '술가리'라 풀이한 바 있다. '술가리'는 '가장자리'나 '언저리'를 뜻하는 서북 방언이다. 남쪽에선 곧 잊힐 말인 듯해 적어놓는다.)

이리 본다면 입술은 입의 가장자리고, 눈시울은 눈의 언저리인 셈이다. 중세 한국인들이 입시울이나 눈시울이라는 말과 그 대상에서 대뜸 연상했던 것은 활시위의 생김새라기보다 차라리 뱃전의 생김새와 그 구실이었을 것이다. 처음엔 입시울의 '시울'을 활시위라는 뜻으로 이해했던 사람들도 이내 가장자리, 언저리라는 뜻으로 바꿔 이해하게 됐을 것이다. 그 편이 훨씬 자연스러웠을 테니 말이다.

입술을 한자어로는 구순口脣이라 한다. 그런데 사람의 몸에서 입술이라 불리는 것이 구순만은 아니다. 여성 생식기의 어느 부분도 음순陰脣, 곧 입술이다. 두 기관의 닮음을 먼저 발견한 것은 서양 사람들이었다. 입술을 뜻했던 라틴어 라비움(labium, 복수는 라비아labia)은 이른 시기부터 음순을 가리키는 말을 겸했다. 이 말은 지금도 쓰인다. 현대의 영어권 의사들에게도 대음순은 labia majora(큰 입술들)고 소음순은 labia minora(작은 입술들)다.

입술을 뜻하는 현대 프랑스어의 레브르lèvres나 현대 영어의 립스lips에도 음순이라는 뜻이 있다. 예컨대 프랑스인들이 '큰 입술들'(그랑드 레브르grandes lèvres) '작은 입술들'(프티트 레브르 petites lèvres)이라 부르는 것은 입의 가장자리가 아니라 여성의 음부다. 식물학자들이 꽃부리의 모양에 따라 현화식물을 분류하며 순형화관脣形花冠, labiate corolla이라는 말을 만들어냈을 때, 그들은 입술과 음순을 동시에 떠올렸을지도 모른다.

그렇다면 입술은 사랑의 기슭일 뿐만 아니라 봉우리기도 한 걸까? 혹시 남자들은, 저들도 모른 채, 여성의 입술에서 입술 너머의 것을 보는 걸까? 순애가 아니라 외설을 상상하는 걸까? 의당 '망언다사妄言多謝!'를 외쳐야겠으나, 기회를 여투어두기로 한다. 앞으로도 더러 이런 망측한 말들을 하게 될지 모르니.

〈한국일보〉, 2008. 2. 25.

# 02

# 메아리

✦

## 자기애와 교감 사이

〜〜〜〜〜〜〜

메아리는 소리의 되울림이다. 산울림이라고도 하지만, 메아리가 산에만 사는 것은 아니다. 메아리는 우물 속에도, 고층건물들 사이에도, 동굴에도 산다. 그러나 우리들이 메아리와 가장 자주 마주치는 것은 산에서다. 어려서 배운 동요 〈메아리〉(김대현 작곡, 유치환작사)는 "산에 산에 산에는 산에 사는 메아리/ 언제나 찾아가서 외쳐 부르면/ 반가이 대답하는 산에 사는 메아리"로 시작됐다. 메아리 가운데 가장 흔한 것이 산울림이라는 뜻일 테다.

메아리라는 말 안에 이미 '산山'의 뜻이 웅크리고 있는 것도 그래서 놀랍지 않다. '메아리'는, 어원적으로, '뫼山'와 '살生'에 접미사 '이'가 덧붙은 말이다. '뫼살이' 곧 산에 사는 무언가가 바로 메아리다. 중세어 문헌에 '뫼살이'라는 형태가 곧이곧대로 드러나 있진 않다. 둘째 음절 첫소리 'ㅅ'은 반치음으로 변해 있거나,

현대 한국어에서처럼 탈락돼 있다. 또 둘째 음절 마지막 소리 'ㄹ'은 셋째 음절 첫소리로 넘어가 있다. 뫼사리. 소위 연철(連綴, 이어쓰기)이다(《월인석보》,《두시언해》등). 그래도, 훈련된 국어학자라면, '메아리'의 마지막 두 음절 '아리'가 '살이生'의 변형임을 어렵지 않게 알아챌 것이다.

국어학자가 아닌 일반인이라면, '뫼살이'의 '살이'(사리)에서 '소리'를 떠올릴 수도 있을 테다. 메아리는 결국 산에서 나는 소리니까. 민중 어원은 고답적 어원학보다 늘 더 발랄하다. 민중의 상상력이 역사언어학자의 상상력보다 더 발랄하다는 뜻이겠지.

메아리를 산과 잇댄 것이 한국인들만은 아니다. 적지 않은 유럽어에서 메아리를 가리키는 말 '에코'는 그리스신화 속 요정 이름에서 왔다. 그 요정 에코가 산의 요정(오레아스)이었다. 산에는 숲이 있고 샘이 있고 골짜기가 있고 동굴이 있고 무덤(뫼)이 있다. 죄다 에코의 거처들, 메아리의 신성한 집들이다. 일본인 언어학자 고노 로쿠로河野六郎 선생에 따르면, '뫼'(메)와 '마루'(종宗)와 현대 일본어 '모리'(숲)는 모두 같은 뿌리를 지닌 말이고, 그것의 본디 뜻은 '신성한 산'이었다. 옛 일본어에서 '모리'는 신이 머무는 숲이나 산을 가리켰다. 한편, '산'을 뜻하는 몇몇 유럽어 단어의 기원이 된 라틴어 '몬스mons'의 인도유럽어적 기원은 '튀어나온', '솟아오른'이라는 뜻이다. 봉우리나 산을 뜻하는 제주 방언 '오롬'(오름)을 연상시킨다. 에코가 뛰놀던 고대 그리스에선 산을 '오로스oros'라 불렀는데, 이 말도 어원적으로 '솟아오른 곳', '튀어나온 곳'이라는 뜻이다.

산의 요정 에코는 제 목소리를 사랑한 정령이었다. 그녀가 그 아리따운 목소리를 잃게 된 사연은 잘 알려져 있다. 그리스신화의 주신主神 제우스와 그의 아내 헤라는 각각 바람기와 질투의 화신이라 할 만했는데, 에코는 헤라에게 재미난 얘기를 끝없이 해줌으로써 이 질투 많은 여신이 제 남편을 감시하지 못하도록 훼방놓은 적이 있다. 물론, 그사이에 제우스는 요정들과 질펀하게 놀아났고.

자신이 멍텅구리 취급을 받았다는 걸 알게 된 헤라는 화가 머리끝까지 치솟았다. 그녀는 에코에게서 목소리를 빼앗고 이 발칙한 요정이 오직 다른 사람들의 말만 되풀이할 수 있도록 만들어버렸다.

목소리를 잃은 것, 언어를 잃은 것이 사랑을 잃은 것이라는 걸 에코가 깨닫기까지는 긴 시간이 걸리지 않았다. 그녀는 나르키소스라는 절세 미소년에게 반해 그의 뒤를 졸졸 따라다녔지만, 나르키소스는 자기가 한 말의 끝머리밖에 따라 할 줄 모르는 에코를 그저 기이하게만 여겼고, 사랑을 얻지 못한 에코는 어느 골짜기에서 비통한 마음으로 죽었다. 그 골짜기에는 에코의 목소리가 남았지만, 그 목소리조차 제 것이 아닌 목소리였다.

메아리가 사랑의 말이라면 그 사랑은 자기애일 것이다. 에코는 헤라에게 벌을 받기 전부터 제 목소리를 사랑했다. 그녀가 저 말고 다른 대상을 사랑하게 됐을 때 그녀에겐 이미 사랑을 실천할 능력이 없었고, 그래서 그때도 그녀가 사랑할 수 있었던 것은 자신뿐이었다. 메아리는 목소리의 무늬지만, 제 목소리의 무늬다. 에코 처지에서는 제 것 아닌 목소리의 무늬. 그것은 되울림일 뿐이고, 그래서 대화와 교감의 창이 닫혀 있는 자기애의 언어다. 출구 없이 맴도는 언어.

되울린 제 목소리를 사랑하는 이라면 되비친 제 모습도 당연히 사랑할 것이다. 에코의 사랑을 걷어찬 나르키소스가 자기애(나르시시즘)라는 말의 기원이 된 것은 그래서 우연찮다. 나르키소스는 헬리콘 산山의 한 샘에서 물을 마시려다 물속의 제 모습에 홀딱 반해 그 자리를 뜨지 못한 채 결국 기운이 빠져 죽었다. 물에 되비친 제 모습은 나르키소스가 사랑해본 유일한 대상이었다. 그가 그런 자기파괴적 자기애에 빠진 것은 그에게 차여 상심한 어느 요정(에코였을 수도 있다)의 원한이 복수의 여신 네메시스를 움직였기 때문이다. 그 요정은 이루지 못할 사랑의 아픔을 나르키소스가 겪기 바랐다.

고대 로마의 시인 오비디우스가 서사시 《변신 이야기》에서 들려준 이 나르키소스 이야기는 두 밀레니엄 동안 수많은 사람들의 입에 회자되며 메아리를 만들어냈지만, 그 이야기에 기대어 나르시시즘이라는 말이 만들어진 것은 1887년 들어서다. 이 말을 처음 쓴 이는 프랑스인 심리학자 알프레드 비네다. 비네는 나르시시즘을 "저 자신을 성적 대상으로 삼는 페티시즘의 한 유형"이라 정의했다. 프로이트에서 라캉에 이르는 정신분석학의 대가들이 그뒤 이 말의 정의를 다듬으며 거듭 사용한 데 힘입어, 나르시시즘은 오늘날 거의 일상어가 되었다. 성의학性醫學의 창시자 가운데 한 사람인 영국인 의사 해블록 엘리스가 보기에 나르시시즘은 성도착이었고, 프로이트를 비롯한 주류 정신분석학자들이 보기에 나르시시즘은 성적性的 발달의 정상적 단계였다. 나르시시즘을 성적 발달의 정상적 단계로 본 이들에게는, 이것을 유아기의 자기색정autoerotism과 어떻게 구별할 것이냐가 골칫거리가 되기도 했다.

도착이든 정상적 단계든, 일상어에서 나르시시즘이 좋은 의미로 쓰이지는 않는다. 되비친 제 모습을 향한 열정은, 되울린 제 목소리를 향한 열정과 한가지로, 일종의 자위로, 불완전한 사랑으로 간주된다. 나르키소스가 넋을 잃고 쳐다본 샘물은 문명사회의 거울에 해당할 텐데, 그렇다면 '거울'도 자기애의 언어일 것이다. 실상 나르시시즘을 다룬 정신분석학 문헌들에는 '거울'과 '거울단계'라는 말이 지천이다. 메아리가 흉내 낸 소리이듯, 거울 속 영상도 본뜬 이미지다. 그것들은 그저 되풀이일 뿐이다. 거울의 사랑처럼, 메아리의 사랑도 재귀적이고 무성적無性的이다.

그러나 메아리가 이렇게 자기애의 언어, 재귀적 사랑의 말인 것은 오직 그 시초에서다. 메아리는 이내 은유를 통해, 한국어에서든 유럽어에서든, 공감이나 호의적 반응의 뜻을 덤으로 얻었다. '메아리(반향)를 얻는다'는 것은 누군가의 말이 사람들의 호의나 공감을 불러일으킨다는 뜻이다. 공감이 모든 사랑의 밑절미라면, 메아리는 온전한 사랑으로 나아가는 첫걸음이다. 방향을 바꾼 소리의 물결이 메아리라면, 메아리는 대화의 언어다. 그 대화가 사랑의 시작이다. 공감하며 대화하는 마음들의 파동은 진폭을 늘였다 줄였다 하며 정서적 맥놀이를 만들어내는데, 은은히 울려 퍼지는 이 마음의 맥놀이가 바로 사랑이기 때문이다. 맥놀이가 만들어지기 위해선 두 파동의 진동수가 비슷하되 똑같지는 않아야 한다. 사랑도 마찬가지다. 너무 다른 마음들은, 똑같은 마음들이 그렇듯, 사랑이라는 맥놀이를 낳기 어렵다.

그리스신화의 에코에 얼추 대응하는 슬라브신화의 메아리 여신 오즈위에나가 사람들 사이의 소통이나 수다와 관련돼 있는 것도 메아리의 자기폐쇄성에 서늘한 구멍을 낸다. 에코라는 말이 서양 신문들의 제호로 인기 있다는 사실 역시 마찬가지다. 실상, 에코가 살았던 고대 그리스에서 보통명사 에코는 되울린 소리라는 뜻 말고도 소음이나 소문이라는 뜻을 지니고 있었다. 한국 어느 일간신문의 칼럼 타이틀 가운데 하나인 〈메아리〉도 그저 흉내 낸 소리라는 뜻은 아닐 것이다. 그 메아리는 되울려 퍼지는 민심이지만, 복제한 민심은 아니다. 그 메아리는 글을 쓰는 사람의 목소리와 그가 들은 목소리들이 접촉하고 간섭하며 빚어내는 공론과 사랑의 맥놀이일 것이다.

그러니까 메아리는 마음과 의견의 교호交互작용이다. 메아리는 사람과 사람을 이어주는 소리고, 사랑의 소리다. 메아리 없는 세상은 공감 없는 세상이고 교감 없는 세상이며 사랑 없는 세상이다. 얼마나 허전하고 무서운 세상일꼬.

〈한국일보〉, 2008. 3. 10.

# 03
## 미끈하다
✦
### 점액질의 미끄러움

~~~~~~~~~~

미끈하다는 것은 미끄러울 정도로 거침새가 없다는 뜻이다. 막히거나 거치적거리지 않는다는 말. 나는 '미끈함'이라는 말에서 운우지락(너무 고리타분한 표현인가?)에 매두몰신(거푸 고리타분하군!)하는 두 육체를 떠올린다. 땀으로 흥건히 범벅돼 미끈거리는 육체를. 더 나아가, 결합된 성기의 발랄한 율동을 떠올린다. 점액으로 끈끈히 젖은 성기들을. 합쳐진 성기의 그 선드러진 움직임은 이내 온몸의 진저리로 마무리되리라.

미끈함은 점액질의 미끄러움이다. 미끄러움은 그저 유동성일 뿐이지만, 미끈함은 차진 유동성이다. 그것은 찰밥의 유동성이고, 찰떡의 유동성이며, 찰부꾸미의 유동성이고, 찰흙의 유동성이다. 흐름과 움직임의 날램에서 미끈함은 미끄러움에 미치지 못한다. 그러나 성애를 도발하고 갈무리하는 끈끈함에서 미끈함은 미끄러움에 크게 앞선다.

　미끈함의 점액질 정도가 미끄러움보다 크다는 것은 그 끈끈함이 /ㄴ/ 소리 안에 담겨 있다는 뜻일 테다. /ㄹ/은 그저 흐를 뿐이지만(그득 찬 생기에 떠밀려 흐르고 또 흐르는 〈청산별곡〉의 /ㄹ/을 떠올려보라), /ㄴ/은 끈끈하게 흐른다. 성애의 신호가 왔을 때, 여성의 질膣은 미끈해지기 시작한다. 바짝 마른 질 속에서 남성은 질식한다. 그 거칠함 속에서 여성도 질색한다. 미끌미끌하기만 한 질 속에서 남성은 허우적거린다. 그 미끄럼 속에서 여성도 허망하다. 남성이, 그러므로 여성이 안온을 느끼는 것은 질이 미끈할 때다. 미끄러운 듯하면서도 끈끈할 때다.

　미끈함은 성적 쾌락의 한 질료다. 그것은 거칠함의 폐색閉塞에도 미끌미끌함의 방종에도 치우치지 않는 중용의 덕이다. 미끈함은 평형이고 평상平常이다. 지나침과 모자람 어느 쪽으로도 기울지 않은 중간지대. 그것은 또 조화고 균제均齊다. 미끈함 속에서, 미끌미끌함과 거칠함은 균형을 이룬다. 그 아슬아슬한 균형이 성감性感을 활짝 열어제친다.

　내 상상력 속에 성애의 질료로서 미끈함을 들이미는 고유명사 하나는 '그르노블Grenoble'이다. 그르노블은 프랑스 남동부 이제르 강江 연변의 도시 이름이다. 철학자 콩디야크와 소설가 스탕달의 고향이기도 한 이 도시에 나는 한 번도 가본 적이 없다. 그러나 그 도시는, 내 마음속에서, 축축하면서도 끈끈한, 곧 미끈한 질과 단단히 이어져 있다. 그르노블이라는 이름이 품고 있는 자음들, 특히 /R/ 소리와 /n/ 소리와 /l/ 소리 때문일 테다.

표준 프랑스어의 /R/ 소리는 우리말의 /ㄹ/ 소리와도 다르고 영어의 /r/ 소리와도 다르다. 흔히 '후설후부구개음喉舌後部口蓋音'이라 부르는 이 /R/ 소리는 혀끝이 아니라 목젖에서 난다. 한국어 화자의 귀에 이 마찰음은 모자라게 터뜨린 /ㄱ/ 소리처럼 들리기도 하고, 넉넉히 문지른 /ㅎ/ 소리처럼 들리기도 한다. 양치질할 때 목을 가셔내는(흔히 '가글'이라고 하는) 소리에서 힘을 좀 빼면 이와 비슷한 소리가 날 것이다. 그 /R/ 소리는 내게 질 속의 은밀하고 바특한 액체성을 연상시킨다. '그르노블' 속에서 그 /R/ 소리가, 이어지는 /n/과 /l/ 소리와 어울려, 미끌미끌하지도 거칠하지도 않은 미끈함을 만들어낸다. 그것은 설핏 라텍스의 감촉과도 닮았다. 다시 한 번, 그르노블은 미끈한 질이다. 그러나 나는 그르노블 여자를 만나본 적이 없다.

거침새 없이 미끄러운 듯하다는 뜻 말고, '미끈하다'에는 생김새가 훤칠하고 말쑥하다는 뜻도 있다. 거친 것의 반대편에 있다는 점에서, 그 두 뜻은 서로 통한다. "존 큐잭이라는 남자 참 미끈하게 생겼군"에서처럼 사람에 대해서도 쓰고, "그 여자 종아리 미끈하던데"나 "미끈하게 자란 참나무"에서처럼 신체부위나 사물에 대해서도 쓴다. 이럴 때 '미끈하다'는, 성적 함축이 담겼든 그렇지 않든, 긍정적 뜻빛깔의 말이다.

그러나 그 첩어疊語 '미끈미끈하다'는 사람의 생김새에 대해 쓰지 않는다. 사람의 행태에 대해선 쓸 수 있지만, 그 뜻빛깔은 대체로 부정적이다. "그 친구 노는 꼴이 왜 그리 미끈미끈해?"에서처럼 말이다. 이때 미끈미끈하다는 것은 느끼함과도 통하는 것 같다. 요즘 활동이 뜸한 희극배우 리마리오의 캐릭터가 미끈미끈함에 닿아 있었다. 미끈미끈함도 미끈함처럼 점액질의 미끄러움이지만, 끈끈함의 이미지가 미끈함에서보다 더 짙다. 기름기 있는 미끈함이 미끈미끈함이다.

'미끈하다'에 미끄럽다는 뜻이 이미 들어 있는 것은 자연스럽다. 한눈에 알 수 있듯, 이 두 말은 가족이니 말이다. 한국어 화자라면 그 가족 구성원을 얼마든지 더 헤아릴 수 있다. 미끈둥하다, 매끈하다, 매끈매끈하다, 매끈거리다, 매끈둥하다, 매끄럽다, 미끄러지다, 미끄러뜨리다, 매끄러지다, 미끌미끌하다, 매끌매끌하다, 밋밋하다, 맨들맨들하다(표준어로 인정되고 있진 않으나) 같은 말들.

얼음판을 지치거나 눈 덮인 비탈길에서 미끄러지는 놀이는 미끄럼이고, 미끄럼놀이를 할 수 있도록 만든 놀이기구는 미끄럼틀이다. 미꾸라지나 미꾸리 같은 말도 한 가족이다. 미끌미끌한 물고기라는 뜻에서 붙인 이름일 테다. '미꾸라지 같은 놈'은 요리조리 잘 빠져나가 붙잡거나 책임을 지우기 어려운 사람을 가리킨다. 유럽어 화자들은 이런 사람을 미꾸라지가 아니라 뱀장어(영어 eel, 프랑스어 anguille)에 비유한다. '반들반들하다'도 의미적 형태적으로 '미끈하다', '미끄럽다'의 먼 친척일 테다.

'미끈하다', '미끄럽다'와 한 가족을 이루는 이 말들은 어원적으로 동사 '만지다'와 '문지르다'에 이어져 있다. 거푸거푸 만지고 거듭 문지르면 미끈해지고 매끄러워진다. 맨들맨들해진다. 그것은 성행위의 전희前戲에 대응한다. 언어의 인과因果가 물상物象의 인과와 다르지 않음을 알겠다.

꼭 좁은 의미의 성행위가 아니더라도, 만지는 것은 사랑행위의 처음이자 끝이다. 나이가 육체에서 열정을 뽑아버린 뒤에도, 우리는 사랑을 실행할 수 있다. 연인의 손과 뺨을 만짐으로써. 정인情人의 종아리를 문지름으로써. 그때, 그 손과 뺨과 종아리는 매끈거리고, 매끄러워지고, 맨들맨들해진다. 사랑으로 부푼다.

'미끄럽다'의 의미적 형태적 상대어는 '껄끄럽다'다. 거칠다, 까칠하다, 깔깔하다, 거스르다, 거슬거슬하다, 꺼리다, 거꾸러지다, 거꾸러뜨리다 같은 말들이 그 가족이다. '미끄럽다'가 순행順行의 형용사라면 '껄끄럽다'는 역행逆行과 전도顚倒의 형용사다. 역행을 곧이곧대로 드러내는 부사 '거꾸로'가 이미 '껄끄럽다'와 한 가족이다. 까끄라기(꺼끄러기)나 거스러미나 가시도 마찬가지다. 까끄라기를 거꾸로(거슬러서) 쓸(어루만져 문지를) 때 느끼는 감각이 껄끄러움이다. 큰돈을 받은 뒤 거꾸로 되돌려주는 잔돈이 거스름돈이다. (이 그럴싸한 풀이는 이남덕 선생에게서 얻어온 것이다.) 까끄라기나 가시처럼 껄끄러운 장애물이 없을 때, 사랑은 거침없이 매끄러워지고, 미끄러지며 앞으로 나아간다.

'거짓(말)'도 '껄끄럽다'와 어원적으로 한 가족이다. 거짓말은 거친 말, 거스른 말이다. 그 거스른 말을 미끈하게, 매끄럽게 하는 것도 연애의 비결 중 하나일 것이다. 그러나 껄끄러움의 살을 매끄러움의 천으로 둘러싸서 보이지 않게 만드는 것, 곧 거짓말을 능숙하게 하는 것은 기실 연애 못지않게 정치나 장사의 기술이다. 그게 별난 일은 아니다. 정치나 장사라는 것은 가장 넓은 뜻의 사랑을 획득하는 일이니 말이다. 표를 얻는 것, 상품을 팔려 애쓰는 것은 사람들의 호의를 얻는 행위다. 그것은 개인과 개인 사이의 사랑과 본질적으로 다르지 않다. 이렇게 말해놓고 보니, 사랑이라는 현상의 생물적 기초가 참으로 허접스러움을 알겠다. 쓸쓸하다.

미끄러지는 것은 구르는 것과 다르다. 바퀴의 발명은 미끄럼마찰sliding friction을 굴림마찰rolling friction로 변화시킨 인류사의 획기적 사건이었다. 그러나 바퀴가 등장한 이후에도, 접촉하는 물체들은 서로 미끄러뜨리고 미끄러졌다. 물체만이 아니라 삶도 미끄러진다. 그러면서 구른다. 삶처럼 사랑도 미끄러지면서 구른다. 미끄러우면 넘어지기 쉽고, 넘어지면 구르기 쉽다. 나동그라지기 쉽다.

사랑이 미끈하다는 것은 그것이 치명적일 수도 있고 활명적

活命的일 수도 있다는 뜻이다. 그 미끈함에 미끄러져서 일상을 걷어차고 색황의 나락으로 한없이, 덧없이 굴러떨어질 때, 연애는 (어쩌면) 치명적이다. 그 미끈함을 일상의 끈끈한 생동으로 껴안을 때, 연애는 (어쩌면) 활명적이다.

〈한국일보〉, 2008. 3. 17.

# 04
# 가냘프다

✦

## 몸의 뉘앙스 마음의 실루엣

~~~~~~~~~~

굳셈을 탐내고 여림을 깔보는 것은 자연선택이 다듬어놓은 생존원리다. 적자생존은 흔히 우승열패의 에두른 표현이기 때문이다. 올림픽을 비롯한 스포츠이벤트들은 육체적 정신적 강건함을 향한 인간의 욕망을 시끌벅적하게 펼쳐놓는다. 모진 훈련과 엄한 군기로 다져진 해병대원들을 어느 사회나 '진짜 군인'으로 떠받드는 것도 사람들이 강인함을 선망하기 때문일 테다.

그러나 한편으로 사람은 가냘픈 것에 이끌리기도 한다. 맹자가 어짊의 고갱이로 여겼던 측은지심이 바로 가냘픔에 이끌리는 마음일 텐데, 이 불쌍히 여기는 마음은 옛사람들이 보기에도 사람의 본성 가운데 하나였다. 섬약하고 가녀린 것을 업신여기는 것도 사람의 마음이지만, 그것을 애달파하고 더러 기리는 것도 사람의 마음이다.

가냘픈 것에 이끌리는 마음은 연애에서 두드러진다. 사람들은 풍만하고 강건한 몸뚱이 이상으로 가냘픈 몸뚱이에 끌리고, 드센 성품 이상으로 여린 성품에 이끌린다. 그러니까 연애라는 비합리적 행위는 부분적으로 자기파괴 욕망에 떠밀리는 것 같다. 여자들이, 근자에는 남자들도, 미친 듯 다이어트에 몰두하는 이유가 거기 있으리라. 여자들이, 근자에는 남자들마저, 연인 앞에서 제 마음을 여린 듯 가장하는 이유도 거기 있으리라.

용감한 사람만이 미인을 얻는다 했다. 그런데 여기서 미인 the fair이란 말은 문득 가냘픈 사람the frail으로도 들린다. 서양 사람들은 본디 이 문장의 주어를 남성으로 여겼고 목적어를 여성으로 여겼다. 그런데 지금은, 동서를 가리지 않고, 이 문장성분들의 성이 모호해진 듯하다. 가냘픔은, 여성에게만이 아니라 남성에게도, 이제 정서적 소구의 무기다.

냉소적으로 넘겨짚는다면, 사람들이 제 잠재적 연인의 가냘픔에 끌리는 이유 하나는 그 가냘픔이 안도감을 준다는 데 있는지도 모른다. 세상살이의 처절한 전투(만인에 대한 만인의 투쟁!)와 팍팍한 노동에 지친 정신과 육체가 연애라는 안식처를 간구할 때, 그 휴게소는 안전할수록 좋을 테다. 그런데 가냘픔은 일종의 미성숙함, 미숙함, 나약함이다. 가냘픈 연인은 제가 휘어잡을 수 있는 상대, 만만한 대상이다. 연인의 가냘픔 앞에서 사람은 제 존재감을 얻게 되는지 모른다. 비로소 자신이 굳세다는 느낌을.

가냘픈 것은 투명해서, 속이 훤히 비친다. 그것은 속여넘기고 속아넘어가는 것이 지배원리인 불투명의 생존공간에 한시적 무장해제의 쉼터를 마련한다. 그 가냘픔 앞에서, 또는 그 속에서, 사람들은 경계심의 갑옷을 벗고 누울 수 있다.

가냘픈 것은 곧 스러질 것 같고 바스러질 것 같다. 그것은 온실의 화초나 선반 가장자리의 유리잔 같은 것이고, 그래서 보는 이에게 보호하고 싶은 욕망을 불러일으킨다. 연약하고 부드러운 것 앞에서 사람은 조심스러워진다. 여기서 조심스러워진다는 것은 경계심을 갖게 된다는 뜻이 아니라, 섬세해진다는 뜻이다. 그러니까 그때의 조심이란 무딤의 반의어다. 저 스스로가 섬세함이기도 한 가냘픔은 제 둘레를 섬세하게 만든다. 그럼으로써 섬세한 마음의 공간을, 사랑의 공간을 장만한다.

가냘픔은 일종의 결핍이다. 그것은 존재의 모자람이고, 생기의 부족이다. 가냘픔 앞에서, 사람들은 거기 생기를 불어넣어야 한다는 책임감을, 활기를 나누고 싶다는 욕망을 느낀다. 가냘픈 것은 가련하고 서러운 것이니.

'어여쁘다'의 본디 뜻이 '불쌍하다, 가련하다'였다는 사실은 연민과 미감美感을 너그럽게 포갠 한국인들의 상상력 한 자락을 보여준다. 굵고 둔중하고 실하고 우람차고 굳센 것이 판치는 세상에서 가냘픈 것은 사람들의 '어여삐 여기는 마음'을 북돋운다. 그들의 연민과 미감을 자극한다. 훈민정음은 제 백성을 '어엿비'

여긴 세종의 마음을 질료로 삼아 만들어졌다. 세종의 백성은 가냘팠고, 그래서 그는 그들을 어여삐 여겼다. 불쌍하게 여겼을 뿐만 아니라 예쁘게, 사랑스럽게 여겼다.

어쩌면 사람들은 제 깊은 곳의 가냘픔을 숨기고 감싸기 위해 자기 바깥의 가냘픔을 사랑하는지 모른다. 그때의 사랑은 넓은 뜻의 자기애일 것이다. 그게 아니더라도 상관없다. 만인 대 만인의 투쟁은 궁극적으로 만인 대 일인의 투쟁이므로, 그리고 파스칼이 아니더라도 이 무한한 공간의 영원한 침묵이 두렵지 않을 사람은 없을 터이므로, 사람은 궁극적으로 누구나 가냘프다. 그것이 사랑의 다함없는 연료다. 자기애든 아니든.

그렇더라도, 가냘픔에 대한 사랑의 밑자리는 어딘지 모르게 구부러진 마음, 쇄말적이고 도착적인 마음이다. 육체의 굳건함, 정신의 투박함은 그런 마음을 불러일으킬 수 없다. 가냘픔이 존재의 모자람이라면 그것을 일종의 '되다 만 현실', '미未현실'이라고도 할 수 있을 텐데, 그런 '미현실'의 느낌이 바로 구부러진 마음이고, 그것이 사랑을 낳는다.

모자람이라는 말을 영도零度라는 말로 바꿀 수도 있겠다. 그렇다면 가냘픔은 존재의 영도다. 아니, 뉘앙스나 실루엣이나 무늬라는 말이 더 맞춤하겠다. 가냘픔은 비현실이 아니라 미현실이니. 예감이라 해도 좋겠다. 가냘픔은 채 존재가 되지 못한, 존재의 예감이고 무늬다. 그래, 우선 가냘픔은 신체의 실루엣이다.

채 신체에 이르지 못한 그 가느다람이 또다른 신체를 유혹한다. 잘록하고 홀쭉한 육체에 또다른 육체가 이끌린다. 가냘픔은 정신의 뉘앙스이기도 하다. 형성의 도정에 있는 그 잠재적 배덕의 마음, 변덕의 마음이 또다른 마음을 호린다. 어떤 아름다움은 움직임 속에, 변화 속에 있는데, 바로 가냘픔이 움직임이고 변화다.

그러니까 가냘픔은 휘어짐이다. 그것은 절개 없음이고, 지조 없음이다. 그것은 윤리적 결핍이다. 그러나 동시에 미적 잉여이기도 하다. 휘어짐은 나약함이고, 나약함의 끝은 죽음이다. 가냘픔은 쇠락의 아름다움, 데카당스의 아름다움이다.

가냘픔은 오목함이다. 부피가 작아도, 볼록한 잔은 가냘파 보이지 않는다. 부피가 커도, 오목한 잔은 가냘프다. 오목한 보조개는 가냘픔의 한 거처다. 가냘픔은 또 아슬아슬함이다. 그 아슬아슬함이 보는 이로 하여금 그것을 움켜쥐고 싶어하게 만든다. 오목함과 아슬아슬함에 끌리는 마음은 이를테면 소보다 사슴을 더 아끼는 마음과 닿아 있다.

가냘픈 몸과 가냘픈 마음만 어여쁨을, 미적 쾌감을 낳는 것은 아니다. 가냘픈 불빛, 가냘픈 연기, 가냘픈 희망도 어여쁨을, 측은지심과 미적 쾌감을 낳는다. 1871년의 파리코뮌이 그뒤 모든 모반자들의 가슴을 울렁이게 했던 것은 그것이 내쏜 혁명의 불빛이 가냘팠기 때문이리라. 파리코뮌은 제 가냘픔을 통해 지지자들의 마음속에서 굳건함을 얻었다. 그 가냘픈 혁명은 기리고 이어나가야 할, 사무치는 희망의 빛살이었다.

가냘픈 것에 대한 사랑은 잘고 보드랍고 고운 것에 대한 사랑이다. 잔모래의 보드랍고 고운 감촉에 대한 사랑이 가냘픔에 대한 사랑이고, 가냘픔의 사랑이다.

형용사 '가냘프다'는 '얇다'에 접두사 '가-'가 덧붙어 이뤄진 것으로 짐작된다. '가녀리다'가 '여리다'에 접두사 '가-'가 덧붙어 이뤄졌듯. 그러나 '가냘프다'를 '가늘고 얇다'로 풀이할 수도 있을 것이다. '가녀리다'를 '가늘고 여리다'로 (제멋대로) 풀이할 수 있듯. 사실 이쪽이 더 그럴싸하다.

어느 쪽이 언어사의 진실이든, '가냘프다' 속에는 '얇다'가 있다.

'엷다', '여리다', '여위다', '야위다'가 죄다 이 '얇다'와 한 뿌리에서 나왔다. 여윈다는 것은 얇아진다는 뜻이고, 가냘파진다는 뜻이다. 잠재적으로 여윈 내 마음과 몸이 실제 세계 속의 여윈 마음과 몸에 이끌린다. 사랑은 여윔의 심리고, 미감은 여윔의 감각이다. 아름다운 것은 여윈 것이고 가냘픈 것이다. 그 여윔과 가냘픔의 자력磁力이 사랑이다.

얄팍한 생각, 얄팍한 신의, 얄팍한 지갑을 꺼리면서도 사람들은 가냘픔에 끌린다. 그것은 사랑이라는 감정 자체가 가냘픈 것이기 때문이리라. '가냘프다'에 '가늘다'가 포함돼 있다면, 사랑을 낳는 것은 가느다란 신경일 테다. 사랑은 무딘 신경, 씩씩한 마음에서 나올 수 없다. 사랑은 가느다랗고 잘다. 모든 사랑은 잔정이다.

가느다란 것은 다 애잔하다. 가는허리나 가는 종아리만이 아니라, 가는 실, 가는눈, 가는귀, 가는 비가 다 그렇다. 그 애잔함에 이끌리는 마음이 사랑이다. 아니, 애잔함이 사랑이다. 가냘픔, 가녀림이 사랑이다.

〈한국일보〉, 2008. 3. 31.

# 발가락

✦

## 꼼지락거리는 관능

～～～～～～

발가락은 '발'에 '가락'이 붙어 생겨난 말이다. '가락'은 가늘고 길게 도막낸 물건의 낱개를 가리킨다. 발가락 말고도 손가락, 머리카락, 엿가락, 가락엿, 젓가락, 숟가락, 윷가락, 가락윷, 가락국수 같은 말들에 이런 뜻의 가락이 보인다. 가락지(예전에 기혼 여성이 손가락에 끼던 두 짝의 장식용 고리)의 '가락' 역시 한가지일 테다. 중세 한국어에선 '가락'이 저 홀로 손가락이나 발가락을 가리키기도 했다.

'가락'은 동사 '가르다'의 어근 '갈'에 접미사 '-악'을 덧붙여 만든 명사다. 그러니까 가락은, 본디, '갈라진 것'이라는 뜻이다. 발가락은 발에 붙은 가락, 발에서 갈라져 나온 그 무엇이다. 어근이 동사가 아니어서 '가락'과 형성 방식이 같진 않지만, '아낙'(안+악)이나 '뜨락'(뜰+악. 그러나 '뜨락'은 현재 표준어로 인정되지 않는다) 같은 말에도 명사화 접미사 '-악'이 보인다.

민첩한 한국어 화자라면 발가락의 '가락'이나 머리카락의 '카락'이 동사 '가르다'에서 나왔다는 걸 대뜸 짐작할 수 있다. '갈래', '갈림길', '가리마', '가랑이', '가래'(엿가래, 가래엿, 가래떡, 석가래, 넉가래 같은 말들의 '가래'), '가랑무', '가랑머리' 같은 말들도, 정도의 차이는 있겠으나, 한국어 화자의 평균적 감수성 속에서 어렵지 않게 '가르다'와 이어진다.

그러나 '가닥'(갈려 나온 하나하나의 올이나 줄), '까닭'(이유나 속셈), '갈피'(사물의 갈래가 구별되는 어름이나 겹쳐진 물건의 한 겹 한 겹 사이), '가리새'(일의 갈피와 조리. 줄여서 '가리'), '가리사니'(사물을 가리어 헤아릴 실마리) 같은 말들은 어떨까? 이 말들에서 대뜸 '가르다'를 떠올리기는 쉽지 않다. 그러나 이 말들도 엄연히 '가르다'의 가족이다.

이런 말들은, 직설로든 비유로든, 정신의 분별 작용과 관련이 있다. 당연하다. 가른다는 것은 곧 나눈다, 자른다, 연다, 찢는다, 빠갠다, 쪼갠다, 벤다는 뜻인데, 바로 이런 분절分切이야말로 이성理性과 합리성의 다른 이름이고 지성의 밑절미기 때문이다. 가른다는 것은 분별하고 분간한다는 것이다. '가르다'에서 온 명사 '가름'에도, 따로따로 갈라놓는 일이라는 일차적 뜻 말고, 분별이라는 뜻이 있다. 지니고 있는 한국어사전을 들춰보니, 그런 뜻의 '가름'을 지닌 예문으로 "아내의 도리와 남편의 도리가 저마다 가름이 있어야 한다"를 제시하고 있다. (좀 구리터분한 예문이긴 하다.)

한국어사 분야에서 훈련을 받은 언어학자라면, 여기서 더 나아가 가위, 칼, -끄덩이(머리끄덩이), -가리(졸가리), -거리(줄거리), 고르다, 가르치다, 갈다(교체交替) 같은 말들을 '가르다'와 연결시키며 형태소의 족보를 만들 수도 있을 것이다. 그러나 우리는 '가르다'와 '가락'의 친족을 찾는 일을 이쯤에서 멈추고, 이 말이 어떻게 사랑의 말이 될 수 있는지를 살피자.

'가르다'가 분별의 동사라면 얼핏 사랑이나 연애와는 대척에 놓인 말처럼 보인다. 사랑이란, 연애란 흔히 무분별의 감정이고 행위니 말이다. 그러나 사랑의 육체적 형태인 성행위는 여성과 남성의 가름을 전제로 삼는다. (이것은 물론 이성애적 관점이다. 그러나 동성애 역시 성행위자들의 구별을 전제한다. 섹스는 두 육체가 하나가 되는 과정이지만, 그것의 전제는 분리된 육체다. 심지어 자위행위 역시, 그것이 전제하는 것은 위로하는 육체와 위로받는 육체의 관념적 구별이다.) 그러니까 성은 갈라짐 위에 존재한다. 이것을 먼저 제 언어에 반영한 것은 서양 사람들이었다.

성性이라는 말은 동아시아 철학의 전통 속에서 심오하고 복잡다단한 개념들을 품고 있었다. 그러나 우리가 지금 여기서 흘긋 엿보고 있는 성은 개화기 이후 서양말 '섹스'의 역어로 일상 한국어에 편입된 '성'이다. 그 '성'의 원어 섹스는 라틴어 섹수스

sexus를 차용한 것인데, 이 섹수스는 '가르다, 자르다, 나누다' 따위의 뜻을 지닌 동사 세카레secare와 연이 닿아 있다. 그러니까 섹스가 처음 뜻했던 것은 '(동물이든 식물이든 한 종의) 갈라짐, 나뉨'이었다. 물론 그 갈라짐이란 여성과 남성(암컷과 수컷)으로의 갈라짐이다.

'섹스'를 그 본디 뜻에 맞춰 고유 한국어로 직역한다면 '갈래'가 될 테다. 그러나 가장 열정적인 국어순화론자들도 '섹스'나 '성'을 '갈래'로 바꾸자고 주장하지는 않을 것이다. 웃음거리가 될지도 모른다는 걱정을 애국심이 늘 이기는 것은 아닐 테니 말이다. 아무튼 '발가락'의 '가락'은 동사 '가르다'에서 나왔고, 이 동사에서 나온 또다른 명사 '갈래'가 섹스의 본디 뜻이었다는 점만 지적하자.

해찰하느라 지면을 낭비했으니 서둘러 발가락으로 되돌아가자. 발가락은 몸의 오지이자 말단이다. 다섯 개 발가락이 모두 고유한 이름을 지닌 것은 아니다. 엄지발가락과 가운뎃발가락, 새끼발가락 셋만 제 이름을 지녔다. 그 발가락들 사이의 발가락 둘을 굳이 부르자면, 둘째발가락, 넷째발가락이라 부를 수는 있겠지. 반면에 거기 해당하는 손가락들은 제가끔 집게손가락, 약손가락처럼 버젓한 이름을 지녔다.

그 이유는 자명하다. 둘째손가락으로는 (엄지손가락을 맞대) 물건을 집을 수 있는 데 비해, 둘째발가락으론 그럴 수 없다. 넷째

손가락으로는 탕약을 찍어 맛을 볼 수 있는 데 비해, 넷째발가락으론 그럴 수 없다. 발가락은 손가락처럼 사람의 사지 끝머리를 이루고 있고 그 뼈의 구성도 같지만, 그 쓸모가 손가락에 크게 뒤진다. 꼼지락거리는 굴신운동 말고 발가락이 할 수 있는 일은 거의 없다. 손가락 덕분에 우리는 호모파베르가 되었지만, 발가락이 인류문명에 이바지한 바는 퍼뜩 떠오르지 않는다. 발가락은 인류의 역사 내내 그저 꼼지락거렸을 뿐이다. (혹시 발가락이 직립과 발돋움에 도움이 됐으려나?)

그러나 발가락의 꼼지락운동은 그것을 우리 몸의 가장 귀여운 부분 가운데 하나로 만든다. 어린아이의 발가락이든 할머니의 발가락이든 청년의 발가락이든, 꼬물거리는 발가락은 귀엽다. 더 나아가 아름답다. 그리고 그 귀여움과 아름다움은 설핏 관능을 낳는다. 내 발가락을 누군가의 발가락에 댈 때, 누군가의 발가락을 내 혀로 핥거나 내 이로 살짝 깨물 때, 나는 그의 가장 가까운 사람이다. 우리는 연인이다. 발가락을 꼬물거릴 때, 우리는 호모루덴스다.

김동인의 단편 〈발가락이 닮았다〉에서 발가락은 성이 아니라 생식이나 유전과 이어져 있다. 성병을 앓은 뒤 생식능력을 잃게 된 이 소설의 인물 M은 아내가 낳은 아이의 발가락을 제 발가락과 견줘보며, 그 닮음에 기대, 아내의 부정不貞을 억지로 부정否定한다. 여느 동물들에게 성은 오로지 생식을 위한 것이다.

그러나 사람에겐 다르다. 동성애자들의 섹스나 이성애자들의 피임은 사람이 생식과 성을 분리했음을 보여준다.

발가락이 손가락보다 더 관능적이듯, 발도 손보다 더 관능적이다. 그것은 발이 손보다 더 은밀한 곳이라는 뜻이기도 하다. 버선이나 양말은 발을 보호하기 위해 발명된 물건이지만, 그것의 부차적 쓸모는 발을 감추는 데도 있을 것이다. 무슬림 여성들이 제 얼굴을 감추듯, 이슬람 문명 바깥의 여성들도 흔히 제 발을 감춘다. 그들에게 발은, 젖가슴처럼, 함부로 드러내서는 안 될 그 무엇이다.

옛 중국 남자들은 여자의 발을 헝겊으로 굳게 묶어 자라지 못하게 함으로써, 조그마한 발을 성적 페티시로 만들었다. 이것이 전족纏足이다. 이 기괴한 풍속은 14세기 초 중국을 방문한 북부 이탈리아 프리울리 출신의 프란체스코회 선교사 오도리크 다 포르데노네를 통해 유럽에까지 알려졌다. 전족은 20세기 초 여성운동 덕분에 사라졌지만, 지금도 중국인들은 여성의 작은 발을 큰 발보다 더 아름답게 여긴다 한다. 하긴 중국인들만 그런 것은 아닌 것 같다. 한국인들도, 작은 얼굴을 좋아하듯, 작은 발을 좋아하는 듯하다. 에른스트 슈마허가 "작은 것이 아름답다 Small is beautiful"며 소위 중간기술intermediate technology이라는 것을 제창하기 오래전부터, 동아시아 사람들은 작은 것이 아름답다고 여겼다. 일본 사람들의 분재 취향을 보라.

그러나 아름다운 것이 꼭 작아야 하는 것은 아닐 테다. 큰 발(가락)이든 작은 발(가락)이든, 새끼발가락이 가장 크든 가운뎃발가락이 가장 작든, 그 발의 주인에게 반한 사람의 눈에는 그게 미워 보일 리 없다. 오늘 저녁엔(낮에라도 좋고) 제가끔 연인의 발가락을 한번 살펴보자.

〈한국일보〉, 2008. 4. 7.

## 06

# 잇바디

✦

### 눈 속의 매화

~~~~~~~~~~~~~~~~~~~~

이(치아齒牙)는 척추동물의 위턱과 아래턱에서 입 안으로 돋아나 음식물을 씹어 끊거나 으깨는 일을 하는 기관이다. 다른 말 뒤에 붙어 복합어를 이룰 땐 '니'로 적는다. 젖니(유치乳齒, 배냇니), 간니(영구치永久齒 또는 대생치代生齒), 덧니, 벋니(뻐드렁니), 옥니, 앞니, 송곳니, 어금니, 엄니, 사랑니, 윗니, 아랫니 따위가 그 예다. 북한의 철자법은 이형태를 인정하는 데 인색해서, 이런 경우에도 '이'로 적는다.

'이'는 또 톱날이나 기계의 뾰족하게 내민 부분을 가리키기도 하고 (이런 의미는 유럽어를 베껴 옮기는 과정에서 생겨났다), 사기그릇 따위의 아가리가 잘게 떨어져나온 부분을 가리키기도 한다. 톱니바퀴나 '이 빠진 접시' 같은 표현에서 그런 뜻의 '이'가 보인다.

이빨은 '이'의 낮춤말이다. '이'와는 달리 다른 말 뒤에 붙어 복합어를 이루지 못한다. 그래서 송곳니, 어금니, 덧니 따위를 송 곳이빨, 어금이빨, 덧이빨로 바꿔 말할 수 없다. 반면에 이빨을 '이'로 대신할 수 없는 경우도 있다. 이빨이, 속어로, 말주변이나 허풍을 뜻할 때 그렇다. "그 친구 이빨이 정말 세!"라거나 "이빨 좀 그만 까!" 같은 문장에서 '이빨'을 '이'로 바꾸면 뜻이 달라져 버리거나 말이 통하지 않는다.

'이'는 중세 한국어로 '니'였다. 이빨, 잇바디, 잇몸 같은 말들 도 닛발, 닛바대, 닛므윰 같은 형태를 취했다. 이 복합어들의 뒷부 분을 이루는 형태소들('발' '바대' '므윰')의 뜻은 지금 정확히 알 수 없다. '닛므윰'의 '므윰'만 하더라도, 그것이 '몸'을 뜻했던 것은 아 니다. 현대어 '몸'은 15세기 한국어로도 '몸'이었다.

오늘날 우리가 잇몸이라 부르는 치경齒莖은《훈민정음언해》 에서 '닛므윰'으로 나타난 이래 닛미윰, 닛미욤, 닛므음, 닛무음 등 으로 형태를 바꿔왔는데, 이렇게 형태가 변하면서 그 뜻이 불분 명해지자 언중이 이 말을 '니齒의 몸身'으로 해석해 '닛몸', '잇몸' 을 출현시켰다는 것이 국어사학자들의 견해다. 민중어원이 이 런 식으로 낱말의 형태를 변화시키는 일은 언어사에서 드물지 않다.

중세 한국인들은 치경을 '닛집' 이라고도 불렀다. '이의 집'이 라는 뜻이니, 잇몸만큼이나 꾸밈없는 이름이다.

닛므윰의 '므윰'처럼, 닛발(이빨)이나 닛바대(잇바디)의 '발'이나 '바대'도 명확한 뜻은 알려져 있지 않다. 그저, 사물이 가지런히 뻗어 있는 모양을 나타내는 말이라 짐작할 뿐이다. 이빨을 서북 방언으론 '니빠디'라 하고 남부 방언으론 '이빠지'라 하는데, 둘 다 형태적으로 잇바디를 닮은 게 홍미롭다. 실제로, 이 말들은 의미를 떠나서 '잇바디'의 지리적 변이형들인지도 모른다.

잇바디는 이가 박힌 줄의 생김새를 뜻한다. 한자어로는 치열齒列이다. 그 횡단면이 활 모양으로 생겼다 해서 치열궁齒列弓, dental arch이라고도 한다. 잇바디는 입맵시를 떠받치는 허우대다. 고운 입매는 대개 가지런한 잇바디에서 나온다. 스스럽게 미소짓는 조콘다 부인(모나리자)의 다문 입 뒤엔 그 입매만큼이나 단정한 잇바디가 숨어 있으리라. 치열교정이 이미 고대 로마시대 때부터 시도된 것도, 현대의 치과병원이 주로 치열교정에서 큰돈을 벌어들이는 것도 그래서일 것이다.

가지런한 잇바디는 진주알을 꿰어놓은 듯도 하고, 두 줄 남겨놓은 옥수수 알 같기도 하다. 시서화詩書畫에 두루 뛰어나 당대인들이 삼절三絶이라 일컬었던 15세기 사람 강희안은 봄눈 위에 핀 매화를 잇바디에 비유한 바 있다.

눈 온 뜰에 몰래 든 봄, 잇달아 피는 매화
말없이 웃고 섰는 하얀 그 잇바디여!

달 지고 별 비낀 이 밤 날 시름케 하누나.

사실 이 노래는 칠언절구 한시다. 다시 말해 네 구로 이뤄져
있다. 이것을 세 행(3장)의 시조풍으로 옮겨놓은 이는 한학자 손
종섭 선생이다. (《내 가슴에 매화 한 그루 심어놓고》, 손종섭 편역 참조.)
잇바디가 거론되는 둘째 행은 본디 셋째 구로, 그 원문은
"치연삭소무언어齒然素笑无言語"다. 역자가 '하얀 그 잇바디'라 옮
긴 것은 결국 '치齒' 한 자인 셈이다. 게다가 손 선생은 〈매화梅〉라
는 밋밋한 원제마저 〈하얀 그 잇바디〉로 바꾸었으니, 이 서늘하
고 낭만적인 작품은 강희안의 것 이상으로 손종섭의 것이기도
하다. 대가의 솜씨로 이렇듯 '부정不貞한 미녀belle infidèle'를 빚어
놓은 뒤, 역자는 "아닌밤, 고운 잇바디의 하얀 웃음으로 말없이
다가온 미인! 그 뇌쇄惱殺에서 헤어나지 못하는 작자!"라 그 감상
을 적어두었다.
상상 속의 잇바디, 먼 곳의 고요한 잇바디도 느꺼움의 싹이
될 수 있다.

그리고 너희는 아무 말도 하지 않았다
침묵의 잇바디 아리땁구나
전화선의 긴 그림자 금을 옮기는
달빛 아래

포석 위에

반쯤 베어먹힌 쥐의 몸통처럼

없는 머리가 자꾸 아프고

없는 얼굴로 흐느껴졌다

라고 황인숙은 〈혼선―바람 속의 침상〉에서 노래한다. 병적
인 아름다움이고, 병적인 미감이다. 강희안과 황인숙의 견해가
만나는 곳―말없는 잇바디가 아름답다.

내 기억 속에 박혀 있는 잇바디 가운데 정다운 것 하나는 미
국 대통령을 지낸 지미 카터의 것이다. 벌린 입술 사이로 살짝 드
러나곤 했던 그의 잇바디는, 넉넉한 미소와 어우러져, 비록 실패
했으나 그냥저냥 떳떳했던 그의 도덕정치를 상징하는 것 같았다.

가지런한 잇바디만 아리따운 것은 아니다. 덧니의 아리따움
도 있다. 사팔눈이 때로 아름답듯, 덧니도 때로 아름답다. 파격이
라는 의미에서, 그것은 바로크적 매력이다. 덧니는 그 어긋남과
포개져 미적 역동성과 개성을 획득한다.

2,300년 전 사람 굴원이 엔터테이너들의 주순호치朱脣皓齒
를 기리고 1,300년 전 사람 두보가 양귀비의 명모호치明眸皓齒를
그렸듯, 하얀 이는 예로부터 미인의 상징이었다. 텔레비전의 치약
광고 모델들은 가지런한 잇바디만이 아니라 새하얀 이를 뽐낸다.
적잖은 치과병원들이 '치아미백클리닉'을 겸한다. 새하얀 이를

향한 욕망은, 폐암의 공포만큼은 아닐지라도, 사람들의 금연 의
지를 떠받친다.

혀만큼 결정적이진 않지만, 이도 혀처럼 조음기관이다. 한국
어 '사랑'의 첫소리는,《훈민정음》의 용어를 빌리자면, 치음(닛소
리)이다. 'ㅅ' 글자 자체가 사람의 이 모양을 본떠 만든 것이다. 영
어 love의 마지막 소리는 순치음脣齒音이다. 이 소리를 내려면 윗
니를 아랫입술에 마찰시켜야 한다. 단순호치의 미녀들이 으스대
기 위해 부러 낼 만도 할 소리.

혀만큼 결정적이진 않지만, 이도 혀처럼 펠라티오 같은 구강
성교에 쓰인다. 구강성교가 아니더라도, 성적 열정은 흔히 이로
표현된다. 격렬한 섹스가 사람 몸에 남기는 잇자국을 영어 화자
들은 '사랑에 물린 상처love bite'라 부르지 않는가.

'젖니'(영어로는 milk teeth, 프랑스어로는 dents de lait)는 유럽어
를 곧이곧대로 베낀 말이다. 반면에 유럽인들이 '지혜의 이'(영어
로는 wisdom teeth, 프랑스어로는 dents de sagesse)라 부르는 것을
우리는 '사랑니'라 부른다. 살짝 비틀어 옮긴 것일 테다. 일본 사
람들은 '지시知齒' 또는 '지에바知惠齒'라고 곧이곧대로 옮겼다. (우
리가 보통 智慧로 표기하는 말을 일본인들은 흔히 知惠로 표기한다. 본디
智慧였던 것을 뜻이 서로 통하는 글자들로 간이화한 것이다.)

사랑니를 일컬을 때 일본 사람들이 더 흔히 쓰는 말은 '오야
시라즈바' (또는 줄여서 '오야시라즈')라는 고유 일본어다. '오야시라

즈'는 '친부모(의 얼굴)를 모른다'는 뜻이고, '바'는 '이'를 뜻하는 '하'의 이형태다. 친부모를 모르는 이? 나이 들어서 난데없이 돋아난다 해서 붙여진 이름일까? '오야시라즈'는 또 몹시 험한 벼랑이나 파도가 거센 해안을 가리키기도 한다. 친부모도 돌볼 수 없을 만큼 위험한 곳이라는 뜻이다. 그렇다면 '오야시라즈바'라는 명명은 사랑니가 돋아나려 할 때의 극심한 통증에서 착상한 것일까? (모르겠다. 이 말의 유래를 아는 분이 있으면 알려주었으면 좋겠다.)

일본 사람들을 따라 한국 사람들도 더러 지치智齒라는 말을 쓰긴 하지만, 이 말에는 젠체하는 분위기와 구닥다리 느낌이 있다. 사랑니라는 말이 훨씬 보편적이다. 서양 사람들이나 일본 사람들이 철들 무렵, 한국 사람들은 사랑에 눈뜬다. 잇바디의 활을 마무르면서. 그 사랑은 흔히 치통과 함께 온다. 한국인에게 첫사랑은 아픔이고 철듦이고 지혜다.

〈한국일보〉, 2008. 4. 21.

# 07

## 꽃값

✦

### 사랑, 사랑의 꽃이로구나!

~~~~~~~~~~~~

　지니고 있는 국어사전을 들춰 '해웃값'을 찾아보니, "기생이
나 창녀들과 상관하고 그 대가로 주는 돈"이라 풀이돼 있다. 비슷
한 뜻의 말로 해웃돈, 화대花代, 화채花債, 꽃값, 놀음차 따위가 있
단다. 놀음차는, 역시 이 사전에 따르면, "잔치 때, 기생이나 악공
樂工에게 수고했다고 주는 돈이나 물건"을 가리킨다. 해웃값보다
뜻이 넓다. '놀음'은 '놀다'에서 나온 말이니, 놀음차는 노는 데 드
는 돈인 셈이다. 그 놀음놀이의 알짜가 섹스와 음악이었나보다.
그러고 보니 '노래'도 '놀다'의 어근에 명사화 접미사 '애'가 붙어
생겨난 말이다. 그러니까 노래는 본디 놀이라는 뜻이었다. 노름
이나 노릇 같은 말들도 다 '놀다'에서 나왔다.

　해웃값과 그 유의어들은, '화대'를 빼놓으면, 오늘날 널리 쓰
이지 않는다. 고리삭은 느낌이 짙어서 그리됐을 것이다. 언어순

수성과 모더니티를 제법 뽐내는 '꽃값'에서도, 은유의 그윽함보다는 외려 날비린내가 승하다. 해웃값은 해우解憂의 대가라는 뜻일 테다. 근심을 풀어준 데 대한 사례금. 절간에서 화장실을 해우소解憂所라 부르는 것과 비슷한 발상이다.

화대나 화채나 꽃값 같은 말에서, 꽃은 여성(의 몸)의 은유다. 여성을 꽃에 견주는 일은 고금동서의 자연언어에 흔하다. 그때, 꽃을 꺾는다는 것은 여성과 합방한다, 더 나아가 여성의 정조를 앗는다는 뜻을 지닌다. 고려속요 〈서경별곡〉의 끝머리는 (반복구와 여음구를 빼고 현대 표기로 옮기면) "대동강 건너편 꽃을/ 배 타들면 꺾으리이다"인데, 여기서 꽃을 꺾는다는 것은 여자와 잠자리를 함께한다는 뜻이다. 본디 꽃을 딴다는 뜻이었던 프랑스어 데플로레déflorer나 영어 디플라워deflower도 처녀를 능욕한다는 뜻으로 쓰인다.

'꽃'의 15세기 형태는 '곶'이다. 아내나 여자를 뜻했던 '갓'과 형태가 닮은 것이 흥미롭다. 그 둘은 동원어同源語일까? 옛 한국인들의 상상력은 아내나 여자를 꽃에 고스란히 포갰던 걸까? 또렷한 언어사적 증거가 없으니, 우연히 형태가 닮은 것이라 보는 게 안전하겠다.

꽃은 여성을 향한(생각해보니, 남성을 아울러도 되겠다) 사랑을 나른다. 조의나 축의를 드러내는 꽃들도 있으나, 꽃의 쓰임새는 주로 사랑의 드러냄이다. 이 행성의 수많은 남자들이(때로는 여자들이) 여자들에게(때로는 남자들에게) 사랑의 표시로 꽃(다발)을 건넨다. 소박한 연애에 드는 돈의 적잖은 부분은 꽃값(해웃값 말고 꽃 사는 데 드는 돈)이다.

1천 수백 년 전 어느 견우牽牛노인(고유명사가 아니라 그저 '소 끄는 늙은이'라는 뜻이다)이 수로水路 부인에게 바쳤다는 꽃과 노래 얘기는 지금까지 전해지고 있다. 향가 해석은 지금도 갈 길이 멀어서 〈헌화가〉의 정확한 해석은 어려우나, 홍기문 선생(그는 이 노래를 〈꽃홀가〉라 불렀다)은 이 노래를 이리 옮겼다.

> 붉은 바위 가에서
> 손에 잡은 어미소 놓으시고
> 나를 부끄러워 아니하시면
> 꽃을 꺾어 드리오리다

《삼국유사》가 전하는 이 노래의 배경 설화는 이렇다. 신라 성덕왕 때 순정공이 강릉 태수로 부임하는 길에, 바닷가에 이르러 점심을 먹고 있었다. 옆에는 돌산이 병풍처럼 바다를 둘러서 그 높이가 천길이나 되는데, 맨 꼭대기에 철쭉꽃이 함초롬히 피었다. 공의 부인 수로가 꽃을 탐내, 수행원들에게 꽃을 꺾어달라 부탁했다. 사람이 올라갈 데가 못 된다며 모두 고개를 젓는데, 새끼 밴 암소를 끌고 지나가던 늙은이가 부인의 말을 듣고 꽃을 꺾어 와서 노래와 함께 바쳤다는 이야기.

　지아비를 바로 곁에 둔 수로 부인을 이 이름 모를 늙은이가 감히 '사랑'했다고는 할 수 없겠으나, 그의 수고에 사랑 비슷한 흠모가 담겼음을 부인할 필요는 없겠다.

　사랑의 꽃들은, 피어나고 이울면서, 아름다움의 덧없음을 쓸쓸히 환기시킨다. 그 덧없음을 꽃에 가탁한 노래로서 내 마음을 크게 흔드는 것 하나는 16세기 프랑스 시인 피에르 드 롱사르의 것이다.

　　　내 손으로 추리고 묶어
　　　네게 보내는 이 꽃송이들
　　　지금은 한껏 피었지만
　　　내일이면 덧없이 지리

　　　그러니 알겠지? 꽃 같은 네 아리따움도
　　　머지않아 시들어
　　　꽃처럼 덧없이 지리라는 걸

　심성사心性史를 공부하는 이들은 옛사람과 요즘 사람의 마음자리가 적잖이 다르다 여긴다. 그러나 롱사르의 이 시를 읽다 보면, 사람의 마음결에는 사회변동의 인력에 빨려들어가지 않는 고갱이가 만만찮이 있음을 새삼 깨닫게 된다. 줄리엣과 로미오의 순애비련을 그린 영화 덕분에 널리 알려진 노래의 한탄처럼, "장미가 피어나고/ 마침내 이울 듯/ 청년의 홍안도 그렇고/ 처녀의 연용娟容도 그러리니."

꽃값은 '거리의 꽃'이 파는 성의 값이다. 성을 파는 것이 가장 오래된 직업이라는 속설도 있지만, 오늘날 적잖은 사회에서 성매매는 불법이다. 그것을 합법화한 사회에서도, 성매매는 윤리적 비난의 표적이 되기 일쑤다. 그러나 이것은 미묘한 문제다.

앙리코 마시아스라는 프랑스 가수가 부른 샹송 〈사랑엔 이유가 없어요L'amour, c'est pour rien〉에는 "사랑은 팔 수도 없고 살 수도 없어요/ 그저 줄 수 있을 뿐"이라는 말이 나온다. 속세간의 원리를 좀 아는 사람이라면, 이런 주장을 진지하게 받아들이진 않을 것이다. 이 노래의 사랑이 '진정한 사랑' 곧 순애純愛를 뜻한다 해도 마찬가지다. 사람의 마음도 예사로이 돈을 따른다는 걸 우리는 알고 있다. 하물며 꽃값은 이런 순애의 대가가 아니라 성의 대가다. 그걸 주고받아서는 안 되는 걸까?

우선, 성을 파는 사람을 나무랄 수 있을까? 성의 일차 판매자는 다른 방식으로 돈을 벌기 어려운 사람들, 그러면서도 사회 안전망 바깥에 있는 사람들이기 십상이다. 이렇게 성을 팔아서만 삶을 꾸릴 수 있는 이들을 비난할 수는 없다. 물론, 복지를 두툼이 쌓은 사회에도 성 판매자는 있다. 이들은 정부로부터 받는 돈이 충분치 않다 여기는 사람들일 테다. 생활이 넉넉한 사람들이 성을 팔기도 한다. 이들은 좀더 쉬운 노동으로 좀더 많은 돈을 벌고자 하는 사람들일 테다. 두 번째와 세 번째 경우엔, 첫 번째 경우와 달리, 윤리적으로 비난할 여지가 있을 수도 있겠다. 그러나 자유의사에 따른 거래를 통해 제가끔 원하는 걸 얻는 것이 경제 구성원리로 자리 잡은 사회에서, 특정한 노동력을 파는 사람들을 들춰내 비난하는 것은, 더 나아가 그 노동을 불법화하는 것은 정당화하기 어려울 것 같다.

다음, 성을 사는 사람을 나무랄 수 있을까? 성 구매자는, 대개, 사지 않고선 그것을 누리기 어려운 사람들이다. 배우자나 연인이 없는 사람들, 또는 성적 매력이 하룻밤 짝을 호리기에도 모자란 사람들 말이다. 그런데 성욕은, 먹고자 하는 욕구나 자고자 하는 욕구처럼, 원초적이고 강렬한 본능이다. 특정한 종파의 직업적 종교인 말고는 제 생애 내내 이 욕구를 억누르는 사람은 없다. 성욕을 가눌 수 없을 만큼 건강한 사람에게 성 파트너가 없다면, 그가 고를 수 있는 방법은 성을 사는 것뿐이다. 그러니 그를 힐난할 수는 없다.

그런데 이 건강하지만 매력 없는 누군가가 살고 있는 사회에서 성매매가 불법이라면? 그래서 성 공급자를 찾기 어렵다면? 그는 의사 성행위라 할 자위에 몰두하는 것으로 만족할 수도 있을 것이다. 그러나 더 큰 가능성은 그가 완력으로 남을 굴복시켜 강제로 성행위를 하는 것이다. 이것은 성매매를 철저히 불법화하는 것이 사회의 피륙을 찢어낼 수 있음을 뜻한다.

불법화해도, 성매매는 이뤄지게 마련이다. 이 피해자 없는 범죄를 저질렀다는 이유로 형벌을 받는 이들의 다수는 힘없는 사람들이다. 몰래 이뤄질 수조차 없을 만큼 성매매의 공간을 말끔히 쓸어냈을 땐, 솟구치는 성욕이 강간 같은 성범죄에서 출구를 찾을 것이다. 그래서 나는, 꽃값 없는 청결한 사회보다 꽃값 있는 불순한 사회를 원한다. 정부가 할 일은 성 시장을 없애는 것이 아니라, 성 노동자들이 착취당하지 않도록 세심한 눈길을 건네는 것이다. 그리고 직접적 간여를 삼가면서도, 꽃값이 공정가격에 가까워지도록 유인하는 것이다.

길거리의 빈 나무통에서 살며 자족자제를 실천했다는 거지 철학자 '개 같은 디오게네스'의 일화 하나가 문득 가슴에 얹힌다. 하얀 대낮, 광장에서 자위를 하며 육욕을 달래던 그는 이를 비난하는 구경꾼들에게 눈길도 주지 않고 이리 한탄했단다. "아, 배고픔도 이처럼 문질러서 가라앉힐 수 있다면!"

〈한국일보〉, 2008. 4. 28.

# 08

# 그네

✦

## 자유와 사랑의 비飛행行선船

〜〜〜〜〜〜〜〜

한국인들에게 가장 친숙한 연애담은 성춘향과 이몽룡의 사랑이야기일 것이다.《춘향전》의 판소리 공연이나 소설 텍스트를 직접 접해보지 못한 이들도 줄거리는 알고 있다. 얼마쯤은 영화 덕분이다. 한국의 첫 발성영화가 바로 〈춘향전〉(1935, 이기명 연출)이었고, 그뒤로도 수많은 연출자들과 연기자들이 이 사랑이야기를 거듭 해석해왔다.

춘향으로 분扮하는 것이 한국 여배우들의 꿈이었던 시절도 있었다. 그 시절, 춘향 역을 맡는다는 것은 당대 최고의 여배우가 됐다는 뜻이었다. 이기명의 영화에 문예봉이 춘향으로 출연한 이래, 조미령, 최은희, 김지미, 문희, 홍세미, 장미희, 김혜수, 김희선 같은 일급 연기자들이 이 조선조 러브스토리의 주인공 노릇을 했다.

남원 광한루에서 어느 단옷날 움튼 그 사랑의 매개는 그네였다. 버드나무 가지에 매인 그네. 춘향은 푸른 하늘을 가르며 그네를 탔고, 먼발치에서 그녀의 율동을 살피던 몽룡의 가슴이 뛰기 시작했다. 신분을 건너뛴 사랑이 시동을 걸었다.

　　갖신을 벗어던지고 버선발로 그네에 오른 춘향은, 미당 서정주의 입을 빌려, 이리 겨워한다.


　　　향단香丹아 그넷줄을 밀어라
　　　머언 바다로
　　　배를 내어 밀듯이,
　　　향단아


　　　이 다수굿이 흔들리는 수양버들 나무와
　　　벼갯모에 뇌이듯한 풀꽃뎀이로부터,
　　　자잘한 나비새끼 꾀꼬리들로부터
　　　아조 내어밀듯이, 향단아


　　　산호珊瑚도 섬도 없는 저 하늘로
　　　나를 밀어 올려다오.
　　　채색彩色한 구름같이 나를 밀어 올려다오
　　　이 울렁이는 가슴을 밀어 올려다오!

서西으로 가는 달같이는

나는 아무래도 갈 수가 없다


바람이 파도波濤를 밀어 올리듯이

그렇게 나를 밀어 올려다오

향단아.

_〈추천사鞦韆詞─춘향의 말 1〉 전문

비상飛翔의 욕망과 그네뛰기의 쾌감을 이처럼 생생히 표현
한 노래도 달리 찾기 힘들 것이다. 이 시에 나오는 동사들, 곧 '밀
다' '흔들리다' '올리다' '울렁이다' 따위는 그네뛰기의 언어이면
서 사랑의 언어다. 춘향이 "채색彩色한 구름같이 나를 밀어 올려
다오/ 이 울렁이는 가슴을 밀어 올려다오!"라고 말할 때, 하늘로
날 채비를 하는 것은 그녀의 몸뚱이만이 아니라 마음이기도 하
다. 그 아찔함, 그 울렁거림과 두근거림, 그 숨가쁨은 그네의 생리
학일 뿐만 아니라 연애의 생리학이기도 하다.

춘향은 처음 한 발을, 이어 두 발을 다 그네에 올려놓았을
것이다. 그넷줄을 잡은 그녀의 양손에 힘이 들어갔을 것이다. 몸
의 중심을 잡은 춘향은 무릎을 굽혔다 펴며 그네를 구르기 시작
했을 것이다. 그녀의 몸이 왕복운동에 실리기 시작했을 것이고,

마침내 공중으로 날아올랐을 것이다. 춘향의 옷은 펄럭였을 것이고, 속곳 속까지 바람이 들락거렸을 것이다. 자유닷! 일탈이닷! 스릴이닷! 곧, 청춘이닷! 그 시절, 그네뛰기는 여염 처자에게 드물게 허용된 바깥놀이였을 것이다. 구름 사이로 언뜻언뜻 날리는 치맛자락을 보고 몽룡은 마음이 싱숭생숭 산란해졌을 것이다.

미당이 〈추천사〉를 끄집어낸 장면은, 민제閔濟 선생이 현대어 표기로 다듬은《완판完板 열녀 춘향 수절가》에 따르면, 이렇다.

한번 굴러 힘을 주며 두 번 굴러 힘을 주니 발 밑에 가는 티끌 바람 좇아 펄펄 앞뒤 점점 밀어가니 머리 위에 나뭇잎은 몸을 따라 흐늘흐늘 오고 갈 때, 살펴보니 녹음綠陰 속에 홍상紅裳 자락이 바람결에 내비치니 구만장천九萬長天 백운간白雲間에 번갯불이 쐬이는 듯, 첨지재전瞻之在前 홀언후忽焉後라, 앞에 얼른하는 양은 가비야운 저 제비가 도화일점桃花一點 떨어질 때 차려 하고 좇이는 듯, 뒤로 번듯하는 양은 광풍狂風에 놀란 호접蝴蝶 짝을 잃고 가다가 돌치는 듯, 무산선녀巫山仙女 구름 타고 양대상陽臺上에 내리는 듯.

수사가 화려하기는 하나, 한자 성어들의 상투성과 과장 때문에 그네뛰기의 역동성이 외려 잦아든 듯하다. 춘향은 복화술사 미당에게 큰 빚을 진 셈이다.

그네는 왠지 화창한 봄날에 타야 제격일 것 같다. 북풍한설 몰아치는 겨울날에 그네를 뛰는 여인은 없을 것 같다. 이팔 16세 춘향과 몽룡의 러브스토리가 화창한 단옷날 시작된 건 당연하다. 따지고 보면 춘향이라는 이름부터 '봄내'라는 뜻이다.

그네뛰기를 마친 춘향이 장옷을 쓰고 오작교를 건너온다. 그녀를 기다리던 몽룡이 양반의 거드름을 피우며 말을 건넨다. "그대는 누구냐?" 춘향은 눈길을 들어 몽룡을 한번 쳐다볼 뿐. 몽룡은 애가 타 본격적으로 '작업'을 건다. "흰 구름 하늘 꽃이 땅위에 내렸나, 아니면 물 위에서 자던 꽃이 아침이슬에 피었나?" 마침내 춘향이 답하며 수작이 오간다. "꽃은 꽃이로되 구름꽃도 아니고 자던 꽃도 아니오." "세상에 다시없을 꽃다운 그대, 달빛 속 선녀인가 은하강변 직녀인가?" "달빛도 없는 날에 선녀 어이 있으며 칠월칠석 아니어든 직녀 어이 있으리까." "선녀도 아니요 직녀도 아니라면 광한루 봄바람이 내게 보낸 봄내인가?" "광한루 봄바람은 나그네 봄바람, 부용당 깊은 곳의 봄내를 어이 알리. 이만 물러갑니다."(조령출 옮김,《춘향전》텍스트를 손질했음) 이렇게, '봄내'와 '용꿈'의 사랑이 길을 잡았다. 사랑의 그네가 흔들거리기 시작했다.

비행선이 발명되기 전까지, 그네뛰기는 사람이 제 몸을 공중 높이 띄우는 거의 유일한 수단이었다. 사람은 그네 위에서 중력과 맞버텼다. 춘향의 그네는 이소연의 소유스 TMA-12 우주선이었다. 잠시나마 땅에서 벗어나고픈 욕망을 그네는 꿈처럼 채워주었다. (널도 그렇다고 할 수 있을 것이다. 그러나 곡예사가 아닌 여느 사람들의 널뛰기는 몸을 직립자세로 붙박아둔다는 점에서 그네뛰기보다 더 순응적이다.) 곡예사들의 공중그네 비행은 오직 줄에 기대어 날아보고픈 몸의 소망을 가장 화사하게 구현한다.

굴곡과 시련 없이 사랑은 완성되지 않는다. 그네터에서 시작된 사랑을 뒤로하고 몽룡은 서울로 떠난다. 그에게는 '집안'의 룰이 있었고, 걸어야만 할 길이 있었기 때문이다. 입신양명이라는 길.

사람은, 사랑에 빠져 있을 때조차, 줄곧 그네 위에 있을 수만은 없다. 그네 타기의 시간이 지나면 우리는 지상의 완고한 시간에 도로 두 발을 내려놓아야 한다.

남원에 남은 춘향, 다시 미당의 입을 빌리자면, 제 허전한 속내를 이리 내비친다. "바닷물이 적은 여울을 마시듯이/ 당신은 다시 그를 데려가고/ 그 훤—ㄴ한 내 마음에/ 마지막 타는 저녁 노을을 두셨습니다./ 그러고는 또 기인 밤을 두셨습니다"(《다시 밝은 날에—춘향의 말 2》).

춘향의 몽룡은 기독교도의 예수와 방불하다. 그녀는 '신령님'을 부르며 "그의 모습으로 어느 날 당신이 내게 오셨을 때"라고 말한다. 그러나 갑이별의 아픔 정도로 사랑의 완성을 예비할 수는 없다. 본때 있는, 더욱 가혹한 시련이 필요했다. 그래서 춘향은 갇혀야 했고, 임박한 죽음을 차가운 현실로 느껴야 했다. '옥에 갇힌 꽃獄中花' 춘향은, 다시 미당의 입을 빌려, 아리땁고 슬픈 연서를 남긴다.

안녕히 계세요
도련님

지난 오월 단옷날, 처음 맞나든 날
우리 둘이서 그늘 밑에 서 있든
그 무성하고 푸르든 나무같이
늘 안녕히 안녕히 계세요

저승이 어딘지는 똑똑히 모르지만
춘향의 사랑보단 오히려 더 먼
딴 나라는 아마 아닐 것입니다

천길 땅밑을 검은 물로 흐르거나
도솔천의 하늘을 구름으로 날드래도
그건 결국 도련님 곁 아니예요?

더구나 그 구름이 쏘내기 되야 퍼부을 때

춘향은 틀림없이 거기 있을 거에요!

_〈춘향유문春香遺文 ─ 춘향의 말 3〉 전문


　우리 모두 알고 있듯,《춘향전》은 해피엔딩으로 끝난다. 그러나 미당의 '춘향의 말' 연작은 이 서러운 3편에서 끝난다. 해피엔딩은 순애純愛의 광채를 흐린다는 게 시인의 생각이었나보다. 따지고 보면 이 3편에서 춘향과 몽룡의 사랑은 완성된다. 이 시의 마지막 두 연에서 춘향은, 첫 상봉의 단옷날 그네를 구르듯 사랑의 마음을 굴러, 도솔천 구름으로 날아 이미 몽룡과 함께 있으니.

　수백 년 전 광한루에서만이 아니라 요즘도 조선 땅 도처에서 그네는 사랑의 배경이다. 어린 연인들, 가난한 연인들은 공원 한 켠 그네에서 사랑을 속닥거린다. 그네의 16세기 형태는 '글위'다. 글위든 그네든 실체와 어울리는 이름이다. 근들거리고 흔들거리는 것이 바로 그네이니. 발로 힘껏 구르는 것이 그네이니.

〈한국일보〉, 2008. 5. 19.

# 09
# 무지개
✦
## 사랑이라는 이념

～～～～～～

    무지개는 공중의 물방울들에 햇빛이 굴절 반사돼 나타나는 색색의 원호圓弧다. 비가 그친 뒤, 태양 반대쪽 하늘에 활모양으로 걸쳐 있다. 그쪽에는 아직 비가 내리고 있는 것이다. 무지개는 누구나 손쉽게 만들 수 있다. 해를 등지고 분무기로 물을 내뿜으면 무지개가 생긴다.

    '무지개'의 15세기 형태는 '므지게'다. '므지게'는 '믈'(물, 수水)과 '지게'(문, 가호家戶)가 합쳐진 말이다. '무자맥질'(물속에 들어가 팔다리를 놀리며 떴다 잠겼다 하는 짓)이나 '무자위'(물을 자아올리는 농기구)나 '무좀'에서 보듯, '물'('믈')은 /ㅈ/으로 시작하는 말 앞에 붙어 복합어를 이룰 때 더러 끝소리 /ㄹ/을 잃는다. '지게'는, 요즘 흔히 쓰는 말은 아니지만, 전통가옥의 부엌이나 마루에서 방으로 통하는 외짝문을 가리킨다. 그러니까 무지개의 어원적 의

미는 '물로 만들어진 문'이다.

그때의 물은 물방울이라는 뜻이었을까? 그럴 수도 있겠다. 무지개가 물방울에 입혀진 빛이라는 걸 옛사람들이라 해서 몰랐으리라는 법은 없으니. 그런데 '물'에는 '수소 원자 둘과 산소 원자 하나의 화합물'이라는 뜻 말고, '사물에 묻어서 드러나는 빛깔'이라는 뜻도 있다. "손톱에 붉은 물을 들였구나!" 할 때의 '물' 말이다. '(그림)물감'의 '물'도 이런 뜻의 물이다. '므지게'라는 말이 생겨날 때 '믈'에 이미 그런 뜻이 있었는지는 모르겠으나, '무지개'의 '물'을 그렇게 풀이할 때 이 말은 한결 더 그럴싸하게 들린다. 그때 무지개의 어원적 의미는 '물을 들여 빛깔을 낸 문'이다. 활모양의 문.

유럽 사람들에겐 무지개가 활모양이라는 것이 가장 인상적이었던 모양이다. 고대 로마인들은 무지개를 '하늘의 활coelestis arcus'이라 불렀는데, 프랑스인들도 이를 그대로 베껴 아르캉시엘 arc-en-ciel이라는 말을 만들어냈다. 그런데 햇빛이 물방울에 굴절 반사되는 일이 하늘에서만 생기지는 않는다. 지표와 그리 떨어지지 않는 곳에서도 이슬방울이 무지개를 만들어내는 일이 있다. 프랑스인들은 이런 무지개를 '땅의 활'(아르캉테르arc-en-terre)이라 부른다.

유럽의 다른 언어에서도 무지개는 일단 활(또는 아치)이다. 영어 '레인보우rainbow'나 독일어 '레겐보겐Regenbogen'은 '비가 만들어낸 활'이고, 이탈리아어 '아르코발레노arcobaleno'는 '섬광의 활'이며, 스페인어 '아르코 이리스arco iris'는 '이리스의 활'이다. 스페인 사람들은 무지개를 그저 '이리스'라고도 부른다. 이리스는 그리스신화에 나오는 무지개 여신이다. 하늘과 땅에 걸쳐 있는 듯 보이는 무지개처럼, 이리스도 신의 뜻을 사람에게 전하는 사자使者 노릇을 했다. 많은 유럽어에서 '이리스'는 눈의 홍채(라는 한자어가 이미 '이리스'에 포개진 '무지개'를 베껴 옮긴 것이다)나 붓꽃을 뜻하지만, 무지개를 뜻하는 아어雅語로 쓰이기도 한다.

동서양을 가리지 않고, 초등학교에선 무지개가 일곱 빛깔이라 가르친다. 그러나 이 일곱이라는 숫자는 매우 자의적이다. 무지개 색은 연속스펙트럼이기 때문이다. 무지개 빛깔을 일곱으로 여기는 전통은 물리학자 아이작 뉴턴이 확립했다. 일주일이 7일이고, 그때까지 알려진 행성 수가 일곱이며, 그즈음 교회선법教會旋法이 정돈되면서 7음음계가 일반화하기 시작했다는 점 따위가이 결정에 영향을 끼쳤다. 당초 뉴턴은 가시可視 스펙트럼을 기본색상 다섯 개로 나눴다. 주황과 남색은 나중에 보탠 것이다.

한국 초등학생들이 '빨주노초파남보'를 외우듯, 영어권 어린아이들은 Roy G. Biv라는 가상인물의 이름을 익힌다. 무지개 빛깔 이름들(red, orange, yellow, green, blue, indigo, violet)의 첫자를 따 만든 이름이다. "요크의 리처드가 경솔하게 싸움을 걸었지Richard Of York Gave Battle In Vain"라는 문장을 외우기도 한다. 잉글랜드에서 장미전쟁이 터지고 다섯 해 뒤인 1460년, 요크공☆ 리처드가 마르그리트 당주(앙주의 마거릿)의 랭커스터가家 군대 와 웨이크필드에서 전투를 벌이다 목숨을 잃은 사실을 빗댄 문 장이다.

하늘에 걸려 있는 색색의 아치 다리는 예로부터 사람들의 경이감을 불러일으키기에 충분했을 것이다. 한국인들에게도 잘 알려져 있는 윌리엄 워즈워스의 시 하나는 그런 경이감의 순수 성을 이렇게 예찬한다.

> 하늘의 무지개를 볼 때
> 내 가슴은 뛰노느니
> 어린 시절에도 그랬고
> 어른이 된 지금도 마찬가지
> 늙어서도 그러리라
> 그렇지 못하다면 죽는 게 낫겠지
> 어린이는 어른의 아버지
> 바라건대 내 하루하루가
> 타고난 경건함에 매여 있기를

새로운 삶이나 세상을 향한 희망을 무지개에 가탁하는 것 은 오랜 전통이다. 기독교 성서의 신은 대홍수에서 살아남은 노아와 그의 아들들에게 "나는 너희와 계약을 세워 다시는 홍수로 모든 동물을 없애버리지 않을 것이요, 다시는 홍수로 땅을 멸하지 않으리라"고 말한 뒤, 그 '계약의 표'로 무지개를 내세웠다(〈창세기〉 9:8~17). 여성 3대의 굴곡 많은 사랑을 그린 로런스의 소설 〈무지개〉에서, 셋째 대代 어슐라 브랭웬은 구름 걷힌 하늘의 무지개를 보며 '저 너머 세계'의 삶을 시작할 희망을 다진다.

무지개를 소재로 삼은 노래로 널리 알려진 것 하나는 뮤지컬 영화 〈오즈의 마법사〉(1939)에서 도로시 게일 역의 주디 갈런드가 부른 〈무지개 너머〉(Over the rainbow, 해럴드 알렌 작곡, 에드거 하버그 작사)다. 이 노래에서 무지개 너머는 꿈꾸던 것이 실제로 이뤄지는 곳이고, 모든 걱정이 레몬즙처럼 녹아내리는 곳이다. 빗방울로 얼룩진 현실과는 다른, 파랑새가 푸른 하늘을 날아다니는 곳. 어린 소녀 도로시의 유치한 꿈들이 마법처럼 이뤄지는 곳.

무지개나 무지개 너머가 상징하는 이 희망들은, 흔히, 이룰 수 없는 희망들이다. 무지개 추적자rainbow chaser는 몽상가다. 그러나 희망의 그 어기찬 추구에 떠밀려 세상은 조금씩 앞으로 나아갔다.

아메리카 원주민들에게 전해 내려오는 이야기 하나는, 우리가 사는 이 땅이 언젠가 병들 것이고, 그때 세상의 올곧은 사람들이 힘을 합쳐 그 병을 낫게 할 것이라 예언한다. 이 예언에 따르면, 이 사람들을 세상에선 '무지개 전사'라 부르게 된단다. 환경 운동 단체 그린피스가 이 전설에 착안해 제 배에 '레인보우 워리어'라는 이름을 붙인 뒤, 무지개는 생태주의의 한 상징이 되었다.

16세기 급진주의자 토마스 뮌처가 고루 잘 사는 세상을 무지개 깃발로 표현한 이래, 이 색동 깃발은 인류의 아름다운 이상과 함께 펄럭였다. 그 이상은 늘 인간 세상의 변두리에 머물렀지만, 완전히 내팽개쳐진 적은 한 번도 없었다. 예컨대 무지개 깃발은 2002년 이탈리아 도처에서 나부꼈다. 미국이 이끄는 이라크 침공이 임박한 이해에, 이탈리아 반전주의자들은 이 깃발을 내걸고 '파체 다 투티 이 발코니!'(Pace da tutti i balconi! 발코니마다 평화를!)를 외쳤다.

지금부터 한 세대 전, 무지개 깃발에는 LGBT(레즈비언, 게이, 양성애자, 성전환자)의 인권이 아로새겨졌다. 1978년 11월 27일, 샌프란시스코 시의회 고문 하비 밀크가 시장市長 조지 모스콘과 함께 시청사 안에서 살해됐다. 이 둘에게 총알을 박은 사람은 전직 경찰이자 전직 시의회 고문이었던 댄 화이트였다. 세간의 이목을 한껏 끈 재판 끝에, 법원은 화이트에게 7년 8개월 형을 선고하며 집행유예로 풀어주었다. 이 예외적으로 가벼운 형은 미국 주류 사회의 동성애 혐오에서 비롯된 것이라는 비판이 쏟아졌다. 그 자신 게이이기도 했던 하비 밀크는 생전에 성소수자 권익 옹호에 열심이었다.

가수 존 바에즈도 참가한 밀크 영결식에서, 그리고 살인자 화이트의 석방에 항의하는 가두시위에서 사람들은 무지개 깃발을 쳐들었다. 그 깃발 속 빛깔 하나하나는 만인의 성적 개성이었고, 그래서 그 빛깔들이 모인 깃발 전체는 다양한 성 취향의 조화로운 공존을 상징했다.

이상적인 정치공동체가 갖가지 이념들의 공존 위에 세워지는 것이라면, 이상적인 사랑공동체 역시 다양한 성 취향들의 공존 위에 세워질 것이다. 무지개의 사랑은 단수가 아니라 복수다. 무지개의 사랑은 무지개의 사랑들이다.

〈한국일보〉, 2008. 5. 26.

# 10

# 누이

✦

## 우애와 연애 사이

〰〰〰〰〰〰

    제 친누이에게 연심戀心을 품는 사내가 있을까? 사람도 갖가지고 마음의 흐름도 온갖 방향일 테니, 그런 사내가 있을 수도 있겠다. 실제로 친오누이끼리도 섹스를 하던 혈연가족시대가 인류에게는 있었다. 공동남편들과 공동아내들이 동시에 형제자매들이기도 했던 아득한 시절 얘기다.

    자연의 섭리에 따랐든 문화의 명령이 개입했든, 언젠가부터 오누이 사이의 연애는 금기시되었다. 오늘날의 사내가 어려서부터 함께 자란 누이에게 연애 감정을 느끼는 것은 거의 불가능할 성싶다. 연애라는 게 당사자 둘만의 내밀한 융합이긴 하지만, '제대로' 사회화한 사내라면 세계와의 융화 속에서만 그 은밀한 융합을 시도할 테니 말이다. 그러니, 혹 누군가가 제 누이에게 연애 감정을 품게 됐다 하더라도, 제 삶을 혼란에 빠뜨리고 궁극적으로 파괴할지도 모를 그 사랑을 감히 드러내지는 못할 것이다.

누이와의 비릿한 관계를 털어놓은 니체의 유고들이나 근년에 국제언론의 눈길을 끈 '라이프치히 오누이 결혼 사건' 같은 것들은 사람들을 불편하게 만든다. 그것은 용서받지 못할(누구에게?) 사랑이기 때문이다. 당사자들끼리는 절절할 그 사랑을 두고 사람들은 비속한 호기심을 감추지 못하면서도, "이해할 수 없어!"라고 고개 젓는다. 굳이 이해를 하자면, 근친상간은 혈육의 거푸집에 갇힌 자기애일 것이다. 그래서 용서받지 못하는 것일까? 생명의 방출인 사랑을 더 멀리, 더 넓게 뻗치지 못하고 제 핏줄 안에서 맴돌다 움츠러들 '열등' 개체들을 '위대한' 인간 종족이 용납하지 못하는 것일까?

연애 감정으로 탈바꿈하지 않은 오누이 사이의 의초도 연애 감정 못지않게 절절할 수 있다. 극작가 소포클레스와 장 아누이는, 오빠 폴리네이케스의 시체를 묻어주기 위해 제 목숨을 건 안티고네 이야기를 통해, 연애 감정을 뛰어넘는 오누이 간의 강한 결속감과 명예심을 우리에게 일깨워준 바 있다. 신라의 승려 월명 역시 죽은 제 누이를 '한 가지에서 떠난 사람'이라 일컬으며 오누이 사이의 군건한 육친애를 발설한 바 있다. 연인이나 부부는 헤어지면 남이지만, 오누이는 그렇지 못하다. 오누이라는 남녀의 연대는 피의 연대다. 월명의 그 유명한 〈제망매가〉(〈누이제가〉)를 읽어보자.

생사 길이란

여기 있으려나 있을 수 없어

나는 간다는 말씀도

이르지 못하고 가버리는가

어느 가을날 이른 바람에

이리저리 떨어질 나뭇잎처럼

한 가지에서 떠나선

가는 곳 모르는구나

아야

미타찰에서 만날 것이니

내 도 닦아 기다리리라.

_홍기문 옮김

동기同氣의 죽음 앞에서 느끼는 슬픔이 화자의 살을 에는 듯
하다. 특히 "어느 가을날 이른 바람에/ 이리저리 떨어질 나뭇잎
처럼/ 한 가지에서 떠나선/ 가는 곳 모르는구나"라는 구절에선
삶의 덧없음과 인간의 무력함, '한 가지에서 떠난 사람'을 잃은 극
한의 상실감이 몸뚱이 가장 깊은 곳까지 사무친다. 연애 감정 따
위에는 흔들리지 않았을 구도자 사내의 마음을 이리 흩뜨려놓
을 만큼, 누이는 도무지 마음을 다스려 지울 수 없는 절대적 존재
였던 것이다.

누이가 등장하는 또다른 시, 김영랑의 〈오—매 단풍 들것네〉에서 누이는 그저 우애의 대상이다.

'오—매 단풍 들것네'
장관에 골붉은 감잎 날아오아
누이는 놀란 듯이 치어다보며
'오—매 단풍 들것네'

추석이 내일모레 기둘리리
바람이 잦이어서 걱정이리
누이의 마음아 나를 보아라
'오—매 단풍 들것네'

이 시에서 누이는 중성에 가깝다. 그 누이는 붉어지기 시작하는 단풍에 경탄하는 화자의 정겨운 동기일 뿐, 딱히 이성은 아니다. '오—매 단풍 들것네'라는 감탄에서 드러나는 호들갑스러움이 설령 여성적 특질이라 하더라도, 화자는 이 시에서 '누이' 대신 '사내 아우'를 들먹일 수도 있었을 것이다.

노래로 더 잘 알려진 김소월의 〈엄마야 누나야〉에서도 누나는 무성無性에 가까운 가족일 뿐이다.

엄마야 누나야 강변 살자

뜰에는 반짝이는 금모래 빛

뒷문 밖에는 갈잎의 노래

엄마야 누나야 강변 살자


　강변이 화자가 상상하는 이상적 거주공간이라 하더라도, 그
곳에서의 행복한 삶에 누이와의 근친애가 개입돼 있는 건 아니
다. 화자가 어린아이로 설정돼서 그렇기도 할 것이다.

　그런 한편, 형제가 아니라 누이를 불러냄으로써, 이 시들의
정취는 사뭇 애틋하고 정겨워진다. 오누이는 실로 로맨틱한 혈연
이다. 사내가 누이에게 품는 육친애, '성적 욕망이 배제된 육정肉情'
이라 할 만한 그 애틋한 정조를 동성 형제들은 결코 불러일으키
지 못한다.

　누이를 성적 기호로 삼아 연애 감정을 슬쩍 내비치고 있는
것은 고은의 초기 시들이다. "기침은 누님의 간음姦淫,/ 한 겨를
의 실크빛 연애戀愛에도/ 나의 시달리는 홑이불의 일요일을/ 누
님이 그렇게 보고 있다"(〈폐결핵〉)거나, "서서 우는 누이여./ 너의
비치는 치마 앞에서 떠난다.// 너를 만나고 헤어지는 것에서/ 새
로 떠나지 않아서는 안 된다"(〈작별〉)거나, "네가 자라서 부끄러우
며 울 때,/ 나는 네 부끄러움 속에 있고 싶었네./ 아무리 세상에
는 찾다찾다 없어도/ 너를 만난다고 눈 멀으며 쏘아다녔네"(〈누

이에게〉 같은 구절들에서, 화자는 누이를 내밀한 연애의 대상으로 보고 있다.

그러나 이것은, 시의 화자와 달리 정작 시인에게는 누이가 없어서 생긴 판타지기 쉬울 것이다. 시인에게 실제로 누이가 있었다면, 어려서부터 함께 지지고 볶던 친누이가 있었다면, 이런 연애 감정이 생기는 것이, 불가능하지는 않더라도 개연성이 매우 낮았을 것이다. 시인은 제게 없는 누이를 상상하며, 그 누이와 연애하고 있다. 청년 고은은 상상 속의 누이와 정신적 근친상간을 하고 있는 것이다.

오누이가 어려서부터 떨어져 자랐다거나, 사촌 이상의 사이라면 연애 감정이 생길 수도 있겠다. 앙드레 지드의 소설 《좁은 문》에선 내외종 간인 알리사와 제롬 사이에 사랑이 싹튼다. 지드 자신도, 열정이 이내 시들었지만, 외사촌누이 마들렌 롱도와 결혼했다.

통속 드라마들에도, 어린 시절 헤어져 살다 나중에 서로 친오누이인 줄 모르고 결합한 부부의 비극이 더러 보인다. 낯모르는 사람한테 왠지 모를 친근감을 느끼고 급속히 끌린다는 건 그럼직한 신파다. 육체적이든 정신적이든 근친상간은, 일종의 '동어반복'이라는 점에서, 외설이고 퇴행이고 신파다. 이 신파를 미연에 방지하자면, 되도록 먼, 다른 형질의 존재에 홀리도록 몸과 마음을 단련해야 할 터. 그것이 섭생의 길이다. 그 옛날 솔로몬이

"나의 누이, 나의 신부여, 그대 사랑 아름다워라. 그대 사랑 포도주보다 달아라"(《아가》 4:10)라고 노래했을 때도, '누이'는 연인의 은유였지 실제로 제 누이라는 뜻은 아니었다.

역사시대에 들어서도 특정한 문화권의 특정 계급에선 근친혼이 드물지 않게 이뤄졌지만, 오늘날엔 대체로 받아들여지지 않는다. 늘 뜻밖의 주장으로 사람들의 관심을 끄는 프로이트에 따르면, 근친상간의 금지는 그것이 불러일으키는 혐오감 때문이 아니라 오히려 그것이 불러일으키는 욕망 때문에 생긴 것이다. 근친상간 금지는 억압된 근친상간 욕망에 대한 죄책감의 필연적 표현이라는 얘기다. 오이디푸스콤플렉스를 인류 보편의 무의식으로 여기는 프로이트로서야 내세울 법한 주장이지만, 동아시아인들로서는 받아들이기 어려운 견해다.

오늘날 대부분의 문명사회에서 근친상간 자체는 처벌되지 않는다. 법은 개인들의 자발적 성생활에 간여하지 않기 때문이다. 다만 최근친 사이의 결혼은 금지돼 있다. 가깝지 않은 친척끼리의 결혼은 대부분의 사회에서 허용된다. 미국 32대 대통령 프랭클린 루스벨트의 아내 엘리너는 남편의 13촌 조카였다.

다시 누이로 돌아가자. 친누이든, 배다른 누이든, 그녀를 성적 대상으로 상상하는 사내는 거의 없을 것이다. 사촌누이에 대해서는 그런 상상을 하는 사내가 적잖이 있을 수 있겠지만, 그것도 삼가는 게 좋겠다. 연애나 섹스는 사랑의 극히 일부분에 지나지 않는다. 우리는 누이와 연애를 하지 않고도 그녀를 사랑할 수 있다.

누이와 관련된 말 몇 마디. 누이바꿈은 두 사내가 제가끔 상대방의 누이와 결혼하는 것을 가리킨다. 전통사회에선 드물지 않은 일이었다 한다. 이리되면 누이가 처남댁이 되는 셈이다. 움누이는 시집간 누이가 죽고 매부가 다시 맞은 아내를 이르는 말이다. 이와 비슷하게, 움딸은 시집간 딸이 죽고 사위가 다시 장가를 든 여자를 이르는 말이다.

〈한국일보〉, 2008. 6. 9.

# 11
## 엇갈리다
✦
### 결정론의 감옥 안에서

~~~~~~~~~~

    접두사 '엇-'은 주로 용언 앞에 붙어 '어긋나게' '비뚜로' '비스듬히' '조금' 따위의 뜻을 나타낸다. 엇갈리다, 엇나가다, 엇눕다, 엇걸다, 엇견다, 엇꼬다, 엇깎다, 엇붙다, 엇물리다, 엇붙다, 엇섞다, 엇비뚜름하다, 엇구수하다, 엇비슷하다 따위의 용언에 이런 뜻의 접두사 '엇-'이 보인다.

    의미적으로 '엇-'의 맞은편에 있는 접두사를 군이 찾자면, '맞-'이 있을 것이다. '맞-'은 '걸맞게' '마주'의 뜻을 지녔으니 말이다. 엇각이나 엇시조에서처럼 '엇-'이 체언과 어울리는 일은 비교적 드문 데 비해, '맞-'은 용언과 체언을 가리지 않고 두루 잘 어울린다. 맞물리다, 맞걸다, 맞겨루다, 맞닿다, 맞당기다, 맞서다, 맞들다, 맞각, 맞고소, 맞단추, 맞담배질, 맞불, 맞바람, 맞장구, 맞선 따위의 말이 이런 뜻의 접두사 '맞-'으로 시작한다.

'엇갈리다'는 '서로 어긋나서 맞물리지 못하다'의 뜻이다. 옹녀와 변강쇠의 질펀한 사랑이든 가네코 후미코金子文子와 박열朴烈의 이념적 사랑이든, 모든 사랑은 이 엇갈림을 용케 피해서 맞물렸다. 그것은 또 모든 사랑이 무수한 엇갈림들을 딛고 맞물렸다는 뜻이기도 하다.

도린이라는 여자와 제라르라는 남자가 20대 푸른 나이의 어느 눈 오는 날 처음 만나 함께 춤을 추러 갔고, 그것이 인연이 돼 60년 가까이 금실 좋은 부부로 살다가 한날 한시에 자살했다면, 그 둘의 사랑에는 수억의 엇갈림이 아로새겨져 있을 것이다. 도린과 수억 사내와의 엇갈림이, 그리고 제라르와 수억 여자와의 엇갈림이. 도린과 제라르는 그 무수한 잠재적 맞물림을 기회비용으로 치르고 저들만의 사랑을 완성했다.

그런데 이런 낭만적 사랑, 단 하나의 진정한 맞물림 앞에도 바로 그 연인들의 엇갈림이 있을 수 있다. 피터 첼섬의 로맨틱 코미디 영화 〈세렌디피티〉(2001)는 바로 그런 '운명적 사랑'의 당사자들 사이에서 일어나는 엇갈림 이야기다. 새러(케이트 베킨세일)와 조너선(존 큐잭)은 성탄 전야에 한 백화점에서 우연히 만나 그길로 첫 데이트를 하지만, 그로부터 7년 뒤에야 다시 만나 사랑을 재가동再稼動한다. 그 7년은, 사랑이란 무릇 우연에 달려 있으므로 일단 자신들의 사랑운運을 시험해보아야 한다는 새러의 고집 때문에 생긴 이별의 세월이다.

새러는 지니고 있던 가브리엘 가르시아 마르케스의 《콜레라 시대의 사랑》 안표지에다 제 연락처를 적은 뒤 그 책을 팔아치워 버린다. 그 책이 우연히 조녀선의 손에 들어가면 그들의 사랑은 필연이 되는 것이다.

그때야, 그들의 우연적 사랑은 필연적 사랑이 된다고 새러는 생각한다. 그리하여 그녀는 언제 맞물리게 될지 모를, 도대체 그게 언제든 맞물리게나 될지조차 알 수 없는 그들의 사랑을 엇갈림의 주사위 놀이에 내맡긴다.

조녀선은 새러와 달리 사랑의 행로는 당사자들 스스로 만들어갈 수 있다고 생각하지만, 새러의 제안을 어쩔 수 없이 받아들인다. 그뒤 그들은 서로를 찾기 위해 애쓰면서 수없이 엇갈린다. 새러로서는 조녀선을 만나려 애쓰는 것 자체가 우연이 곧 필연이라는 제 생각과 어긋나는 것일 텐데? 다행히 우연은 그녀 편이었다. 조녀선에게 우연히 그 헌책이 걸려들어 그가 새러의 행방을 찾느라 약혼녀와의 결혼식에 시간을 대지 못함으로써, 그둘은 마침내 다시 만날 수 있었으니.

엇갈림에 대한 이 가벼운 영화는 자유(의지론)와 결정(론)에 대한 생각거리를 남긴다. 새러의 어머니와 아버지가 특정한 시점에 섹스를 하지 않았다면 새러는 태어나지 못했을 것이다. 그들이 그 특정한 시점에 섹스를 했더라도 남자의 무수한 정자 가운데 특정한 정자가 여자의 난자와 결합하지 않았다면, 그 두 사람의 자식은 새러가 아닐 것이다.

그렇게 우연히(또는 필연적으로) 태어난 새러가 두 살 때 홍역을 앓았다면(실제로는 네 살 때였다 치자), 다섯 살 때 2층 침대에서 굴러떨어지지 않았다면(실제로는 굴러떨어졌다 치자), 일곱 살 때 피자를 급히 먹고 체했다면(실제로는 여덟 살 때였다 치자), 열두 살에 초경을 하지 않았다면(실제로는 열세 살 때였다 치자), 그뒤 이런저런 사건들을 겪었다면(실제로는 겪지 않았다 치자), 그뒤 이런저런 행위들을 하지 않았다면(실제로는 했다 치자), 어느 해 성탄 전야에 바로 그 백화점에 가지 않았다면, 그녀는 조녀선을 만나지 못했을 것이다. 그리하여 조녀선과 영원히 엇갈렸을지도 모른다.

그런데 이 모든 사건 가운데 새러의 자유의지에 말미암은 것이 하나라도 있을까? 그녀가 선택했다고 판단되는 행위들은 새러의 몸(뇌를 포함해)을 구성하는 입자들이 새러의 환경에 반응한 결과일 것이다. 그런데 새러를 구성하는 입자들은, 엄격한 자연법칙에 매여 있어서, 그것들이 실제로 한 운동과 다른 운동을 할 수는 없다. 다시 말해 새러는 자신이 실제로 한 일과 다른 일을 할 수 없다. 결국 새러에게는 자유의지가 없다. 새러는 자유롭지 않다. 당신과 내가 자유롭지 않듯.

불교에서는 결과를 내는 내적 직접적 원인을 인因이라 하고 외적 간접적 원인을 연緣이라 한단다. 이를테면 보리는 그 씨가 인因이고, (인간의) 노력이나 자연이나 거름이 연緣이라는 것이다.

거칠게 견주자면 인因은 유전자나 타고난 그릇에 해당할 테고, 연緣은 환경이나 노력에 해당할 테다. 그러나 보리의 '인'과 '연'을 보리가 자유롭게 고를 수 없듯, 새러의 '인'과 '연'도 새러가 자유로이 고르지 못한다. 새러의 재능이나 성격은 새러가 선택한 것이 아니고, 새러가 겪은 이런저런 사건들도 새러가 선택한 것이 아니다.

백화점에서 새러가 분홍 드레스와 보랏빛 드레스 중 보랏빛을 골랐다 하더라도 그것이 그녀의 자유의지에 따른 것이라고는 말할 수 없다. 그 순간 새러를 구성하는 입자들의 운동 상태, 그것이 낳은 새러의 기분 상태, 그 옷을 입고 참가할 파티의 성격 따위는 새러가 선택한 것이 아니기 때문이다. 새러는 어떤 프로그램에 따라 움직이는 자동인형에 지나지 않는다. 물론 자신이 자유롭다고 그녀가 느낄 순 있겠지. 그러나 실제로 그녀는 자유롭지 않다.

이런 결정론 앞에서 사람은 보잘것없다. 우리는 우리가 자유롭게 선택한다고 믿는 그 순간에도 미리 결정된 대로 움직이고(심지어는 생각하고) 있는 셈이니 말이다. 우리가 한 남자를, 또는 한 여자를 만나기 위해 겪는 수많은 엇갈림도 미리 결정돼 있고, 그 수많은 엇갈림 뒤에 한 여자와 또는 한 남자와 맞물리는 것도 미리 결정돼 있으며, 그 남자 또는 여자와 백년해로를 할지 세 해 만에 이혼을 할지도 미리 결정돼 있다. 결국 결정론 안에서, 모든 우연은 필연이다. 가능세계는 수도 없이 상상할 수 있겠지만, 실현되는 세계는 오직 하나이므로. 적어도 우리의 경험 안쪽에서는 말이다.

상당한 정도의 미결정성이, 곧 우연이 지배하는 양자역학의 세계가 존재한다는 사실이 이 사태를 바꾸지는 못한다. 우리가 통제할 수 없다는 점에서, 즉 우리의 자유의지가 개입할 수 없다는 점에서, 우연은 필연과 다르지 않기 때문이다.

사랑의 엇갈림으로부터 우리가 너무 멀리 온 것 같다. 그러나 사랑의 엇갈림이나 맞물림이 사람의 자유의지와 동떨어져 있다는 것은 인정해야 할 것 같다. 아니 사람(을 포함한 모든 존재)이 자유롭지 못하다는 것 자체를 인정해야 할 것 같다. 모든 것은 미리 결정돼 있다. 자유의지란 환상일 뿐 실제론 존재하지 않는다고 내가 지금 쓰고 있는 것도 이미 결정돼 있었다.

그러나 결정론이라는 과학적 세계관이 사람을 사악하고 무력하게 만들 것은 확실하다. 무슨 짓을 하더라도(또는 하지 않더라도) 그것은 제 자유의지에 따른 것이 아니니까. 말하자면 제가 책임질 필요가 없으니까. 결정론의 세계엔 윤리와 책임이 들어설 자리가 없다. 그러나, 아니 그러므로, 우리는 자유의지가 있다고 짐짓 주장해야 한다. 어떤 행위에는 책임이 따르고, 그 행위자는 책임에 비례해 벌이나 상을 받아야 한다고 목소리를 높여야 한다. 내 연인을, 내 아내나 남편을 내가 골랐다고 우리는 믿어야 한다. 사랑의 엇갈림이나 맞물림조차 자유의지로 피하거나 이룰 수 있다고 믿어야 한다. 그렇지 않다면 우리의 어떤 선택(이라고 여겨지는 것)에서도 우리는 아무런 의미를 찾을 수 없을 테니까. 삶에 아무런 의미가 없을 테니까. 인간이 자유롭다고, 인간에게 는 자유의지가 있다고 주장하는 이 자기기만조차 이미 그리되도 록 결정된 것이겠지만.

〈한국일보〉, 2008. 6. 19.

# 12

## 어둑새벽

✦

### 열정의 추억 둘

〰〰〰〰〰〰〰

    여자와 처음 잠을 잔 게 열아홉 살 세밑이었다. 신촌의 허름한 여관에서였다. 잠을 잤다는 말은 정확치 않다. 나는 그밤 한숨도 못 잤으니까. 여자(A라 하자)는 잠깐 눈을 붙였(던 것 같)다. 통금이 해제되고 한 시간 뒤쯤, 우리는 여관을 나왔다. 어둑새벽이었다. 우리는 로터리 쪽으로 잠시 걷다가, 신촌시장의 밥집으로 들어가 선지해장국을 시켰다. 내 기억이 옳다면, 그 시절 신촌시장의 해장국 값은 400원이었다.

    그때, 우리는 만나기 시작한 지 다섯 달 남짓 된 터였다. 나이는 A가 한 살 위였다. 식당을 나서자, 처마에 알전구를 매단 점포들이 하나둘 문을 열고 있었다. 어둑한 거리를 달려가는 차들의 미등尾燈 저편에서, 서울이 기지개를 켜고 있었다. 신촌로터리 한가운데에 시계탑이 서 있던 시절이었고, 지하철 2호선이 개통

되기 한참 전이었다. 버스로 그녀를 바래다준 뒤 나는 집으로 돌아왔다.

이듬해 봄까지 A와 예닐곱 번쯤 더 여관을 찾은 것 같다. 그때마다 다른 여관이었으나, 죄다 신촌에 있었다. 내가 그녀와 만나 함께 논 곳이 주로 신촌이었으므로. 여관에 든 뒤의 과정은 늘 같았다. 우리는 섹스를 했고, 얘기를 나누다가 그녀는 눈을 붙였고, 나는 한숨도 안 잤다. 우리는 어둑새벽의 신촌시장에서 해장국을 먹었고, 나는 그녀를 집 근처까지 바래다주었다. 한번은 버스를 타지 않고 그녀의 집까지 일부러 에돌아 걸어서 갔다. 어둠이 채 가시지 않은 자색紫色 하늘에 별이 총총했던 맑은 새벽이었다. 나는 그녀의 거처에서 멀찍이 떨어져 그녀가 열쇠로 대문을 열고 들어가는 걸 지켜보곤 했다. 혹시라도 그녀의 하우스메이트들과 얼굴을 마주칠까 두려웠으므로. 바닷가가 고향인 그녀는 신촌로터리에서 버스로 다섯 정류장 떨어진 곳에서 친구 둘과 자취를 하고 있었다.

새 학기가 시작되고 얼마 뒤 우리는 갈라섰다. 그녀가 그러기를 원했다. 다시 말해 나는 차였다. 그녀를 향한 내 열정은 여전했지만, 어쩔 도리가 없었다. 그 열정이 식는 데 한 해가 더 걸렸다. 그동안 나는 '병닭' 같았다.

그로부터 16년 뒤, 내게 또 한 번의 열정이 찾아왔다. 그때 나는 기혼자였으므로, 이번엔 비윤리적 열정이었다. 비윤리적이었든 어쨌든, 그것은 내가 살아오며 겪어본 열정 가운데 가장 드셌다. 미친 사랑이라고나 할 만한 열정. 자나 깨나, 떨어져 있을 때나 함께 있을 때나, 내겐 그녀(B라 하자) 생각밖에 없었다. 그녀는 내 전부였다(고 나는 생각했다).

그녀는 나 자신이었다(고 나는 생각했다). 그러나 이 미친 사랑은 석 달 남짓밖에 이어지지 못했다. 이번에는 내가 물러섰다. 그 열정의 불이 내 세속적 실존과 가족을 다 태워 허물어뜨릴지도 모른다는 두려움 때문이었다. 사실 그럴 조짐이 보였다. 나는 비겁했다. 그리고 이기적이었다.

16년 전과 달리 야간통금이 없는 시절이었으므로, B와 나는 자주 밤새 걷다가 어둑새벽이 되어서야 헤어졌다. 그러고는 몇 시간 뒤에 또 만났고, 어둑새벽이 될 때까지 붙어 있었다. 어둠 속을 걸어본 사람이라면, 도시의 낮과 밤이, 저녁과 새벽이 얼마나 다른지 알리라. 어둑새벽의 신촌, 어둑새벽의 원효로, 어둑새벽의 한강은 햇빛 속의 서울과는 아주 다르다. 어둠의 정령 운운할 생각은 없지만, 도시의 영혼(이라는 것이 있다면) 같은 것이 느껴진다.

B는 매혹적인 수다쟁이였다. 말하는 것 자체로 내게 그렇게 큰 즐거움을 준 이는 B밖에 없다. 그녀의 말은 간질임이었고, 유혹이었고, 도발이었다. 그녀와 얘기하는 것은 그녀와 섹스를 하는 것과 다를 바 없었다. 그것도 전위적인 섹스를. 그녀는, 나쁘

게 말하면 변덕스러웠고, 좋게 말하면 '무한생기발랄'했기 때문이다. 그녀의 목소리는 옥타브를 넘나들었고, 그녀의 표정은 순식간에 희로애락애오욕을 오갔다. 그녀는 깔깔댔고 흐느꼈고 빙긋거렸고 뾰로통해졌고 기쁨에 겨워했고 투덜거렸다. 그녀와 함께 있는 동안 나는 늘 '하이high' 상태였다.

나는 젊어서부터 생활이 불규칙했고, 불면증에 시달렸다. 때 이른 나이에 출근 생활을 접은 이유 가운데 큰 것이 이 불편한 체질에 있다. 젊어서도, 요즘처럼, 어둑새벽에 깨어 있을 때가 많았다. 동이 틀 무렵 겨우 잠이 들어, 이내 일어나 출근을 해야 하는 게 여간 고역이 아니었다. 어둑새벽은 고통의 시간이었다. 그러나 B와 서울 거리를 걸을 때, 어둑새벽은 환희의 시간이었고, 신비의 시간이었다. B와 멀어진 뒤에도, 어둑새벽은 더이상 고통의 시간이 아니었다. 그즈음 나는 출근 생활을 접었기 때문이다. 이젠, 어둑새벽에 깨어 있는 것이 불편할 이유가 없었다.

나는 가족과 함께 한 외국도시로 이주했다. 그 도시에 살며 누린 즐거움 가운데 큰 것 하나는 걷기였다. 특히 어둑새벽에 걷기.

크리스토프 라무르가《걷기의 철학》에서 내린 정의에 따르면, 산책은 우연에 내맡긴 걷기다. 산책자는 오로지 즐거움을 위해 정처 없이 걷는다. 서두르지 않고, 한가로이, 다가오는 느낌들에 자신을 내맡긴 채, 산책자는 순간의 광경들을 음미한다. 산책자에게는 약속이 없다. 그는 누구에게도 얽매여 있지 않다.

그 도시의 어둑새벽을 걷는 내가 그랬다. 내겐 목적지도 없었고, 약속도 없었다. 어둠함이 어스름으로, 어스름이 희붐함을 거쳐 환함으로 바뀔 때까지 발 닿는 대로 걷는 것이 유일한 목적이자 약속이었다. 가까이에 아무도 없는 경우가 많았으므로, 나는 걸으면서 흘러간 한국 가요를 흥얼거리곤 했다. 간혹 사람과 마주치면 '본 뉘'(굿나이트)나 '본 주르네'(굿데이)를 주고받았다. 그것은 우애를 가장한 위선이기도 했고, 서로 경계심을 푸는 책략이기도 했다.

걷다가 다리가 아플 때쯤이면 신문가판대들이 하나둘 문을 열기 시작한다. 나는 조간신문을 한 부 사들고 아무 카페에나 들어간다. 그러고는 칼바도스나 코냑을 한 잔 시킨다. 진한 브랜디 맛을 음미하며, 나는 신문을 뒤적인다. 베껴서 서울에 팔아먹을 기사가 없나 살핀다. 충분히 다리를 쉰 나는 이제 집으로 돌아간다. 카페가 집에서 너무 멀 땐 지하철을 타고, 그리 멀지 않을 땐 다시 걸어서. 식구들은 그때까지 자고 있거나 막 일어난 참이다.

그 도시의 어둑새벽을 걸으며, 나는 이따금 A를 생각했다. 신촌의 어둑새벽을. 그보다 좀더 자주, 나는 B를 생각했다. 원효로의 어둑새벽을. 그들의 기억은 장년 사내의 가슴을 따뜻하게 만들었다. 걷다가 그들 생각이 나면, 불쑥 그들 이름을 불러보기도 했다. "A야, 잘 사니?" "B야, 건강하니?"

A와 갈라선 뒤, 딱 한 번 그녀를 만났다. 7년 만이었다. 그전

엔 우연히도 마주치지 않았다. 그녀가 내 직장으로 전화를 했다. 그녀는 내게 깍듯이 말을 높였고, 나 역시 어색함을 억누르며 말을 높였다. 우리는 도심의 한 호텔 일식집에서 저녁을 먹었다. A는 며칠 뒤 결혼한다고 했다. 왠지 나를 만나 그 말을 해줘야 할 것 같았다는 것이었다. 그녀보다 먼저 결혼한 나는 그녀에게 아무런 귀띔도 하지 않았는데.

내가 말렸음에도, 그녀는 극구 저녁값을 치렀다. 우리가 갈라선 날 저녁값을 내가 치렀다는 걸 상기시키며. 그날 저녁값은 7년 전 저녁값의 열 배는 됐을 테다. 우리는 그날 여관에 들지도 않았고, 어둑새벽의 시장을 찾지도 않았다. 집으로 돌아가는 막차가 끊기기 전, 11시쯤 나는 그녀와 헤어졌다. 바람결에 요즘도 가끔 그녀 소식을 듣는다. 둘째아이가, 딸인데, 올해 대학엘 들어갔다는 얘기도 들었다. 졸업반인 내 둘째아이가 다니는 학교다. 그 아이들이, 우연히라도, 스치지 않았으면 좋겠다.

B와 헤어진 뒤, 나는 그녀를 한 번도 만나지 못했다. 헤어지고 얼마 뒤 전화 통화는 두 차례 했다. 10여 년 전부턴, 바람결에도 그녀 소식을 듣지 못했다. 나는 무소식이 희소식이라 되뇐다.

생활의 불규칙과 불면증은 여전하므로, 나는 요즘도 이따금, 정말 이따금, 어둑새벽의 서울을 걷는다. 그러면서 이따금, 정말 이따금, 30여 년 전, 15년 전 이 도시의 어둑새벽을 생각한다. 푸르디푸른 나이의 나를 생각하고, 꺾이기 직전 나이의 나를 생각한다. 자연히, A 생각과 B 생각이 따른다. 그들과 그들 가족에겐 결례이겠으나, 생각나는 것 자체는 어쩔 수가 없다.

그건 그렇고, 아내는 나 말고 몇 남자(또는 여자)에게나 열정을 느껴봤을까? 아니, 몇 남자 또는 여자와 열정을 실천해봤을까? 하나보다는 많고 넷보다는 적었으면 좋겠다. 그쯤 돼야 공평할 테니까. 하나도 없는 것보다는 차라리 많은 편이 낫겠다. 그래야 내 맘이 편할 테니까.

〈한국일보〉, 2008. 7. 7.

# 13

# 딸내미

✦

## 어떤 '가족로맨스'

〜〜〜〜〜〜〜

'딸내미'라는 말이 어떤 국어사전들엔 표제어로 올라 있고, 어떤 국어사전들엔 올라 있지 않다. 사전편찬자들이 죄다 이 말을 표준어로 여기지는 않는다는 뜻이겠다. 그러나 '딸내미'는, '아들내미'처럼, 그리고 '아들내미'보다 훨씬 더 흔히, 나날의 대화에서 들을 수 있는 말이다. 이 말을 표제어로 올린 사전들에 따르면, '딸내미'는 "'딸'을 귀엽게 이르는 말"이다.

'딸내미'를 과연 '사랑의 말'로 꼽을 수 있는지에 대해 나와 생각이 다른 독자들이 있을 수 있겠다. 딸내미를 키울 욕심이 간절했으나 뜻을 이루지 못한 나에겐, 이 말이 넉넉히 사랑의 말이다. 물론 지금까지 살펴본 '사랑의 말들' 거의 모두와 달리, '딸내미'는 연애의 말이 아니라 육친애의 말, 혈육애의 말, 가족애의 말이다. 이 글을, 딸자식을 두지 못한 사내의 '딸내미 판타지'로 읽어주었으면 좋겠다.

둘째아이마저 아들이라는 걸 알았을 때, 나는 크게 실망했다. (미안하다, 둘째야!) 첫아이 때도 딸이었으면 했지만, 손자 보신 걸 부모님이 하도 기뻐하셔서, 아쉬움을 억지로 눅였다. 그런데 둘째까지 사내아이고 보니, 이제 '가족로맨스'는 끝났구나 싶었다. 산고産苦를 내가 치를 것도 아닌데, 아내에게 아이 하나 더 보자고 말하는 것은 파렴치한 짓이었다.

(정신분석학자 프로이트와 오토 랑크는 어떤 개인이 제 실제 가족관계를 부인하고 환상이나 공상에 기대어 어딘가에 있을 제 '진짜 가족'을 지어내는 방식을 '가족로맨스Familienroman' 라고 불렀다 이를테면 엄마에게 불만이 쌓인 아이가 "내 '진짜 엄마'는 이런 사람일 리가 없어. 그분은 피치 못할 사정이 있어서 나를 이 한심한 집에 맡긴 게 분명해" 하는 식으로 상상하는 것이 가족로맨스다. 그러나 나는 지금 '가족로맨스'를 그런 전문적 뜻으로 쓰고 있지 않다. 여기서 가족로맨스는, 그저 말 그대로, 특히 '부녀 사이의' 잔정이 넘치는, 로맨틱한 가족관계를 뜻한다.)

사실 그 염치없는 꿈을 내가 슬그머니 드러내지 않은 건 아니다. 예상했던 대로 아내는 단호히 거부했다. 따지고 보면, 셋째아이가 딸이리라는 보장도 없는데, 새로운 시도를 하는 건 무모한 짓이기도 했다. 이제 와서야, 나는 아내가 슬기로웠음을 깨닫는다. 아들자식 둘도 이리 버거운데, 아들 셋은 지옥이리라. 주로 내 잘못으로, 나는 두 사내자식들과 사이가 그리 좋지 않다. 그렇다면 셋째 '아들'과도 마찬가지기 십상이었으리라. 아내가 그 때 '위험회피자risk averter'로 처신한 것은 우리 가족 모두에게 다행이었다.

그러나 딸내미가 없는 게 서운한 건 지금도 여전하다. 딸자식(들)을 가진 친구들을 볼 때면 늘 부러움이 질투심과 범벅된다. 누이 셋과 어울리며 자란 나는, 여자라곤 오직 아내뿐인 내 '살벌한' 집이 몸에 잘 안 맞는 옷 같다.

딸내미를 둔 친구들 앞에서 부러움을 털어놓으면, 그들은 대개 엄살떨지 말라고, 행복한 줄 알라고 나를 핀잔한다. 사내아이 키우기보다 계집아이 키우기가 훨씬 더 힘들다는 것이다. 학교폭력이나 따돌림 현상이 이젠 남학생들 이상으로 여학생들에게도 번져 있다는 말을 들을 때면, 그렇겠다 싶은 생각도 든다.

딸내미를 둔 친구 하나는 또, 계집아이가 한번 엇나가기 시작하면 사내아이 엇나가는 건 댈 것도 아니라고 푸념하기도 했다. 사실, 나를 닮은 딸이라면 나 역시 사랑하기 어려울 것이다. 딸이라고 하나 있는 게 제 아비처럼 퇴학 맞고 가출하기를 밥 먹듯 한다면, 나이 스물 한참 전에 술 담배 배우고 밤거리를 배회한다면, 나와 아내의 끌탕이 얼마나 심하랴.

하지만 그 점에 관해서, 사실 나는 '위험감수자risk taker'가 될 의향이 있었다. 그 위험이 크지 않았으니까. 제 집안 여자 자랑하는 풍수 짓을 잠깐 하자면, 아내와 처형과 처제들도, 내 누이 셋도, 내가 그리는 딸의 모습에 가깝다. 유전이라는 주사위놀이에서 나는 꽤 유리한 처지였던 것이다.

나보다 열여섯 살 위인 사촌 형님 한 분은 오매불망 아들자식 보기만 기다리다가 딸만 넷 두셨다. 그 딸내미들은 다 잘 자랐다. 좋은 바탕을 타고나서이기도 했겠지만, 부모의 세심한 보살핌 덕분이기도 했을 테다. 그 사촌 형님이 나는 한없이 부럽다. 그 사랑스런 종질녀들 가운데 한 녀석만 내게 양녀로 주셨으면 하는 생각도 한 적이 있다.

사촌 형님이 아들에 그리 집착한 것은 그분이 장손이기 때문이다. 승중承重, 곧 제사상속을 할 아들이 있어야 했던 것이다. 그 형님에게 아들이 없으니, 필시 그분 조카들 가운데 하나가 그 집에 양자로 들어가 제사를 떠맡게 될 게다. 우리 집은 아직까지도 5대 봉사를 하는 구닥다리 집안이다. 내 어린 시절엔, 한 해 제사 횟수가 달수를 훨씬 넘겼다. '정부 시책'에 따라 그 많던 제사들을 '통폐합'한 뒤에도, 한 해에 대여섯 번은 제사를 지낸다. 설과 추석 때의 차례는 빼고 하는 말이다. 대여섯 번이라고 두루뭉술하게 말한 것은, 내가 몇 년 전부터 일체 제사 참례를 하지 않아서 확신이 없기 때문이다.

나 이전에도 제사 참례를 하지 않은 일가친척들이 있긴 했다. 그들은 지나치게 '독실한' 개신교도들이었다. 나는 종교적 이유로 제사를 거부하는 게 아니다. 그저 귀찮아서다. 그러나 그걸 핑계로 삼을 수는 없으니, 내 유물론을, 무신론을 갖다 들이댄다. 비록 구차한 핑계긴 하지만, 내가 견결한 유물론자고 무신론자인 건 사실이다. 유물론자이자 무신론자가 귀신에게 술과 음식을 올리고 절을 하는 건 자가당착이다. 나는 내 아이들에게도, 내가 죽은 뒤 제사 따위는 집어치우라고 당부해놓았다. 부자 사이의 육친애가 도탑지도 않으니, 그 아이들도 속 편하게 내 말을 따를 것이다. 구존해 계신 부모님이 돌아가신 뒤엔 어떻게 해야 하나? 고민거리다. 나 역시 내 자식놈들처럼 부모님과 사이가 좋지 않지만, 성장기와 청장년기를 엄격한 제사문화 속에서 보낸 내가 '선고先考' '선자先慈'의 기일을 잊을 수 있을까? 모르겠다.

내 두 아이가 다 딸내미였다면, 지금 스물일곱 살, 스물세 살 처자가 됐을 게다. 그 아이들과 함께 술 마시고, 산책하고, 영화 보고, 수다스럽게 논쟁하는 나 자신을 상상하면, (당치 않은) 상실감이 불현듯 부풀어오른다. 나는 그 상실감을, '그 애들도 분명히 날 닮아서 제 부모에게 형편없이 까칠까칠, 데면데면했을 거야' 라는 되뇜으로 치유한다.

궁하면 통한다고 했던가. 나처럼 아들만 둘인 선배 하나가, 지난겨울 자기 집에 나를 포함한 후배 몇을 불러 술과 밥을 먹이다가, 난데없이 자기 '수양딸' 자랑을 하는 것이었다. 맏이의 친구인데(그러니까 요즘 젊은이들 용법으로 '여자친구'는 아닌 모양이다), 하는 짓이 하도 예뻐 "너 내 수양딸 해라" 했더니 그 친구가 대뜸 받아들이더라는 것이다. "걔가 정말 날 아빠라고 불러. 물론 진짜 아빠는 따로 있지만. 내 처한텐 엄마라고 부르고. 나한테 술도 사 달라고 조르고, 외국 나갔다 올 땐 선물도 사오고."

그 말을 들으며 나는, '이건 또 웬 이토 히로부미와 배정자란 말이냐? 자기가 키우지도 않았으면서 수양딸은 무슨 수양딸? 원 조교제의 최신 형태가?' 하는 심드렁한 마음이었다. 그러나 선배 는 진지했다. 그리고 행복해 보였다. 딸내미 하나 있었으면 했는 데, 소원 성취했다는 것이다. 아무튼 그땐 무심코 넘겼다.

한 달쯤 전, 술에 진탕 취해 들어온 날, 이른 새벽에, 나는 어 떤 처자에게 전자우편을 보내 내 수양딸 하면 어떻겠느냐고 물 었다, 는 건 나중에 알게 된 사실이고, 술이 깬 뒤 메일함을 열어 보기 전까진 내가 명정 상태에서 여기저기 메일을 보냈다는 사 실도 기억하지 못했다. 확인해보니 그 새벽에 '보낸 메일'이 무려 여섯 통이었다. 수신자는 다 달랐지만, 내용은 엇비슷했다. '너 내 수양딸 해라' '너 내 수양아들 해라' '너 내 수양조카 해라' '너 내 수양누이 해라' 따위. '수양조카'나 '수양누이'가 말이 되는지 는 모르겠으나, 아무튼 나는 그렇게 썼다.

수신자들은 나이가 제가끔 달랐고, 나와 친분이 깊은 젊은 이들이 아니었다. 그런데 그 가운데 스물아홉 먹은 처자 하나가 선뜻 내 제의를 받아들였다. 그래서 나는 나이 쉰에, 드디어 딸을 얻었다. 그 딸내미가 전자우편에서 처음 나를 '아빠!'라고 불렀을 때, 머리가 어질어질했다. 가슴이 유쾌하게 팔딱거렸다. 세상이 문득 아름다웠다. 마침내, 내 '가족로맨스'가 시작된 것이다. 나는 속으로 두 아들놈에게 거들먹거렸다. "늬들 하나도 안 아쉬워. 나, 딸내미 있어!"

〈한국일보〉, 2008. 8. 11.

# 14

## 어루만지다

✦

### 사랑의 처음과 끝

〜〜〜〜〜

　섹스 없는 사랑이 가능할까? 좀더 구체적으로, (좁은 의미의) 섹스가 배제된 연애가 가능할까? 나는 그렇다고 믿는다. 서로 어루만질 의사만 있다면. '어루만지다'는 '가볍게 쓰다듬으며 만진다'는 뜻이다. '철수가 혜린의 뺨을 어루만진다'에서처럼 구상명사를 목적어로 취하기도 하고, '혜린이 철수의 슬픔을 어루만진다'에서처럼 추상명사를 목적어로 취하기도 한다. 추상명사를 목적어로 취할 때, 어루만짐의 도구는 손이 아니라 따뜻한 말이나 유무형의 배려일 테다.

　'어루만지다'는 한자어 '애무愛撫하다'와 뜻이 많이 겹친다. 그러나 '애무하다'는 추상명사를 목적어로 취하지 않는다. 철수가 혜린의 뺨을 애무할 수는 있지만, 혜린이 철수의 슬픔을 애무할 수는 없다. 모르지, 혹시 혜린이나 철수가 '시적 허용'이라는 특권을 누리는 시인들이라면, 상대방의 슬픔을 애무할 수 있으려나?

"혜린은 철수의 쓰린 가슴을 어루만져주었다" 같은 문장에서 '가슴'이 구상명사인지 아니면 마음의 은유로서 추상명사인지는 확정하기 어렵다. 우리의 언어 직관은 이 경우 '가슴'을 '마음'의 은유로, 곧 추상명사로 판단하는 것 같다. 그러나 '어루만지다'는 목적어를 취하는 데 구상/추상을 가리지 않으므로, 이 문장은 어느 쪽으로 해석해도 상관없다. 반면에 "혜린은 철수의 쓰린 가슴을 애무해주었다" 같은 문장에선, '가슴'을 '마음'의 은유로 보기 어렵다. 이 경우의 가슴은 구상명사로, 곧 철수 상체의 앞부분으로 해석하는 것이 올바를 것이다.

'어루만지다'와 '애무하다'는 그 어감도 썩 다르다. '어루만짐'은 쓰다듬으며 만지는 행위 일반을 가리키지만, '애무'는 그 행위에 성적 뉘앙스를 포개는 것 같다. '애무'의 본디 뜻이 그렇다기보다, 성애 소설 작가들이 성행위를 묘사하며 이 말을 하도 남용해서 그리된 듯하다. "철수가 딸내미의 볼을 조몰락조몰락 애무하고 있네!" 같은 말은 가령 철수가 추위에 언 아이의 볼을 녹여주려고 어루만진다는 뜻으로 읽을 수도 있으련만, 이 말을 듣는 사람은 대뜸 '근친상간' '소아 성애' '성적 아동학대' 같은 상황을 연상하기 십상이다.

'어루만지다'는 이와 다르다. "딸내미의 발바닥을 어루만지는 아빠" 같은 표현에서는 앞의 불쾌한 상황들이 연상되지 않는다. 이 아빠는 오직 딸내미의 발바닥이 너무 귀엽고 정겨워서, 또는 먼 걸음 뒤의 긴장을 풀어주려고 쓰다듬어 만져주는 것이다.

그러나 '어루만지다' 역시 섹스의 맥락에서 쓸 수도 있다. 어떤 남자가 어떤 여자의 등줄기(또는 종아리나 발바닥)를 어루만지는 행위가 반드시 마사지를 비롯한 유사 의료행위이리라는 법은 없다. 그것은 전희前戲로서 성행위의 일부를 이룰 수도 있고, 그것 자체가 성행위의 전부일 수도 있다.

강제나 거래로 이뤄지는 것이 아니라면, 어루만지는 행위는 그 대상에게 주체의 사랑을 표현하는 행위다. 때로 그 사랑의 대상은 "청화백자를 어루만지다"나 "소담한 벼 이삭을 어루만지다"에서처럼 사물일 수도 있다. 그러나 우리는 지금 사람들 사이의 사랑을 이야기하고 있다. 이때 어루만짐의 대상은 상대의 몸이나 마음일 것이다. 제 연인이 무슨 일로 모욕을 당해 마음에 깊은 상처를 입었을 때, 우리는 그 상처를 어루만진다. 따스한 언어로. 제 연인이 계단을 급히 내려오다가 발목이 접질렸을 때, 우리는 그 발목을 어루만진다. 따스하고 섬세한 손길로. 그러니까 어루만짐은 일종의 치유고 보살핌이고 연대다.

한국인들은 대체로 사람들 앞에서 제 연인과 스킨십을 나누는 것을 스스러워한다. ('스킨십'이라는 말이 '콩글리시'라며 이를 쓰지 말자는 캠페인을 벌이는 사람들을 보면 딱하다. '스킨십'은 영어 단어가 아니라 한국어 단어다. 우리가 만들어낸 말이 아니라, 일본인들이 만들어낸 것을 우리가 빌려온 것이다. 일본어에서 '스킨시푸sukinshippu'는 주로 젊은 엄마가 아이에게 살갗을 맞댐으로써 모정母情을 전하는 일을 뜻한다. 더 넓은 뜻으로는 직장에서의 원활한 인사관리를 위한 간부사원과 평사원들 사이의 사적 교유를 가리키기도 한다. 신체접촉 일반을 가리키는 한국어 '스킨십'과는 뉘앙스가 사뭇 다르다. 요컨대 '스킨십'은 '엉터리 영어'가 아니라 한국어다.)

나이가 들면 연인과 단둘이 있을 때도 스킨십을 삼간다. 사람들 앞에선 남우세스럽다 여기고, 단둘이 있을 때도 스스로를 주책없다 여기는 것이 어루만짐에 대한 한국 어르신들의 일반적 태도다. 그러나 어루만짐이라는 형태의 스킨십은 사랑의 처음이자 끝이다. 사람의 살은 다른 사람의 살과 닿을 때 생기를 얻는다. (물론 지하철이나 버스에서 치한들이 시도하는 성추행으로서의 스킨십은 예외다. 그때의 스킨십은 분노와 불쾌감과 수치심을 낳을 것이다.)

나는 마음의 치유행위이자 사랑행위로서 어루만짐이 되도록 널리 퍼졌으면 좋겠다. 일부 서양문화권에서는 아는 이들끼리 (꼭 연인끼리가 아니다) 만났을 때나 헤어질 때 볼에 키스를 하는데 (앞서 말했듯 프랑스어로는 '비주bisou'라고 한다), 이것 역시 입술로 하는 어루만짐이다. 물론 비주에도 제약이 있다. 여자랑 남자랑, 또는 여자끼리는 비주를 하지만, 남자끼리는 비주를 하지 않는다. 여자끼리의 비주에 견줘 남자끼리의 비주가 동성애를 더 연상시켜서 그런지도 모르겠다. 그러나 우리가 남성동성애에 대해 편견을 갖지 않는다면, 남자끼리 하는 비주에도 무심할 수 있을 것이다.

여러 형태의 스킨십, 여러 형태의 어루만짐이 있다. 비주만이 아니라, 악수도 일종의 어루만짐이고 포옹도 일종의 어루만짐이다. 어루만짐은 특히 섹스가 시들해진 노령 연인들에게 사랑의 묘약이다. 나이든 아내의 손등에, 나이든 남편의 이마에 입을 맞춰보자. 또는 서로 볼을 부벼보자. 그 어루만짐이 아득한 옛날의 연애 감정을 다시 솟아나게 할 수도 있을 것이다. 상대의 정情을 새삼 확인하게 할 것이다.

나이 들수록 사람은 외로움을 더 느끼게 되는 법이다. 늙음은 심신의 쇠약을 동반하기 때문이다. 아내나 남편, 정인情人이 살아 있는 경우에도 그렇다. 그들은 대개 섹스를 포기함과 동시에 어루만짐까지 포기하고 만다. 어루만짐이 외로움을 치료할 수 있는데도 말이다. 어루만짐은 더 나아가, 때로는 죽음으로 이르는, 절망이라는 이름의 병을 치료할 수 있다. 몸이 섹스를 원하지 않는다고 해서, 몸이 어떤 접촉도 원하지 않는 것은 아니다. 나이 탓이든 다른 이유로든 외로움을 타는 사람에게 어루만짐은 최고의 약손이다.

고인의 유족들에겐 죄송스럽지만, 최진실 씨 얘길 잠깐 해야겠다. 문제의 그날 밤, 친구든 가족이든 직업적 동료든 누구라도 최진실 씨의 볼을 어루만졌다면, 그 볼에 제 볼을 부볐다면, 그녀를 힘껏 포옹했다면, 진심에서 우러난 따뜻한 말 몇 마디로 그녀의 상처 난 마음을 어루만졌다면, 최진실 씨의 선택이 달랐을 수도 있다. 속사정을 전혀 모르는 처지에 이런 말 하는 게 걸리긴 하지만, 최진실 씨를 죽음에 이르도록 한 것은 그녀의 외로움, 울화, 절망감이었을 것이다. 외로움, 울화, 절망감은 사람을 죽음으로 이끄는 중병이기도 하지만, 단 한 번의 어루만짐으로 없앨 수 있는 잔병이기도 하다. 단 한 번의 어루만짐이 최진실 씨의 그 중병이자 잔병을 완치할 수 없었다 하더라도, 크게 눅일 수는 있었을 것이다. 그녀를 덜 외롭고 덜 절망스럽게 만들 수는 있었을 것이다. 그래서 그녀가 극단적 선택을 하는 것을 막을 수도 있었을 것이다.

지금 살아 있는 사람들 거의 모두의 몸뚱어리는 앞으로 백년 안에 먼지가 되거나 썩을 것이다. 우리들의 몸은 우리들 마음이 한시적으로 입고 있는 옷에 불과하다. 그런데 그 옷이 다른 사람의 외로움을, 설움을, 상처를 치유할 수 있다. 그렇다면 그 옷깃이 다른 사람의 옷깃과 스치는 것에 인색할 필요는 없겠다. 섹스는 가장 과격한 형태의 어루만짐일 뿐, 모든 사람이 그런 강도의 어루만짐에 목말라하는 것은 아니다.

주위를 한번 찬찬히 살펴보자. 가족을 살펴보고 이웃을 살펴보고 친구를 살펴보고 심지어 원수를 살펴보자. 그리고 자신을 살펴보자. 외로운 사람, 절망에 빠진 사람이 수두룩할 것이다. 다시 말해 어루만짐이 필요한 사람이 지천일 것이다. 그들을 몸과 마음으로 어루만져 그 외로움을 치유해보자. 자신의 외로움도 치유해보자. 길어봐야 백 년 안에 썩어문드러질 제 손을, 제 볼과 입술을, 그런 멋진 일에 써보자. 한 시인의 표현을 훔쳐오자면, 사랑할 시간이 많지 않다.

〈한국일보〉, 2008. 11. 10.

# 15

## 서랍

✦

### 깊숙이 묻어둔 편지들

~~~~~~~~~~

머리가 말랑말랑할 때 새겨진 기억은 또렷하고 오래간다. 반면, 머리가 굳은 뒤 새겨진 기억은 자주 흐릿하고 이내 잊힌다. 그래서, 나이 쉰에 다다른 사람이 과거의 기억을 더듬을 때, 초등학생 시절 읽은 책의 줄거리가 서른 넘어서 읽은 책의 줄거리보다 외려 더 또렷이 떠오르기도 한다. 사건들의 선후관계도, 어려서 겪은 일들이 나이 든 뒤 겪은 일들보다 더 또렷할 때가 많다. 나이와 함께 점점 졸아드는 기억력의 물기가 시간의 원근법에 금을 내 엉클어놓아버리는 것이다.

나 역시 그런 경험을 흔히 한다. 열다섯 살 때 읽은 헤밍웨이의 《해는 또다시 떠오른다》는 줄거리만이 아니라 그 자잘한 에피소드까지 내 뇌리에 남아 있다. 그러나 서른 넘어서 읽은 움베르토 에코의 《푸코의 추》는 그 줄거리조차 가물가물하다. 시간은 기억의 파괴자다. 그런데 이 파괴자는 가까운 기억부터 차례차례 허물어뜨린다. 먼 기억이 가까운 기억보다 더 또렷한 이 현상을 나는 '시간원근법의 역설'이라고 부르련다.

그런데 이 역설이 아무 때나, 누구에게나 작용하는 것은 아니다. '서랍'이라는 말을 '사랑의 말'로 고르면서, 나는 막스 뮐러의 《독일인의 사랑》을 떠올렸다. 나는 이 소설(이 아니라면 소설의 옷을 입힌 수기)을 고등학교에 갓 들어가서, 즉 머리가 아직 말랑말랑할 때 읽었다. 그래서 그 내용을 비교적 생생하게 기억하고 있다(고 생각했다). 그 생생한 기억 속에서, 소설의 챕터 하나는 어떤 서랍에 관한 회상으로 이뤄져 있었다. 그래도 혹시나 해서 35년 만에 이 책을 다시 들췄는데, 내 기억은 똑떨어지지 않았다. '서랍'은 이 책의 한 챕터를 이루는 주제가 아니었다. 그저 머리말에 잠깐 언급될 뿐이었다.

그 머리말의 일부는 이렇다.

지금은 묘지의 평안 속에서 안식을 찾아 누워 있는 한 인간의 가슴속 성스러운 비밀들이 여러 해 동안 감추어져 있던 서랍들을 열어보는 경험을 해보지 않은 사람이 어디 있을까? 그 안에는 그가 사랑하는 이가 그토록 소중히 여겼던 편지들이 놓여 있다. 또 사진들, 리본들, 그리고 페이지마다 표시가 된 수많은 책들.

_《독일인의 사랑》, 막스 뮐러, 차경아 옮김

비록 내 기억과 어긋나기는 했으나, 머리말의 이 대목은 내가 '서랍'을 사랑의 말로 여기게 하기 충분했다. 국어사전은 '서랍'을 "책상, 장롱, 화장대, 문갑 따위에 앞뒤로 끼웠다 뺐다 할 수 있게 만들어 붙인, 뚜껑 없는 상자"로 풀이하고 있다. 이 정의가 나열한, 서랍 달린 물건 가운데 나와 인연을 맺은 것은 책상뿐이다. 그것도 학생 때나 직장인 시절 얘기다. 지금 내가 쓰고 있는 책상엔 서랍이 없다. 이 책상은 아내가 골랐다. 그녀는 내게 서랍이 쓸모없다고 판단했든지, 아니면 유행을 따랐을 것이다.

뮐러가 《독일인의 사랑》 서문에서 언급한 책상 서랍 속 '비밀 목록' 가운데, 내 가슴을 가장 뭉클하게 하는 것은 편지들이다. 젊은 시절 한때, 내 책상 서랍들은 편지들로 빼곡히 차 있었다. 그 서랍은 유사 로맨스 공간이었다. 서랍 속 편지들이 사적이고 정겨운 문장들로 채워져 있었기 때문이다. 지금은 뿔뿔이 흩어지고 망실된 그 편지들은 세 여자가 내게 쓴 것들이었다. 이 편지들의 발신자들은 아직 살아 있다. 정확히 말하자면, 두 사람은 멀쩡히 살아 있고, 다른 한 사람도 아마 살아 있을 것이다. 나보다 두 살 아래였으니.

그 편지들의 발신자 가운데 '지금의' 나에게 가장 큰 트레몰로를 일으키는 이는 수사나 페레스 렌돈 게레로라는 이름의 스페인 처자다. 그녀는 젊은 시절 내 펜팔이었다. 처음 편지를 주고받기 시작했을 때 그녀는 고등학생이었고, 편지가 끊겼을 때 그녀는 그라나다대학교 의학부 학생이었다. 그 다섯 해 동안 그녀가 내게 보낸 편지가 백 통은 넘었던 것 같다. 나도 그만큼의 편지를 그녀에게 부쳤다. 그녀는 펜팔이었을 뿐만 아니라, 어떤 가능 세계 속의 내 연인이었고, 더러는 스페인어 교사였다. 그녀는 내가 쓴 편지에서 '스페인어답지 못한' 표현을 들추어 바로잡아주곤 했다. '예쁘다'는 뜻을 지닌 여성형용사들인 '과파guapa' '베야bella' '보니타bonita' '린다linda' '에르모사hermosa' 따위의 뉘앙스 차이를 내게 가르쳐준 이가 수사나다.

얼굴도 직접 대하지 못한 채 오직 편지만을 주고받으며 우정을 쌓는 일은 18세기 이전 풍경이다. 그러나 나는 20세기의 수사나와 나 사이에도 한때 깊은 우정이 쌓였다고 회상한다. 그런 우정 없이 대여섯 장에 달하는 편지지를 매번 그렇게 가득 채울 수는 없었으리라. 그녀는 내 생일을 꼬박꼬박 챙겼고, 나도 그녀 생일을 꼬박꼬박 챙겼다. 그녀는 그라나다 주州의 자치 확대에 관한 주민투표 얘기를 하면서 '찬성'을 홍보하는 팸플릿을 내게 보냈고, 나는 이따금, 약간 겁을 먹은 채, 민족민주운동 단체들의 생경하고 조잡한 반미-반파쇼 팸플릿을 그녀에게 보냈다.

딱 한 번 그녀에게, "아 베세스, 피엔소 케 에레스 미 코라손 데 멜론"(A veces, pienso que eres mi corazón de melón. 영어로 옮기면 Sometimes, I think that you're my sweetheart)이라고 쓴 적이 있다. 농담인 체하며. 그땐 내게 이미 약혼녀가 있었는데도 말이다. 참 뻔뻔한 짓이었다. 수사나는 그 말을 자연스럽게 받아들이며 "키사스 테 네세시토 아 티, 케리도 미오"(Quizás te necesito a ti, Querido mío. 영어로 옮기면 Maybe I need you, my love)라고 화답했다. 아마 농담이었을 것이다. 그 농담들을 통해 우리들의 우정에 분홍빛이 입혀지기 시작했다. 그러나 나는 현실주의자로 처세하며 마침내 어떤 한국 처자와 결혼했다. 이내 우리들 사이의 편지질도 끝났다. 수사나에게서 받은 편지들을 신혼의 어느 날 밤 나는 죄다 불살랐다. 아내의 비위를 맞추기 위해서. 지금까지 살아오면서 후회되는 일 다섯을 꼽으라면, 그 세 번째나 네 번째쯤엔 이 경박한 충정맹세 행위가 포함될 것이다. 나는 지난해에 낸 《도시의 기억》이라는 책을 수사나에게, 30년 전의 그녀에게 헌정했다.

책상 서랍 속 편지들의 또다른 발신자는 나보다 두 살 위인 외종사촌 누이였다. 그녀는 봉함서신이 아니라 관제엽서를 보내왔는데, 어떨 땐 하루에 두세 통씩 올 때도 있었다. 나도, 그만큼은 아닐지라도, 그녀에게 엽서질을 자주했다. '외사촌 누이'라는 말에서 《좁은 문》의 알리사와 제롬을 연상하는 독자들도 있을 수 있겠다. 사실은 전혀 그렇지 않았다. 그녀와 친오뉘처럼 지냈을 뿐이다. 그녀는 자주 "너랑 나랑 4분의 1의 피를 공유하고 있단 말이지?" 하며 나와의 혈연을 기꺼워했다. 그 '4분의 1'이라는 계산이 과학적인지는 지금도 모르겠다.

공통점이 거의 없었던 그녀와 내가 가까이 지낸 것은 나에
대한 그녀의 호의와 배려 덕분이었을 것이다. 아니 닮은 점이 있
긴 했다. 어려서부터 부모와 사이가 나빴고, 체질적인 비非순응
주의자nonconformist였다는 것. 그녀는 몇 해 전 이혼을 하고 자신
이 동성애자라고 밝혔다. 소위 커밍아웃을 한 것인데, 그뒤론 가
족과 연락을 끊고 혼자 사는 모양이다. 나 역시, 동성애자는 아니
지만, 가족들과 잘 어울리지 않는다. 외가 쪽에 관혼상제가 있을
때 결코 얼굴을 들이밀지 않는 자가 둘 있으니, 그녀와 나다. 이
리 말하고 보니, 우리들이 공통점을 지니지 않았다고 앞서 한 말
은 거둬들여야겠다. 그녀와의 엽서질은 내 나이 스물 앞뒤에 집
중됐던 것 같은데, 그 글들이 담뿍 담고 있던 정겨운 의초는 분
홍빛이 아니었다. 그 엽서들은 지금도 집 안 어딘가에 있을 것이
다. 태운 기억도, 버린 기억도 없으니 말이다.

책상 서랍 속 편지들의 마지막 발신자는 P라는 여자였다.
그 편지들은, 편지지 빛깔까지 포함해, 온통 분홍빛이었다. 나도
그만큼 짙은 분홍빛으로 답했을 것이다. 수사나와 나 사이의 분
홍빛 감정(이라는 게 혹시 있었다면)이 얼마나 짙었는지는 모르겠
지만, 내 쪽에선 수사나를 기회비용으로 치르고 P와 결혼했다.
그리고 28년째 그녀와 지지고 볶으며 살고 있다. 그녀가 내게 쓴
편지들만이 아니라 내가 그녀에게 쓴 편지들도 집 안 어디엔가
있을 것이다. 이 편지들 역시, 태우지도 버리지도 않았으니.

그 세 여자의 편지들 가운데 가장 그리운 것은 수사나의 것들이다. 만일 내가 스물두어 살로 돌아가 서랍 달린 책상을 갖게 된다면, 그 서랍들은 죄다 수사나한테서 받은 물건들로만 채워 놓을 거다. 편지들, 사진들, 양손바닥에 잉크를 묻혀 찍은 종이, 분홍색 꽃잎이 끼워진 책들, 투우사복 세트…. 미안해요, P 여사!

〈한국일보〉, 2008. 11. 17.

# 16
## 엿보다
✦
### 사랑의 뒤틀림 또는 시始동動

~~~~~~~~~~

　'엿보다'의 '엿-'은 일부 동사 앞에 덧붙어 '몰래' '가만히' 따위의 뜻을 나타내는 접두사다. 생산성이 그리 높지 않아서, '엿보다' 외에 '엿듣다' '엿살피다' 따위의 동사 정도에나 나타날 뿐이다. 몰래 본다는 뜻이므로, '엿보다'는 '넌지시' '슬쩍' '슬며시' '슬그머니' '가만히'처럼 은밀함이나 정태성靜態性을 드러내는 부사들과 궁합이 맞는다.

　'엿보다'에는 '알맞은 때를 기다리다'라는 뜻도 있다. '기회를 엿보다' '상황을 엿보다' 같은 표현에 그런 뜻의 '엿보다'가 보인다. 이 '엿보다'는 '살피다'로 대체할 수 있다. 이때 '엿보다'에는 부정적 함축이 거의 없다. '슬며시 본다'라는 본디 뜻으로 쓰일 때도 그 뉘앙스가 반드시 부정적인 것은 아니다. 비유적으로 쓰일 때 특히 그렇다. 이를테면 "유리창을 통해 방 안을 엿보는 보름 달" 같은 표현에서 '엿보는'을 '들여다보는'으로 바꾼다고 해서 그 의미가 크게 달라지지는 않는다.

그러나 '엿보다'가 곧이곧대로 쓰일 때, 거기 함축된 은밀함은 흔히 부정적 뉘앙스를 낳는다. 옛 전체주의 사회에는 시민들의 행동거지와 말마디 하나하나를 엿보고 엿들으려는 비밀경찰관들이 수두룩했다. 그 엿보기의 목적은 체제에 불만을 품은 시민들을 솎아내 사회에서 격리하는 것이었다. 자유주의 사회라고 크게 다르진 않았다. 특히 냉전시기에는, 소위 '자유진영'과 '평화진영'이 상대방의 내부를 엿보려는 활동이 최고조에 이르렀다. 옛 소련의 KGB나 미국의 CIA, 이스라엘의 모사드, 영국의 MI6(코드넘버가 007인 제임스 본드가 소속된 기관) 등에서 일하는 '살인 면허 소지자들'은 단순히 엿보는 데서 더 나아가, 공공건물을 파괴하고 사람을 납치하거나 살해하는 끔찍한 범죄를 애국심이나 자유나 평화의 이름으로 저질렀다. (사실은 돈 욕심 때문이었을 것이다.) 한국에서도 군부독재 시절, 비밀경찰관이나 그 끄나풀 들은 '불순분자'를 찾아내기 위해 교정校庭이나 노동 현장을 엿보았다. (설마 요즘도 그런 건 아니겠지!) 그들과 인연을 잘못 맺으면, 어느 날 낯선 건물로 끌려가 욕조 물에 머리가 처박히거나 온몸이 고압전류에 망가지기 일쑤였다.

민주주의가 피어나고 있는 요즘엔 엿보기가 없는가? 그렇지 않다. 다만, 전통적으로 국가권력의 몫이었던 엿보기의 적잖은 부분이 민간으로 (특히 재벌기업으로) 이전되었다. 그 가운데서도 삼성은 유난히 도청과 인연이 깊은 기업집단이다. 때로는 주체로, 때로는 객체로. 국가와 대기업은 우리를 24시간 엿보고 있다. 조지 오웰이 《1984년》에서 그렸던 그 음험한 세계가 우리 앞에 펼쳐지고 있다. 아니 이미 펼쳐졌다.

엿보기는 시민의 안전이라는 명분으로 정당화된다. 그 안전의 대가로 우리는 늘 감시당한다. 엿보기 시스템이나 기구 들 가운데 상당수는 그 본디 목적이 엿보기가 아니었지만, 기술의 공진화共進化를 통해 이내 그런 기능을 겸하게 되었다. 그것들은 우리들에게 안전과 편의를 베풀면서, 우리들의 사생활을 엿본다. 가장 사적인 생활인 연애까지도. 단둘이 탄 엘리베이터 안에서 입을 맞추려던 연인들은 천장 한구석에 달린 CCTV를 의식하고 자신들만의 낭만적 행위를 포기하기 일쑤일 것이다. 요즘 출시되는 휴대폰은 거의 다 카메라 기능을 겸하고 있다. 휴대폰 보급률이 세계 최고 수준인 한국에선 만인이 만인을 엿본다.

사람에겐 무언가를 엿보고 싶어하는 심리가 있는 것 같다. 그런 심리 가운데 성性과 관련돼 거세게 발현되는 증세를 관음증觀淫症이라 부른다. 관음증은 글자 그대로 '음란한 것을 보(고 쾌감을 느끼)는 증세'다. 관음증은 프랑스어 '부아이외리슴voyeur-isme'의 번역어다. '보다'라는 뜻의 동사 '부아르voir'의 어근에 동작주를 뜻하는 접미사 -eur을 붙여 부아이외르voyeur를 만든 뒤 이런저런 행태나 주의主義를 뜻하는 접미사 –isme을 다시 덧붙여 만든 말이다. 이미 'voyeur'만 해도 그저 '보는 사람'이라는 뜻이 아니라, 관음증 환자, 곧 남들의 은밀한 행동을 은밀히 엿보며 즐거움을 느끼는 변태성욕자라는 뜻을 지녔다. 같은 동사 voir에 동작주를 나타내는 또다른 접미사 –ant을 붙여 만든 부아양 voyant이 매우 긍정적인 뜻, 곧 '안광眼光이 지배를 철徹하는' 혜안의 견자見者를 뜻하는 것과 대조적이다. 관음증 환자는 남들이 옷을 벗는다거나 섹스를 한다거나 배변을 하는 모습을 엿보며 쾌감을 느낀다. 탈의실, 모텔방, 화장실처럼 가장 사적인 공간에도 엿보는 눈이 있을 수 있다.

집안사람들이 신방新房 창호지에 구멍을 뚫어놓고 신부 신랑의 첫날밤을 훔쳐보는 장면이 사극에 더러 비친다. 전근대 한국에서 실제로 그런 일이 다반사였는지는 모르겠으나, 그것을 전형적인 관음증의 발현이라고는 할 수 없겠다. 엿보이는 사람도 엿보는 사람의 존재를 알고 있는 이 엿보기 관행에는 성애의 뉘앙스가 옅다. 그것은 가벼운 장난이며 놀이였던 것 같다. 그러나 단옷날 창포물에 몸을 씻는 아낙들을 동자중 두 놈이 엿보는 풍경(바로 신윤복의 〈단오풍정端午風情〉!)에는 옅게나마 관음증이 배어 있다.

관음증 환자들은 타인의 성행위나 알몸을 엿보는 것으로 섹스를 완성한다. 육체적으로 건강한 사람들은 대부분 이성(또는 동성)의 벗은 몸이나 성교 장면을 보면 성욕이 불끈 인다. 그러나 이들은 관음증 환자가 아니다. 관음증 환자는 스스로 섹스를 하는 것보다 남들의 섹스를 엿보는 데서 더 큰 성적 만족을 얻는다. 그들에게는 파라섹스para-sex, 곧 곁다리 섹스가 가장 만족스러운 섹스다.

엿보는 대상이 꼭 실제 성행위여야 하는 것은 아니다. 그 대상은 무대 위 연행일 수도 있고, 브라운관이나 컴퓨터 모니터나 영화 스크린일 수도 있다. 엿보는 사람은 흔히 제 몸을 어둠 속에 숨긴다. 다시 말해 제 존재를 드러내기 싫어한다. 영화가 시작되자마자 조명이 꺼지는 것은 스크린의 영상을 또렷하게 하기 위해서겠지만, 그 소등은 엿보는 사람들, 곧 관객들에게 어둠의 안온함을 베푼다.

나체나 섹스를 엿보며 쾌락을 느끼는 증상, 즉 관음증은 문학예술사의 변두리에서 제 나름대로 뿌리를 내려왔다. 이 분야의 비조鼻祖라 할 사드 후작은 그냥 넘어가자. 프랑스의 신소설작가 알랭 로브그리예는 서른세 살 때인 1955년에 《관음증 환자 Le Voyeur》라는 소설을 내 비평가상을 받았다. 줄거리는 마티아라는 시계 외판원이 어린 시절 살았던 섬을 방문해 자전거를 타고 섬을 둘러보는 과정이다. 바로 그날, 평판이 그리 좋지 않은 소녀가 살해된다. 소설은 살인범이 누구인지를 끝내 밝히지 않은 채 마티아의 시선을 좇으며 이 사건의 앞뒤를 샅샅이 톺아본다.

이 소설에 수여된 비평가상은 파리 문단에 큰 소란을 빚었다. 롤랑 바르트는 이 소설을 '시선의 문학littérature du regard'이라 명명하며 극찬했다. 모리스 블랑쇼도 거들었다. 그러나 문단 주류의 평가는 아주 야박했다. 소설가 겸 비평가 에밀 앙리오(생존 기간이 거의 겹치는 동명의 화학자와 혼동해선 안 된다)는 〈르몽드〉의 서평난에서 로브그리예를 정신병자로 취급하고 교화소로 보내야 한다고까지 주장했다. 비록 뒷날 그 판단을 철회하긴 했지만.

엿보기를 주제로 삼은 예술작품들이 논란을 일으키는 것은 그것들이 흔히 강력범죄를 포함하고 있기 때문이다. 영국인 감독 마이클 파월이 1960년에 만든 심리스릴러 영화 〈관음증 환자 Peeping Tom〉는 관음증을 연쇄살인, 아동성학대와 버무림으로써 영화계 안팎에 큰 반향을 일으켰다.

'엿보기'가 사랑의 말이라면 그 사랑은 불구의 사랑일 것이다. 그 사랑은 제 눈으로 세계를 지배하려는 간수看守의 사랑이자, 딴 사람의 눈에 걸려든 수감자의 사랑이다. 사르트르가 제 희곡 한 인물의 입을 빌려 "지옥이란 타인들이다"라고 말했을 때, 그 전형적인 타인이 바로 '부아이외르', 엿보는 사람일 테다. 현대의 성性산업은 엿보기를 버젓한 섹스 장르로 만들었다. 한량들은 구멍을 통해, 유리벽을 통해, 객석에 앉아서 타인의 벗은 육체를, 타인들의 섹스를 한갓지게 엿본다.

그러나 엿보기는 곱다란 사랑의 시작이기도 하다. 나무꾼과 선녀의 사랑은 지상의 샘에서 멱을 감는 선녀를 나무꾼이 엿봄으로써 시작됐다. 엿보는 사람은 음란한 사람일 수도 있지만 수줍은 사람일 수도 있다. 순애純愛는 본디 수줍음에서 발원한다. 연모하는 마음은 붉디붉은데 제 처지에 비춰 언감생심일 때, 사람은 상대를 맞보지 못하고 엿본다. 그 엿보기의 사랑은 흔히 짝사랑이다. 사촌 누이 록산을 향한 시라노 드 베르주라크의 이루어지지 못한 사랑이 엿봄의 사랑이다. 차마 바라보지도 못하고 넘보지도 못하는 사랑, 그 비스듬한 사랑이 엿봄의 사랑이다.

<한국일보>, 2008. 12. 8.

2부

✦

# 도시의 기억

✦

# 01

# 나라

✦

## 먼 고향을 향한 그리움

~~~~~~~~~~~~~~~~~~

먼 곳을 향한 그리움과 고향을 향한 그리움은 어떤 낭만주의의 심리적 질료들이다. 이 둘은 서로 다른 것이 아니다. 고향을 그리워할 때 그 고향은 그리움의 주체로부터 멀리 떨어져 있게 마련이고, 먼 곳을 그리워할 때 그리움의 주체는 그 먼 곳을 제 진짜 고향으로(그러니까 자신은, 천상에서 지상으로 내려오는 과정에 발을 헛디뎌, 태어나지 않았어야 할 곳에 잘못 태어났다고) 여기기 때문이다. 나이 스물 넘어 삶과 세상에 대한 내 생각을 정돈하기 시작할 무렵부터, 나는 낭만주의자가 되지 않으려 무던히 애썼다. 낭만주의의 주정적主情的 무절제와 허튼 몽상이 그 당사자에게만이 아니라 공동체에도 해롭다는 판단 때문이었다. 이성이라 부르든 합리성이라 부르든, 나는 어떤 질서와 규율을 내 삶과 마음속에 장착하고 싶었다. 논리의 수준에서만이 아니라 윤리와 심미의 수준에서도.

그러나 나는 실패했다. 타고난 그릇을 나는 부술 수가 없었다. 이런 실패 경험은, 사람은 어떤 거푸집에 갇혀 그 모양대로 '태어나게' 마련이라는(그러니까 사람은 좀처럼 변하지 않는다는) 내 우파적 인간관의 핑계가 되었다. 내 생각이나 행동은 늘 넘치거나 모자랐다. 모자람도 넘침의 일종이라면(과소!), 나는 늘 넘쳤다. 특히 쾌락을 쫓아 구하는 데서 나는 절제를 몰랐다. 내 몸뚱어리를 동년배보다 한결 낡게 만든 (심한) 니코틴중독과 (약간의) 알코올중독은 그렇게 얻어졌을 것이다. 손닿는 자리에 '디스플러스'가 없으면, 온전한 와인 병이나 먹다 남은 위스키 병이 냉장고나 선반 어딘가에 있지 않으면 나는 불안하다.

내가 탐한 것이 술과 담배만은 아니다. 나는 특정한 음식을 지독히 탐한다. 스키야키, 연어회, 낙지볶음, 안심스테이크, 생굴 같은 것들. 이 이름들을 벌여놓고 있자니 어느새 입에 침이 고인다. 나이가 좀 든 뒤에는 달라졌으나, 한때 나는 멜로드라마 폐인이기도 했다. 나는 하염없는 감상주의자(였)다. 이성과 합리성에 바탕을 둔 리얼리즘이 모자랐던 탓에, 나는 늘 주변인으로 살았다. 크고 작은 공동체의 변두리에, 안과 밖의 경계에 내 자리가 있었다. 그 가두리의 자리를 나는 자유의 자리로 여겼다. 그 자유는 패배의 대가로 얻은 자유였다. 그러니까 내가 일종의 낭만주의자라 하더라도, 그 낭만주의는 영웅적 낭만주의가 아니다.

그것은 삶의 패배를 예상하거나 예정한, 소극적, 도피적 낭만주의다.

싱그러운 젊음의 세월을 보내며 그랬듯, 지금도 나는 먼 곳을 향한 그리움과 고향을 향한 그리움에서 놓여나지 못한다. 〈도시의 기억〉이라는 이 연재물을 시작하겠다고 마음먹은 계기도 먼 고향들에 대한 그 그리움에서 주어졌다. 그 먼 고향들 가운데 내가 제일 먼저 가보았고 가장 오래 떠나 있었던 곳이 나라奈良다. 상투적 표현을 쓰자면, 나는 내 마음을 나라에 두고 왔다. 그 마음의 고향에 내가 얼마나 머물렀나? 딱 하루다. 1990년 8월 7일 한나절. 그 이전에도 이후에도 나는 그 도시에, 내 마음의 고향에 가보지 못했다.

독자들의 웃음소리가 들린다. 비웃음소리가. 단지 하루 들렀을 뿐인 도시에 향수를 느끼다니. 그렇지만 거기 들렀던 기간이 그리 짧았기에 내 향수는 더 짙어진다. 그리 짧게 머물렀기에, 그 먼 고향을 향한 내 그리움은 식을 줄 모른다. 그리움이란, 결핍의 형식으로 드러나는 사랑 아닌가. 오래 머물렀다면, 나는 그 도시를 조금은 싫어하게 됐을지도 모른다. 그 도시의 (누릿하거나 비릿할지도 모를) 속살을 설핏 엿보게 됐을지도 모른다.

찌는 듯 더운 날이었다. 구름 한 점 없이 햇빛이 내리쬈고 그 뜨거운 볕은, 흔히 사슴 공원이라 부르는 나라 공원에 우리가 도착했을 때, 환각 비슷한 것을 내 몸 한구석에 만들어냈다. 방금

'우리'라고 한 것은 동행이 있었기 때문이다. 문학평론가(요즘은 평론활동을 거의 접은 듯하니 국문학자라 해두자) 김철 형과 홍정선 형이었다. 거기 사슴이 있었다. 어린 시절 창경원의 동물원 우리 너머로 본 사슴들이. 도시 한복판의 턱 트인 공원에서 그들은 사람들과 어우러져 있었다. 나는 한순간 어질어질함을 느꼈는데, 그것이 뜨거운 햇볕 때문이었는지 사람들을 경계하지 않는 사슴들의 맹랑함 때문이었는지 모르겠다. 시카센베이라 부르는 사슴 먹이를 내 동행 가운데 한 사람이(김이었는지 홍이었는지는 기억이 안 난다) 사서 이 친구들을 꼬드겼다. 신기하게도 그들이 다가왔다.

물론 그것은 매우 인공적인 풍경이었다. 사슴 공원 자체가 사람의 손길을 세심히 받아 그야말로 인공적으로 아름다웠고, 그곳은 사슴들이 자연스레 있어야 할 곳이 아니었다. 이 사슴공원이 일종의 극장무대나 쇼케이스 같은 곳이라는 것을 나는 모르지 않았다. 그런데도 나는 이 풍경에 완전히 반했다. 그래서 문득, 이곳의 관람객이 아니라 배우나 진열품이 되고 싶었다. 다시 말해, 내가 서울 말고 다른 곳에서 살게 된다면, 나라에서 살았으면 좋겠다는 생각을 했다. 마른 입술을 아이스크림으로 적시며.

나라는 섬세하고 아름다웠을 뿐 아니라 거대했다. 적어도 동대사東大寺는 그랬다. 이 우람찬 사찰은 내가 그때까지 지니고 있던, 이어령 상표의 '축소지향 일본인' 운운 이미지를 송두리째 뒤집어놓았다. 중학생 때 경주로 수학여행을 가서 가장 크게 실망한 것이 석굴암을 보고 나서였다. 사실 석굴암만이 아니라 경주의 신라 유적들에 죄다 실망했다. 초등학생 때부터 그 유적들이 얼마나 위대하고 찬란한가에 대해 반복적으로 세뇌를 받았기 때문일 것이다. 물론 지금도 나는 예술품의 섬세함에 감탄할 눈을 지니고 있지 않다. 그러니 중학생 때는 오죽했으랴. 내가 경주의 신라 유적들을 보고 실망했다는 것은 그 규모에 실망했다는 뜻이다. 경주에서, 나는 상상과 현실 사이의 괴리에 충격을 받으며, 문득 완구玩具 도시에 온 듯한 느낌을 받았다.

불국사엘 들렀을 땐, 서울에서 보던 절들보단 엄청 크군 하는 생각을 하긴 했다. 그런데 그로부터 17년쯤 뒤 나라의 동대사엘 가보니, 오래전에 본 불국사는 일종의 분재盆栽 사찰 같았다. 동대사는 세 겹의 크기로 나를 압도했다. 우선 그 터(사역寺域)의 넓음이 나를 압도했고, 대불전(전당金堂)의 크기가 나를 압도했고, 대불전 안 비로자나불毘盧遮那佛의 크기가 나를 압도했다. 사슴 공원의 오밀조밀함과 동대사의 거대함은 일본이라는 나라의 다면성을 상징하는 것처럼 보였다.

물론 나는 일본의 절들이 다 동대사처럼 크진 않다는 걸 이내 알게 됐다. 동대사의 대불전은 일본에서만이 아니라 전 세계에서 규모가 가장 큰 목조건물이라 한다. 따지고 보면 일본은 한국에 견주는 것조차 민망할 만큼 큰 나라다. 경제력이 세계에서 두 번째라는 점을 제쳐놓고라도 그렇다. 인구가 남북한의 두 배고 국토 면적도 그렇다. 더구나 그 국토는 아열대에서 아한대까지 길게 뻗어 있다. 그러니 한국에서 겪지 못한 '크기'를 일본에서 겪었다 해도 놀랄 일은 아닐 테다.

그래도 일본에서 처음 본 절의 웅장함은 내게 깊은 인상을 남겼다. 그리고 이 커다란 목조건물이 제2차 세계대전 때 미군의 폭격을 피할 수 있었던 게 참 다행이라는 생각이 들었다. 물론 미군 쪽에서 문화 유물의 폭격을 세심하게 피했다고도 할 수 있겠으나, 근년의 이라크 침공 때 미군이 영국군과 함께 저지른 문화적 반달리즘vandalism을 보면 그 나라의 '문화주의'에 일관성이 있는 것 같진 않다. 미국인들에게도 존중하는 적과 존중하지 않는 적이 따로 있을지 모른다. 그러나 이 말을 해놓고 보니, 일본이 역사상 유일의 핵무기 피폭국이라는 데 생각이 곧 미친다. 가정된 역사처럼 부질없는 물건도 없지만, 1945년 8월까지 나치 정권이 존속했다면, 미국은 유럽에도 핵폭탄을 떨어뜨렸을까?

동대사 사역 안이었는지 그 둘레 어디였는지는 기억나지 않으나, 소설가 시가 나오야(志賀直哉, 1883~1971)가 종전 뒤 한때 머물렀다는 집이 있었다. 우연히 마주친 것이 아니라 홍정선 형이 그 집을 찾아보자 해서 물어물어 간 것이다. 그의 작품을 한 편도 읽어보지 않은 내게, 시가 나오야는 소설가로보다 종전 뒤 일본어를 폐지하고 프랑스어를 일본의 '국어'로 삼자고 주장한 논객으로 더 기억된다.

시가 나오야의 이 주장은 두 겹으로 뜻밖이다. 작가는, 특히 군소작가가 아니라 시가 나오야 정도로 자국 문단을 쥐락펴락하는 작가라면, 어려서 배워 자신이 평생 써온 모국어에 일반인들보다 훨씬 더 큰 집착을 보이게 마련이다. 이미 원로의 반열에 든 시가 나오야가 일본어를 폐지하자고 했을 때, 그는 자신이 그때까지 써온 작품을 죄다 폐기할 각오가 돼 있었다는 뜻이다. 이리도 강렬한 자기파괴 욕망을 드러내지 않으면 안 됐을 정도로 일본어는 그에게 허접스레 보였을까?

둘째로, 그가 일본어를 대치할 언어로 지목한 것이 왜 영어가 아니라 프랑스어였을까? 시가 나오야가 이런 주장을 펼친 반세기 전에도, 자연언어 생태계에서 프랑스어가 차지하고 있는 비중은 영어에 감히 견줄 수 없을 만큼 낮았다. 게다가 시가 나오야가 프랑스어나 프랑스문학을 전공한 것도 아니고, 프랑스어에 익숙했다는 기록도 없다. 그는 근대 유럽에 널리 퍼져 있던, 그리고 앙투안 리바롤이라는 18세기 남자가 그릇된 정보와 근거 없는 자부심에 바탕을 두고 조작해낸 '프랑스어의 보편성' 신화에 감염돼 있었던 것일까? 어느 쪽이든, 시가 나오야의 '프랑스어 국어론'은 20세기 일본 지식사회 한 켠에 똬리를 틀고 있던 프랑스 애호의 증좌라 할 만하다. 일본인들의 프랑스 애호는 프랑스 쪽에 그 대칭물을 지니고 있다는 점에서 행복하다. 우키요에浮世繪에 홀딱 반했던 몇몇 인상파 화가들이 아니더라도, 프랑스인들의 일본 애호는 일본인들의 프랑스 애호 못지않은 것 같다.

나라에서 겪은 사사로운 에피소드 하나. 조선학 국제학술토론회에 참가한 동독 훔볼트대학 한국학학자 헬가 피히트 여사와의 인터뷰 기사를 오사카에서 부치지 못하고 나라에까지 들고 왔는데, 도무지 팩시밀리 있는 곳을 찾기 어려웠다. 물어물어 찾아간 '정식' 우체국(몇 군데 간이우체국에는 팩시밀리가 없었다!)에서 마감 시간을 아슬아슬하게 맞춰 송고하긴 했으나, 기술제국 일본에서 팩시밀리를 찾기 어렵다는 게 뜻밖이었다. 인터넷이 대중화한 지금 돌이켜보면 호랑이 담배 피우던 시절의 풍경이다. 그보다 전, 텔레타이프와 전화에 의존해야 했던, 아니 그것들조차 없었던 시절의 기자들은 먼 곳에서 쓴 기사를 송고할 때 얼마나 노심초사했을까? 제 원고를 기다리는 머나먼, 그리운 고향 때문에 얼마나 애를 태웠을까?

늙은 도시 나라에서의 한나절, 내 몸뚱어리는 젊었다. 나라를 향한 그리움은 그 젊은 몸뚱어리를 향한 그리움인지도 모르겠다.

〈한국일보〉, 2007. 3. 28.

# 02
# 그라나다
✦
## 알람브라 궁전의 추억

〰〰〰〰〰

그녀의 이름은 수사나 P. R. G.(성은 첫 알파벳만 적기로 하자. 스페인 사람들의 정식 성은 두세 단어로 이뤄지는 것이 예사다)였다. 수사나는 1980년 그라나다대학교 의과대학에 입학했다. 그녀는 내 젊은 시절의 펜팔이었다. ('펜팔'이라. 인터넷이 대중화한 시대에 이말은 얼마나 고색창연한가!) 나는 1978년 말부터 다섯 해 남짓 수사나와 편지를 주고받았다.

나로서는 그저 스페인어로 글 쓰는 걸 연습한다는 기분으로, 그러니까 다소 불순한 실용적 목적을 지니고 시작한 일이었는데, 편지가 오가면서 꽤나 진지한 얘기를 주고받게 되었다. 수사나는 프랑코가 죽은 뒤 조심조심 앞으로 나아가는 스페인 민주주의에 대해 얘기했다. 나는 유신정권의 말기적 광증과 짧았던 서울의 봄, 그리고 거기 이은 길고 혹독한 겨울에 대해 얘기했다. 수사나에게 편지를 부칠 때마다, 혹시 그 편지가 검열되는 것 아닐까 하는 불안이 스멀거렸다. 그러나 스페인어를 읽을 줄 아는 검열관까지 둘 만큼 군사정권이 치밀하지는 않으리라는 이성적 짐작으로 나는 마음을 가라앉혔다.

수사나는 내게 미겔 데 우나무노의 시들을 적어 보냈고, 제 동향 시인 가르시아 로르카의 예술과 삶을 자부심에 차 얘기했다. 나는 그녀에게 김지하라는 이름을, 김민기라는 이름을 알려 주었다. 상대의 생일이나 제 나라 명절 때가 되면 그리 값비싸지 않은 선물을 주고받았다.

내가 결혼을 하고 얼마 뒤, 우리의 편지 주고받기는 끝났다. 내가 그녀에게 결혼 사실을 알리자 그녀 쪽에서 편지를 끊었다. 기분이 좀 묘했다. 나는 수사나에게 보낸 편지에서 내 여자 친구 얘기를 여러 차례 했기 때문이다. 결혼한 지 얼마 뒤, 나는 수사나에게서 받은 편지를 죄다 불태웠다. 그것은 아내에게 건넨 일종의 '충성맹세' 같은 것이었다. 요즘, 그짓이 후회된다. 젊음이 아쉬울 나이가 돼서 그런지 모른다. 지금 그 편지들을 읽을 수 있다면, 나는 적어도 옛 젊음을 기분 좋게 반추할 수는 있을 게다.

수사나와 편지를 주고받던 시절, 언젠가 스페인에 갈 수 있으리라는 생각은 하지 못했다. 스페인은, 그라나다는 너무 멀어 보였다. 그 시절, 해외여행은 잘난 사람에게만 베풀어지는 특권 같은 것이었다. 그라나다에 처음 가본 것은 1993년 5월이다. 혼자였고, 일로 한 여행이었다. 세비야에서 직행버스를 타고 두 시간쯤 지나니 그라나다였다. 버스는 휴게소에서 한 번 쉬었는데, 휴게소의 한 카페에서 프란시스코 타레가의 〈알람브라 궁전의 추억〉을 되풀이해 내보내고 있었다. 아마 안드레스 세고비아의 기타 연주였을 게다. 그때, 요동친(트레몰로!) 것은 기타의 현만이 아니라 내 마음의 줄이기도 했다.

그라나다를 두 번째로 찾은 것은 2004년 11월이다. 탕헤르에서 알헤시라스로 돌아온 친구들과 나는 그 길로 한 친구가 모는 차를 타고 알람브라 궁전의 도시로 향했다. 이번엔 부러 차 안에서 〈알람브라 궁전의 추억〉을 여러 차례 들었다. 그러나 마음의 '트레몰로'가 예전 같지 않았다. 세월은 모든 뾰족한 것을 무디게 만드는 것인가.

처음 그라나다에 갔을 때, 나는 줄곧 수사나 생각을 했다. 그러나 그녀를 굳이 찾아볼 생각까지는 하지 않았다. 두 번째로 그라나다에 갔을 땐, 친구들과 지지고 볶느라 수사나를 생각할 틈이 없었다. 세월이 그녀의 삶에 큰 상처를 내지 않았다면, 초로의 수사나는 어디선가 의사 노릇을 하고 있을 게다. 내겐 10대 후반의 그녀 사진이 있다. 이건 불태우지 않았다. 사진 속의 그녀는, 하, 정말 미인이다.

그라나다에 두 번째로 갔을 때, 플라멩코를 처음 실연으로 보았다. 알바이신 구역의 한 동굴이 공연장이었다. 11월의 밤, 알람브라 궁전이 내려다보이는 언덕의 동굴에서 무희들의 숨결을 받고 있자니, 문득 나도 안달루시아 집시 사회의 일부분이 된 느낌이었다. 그러나 내 친구들과 나를 포함해 그 동굴을 그득 채우고 있던 관람객들은 죄다 그라나다 바깥에서 온(사실은 스페인 바깥에서 온) 이방인일 터였다. 무희들의 몸짓도 가수들의 목소리도 짙은 성애性愛의 암시로 눅눅했다. 무희 다섯과 남자 무용수하나, 연주자 둘, 가수 둘이 돌아가며 또는 함께 공연을 했는데, 놀라워라, 쉰이 넘어 보이는 중년 무희의 춤사위(라는 말을 서양 춤에 써도 되는진 모르겠으나)가 가장 매끄러워 보였다. 세월이 모든 뾰족한 것을 무디게 만들지는 않는 모양이다.

그라나다는 아름다운 도시다. 수사나가 그리 자랑스러워했던, 이 도시가 낳은 가장 유명한 시인 페데리코 가르시아 로르카는 제 고향을 이렇게 찬미했다. (가르시아 로르카의 고향은, 정확히는, 그라나다 시가 아니라 그라나다 주의 푸엔테 바케로스다.)

"그 빛깔은 은색, 진한 초록빛/ 라 시에라, 달빛이 스치면/ 커다란 터키 구슬이 되지/ 실편백나무들이 잠 깨어/ 힘없는 떨림으로 향을 뿜으면/ 바람은 그라나다를 오르간으로 만들지/ 좁다란 길들은 음관이 되고/ 그라나다는 소리와 빛깔의 꿈이었다네."

여기서 시에라란 시에라네바다산맥을 뜻한다. 아니, 시에라 자체가 산맥이라는 뜻이니 네바다산맥이라 해야 할 것이다. 그라나다는 네바다산맥 기슭에 자리 잡고 있다. 과달키비르 강의 지류인 다로 강과 헤닐 강이 바로 이 도시에서 합류한다. 가르시아 로르카는 이 세 강을 노래한 〈세 강의 발라드〉라는 시에서 과달키비르 강을 "오렌지와 올리브 숲 사이로 흐르는" 강으로, 다로 강과 헤닐 강을 "눈[雪]에서 흘러내려 밀한테 가는/그라나다의 두 강"으로 묘사한 바 있다.

그라나다 사람들은 제 도시의 아름다움을 뽐내며 "세상에서 가장 불행한 이는 그라나다의 장님"이라는 말도 한다. 그라나다가 지닌 아름다움의 절정은 알람브라 궁전이다. 13세기 중엽에서 14세기 중엽까지 한 세기에 걸쳐 세워진 알람브라는, 아마 타지마할을 제외하면, 인간이 만든 건축물 가운데 가장 아름다운 것일 테다. 그 아름다움에는 슬픔과 퇴락이 배어 있다. 아름다움은 흔히 슬픔이나 퇴락을 내장하기 마련이라는 상투적 맥락이 아니더라도, 알람브라의 아름다움은 그 슬픔과 퇴락을 역사에서 제공받고 있다. 알람브라 궁전은 이베리아반도의 마지막 무슬림 거점이었던 그라나다 왕국(나스리드 왕조)의 심장이었기 때문이다. 그 아름다움은 사멸 이전의 찬란하고 퇴폐적인 아름다움인 것이다.

이베리아반도에서 무슬림이 겪은 패망은 무슨 옥쇄 따위가 수반된 비장한 것이 아니었다. 카스티야 여왕 이사벨 1세와 아라곤 왕 페르난도가 함께 다스리던 기독교 스페인이 그라나다 왕국을 멸한 것은 1492년이지만, 이슬람 스페인의 중심 코르도바가 기독교인들에게 함락된 1236년 이래 그라나다 왕국은 일찌감치 카스티야의 속국이 되는 길을 택했다. 마지막 이슬람 왕조는 존속 내내 불안정한 상태였던 것이다.

마침내 기독교 부부 군주가 그라나다마저 차지하기로 마음먹고 이 도시에 입성했을 때, 나스리드 왕조의 마지막 군주 아부 압둘라(정식 이름은 무함마드 12세이고 스페인 사람들에겐 보통 '보압딜'이라는 이름으로 알려져 있다)는 궐 밖으로 나와 두 기독교 군주에게 굴복의 입맞춤을 하고 제 왕국에서 쫓겨났다. 그가 남쪽으로 달아나며 마지막으로 제 왕궁을 바라보았다는 곳은 오늘날 '무어인의 마지막 한숨el último suspiro del Moro'이라고 불린다. 보압딜은 지브롤터해협을 건너 모로코의 페스로 달아나 거기서 죽었다.

아름다운 궁 알람브라를 차지한 기독교 부부 군주가 거기서 처음 한 일은 소위 알람브라 칙령을 내린 것이었다. 이 칙령에 따라 모든 유대교도들이 스페인 영토 바깥으로 쫓겨났다. 기독교로 개종한 유대인들은 스페인에 남을 수도 있었지만, 이 개종자들은 뒷날 스페인에서 종교재판이라는 것이 유행하면서 마녀사냥의 표적이 되기 일쑤였다. 또 이 칙령은 이슬람교도들에게도 억지로 기독교를 믿도록 강압했다. 개종을 거부하면 죽음이 따랐다. 이로써 이베리아반도의 종교는 기독교 일색으로 통일됐다.

기독교도 지배자들은 무슬림 지배자들보다 종교적 관용이 훨씬 모자랐다.

알람브라 궁전에도 그뒤 기독교의 흔적이 보태졌다. 16세기 들어 이슬람 양식의 궁전 옆에 세워진 카를로스 5세 궁전이 그것이다. 카를로스 5세(독일어식으로는 카를 5세)는 상속의 행운을 통해서 스페인 왕과 신성로마제국(독일) 황제, 오스트리아 황제를 겸한 합스부르크가 군주다. 그가 다스린 영역은 스페인과 중부 유럽 전체만이 아니라 네덜란드와 나폴리를 거쳐 대서양 건너 남아메리카 대부분 지역(스페인 식민지)에 이르렀다. 몽골제국 전성기의 '칸'을 제외하면, 카를로스 5세는 역사상 가장 넓은 영토를 다스린 군주였다. 그가 제 이름을 붙여 알람브라에 세운 궁전은 그 자체로 르네상스 건축양식의 한 전범이라 할 만하지만, 주변의 이슬람풍과는 어쩔 수 없이 분위기가 어긋나 있다.

알람브라에는 또 한 사람의 기독교인을 위한 공간이 있다. '어빙의 방'이다. 어빙은《스케치북》의 작가 워싱턴 어빙을 가리킨다. 이 기독교인은 카를로스 5세와 달리 알람브라의 구원자였다. 스페인 정부의 무관심으로 19세기 초까지 거의 버려져 있다시피 했던 알람브라를 새롭게 발견한 이가 어빙이었다. 그가 스페인의 미국 공사관에서 일하며 쓴《알람브라》(1832)는 이 웅장하고 화사한 이슬람 건축물에 대한 관심을 크게 불러일으키며 대대적인 정비와 개보수改補修의 계기가 되었다.

사람들이 그라나다라는 도시에서 제일 먼저 떠올리는 곳은 대개 알람브라 궁전이다. 그러나 내겐 그에 앞서 아세라 델 다로라는 거리가 떠오른다. 혹시 그라나다에 갈 기회가 있다면, 그 길을 느릿느릿 걸어보시라. 다로 강 허리께서 푸에르타레알(왕의 문)을 향해 서쪽으로 뻗어 있는, 널따란 길이다. '다로 강으로 가는 보도步道'라는 길 이름이 뜻하듯, 차가 다니지 않는 길이다. 인사동길 같은 좁다란 길이 아니라 대학로보다 넓은 한길에 사람들만 오간다. 1993년에도 2004년에도, 그 길에 서 있으면, 혹시 마약을 할 때의 느낌이 이렇지 않을까 싶게 몽롱해졌다. 그저, 사람들로만 그득한 대로가 낯설어서였겠지. 그 사람들 가운데 혹시 수사나가 있었을까?

〈한국일보〉, 2007. 5. 9.

# 03

# 코르도바

◆

## 르네상스의 자궁

～～～～～～～

이베리아반도의 도시들과 작별하기 전에 한 군데만 더 들르
자. 지금은 인구 30여만 남짓의 중간 규모 도시에 지나지 않지만,
한때는 세상에서 가장 크고 화려한 수도였던 곳. 온 세상의 지식
을 모두 끌어 모으고, 끌어모은 그 지식을 갈무리해 다시 온 세
상으로 퍼뜨렸던 도시. 오늘날의 뉴욕과 보스턴과 워싱턴과 파
리를 합쳐놓은 듯했던 도시. 이 도시의 이름은 코르도바다.

어느 코르도바냐고 묻는 독자가 있을지 모른다. 아르헨티나
의 코르도바? 아니면 멕시코의 코르도바? 그는 여행깨나 해본
독자일 테다. 사실 이 행성에는 코르도바라는 이름을 지닌 도시
가 헤아리기 어려울 만큼 많다. 아메리카 대륙에만도 코르도바
라는 이름을 지닌 지역이 1,000군데가 넘는다고 한다. 내가 가본
코르도바는 그 가운데 하나밖에 없다. 그 많은 코르도바의 원조

격인 도시, 제2차 포에니전쟁의 영웅이었던 로마 장군 마르쿠스 클라우디우스 마르켈루스가 지금부터 2,300년 전 남부 히스파니아(스페인)에 세운 코르도바 말이다.

묵직한 여행 가방을 끌면서 한 도시를 샅샅이 뒤져본 적이 있는가? 1993년 봄 내가 그랬다. 코르도바에서. 그것이 순수한 산책은 아니었다. 나는 처음부터 그렇게 거추장스러운 짐을 지닌 채 무거운 몸으로 코르도바를 헤집고 다닐 뜻이 없었다. 산책만을 위한 산책을 원했다면, 짐을 풀고 몸이 가벼워진 다음에야 코르도바 거리를 걸었을 것이다. 그러나 그러려면 우선 숙소를 잡아야 했다. 혼자 여행할 때, 나는 갈 도시의 숙소를 미리 예약해놓는 법이 거의 없다. 낯선 도시에 내려 숙소를 찾는 것도 재미라면 재미기 때문이다. 그런데 그날따라 일이 쉽게 풀리지가 않았다. 늘 그렇듯 나는 싸면서도 쾌적한 숙소를 원했는데, 그런 숙소는 좀처럼 나타나지 않았다. 그리고 악착같이 그런 숙소를 찾다보니, 코르도바의 거리와 골목들을 하염없이 헤매게 되었다.

그날 나는, 한 손에 지도를 들고 다른 손으론 여행 가방을 끌며, 코르도바 시내를 줄잡아 네 시간은 걸었을 것이다. 그리 큰 도시가 아니어서, 이미 걸은 길들을 다시 걷기도 했다. 두 시간쯤 걸었을 때 피곤이 몰려오기 시작했지만, 이미 들인 시간이 아까워 아무 여관으로나 들어가기가 싫었다. 그래서 지친 몸을 이끌고 고통스러운 탐색을 계속했다. 그 덕분에 나는, 코르도바에 도착한 당일, 이 도시가 자랑하는 문화유산들을 겉모습으로라도 훑을 수 있었다. 이를테면 비아나 후작 부부 궁전, 등불의 그리스도 소小 광장, 옛 유대인 거리의 시너고그(유대교 예배당)와 꽃들의 골목, 세비야의 것 못지않아 보이는 알카사르와 그 규모가 메카의 모스크에 버금간다는 메스키타(모스크) 같은 것들. 나는 이 도시에 머무는 나흘 동안 이 유적들을 좀더 깊이 살필 것이다.

클라우디우스 마르켈루스가 직접 감독해 세웠다는 로마인의 다리Puente romano 위를 걸어 과달키비르 강을 건너서야, 나는 마땅한 숙소를 찾아냈다. 칼라오라의 탑(역사박물관) 근처의 미로 같은 골목 한 모퉁이에서였다. 그땐 이미 다리가 부들부들 떨려 한 걸음을 내딛는 것도 힘들 만큼 파김치가 돼 있었다. 그나마 운이 좋았다. 하룻밤에 얼마였는지 또렷이 기억나진 않으나, 주인이 처음 부른 값의 반값에 머물기로 했다. 나는 약간 불쌍해 보이는 표정으로 사정을 했을 것이다. 지닌 돈이 넉넉지 않아 그 값은 치를 수 없으니 깎아달라고 말이다. 초라하고 지친 행색의 이방인에게 주인은 호의를 베풀었다. 일층의 파티오(안뜰)가 5월의 꽃들로 화사했던, 내 집처럼 편안한 여관이었다.

짐을 풀자마자 허기가 몰려왔다. 여관 골목 끝머리에 레스토랑이 하나 있었다. 나는 마지막 힘을 내 그 집으로 가 안심스테이크를 시켜 먹었다. 그 식당에서 아마 가장 비싼 음식이었을 게다. 고기와 와인이 위장으로 들어가며 원기는 돌아왔으나, 나는 먹고 마시는 틈틈이 좀 겸연쩍은 마음으로 흘끔흘끔 문 쪽을 바라보았다. 혹시라도 여관주인이 이 레스토랑으로 식사하러 오면 스타일 구기겠군! 노자가 부족하다며 숙박료를 반값으로 깎은 나그네의 것으로는 내 식단이 너무 호화로웠던 것이다. 그때나 지금이나, 내 가장 큰 쾌락은 먹고 마시는 데서 온다. 흉하디 흉한 내 식탐이여. 그래서, 여행 중에도 높다랗기만 한 내 엥겔계수여.

로마제국의 도시로 세워지기는 했으나, 코르도바가 세계사적 위용을 드러낸 것은 이슬람시대다. 8세기 중엽부터 수백 년간 코르도바는 이베리아반도만이 아니라 온 이슬람 세계의 중심지였다. 적어도 중심지 둘 가운데 하나였다. 다마스쿠스를 수도로 삼았던 우마이야 왕조의 종실宗室 우마이야 가문이 칼리프 자리를 아바스 가문에 빼앗긴 뒤 서쪽으로 달아나 후後우마이야 왕조를 연 곳이 코르도바였기 때문이다. 코르도바는 서칼리프국의 수도로서, 아바스 왕조의 동칼리프국 수도 바그다드와 더불어, 사라센제국이라는 타원의 두 초점을 이뤘다. 당시 코르도바에는 100개가 넘는 모스크와 그만큼의 공중목욕탕이 있었고, 한 거리 건너 병원이 있었으며, 포장된 거리들은 밤에도 등불로 환했다 한다.

그렇게 많았던 모스크 가운데 가장 큰 것이 과달키비르 강 연안에 메스키타라는 이름으로 남아 있다. 본디 게르만족 서고트 왕국의 교회가 있던 자리에 세워진 이 웅장한 모스크는, 기독교도들이 코르도바를 되찾은 뒤에, 그 일부가 가톨릭 예배당으로 개조되었다. 또 메스키타에서 멀지 않은 옛 유대인 구역에는 시너고그가 남아 있다. 세 일신교의 상징이 한 군데 몰려 있는 셈이다.

이런 풍경과 직접적 관련은 없겠지만 이슬람시대의 이베리아반도는, 기독교도들의 재정복 뒤와 달리, 제한적으로나마 신앙의 자유가 보장되는 세상이었다. 세금을 물고 다소의 정치적 불이익을 감수하기만 한다면, 기독교도나 유대교도도 제 믿음을 버리지 않을 수 있었다. 세 일신교가 비교적 평화롭게 공존하는 사회였던 것이다.

그래도 정치적·경제적 이익을 겨냥한 개종이 드물지는 않았다. 그래서 이슬람 세력과 기독교 세력이 드잡이하던 당시 이베리아반도에는 여러 범주의 신자 집단이 존재했다. 이를 스페인어 명칭으로 구분해보면 이렇다. 우선 크리스티아노스(기독교 신자)로서 이슬람 지역에 살던 사람들은 모사라베스('아랍인들에게 굴복한'이라는 뜻의 아랍어에서 온 말)라 불렀고, 그 가운데 이슬람으로 개종한 사람들은 엘체스('배교자'라는 뜻의 아랍어에서 온 말)라 불렀다.

비록 기독교 신자들이긴 했지만, 모사라베스도 공적 자리에서는 아랍어를 쓰는 것이 상례였다. 그들의 고유언어인 모사라베(라틴어에 뿌리를 둔 당대 스페인 남부지방의 언어)는 기독교 신자들끼리의 사적인 자리에서나 사용됐다. 기독교 지식인들이 '라틴어에 가까운 로만어romanicum circa latinum'라고 공식적으로 불렀던 이 모사라베 자체도 지배언어인 아랍어에 깊이 감염되었다. 기독교도가 이베리아반도를 되찾은 뒤 모사라베는 카스테야노(스페인어)에 흡수되거나 내몰리며 이내 사어死語가 되었다. 모사라베는 로만어 역사-비교언어학자들의 큰 관심거리 가운데 하나지만, 그 언어로 기록된 문헌이 하나도 남아 있지 않아 당대 아랍어 문헌을 통해서만 그 형태를 어렴풋이 짐작할 수 있다.

개종자들은 이슬람교도와 유대교도 사이에서도 나왔다. 모로스(이슬람교도) 가운데 기독교 지배 지역에서 다소 과다한 세금을 내고 살던 이들은 무데하레스라 불렀고, 정치경제적 불이익을 견디지 못해 기독교로 개종한 사람들은 모리스코스라 불렀다. 또 후이도스(유대교도) 가운데 기독교로 개종한 사람들은 콘베르소스라 불렀다. 기독교 지배 지역에서도 12세기 말까지는 이교도의 개종을 억지로 강요하지 않았다. 이베리아반도에서 이슬람 세력의 위세가 워낙 컸던 시절이어서, 자기 지역에서 기독교도의 개종을 강요하지 않는 이슬람의 관행을 기독교 세력도 전략적으로 모방하지 않을 수 없었을 게다.

이 밖에 마라노스라 불리는 부류도 있었다. 마라노스는 기독교로 개종했으면서도 제 종교 의식儀式을 버리지 않은 유대교도나 이슬람교도를 얕잡아 불렀던 말이다. 마라노스라는 말은 '금지된'이라는 뜻을 지닌 아랍어에서 나왔다. 돼지고기 먹는 것을 유대교와 이슬람교가 금하는 데서 연원한 말이다.

코르도바는 당대 세계 최대의 도시였을 뿐만 아니라, 지적·문화적 정점에 있던 도시기도 했다. 거리엔 도서관이 즐비했고, 온 세상의 일급 학자들이 그리 몰려들었다. 그 학자들은 인도의 수학에서부터 고대 그리스 철학을 거쳐 당대의 첨단 자연과학에 이르는 방대한 지식을 체계적으로 축적해 르네상스 이후 유럽에 물려주었다. 로마시대의 스토아 철학자 세네카와 더불어 이 도시가 낳은 가장 유명한 철학자라 할 이븐루시드(Ibn Rushd, 1126~1198)——유럽인들에게는 '아베로에스'라는 이름으로 알려져 있다——도 그런 이슬람 지식인 가운데 하나였다. 뒷날 브루노나 스피노자 같은 범신론자들이 다듬어 유럽 철학사에서 유명하게 된 '능산적 자연natura naturans'(종교적 의미의 무제약적 존재나 우주질서, 유기적 생산력)과 '소산적 자연natura naturata'(좁은 의미의 자연, 곧 피조물)이라는 개념도 본디 이븐루시드의 것이었다.

코르도바를 당대 세계의 지적 메트로폴리스로 삼은 이슬람 학자들의 이런 노력이 없었다면, 유럽의 학문적 개화는 훨씬 더 늦어졌을 것이다. 르네상스시대 유럽인들이 고대 그리스-로마문화를 재발견한 것은 코르도바 학자들의 이런 지적 작업을 매개로 삼은 것이었다. 11세기 말 이후 남하를 계속하던 기독교 군주들은 그전에 이슬람 학자들이 그리스어-라틴어에서 아랍어로 번역해놓았던 방대한 분량의 고대 그리스-로마 문헌을 카스티야어(스페인어)로 다시 옮기게 함으로써 근대 유럽의 지적 초석을 놓았다.

안달루시아 시인 가르시아 로르카의 〈기수의 노래〉를 읽으며 코르도바에, 안달루시아에 작별을 고하자.

코르도바.
멀고 외로운.
검은 조랑말, 큰 달.
그리고 내 안낭鞍囊에 올리브.
비록 나 길을 알아도
나는 코르도바에 가지 못하리.


평원 속으로, 바람 속으로,
검은 조랑말, 붉은 달.
죽음이 나를 보고 있네
코르도바의 탑들에서.


아! 멀기도 하여라!
아! 내 장한 조랑말!

아! 그 죽음이 나를 기다리리

내 코르도바에 가기 전에.


코르도바. 멀고 외로운.

_정현종 옮김


〈한국일보〉, 2007. 5. 30.

# 04
# 베오그라드
✦
## 내 마음속의 하양

~~~~~~~~~~~~~~~

　파리나 프라하에 견주어 베오그라드는 아리따운 도시가 아
닐지 모른다. 그러나 한 공간의 아리따움이 건축물이나 풍치에
만 있는 것이 아니라 그 공간에서 숨 쉬고 살아가는 사람들의 마
음자리에도 있는 것이라면, 내 기억 속의 베오그라드는 파리나
프라하보다 더 아리땁다. 이런 판단엔 틀림없이 내 편견이 작용
하고 있을 게다. 그러나 이 편견은 편견에 맞선 편견, 곧 대항편견
이다. 공정해지기 위한 편견 말이다.

　1993년 3월, 베오그라드는 세계여론의 적의가 집중되는 수
도였다. 유고슬라비아 내전의 책임은 주로 세르비아 민족주의 쪽
에 돌려졌고, 그래서 허울만 남은 유고연방의 대통령 슬로보단
밀로셰비치나 보스니아-헤르체고비나의 세르비아계 무장세력
지도자 라도반 카라지치는 피에 굶주린 도살자로 낙인찍혀 있었

다. 그 낙인이 부당하다고만은 할 수 없었다. 하루아침에 공산주의자에서 민족주의자로 전향한 그들은 제 권력을 위해서였건 세르비아인 공동체의 집단 이익을 위해서였건 무자비한 살육을 직접 지휘하거나 거들고 있었다. 보스니아 무슬림들을 겨냥한, 그리고 크로아티아인들을 겨냥한 세르비아 민병대와 정규군의 '인종청소' 작전은 서방 언론의 날조가 아니라 실제였다.

그러나 전시의 잔혹행위가 어느 한 편에 의해서만 저질러진다는 것은 삼척동자도 지적할 언어도단이다. '인종청소'의 유혹에는 크로아티아인들도, 그리고 그 정도는 덜할지언정 보스니아 무슬림도 굴복한 상태였다. 르네 지라르가 '모방적 경쟁'이라고 불렀던 욕망의 동역학이 가장 폭력적인 형태로 발칸을 휘저으면서, 민족주의는 전선의 이쪽에서도 저쪽에서도 흉측한 몰골을 드러내고 있었다. 게다가 '인종청소'의 방아쇠를 처음 당긴 것이 과연 세르비아 쪽인지 크로아티아 쪽인지도 분명치 않았다.

그런데도 국제여론의 비난은 거의 세르비아 쪽으로 쏠리고 있었다. 정교 국가인 러시아와 그리스를 제외하고는 세르비아를 슬그머니라도 감싸는 나라가 없었다. 전통적으로 세르비아와 외교적 유대가 튼튼했던 프랑스 정부조차 국제여론의 압력에 몸을 가누지 못한 채 반세르비아 진영에 우호적 중립을 취하고 있었다. 가톨릭과 프로테스탄트가 힘을 합치고, 여기에 천수백 년 숙적 무슬림까지 끼어든 이상한 통일전선이 구축돼, 정교를 '이

지메'하고 있는 꼴이었다.

이방인에게 다가와 "두 유 해브 저먼 마크스?Do you have German Marks?"라고 소곤대는 암환전상들이 베오그라드역에는 지천이었다. 역 구내에 환전소가 있긴 했으나, 그곳엔 고객이 보이지 않았다. 당연한 일이었다. 암환전상한테서 돈을 바꾸면 환전소의 공식 환율에 따를 때보다 서너 배나 많은 디나르화貨를 손에 쥘 수 있었으니 말이다. 내가 베오그라드에 머문 일주일 동안에만도 유고 디나르화는 끊임없이 평가절하되고 있었다. 강대국들이 주도한 금수조처로 세르비아 경제는 기우뚱거렸고, 디나르화는 바이마르공화국 시절의 독일 마르크화 이래 가장 큰 규모의 하이퍼인플레이션을 겪고 있었다. 나는 베오그라드에서 고액권 지폐를 뭉치로 들고 다녔다.

내가 머문 숙소는 스플렌디드 호텔이라는 으리으리한 이름을 달고 있었다. 발칸으로 날아오기 전 파리에서 동료 기자로부터 소개받은 곳이었다. 나무 침대가 좀 딱딱하기는 했으나, 아침 식대가 포함된 하루 숙박비가 35달러밖에 안 되었다. 베오그라드에 도착하기 전날 부다페스트에서 130달러짜리 호텔방에 울며 겨자 먹기로 묵은 터라, 스플렌디드 호텔에 머물 땐 세르비아 정부로부터 주거 수당이라도 받고 있는 느낌이었다.

세르비아 사람들의 '악명 높은' 민족주의는 뜬소문이 아니었다. 《하자르 사전》의 작가로 한국에 알려진 밀로라드 파비치

도, 세르비아작가동맹 사무처에서 일하는 스베틀라나 P.도, 탄
유그통신 기자 알렉산드라 V.도 마치 자동인형처럼 내게 말했다.
세르비아야말로 발칸 역사의 주역이었고 비잔틴문화의 진정한
계승자라고.

　　그러나 전시에 민족주의자가 되지 않을 자유로운 영혼이 얼
마나 되랴. 게다가 이들의 민족주의는 크로아티아인이나 보스니
아인을 겨냥하기보다 서방 강대국을 겨냥하고 있었다. 이들 '세
르비아 민족주의자들'이 유고 내전의 배후로 내게 지목한 세력은
유고슬라비아의 해체를 바란 서방의 정치종교 권력이었다. 이들
만이 아니라 내가 베오그라드에서 만난 세르비아인들은 크로아
티아나 보스니아의 '동포들'을 비난하지 않았다. 또 자그레브나
사라예보의 정치인들을 욕하지도 않았다. 그들은 강대국의 권력
자들을 비판했다. 그들은 정치적으로 올발라 보였고 사려 깊어
보였다. 그랬음에도, 아니 어쩌면 그랬기 때문에 그들은 극심한
고립감에 시달리고 있었다.

　　묘한 것은, 베오그라드가 그런 긴장 속에서도 대단히 활기
찬 도시였다는 점이다. 그 이틀 전까지 내가 머물렀던 자그레브
가 평온 속에서도 침울한 느낌을 주었던 것과는 딴판이었다. 내
가 밤 시간을 자주 보낸 스카다를리야 구역엔 새벽까지 문을 여
는 카페와 레스토랑이 드물지 않았고, 그곳들엔 늦은 시각까지
사람들이 북적댔다. 거리의 키오스크에는 전황을 알리는 신문들

과 도색잡지들이 나란히 꽂혀 있었다. 길거리의 사람들도 유쾌하고 친절했다. 전쟁 얘기가 나올 때 잠시 평정을 잃는 것을 빼놓으면, 베오그라드 시민들은 편안한 호스트였다.

게다가 이들에겐 기품과 정이 있었다. 내가 이 도시에서 어울린 세르비아인들은, 적어도 첫 번째 술자리에선, 더치페이도 거부했고 내가 한턱 쓰는 것도 마다했다. 나도 노자가 그리 넉넉한 나그네는 아니었으나, 나보다 형편이 나을 것 없었을 그들에게 몇 차례 술과 밥을 얻어먹었다. "여기는 동방이니까", 라는 것이 어리둥절해하는 내게 알렉산드라가 내놓은 설명이었다. 내 쪽에서도 빚을 갚으려 애썼다. 그래서 매일 밤, 이 도시에서 사귀게 된 세르비아 친구들과 스카다르 거리의 카페를 전전하며 먹고 마셨다. 파리에서라면 혼자 마시는 데 들 돈으로 베오그라드에서는 서너 사람이 마실 수 있었다. 해외여행 중에 베오그라드에서처럼 먹고 마시는 데 주력한 기억이 달리 없다.

지금 베오그라드는 세르비아 사람들의 수도일 뿐이지만, 20세기 대부분 기간 동안 발칸의 유고슬라브(남슬라브인) 모두의 수도였다. 유고슬라비아라는 나라가 역사의 뒤안길로 사라졌어도 그 사실에는 변함이 없다. 흔히 '두 번째 유고 슬라비아'(양차 세계대전 사이에 존재했던 유고슬라비아 왕국을 첫 번째 유고슬라비아로 치고 부르는 말이다)라 부르는 유고슬라비아 사회주의 연방공화국의 창건자 티토는 크로아티아 출신이다. 그가 태어날 때 크로아티아는 오스트리아-헝가리제국에 속해 있었다. 티토는 제2차 세계대전 중 영웅적인 파르티잔 투쟁을 펼쳐 발칸을 독일 점령군 손에서 해방시킨 뒤 베오그라드에서 35년 동안 유고슬라비아 전체를 다스렸다. 그리고 베오그라드에 묻혔다. 그의 조국은 크로아티아인가? 오스트리아나 헝가리인가? 아니다. 그의 조국은 유고슬라비아다. 베오그라드는 유고슬라비아인 티토의 수도다.

1961년 노벨문학상 수상자 이보 안드리치는 보스니아에서 태어났지만 양친 모두 크로아티아인이었다. 그가 태어날 때 보스니아 역시 오스트리아-헝가리제국에 속했다. 안드리치는 제 이름을 온 세상에 알리게 될 《드리나 강의 다리》를 1940년대 전반기 독일 점령하의 베오그라드에서 썼다. 전후에 그는 보스니아-헤르체고비나의 정치지도자로 활동했으나, 은퇴한 뒤 베오그라드에서 죽었다. 안드리치의 조국은 크로아티아인가? 보스니아인가? 오스트리아나 헝가리인가? 아니다. 그의 조국은 유고슬라비아다. 《드리나 강의 다리》에서 시작해 《트라브니크 연대기》와 《아가씨》로 이어지는 그의 3부작 역사소설은 보스니아를 주된 배경으로 삼고 있긴 하지만, 그 소설들이 그리는 역사는 문화와 인종이 교섭하고 뒤섞이는 발칸 전체의 이야기이기 때문이다. (《아가씨》의 배경은 사라예보와 베오그라드 두 도시다.) 게다가 안드리치의 소설 문장은 크로아티아 방언과 세르비아 방언을 자유롭게 오갔다. 그러니 안드리치는 유고슬라비아인이었고, 베오그라드는 유고슬라비아인 안드리치의 수도다.

영화감독 에밀 쿠스트리차의 가계는 세르비아 쪽이지만, 그가 태어난 곳은 보스니아의 사라예보다. 그에게 칸영화제 황금종려상을 두 번째로 안긴 〈언더그라운드〉는 배경이 베오그라드다. 쿠스트리차의 조국은 보스니아인가? 아니면 베르나르 앙리 레비를 비롯한 비판자들로부터 그가 세르비아 민족주의자로 몰렸으니 그의 조국은 세르비아인가? 아니다. 쿠스트리차의 조국은 유고슬라비아다. 그의 영화들이 그려온 것은 특정한 민족의 삶이 아니라 집시들(정치적으로 올바르게 '로마니'라고 부르자)까지를 포함한 유고슬라비아 사람들 전체의 삶이다. 쿠스트리차는 유고슬라비아인이고, 베오그라드는 유고슬라비아인 쿠스트리차의 수도다. 이제 그들의 조국은 역사 교과서 속으로 들어가 현실에는 존재하지 않지만.

겉보기에 베오그라드가 그리 아리땁지는 않은 도시라는 험담으로 나는 이 글을 시작했다. 그 말을 거둬들여야겠다. 베오그라드에 가게 되면, 칼레메그단 공원을 찾아 한나절을 보내보라. 머물던 호텔에서 빠른 걸음으로 40분쯤 걸리는 그 공원을 나는 거의 매일 찾았던 것 같다. 옛 성채 자리기도 한 칼레메그단은 자연과 인공이 조화된 푸른빛으로 유럽의 어느 공원 못지않게 아리땁다. 베오그라드시의 수호자라는 포베드니크('승리자'라는 뜻이라 한다) 상像과 이런저런 박물관들을 비롯해 볼거리들이 수두룩하다.

　그러나 칼레메그단 공원의 가장 큰 볼거리는 그 공원에서 내려다보는 베오그라드시 자체다. 칼레메그단에선 사바 강과 도나우 강이 합류하는 것이 한눈에 들어온다. 사바 강 저쪽이 신시가지(노비베오그라드)고 이쪽이 구시가지다. 사바 강이 도나우 강에 흘러들듯, 욕망과 의지의 수많은 켜가 이 둘레 공간에 차곡차곡 쌓이며 발칸의 역사를 만들어냈다. 그 역사는 헝가리인들의 역사이기도 하고 터키인들의 역사이기도 하고 독일인들의 역사이기도 하지만, 무엇보다도 세르비아인들의 역사고, 남슬라브인들의 역사다.

　베오그라드는 '하얀 도시'라는 뜻이라 한다. "어디가 하얗다는 거지요?" 3월의 어느 오후, 칼레메그단에서 베오그라드를 눈에 담으며 내가 스베틀라나에게 물었다. "하양은 당신 마음속에 있지요." 그녀가 지혜롭게 대답했다.

〈한국일보〉, 2007. 6. 13.

05

# 베를린

✦

## 단편적 기억들

～～～～～

### 하나, 반反나치 시위

✦

1992년 11월 8일 오후 2시, 나는 베를린의 비텐베르크 광장
에 서 있었다. 그보다 한 달쯤 전 빌리 브란트의 장례식 때 독일
연방공화국 대통령 리하르트 폰 바이츠제커가 제안한 반反인종
주의 시위가 막 시작되려는 참이었다. 통일 뒤 옛 동독 지역을 중
심으로 일기 시작한 일부 독일인들의 외국인 배척 움직임은 그
즈음 꽤 심각한 지경에 이르러 있었다. 그해 8월 로스토크의 이
민자 숙소에 네오나치 젊은이들이 불을 지른 것은 그 두드러진
예일 뿐, 드레스덴에서, 라이프치히에서 하루가 멀다 하고 외국
인들이 공격당하고 있었다.

헬무트 콜이 동독 지역 동포들에게 약속한 장밋빛 미래는
쉬이 실현될 것 같지 않았고, 실망한 사람들은 복고적으로 좌경
화하거나 급진적으로 우경화했다. 다시 말해 옛 사회주의통일당

(동독 시절의 집권당)의 후신인 민주사회당에 살가워지거나 공화당, 독일인민연맹 같은 네오나치 정당의 민족주의에 불현듯 매혹되었다. 뒤쪽 부류에게, 거리의 어리뜩한 외국인들은 제 좌절감을 발산하기 알맞은 표적이었다.

내전 중인 유고슬라비아에서 난민들이 대규모로 밀려들어오고 있었던 것도 이들에겐 좋은 핑곗거리가 되었다. 이런 분위기에 편승해, 외국인의 정치적 망명권을 규정한 독일기본법 제16조를 고쳐야 한다는 목소리가 주류 정치권에서조차 나오기 시작했다. 이날 시위는 통일독일의 이런 우경화 기미에 쐐기를 박기 위해 조직되었다.

2시가 되기 전에 이미 비텐베르크 광장은 시위에 나서려는 시민들로 발 디딜 틈이 없었다. 광장 한켠엔 유럽 최대의 백화점 중 하나라는 카데베KaDeWe가 서 있고, 그 건너편엔 빌헬름 황제 추념교회가 제2차 세계대전 때 미군의 폭격으로 날아간 머리 부분을 수줍게 드러내고 있다. 그 교회와 조금 떨어진 곳에 촐로기셔가르텐(동물원)역이 모던하게 웅크리고 있다. 그 역에서 길을 세 번 건너면 서베를린 최고의 번화가 쿠르퓌르스텐담(쿠담)이 시작된다.

이날 행진은 쿠담의 반대쪽, 그러니까 동베를린 쪽으로 방향을 잡았다. 비텐베르크 광장을 출발해 카를 마르크스 거리와 브란덴부르크문을 지나 루스트 광장(통일 전엔 마르크스-엥겔스 광장이라 불렀다 한다)에 이르기까지 세 시간여에 걸친 그 행진이 지금도 뇌리에 또렷하다. 갖가지 구호("기본법 16조를 지켜내자" "우리는 외국인과 함께 살고 싶다" "우리는 나치즘에 반대한다" "파시즘을 박멸하자" "우리는 한 인류다" "외국에도 독일인들이 있다")가 적힌 플래카드를 내걸고 동진東進하는 남녀노소 군중의 물결은 독일을 새로 유혹하는 나치즘의 낚싯밥을 단번에 쓸어내버릴 기세였다. 한 손으론 기본법 16조를 고치려 하면서 다른 손으론 반인종주의 시위를 거드는 정치인들을 위선자라 욕하는 플래카드도 보였다. 군데군데서 젊은 축들이 북을 치며 신명을 돋우었다. 이 시위에 참가하기 위해 독일 바깥에서 온 사람들도 적잖았다.

동서 베를린의 경계 위에 서 있었던 브란덴부르크문을 지날 땐 약간의 감회가 생겼다. 그때 분단조국을 생각하는 것은 젠체하는 게 아니었다. 나는 그 돌문을 손톱으로 가볍게 긁으며 통과했다. 그러면서, 그보다 30년쯤 전 존 케네디가 이 근처에서 발설했다는 "나는 베를린 사람입니다"라는 말을 슬며시 읊조려보았다. "이히 빈 아인 베를리너, 이히 빈 아인 베를리너." 독일이 하나가 됐듯, 내 조국도 하나가 됐으면 좋겠다고 나는 그때 잠깐 생각했다.

루스트 광장에선 동베를린 지역 리히텐베르크 역전에서 출발해 서진西進해 온 또 한 무리의 시위대가 합류했다. 잘못하다 사람들에게 깔려죽는 것 아닐까 싶을 만큼 루스트 광장은 만원이었다. 바이츠제커의 연설이 광장 저쪽에서 불분명한 웅얼거림 형태로 들려왔다. 그 순간 베를린은 정치적 이해타산을 넘어 인류애로 꽉 찬 듯했다. 독일 언론은 이날 루스트 광장에 모인 인파를 35만이라고 보도했다.


## 둘, 훔볼트대학교

✦

나폴레옹에게 무릎을 꿇어 의기소침해진 프로이센 국왕 프리드리히 빌헬름 3세는 독일의 정신적 재건을 위해 1810년 베를린대학교를 세웠다. 교육상이었던 철학자 빌헬름 폰 훔볼트의 건의에 따른 것이었다. 그러니 두 사람 다 이 대학의 설립자라 할 수 있다. 초대 철학부장은 '독일 국민에게 고함'이라는 강연으로 유명한 피히테였다.

베를린대학은 독일어권 대학으로서도 역사가 그리 오래지 않지만, 세워진 뒤 이내 독일의 지적 중심지 가운데 하나가 되었다. 거기 가장 큰 공헌을 세운 이는 이 대학에서 가르치며 만년을 보낸 철학자 헤겔일 것이다. 베를린대학 교수가 된 것이 헤겔의 영예였다면, 헤겔이 여기서 가르친 것은 베를린대학의 영예였다.

베를린대학은 동독 시절인 1954년 실질적 설립자 이름을 따 훔볼트대학으로 이름을 바꿨다. 훔볼트대학은 운터덴린덴 거리에 있다. 운터덴린덴Unter den Linden은 '보리수 아래'라는 뜻이다. 아닌 게 아니라, 중앙분리대를 겸한 보도 양쪽에 나무들이 늘어서 있는 게 보였다. 이 나무들이 보리수이리라.

처음 이 거리 이름을 확인했을 때, 나는 대뜸 슈베르트의 가곡 〈보리수〉를 떠올렸다. 이 길과 노래 사이에 무슨 인연이 있는 게 아닌가 궁금하기도 했다. 〈보리수〉만이 아니라 슈베르트의 〈겨울나그네〉 전체가 빌헬름 뮐러(1794~1871)의 시에 선율을 붙인 것인데, 뮐러는 베를린대학 출신이다. 어쩌면 뮐러가 노래한 보리수가 제 모교 앞의 그 보리수인지도 모르겠다. 물론, 그저 지레짐작일 뿐이다. 훔볼트대학을 둘러본 날은 비가 흩뿌렸는데, 그 비가 거리 이름의 서정적 이미지를 항진시키며 나를 자못 감상적으로 만들었다.

훔볼트대학 본관 1층과 2층 사이의 중앙 층계참 벽에는 마르크스의 〈포이어바흐에 관한 테제〉의 마지막 명제가 새겨져 있었다. "철학자들은 세계를 단지 다양하게 해석해왔을 뿐이다. 그러나 중요한 것은 세계를 변화시키는 것이다." 통일 이후에 본에서 날아와 이 대학을 접수한 교육관료들은 당초 마르크스의 이 유명한 명제를 벽에서 지워버리기로 방침을 세웠다 한다. 그러다가 학생들의 반발이 거세 결정을 번복했다는 것이다. 정치적 운산을 떠나 마르크스가 이 대학의 가장 유명한 졸업생이라는 점을 생각하면, 그의 이름을 벽에서 지우려던 시도 자체가 어이없

다. 교정 한 켠에 서 있는, 나치즘에 맞서다 목숨을 잃은 베를린
대학 학생들의 추모비 앞에서 나는 잠시 경건해졌다. 내리는 비
탓에 더 경건해졌는지도 모르겠다.


## 셋, 베를린의 한국인들

✦

베를린엘 가본 건 두 번이다. 92년의 첫 번째 방문 땐 열흘
남짓 머물렀고, 두 해 뒤의 두 번째 방문 땐 이틀 있었다. 첫 번째
방문 때의 첫 세 밤과 두 번째 방문 때의 일박을 나는 당시 베를
린자유대학(동독 정부가 들어선 뒤 공산정권에 반대해서 베를린으로
넘어온 베를린대학 교수들을 중심으로 세워진 학교)에서 공부하던 H
형에게 신세졌다. 두 번째 갔을 땐 H형이 학위논문의 끝마무리
를 하느라 마음의 여유가 없을 게 뻔했는데도, 당일 전화 한 통
화 넣은 뒤 쳐들어가 신세를 지는 결례를 범하기도 했다. 내가 그
리 넉살 좋은 시절이 있었다는 게 놀랍다. '넉살 좋은'이라는 말
은 '뻔뻔한'으로, '놀랍다'라는 말은 '부끄럽다'로 고치는 것이 좋
겠다. 그저 고맙고 죄송하다. 베를린에 대해 내가 알고 있는 것 태
반은 H형에게서 배웠다.

첫 번째 방문 때의 뒤쪽 일주일 남짓은 아우구스타 거리의
베를린선교단 기숙사에서 I선생님께 신세지며 보냈다. 언론계의

대선배인 I선생님은 그즈음 베를린선교단의 초청으로 1년간 베를린에 체류하며 독일 통일 과정을 연구하고 계셨다. 방은 따로 썼지만 먹고 마시는 일은 함께할 때가 많았는데, 기숙사에서 식사를 하게 되면 꼭 선생님이 음식을 만드셨다. 그때나 지금이나 나는 전기밥솥으로 밥하는 것조차 서툰 손방이라, 결국 요리는 I선생님 몫이 되었다. 갑년이 멀지 않았던 분이 20여 년 저쪽 새까만 후배에게 밥을 해 먹이셨던 것이다. 그저 송구스러울 따름이다.

젊어서 파리에도 한 해 동안 머물렀던 I선생님은 그 두 번의 유럽 체류를 견주며 이리 말씀하셨다. "젊어서 유럽에 왔을 땐 온통 아가씨들한테만 눈길이 갔는데, 이번엔 맛난 음식에만 생각이 가." 나는 이미 그때 I선생님의 경지에 이르렀던 것 같다. I선생님의 명예에 오히려 누가 될지도 모르겠으나, 선생님의 찌개 요리 솜씨는 일품이었다. 선생님을 따라 한 번 가본, 선생님의 지인이 경영하는 쿠담의 한국식당 찌개도 선생님이 몇 차례 만들어주신 찌개에는 미치지 못했다.

두 번째로 베를린에 간 것은 작곡가 윤이상 씨를 인터뷰하기 위해서였다. 94년 8월 마지막 날이었다. 그는 그다음 달 8일부터 서울에서 열릴 윤이상음악제에 참석하기 위해 한국을 방문하기로 돼 있었다. 소위 '동백림 사건' 이후 20여 년 만이었다.

그러나 그는 나와의 인터뷰에서, 고국 방문을 포기하겠다고 밝혔다. 그날 아침, 베를린에 상주하는 한국 외교관 한 사람이 집으로 찾아와, "앞으로 정치활동은 절대 하지 않겠다"는 선언을 한국 언론매체 앞에서 해야만 한국에 들어갈 수 있다고 했다는 것이다. 자신은 정치활동을 한 적이 없는데도 그런 '서약'을 하라고 강요하는 것은, 이번 고국 방문을 빌미로 (한국 정부가) 자신의 그간 예술활동을 정치활동으로 몰아붙이겠다는 얘기 아니냐고 이 노작곡가는 말했다. 그런 서약을 하는 것은 자신의 예술세계를 스스로 부정하는 꼴이라는 것이었다.

　　윤이상 씨와 인터뷰하는 것은 그의 분개와 한탄을 듣는 것이었다. 신경이 극도로 날카로워져 있는 듯했다. 당뇨와 천식과 심장병 같은 지병이 이미 그의 몸을 갉아먹고 있었다. 작곡가 윤이상은 이듬해 11월 독일에서 작고했다. 그의 고향 통영의 한 거리에 그의 이름이 붙여진 것은 그로부터 다섯 해 뒤다.

〈한국일보〉, 2007. 7. 25.

# 06
# 로마
✦
## 영원한 도시

〰〰〰〰〰〰〰

　이탈리아엘 처음 간 게 1993년 1월이다. '유럽의 기자들' 프로그램의 일환이었다. 로마에 일주일 머문 뒤 밀라노로 가서 네 밤을 잤고, 토리노에서 하룻밤을 잔 뒤 파리로 돌아왔다. 그때 내게 맡겨진 일감은 이탈리아의 영화산업을 취재하는 것이었다. 그 이탈리아 출장에는 아내도 동행했다. 열흘 이상 파리에 혼자 남아 있는 게 따분하기도 했겠지만, 이탈리아의 이미지가 아내에게 바람을 넣었던 모양이다. 그러나 그 여행 뒤로는, 출장에 동행하겠다는 말이 쑥 들어갔다. 궁상스러운 여행을 다시 하고 싶지 않았겠지.

　아내와 함께한 그 이탈리아 나들이는 궁상스러울 수밖에 없었다. '유럽의 기자들' 재단에서 받은 한 사람분의 교통비와 체재비로 둘이 돌아다녔으니 말이다. 묵는 곳은 허술했고, 먹는 것은 거칠었다. 로마에선 테르미니역 부근의 허름한 여관에 묵었는데, 객실에 화장실이 딸려 있지 않아 복도 끝의 공동화장실을 써야 했다. 난방도 시원치 않아 아내와 나는 옷을 껴입고 잤다. 여관의 주인 아주머니는 프랑스어도 영어도 할 줄 몰라서, 우리는 《여행 이탈리아어》 책과 손짓 발짓에 기대어 겨우겨우 의사를 소통했다. 그 여관에서 아내와 나는 몇 차례가 통닭으로 끼니를 해결했다.

테르미니역 근처에는 통닭집이 많았다. 겉보기엔 먹음직스러웠으나, 막상 입에 대면 너무 짜서 식욕이 가시곤 했다. 지금도 로마의 통닭을 생각하면 혀에 소금기가 느껴진다. 그 찝찔한 통닭들은 팔 때부터 온기가 넉넉지 않았고, 겨울이어서 그랬는지 식는 속도도 빨랐다. 그때만이 아니라 지금도 내가 확신하는 것은, 세상에서 가장 맛있는 통닭을 먹을 수 있는 곳이 한국이라는 점이다. 파리에서 곧잘 사먹었던 통닭도, 로마 것보다는 나았으나, 뭔가 모자랐다. 특정한 상표의 닭튀김을 온 세상에 퍼뜨린 나라, 미국에서 먹어본 통닭도 한국 것만은 못했다.

객지를 돌아다니며 가장 시원찮게 먹었던 곳이 로마다. 1인분 출장비로 이탈리아에서 두 주 가까이를 버틸 일이 만만찮아 보여, 아내와 나는 특히 로마에서 '내핍생활'을 했다. 밀라노는 로마보다 물가가 더 비싸다는 말을 들었던 터라, 로마에서 돈을 아낄 수밖에 없었다. 짜고 차가운 통닭 말고 아내와 나의 끼니를 해

결해준 것은 맥도날드 햄버거였다. 일반 식당엘 가면 아무리 수수하게 먹어도 햄버거 메뉴 두 배 값은 나오니, 맥도날드를 애용할 수밖에 없었다. 머물던 여관에서 멀지 않은 곳에 한국식당이 하나 있긴 했으나, 아내와 나는 거기 가볼 용기를 내지 못했다. 우리는 로마의 가난한 커플이었다.

그래도 우리는 로마에서 들떠 있었다. 처음 가보는 외국 도시에서 들뜨는 것은 자연스럽다. 더구나 그곳이 로마라면 들뜨지 않는 것이 거의 불가능할 게다. 영원한 도시('치타 에테르나') 로마, 세계의 수도('카풋 문디') 로마 말이다. 비록 궁상스럽긴 했으나, 아내와 나의 로마 체류는 '로마의 휴일'이었다. 오드리 헵번과 그레고리 펙처럼 잘나지는 않았지만, 그래도 그때 우리는 30대 '푸른 나이'였다.

파리 리용역을 저녁 7시쯤에 떠난 열차는 이튿날 아침 9시가 다 돼서 로마 테르미니역에 닿았다. 프랑스-이탈리아 국경에서 기차는 오래 쉬었다. 요즘엔 어떤지 모르겠으나, 그즈음엔 밤기차를 타고 국경을 넘다보면 국경에서 쉬는 일이 잦았다. 출발지 쪽 승무원이 걷은 여권들을 도착지 쪽 승무원이 살펴보는 시간이었는지도 모르겠다. 침대차를 타고 국경을 넘는 일이 처음이었던 터라, 나는 잠을 깊이 이룰 수 없었다. 아내도 그랬던 것 같다. 잠자리가 갑자기 바뀐 탓이 컸겠지만, 침대칸에선 도둑을 조심하라는 얘기를 들은 탓도 있었을 게다.

여관에 짐을 풀자마자 우리가 한 일은, 밖으로 나와 햄버거로 요기를 한 뒤 무작정 로마를 쏘다닌 것이었다. 우리는 아무 버스나 타고 아무 데서나 내렸고, 조금 걷다가 다시 아무 버스나 타고 아무 데서나 내렸다. 아무 버스면 어떻고 아무 데면 어떠랴? 그 버스가 로마의 버스고, 그곳이 로마라면. 그런 '랜덤 관광'은 로마에 머무는 동안 계속 이어졌던 것 같다.

로마와 파리는 자매도시지만, 이방인의 눈에 비친 그 두 도시는 꽤 달라 보였다. 파리엔 근대 이후의 분위기가 압도적이라면, 로마엔 중세 이전의 분위기가 압도적이었다. 파리의 유적들은 후세 사람들의 섬세한 손길을 받았으나, 로마의 유적들은 길거리에 버려져 있는 듯했다. 그런데 그 버려져 있는 것들 하나 하나가 옛 사람들의 숨결을 내뿜고 있었다(고 우리는 생각했다).

텅 비어 있는 콜로세움에 들어가 나는 아내에게 호들갑스럽게 말했다. "이거 콜로세움 맞지? 사진이랑 똑같잖아 이거." 아내는 내 말이 옳다고 고개를 끄덕여주었다. 고대 로마의 건국 신화가 스며 있는 팔라티노 언덕에서도 그랬고, 그 로마문명의 무진장한 화석이라 할 포로 로마노에서도 그랬다. 우리는 유라시아 대륙 반대편에서 허영심에 이끌려 고대 세계의 수도로 온 촌것들이었다.

관광객들이 흔히 그러듯, 우리는 트레비 분수에 동전을 던졌다. 언젠가 로마에 다시 오기 바라는 마음에서였다. 스페인 광장에선 거리의 화가에게 붙들려 난생 처음 내 초상화를 갖게 되었다. 그 화가는 나를 일본인으로 생각했던 게 분명하다. 일본인 캐리커처의 전형적 특징인 뻐드렁니 두 개를 내게 선사했으니 말이다. 하기야 유럽 사람들의 상상력 속에서 한국인은 반쯤은 일본인이고 반쯤은 중국인인지도 모른다. 그 초상화를 지금도 지니고 있다. 그해 말, 아홉 달간의 유럽 체류를 소설 형식에 담아 《기자들》이라는 책을 내며, 나는 그 일본인 얼굴을 책날개에 실으려 했다. 그러나 출판사 주간 L의 반대로 뜻을 접었다.

로마를 욕하고 싶은 마음은 조금도 없지만, 로마에 소매치기가 많다는 소문이 사실이었음을 털어놓아야겠다. 척 보기에도 우리가 이방인이었으니, 더 쉽게 표적이 됐을 게다. 로마에서, 아내와 나는 몇 차례 소매치기를 만났다. 아니, 날치기라고 해야 할지 모른다. 다가오는 순간, 그들의 정체가 드러나는 경우가 많았으니 말이다.

거리에서, 그들은 떼로 덤벼들었다. 로마에선, 집시(로 보이는) 여성이 아이들 너덧과 함께 구걸을 하는 양 다가오면, 그들을 날치기로 의심하는 게 안전하다. 그들은 순식간에 표적을 에워싸고 주머니를 뒤진다. 버스 안에서 자꾸 밀치는 사람이 있으면, 일단 소매치기가 아닌가 의심하는 편이 좋다. 로마에서 우리가 만난 소매치기들은 뜻을 이루지 못했다. 아내의 경계심 때문이었다. 로마에 도착한 날 걸인으로 가장한 날치기 가족과 드잡이를 한 뒤, 아내의 눈길은 매서워졌다. 아내는 그들의 의도를 금세 눈치챘고, 프랑스어로 왁! 왁! 소리지르며 그들을 뿌리치곤 했다.

아내도 나도 신자가 아니(었)지만, 바티칸의 성베드로 성당에서 우리는 잠깐 예수에 대해, 성베드로에 대해, 그리고 요한 바오로 2세에 대해 경건한 얘기를 나누었다. 따지고 보면, 로마제국이 멸망한 뒤부터 19세기 후반 이탈리아가 통일되기까지 로마라는 도시는 오직 영혼의 수도였고 교황의 수도였다. 교황은 분열된 이탈리아를 원했고, 그래서 통일운동에 매우 적대적이었다. 통일이탈리아의 첫 수도는 로마가 아니라 토리노였다. 표준 이탈리아어도 로마 둘레의 라치오 방언이 아니라 《신곡》의 언어였던 토스카나 방언을 중심으로 형성됐다. 단테의 고향 피렌체가 토리노에 이어 이탈리아 왕국의 두 번째 수도가 된 데는 그런 배경도 깔려 있었을 게다.

사르데냐 왕국의 비토리오 에마누엘레 2세가 이탈리아 왕국을 선포하고 10년이 지나 로마를 점령한 뒤에야, 이 도시는 새롭게 태어난 통일입헌군주국의 수도가 되었다. 중세 이후 이탈리아 통일까지, 세속의 수도는 유럽 여러 곳에 퍼져 있었다. 그러나 그 세속의 권력자들도 로마라는 이름을 원했다. 아헨과 빈과 콘스탄티노플과 모스크바와 상트페테르부르크의 황제들은 자신들이 고대 로마의 계승자라고 주장했다. 비잔티움제국은 말 그대로 동로마제국이었고, 샤를마뉴(카를 대제)는 교황 레오 3세로부터 로마제국 황제의 관을 받아썼다. 중세 이래 19세기 초까지 갈가리 찢겨 존속했던 독일 제1제국의 이름은 신성로마제국이었고, 러시아의 이반 3세는 모스크바를 콘스탄티노플에 이은 제3의 로마라 불렀다.

로마에서 내가 직무와 관련돼 한 일이라고는 영화촬영소 치네치타와 영화사 펜타필름을 방문한 것, 그리고 몇몇 언론사의 영화 담당 기자들과 어울린 것뿐이다. 실상 그것도 일 겸 놀이였다. 치네치타는 상상했던 것만큼 크지 않았다. 내 상상이 너무 과격했는지도 모른다. 나는 그 뜻 그대로 '영화 도시'를 상상하고 있었던 것 같다. 그래도 치네치타는 유럽에서 가장 큰 영화촬영소라 한다. 윌리엄 와일러가 연출한 영화 〈벤허〉의 그 유명한 전차경주 장면이 바로 이 치네치타에서 찍혔다.

트레비 분수에 동전을 던진 게 효과가 있었던지, 나는 그 이듬해 여름 다시 로마에 가게 되었다. 이번엔 아내만이 아니라 부모님과 두 아이가 동행해 여섯 식구가 갔다. 그 두 번째 방문은 아침부터 저녁까지 단 하루였다. 게다가 매우 우울한 방문이었다. 여덟 살이었던 둘째 아이가 열차에서부터 멀미를 하더니 거의 종일 내 등에 업혀 다녔다. 나쁜 우연들이 겹치면서 경찰서를 몇 군데 전전하기도 했다. 그 하루는 되돌아보기도 싫다. 그래도

나는 언젠가 로마에 다시 가게 될 게다. 그날도 트레비 분수에
동전을 던졌으니.

〈한국일보〉, 2007. 8. 15.

# 07

# 토리노

✦

## 리소르지멘토의 진앙震央

~~~~~~~~

　로마발 파리행 열차가 토리노에 도착할 시각은 밤 11시 전후였던 것 같다. 정오 전에 체크아웃을 해야 했으므로, 아내와 나는 늦은 아침을 먹은 뒤 카보우르 광장 근처의 호텔을 나와 포르타 누오바역의 코인로커에 여행가방을 들여놓았다. 가뿐한 차림으로 토리노를 살피고 파리로 돌아갈 요량이었다.

　시내 쪽을 향해 걸어가다가 카를로 펠리체 광장에서 문제가 생겼다. 무슨 일 때문이었는지는 또렷하지 않으나 아내와 나는 말다툼을 시작했고, 그 말다툼이 길어지자 아내는 뒤도 돌아보지 않고 종종걸음으로 내 시야에서 사라졌다. 그때 그녀를 따라가 잡았어야 했는데, 그 순간의 짜증에 휘둘려 그러질 못했다. '가볼 테면 가보라지, 이 낯선 도시에서 뭘 어쩌겠다는 거야' 하는 심보였을 것이다. 서른다섯 살을 한심하게 먹은 사내의 꼬락

서니였다.

담배를 거푸 두 대 피우도록 아내는 돌아오지 않았다. 나는 더럭 겁이 났다. 서둘러 산 카를로 광장을 지나 카스텔로 광장에까지 내달았으나, 그녀는 보이지 않았다. 혹시나 하고 다시 포르타 누오바역으로 돌아갔지만, 아내는 거기에도 없었다. 휴대폰이 있는 시대도 아니었다. 나는 보도블록에 퍼질러 앉아 머리가 떵하도록 담배를 피웠다. 우리는 각자의 기차표를 따로 지니고 있었고 얼마 남지 않은 여비도 아내에게 있었으니, 그녀가 배를 곯거나 파리로 돌아가지 못할 리는 없었다. 그래도 처음 와본 도시에서 아내가 혼자 배회할 걸 생각하니 여간 울가망한 게 아니었다.

자책감 속에서 우두커니 앉아 있다가 나는 마음을 편하게 먹기로 했다. '이곳은 두메산골도 아니고, 대낮에 총질이 난무한다는 콜롬비아의 도시도 아니다. (콜롬비아 분들껜 죄송하다. 할리우드 영화가 묘사하는 콜롬비아가 하도 험하기에…) 아직도 마피아가 설친다는 시칠리아 섬도 아니다. (시칠리아 분들께도 죄송하다. 그곳이 마피아의 본향이라 들었기에…) 또 마피아가 있다 해도 좀스럽게, 지나가는 외국인 납치 따위나 하지는 않을 게다. 여기는 이탈리아의 현대 도시다. 현대=안전한 도시. 그리고 지금은 대낮이다. 날이 어두워지기 전에 아내는 포르타 누오바역으로 올 게다. 파리로 가든 안 가든 자기 짐은 찾아야 할 거 아냐.'

시내에서 우연히 아내와 마주칠 수도 있다는 기대를 갖고, 나는 일어섰다. 그리고 비토리오 에마누엘레 2세 거리로 들어서 다시 시내 쪽으로 걸었다. 비토리오 에마누엘레 2세는 사르데냐 왕국의 마지막 군주이자 통일이탈리아 왕국의 첫 군주였다. 그리고 토리노는 16세기 이래 사보이공국과 그것을 계승한 사르데냐 왕국의 수도였다가, 19세기 중엽 통일이탈리아의 첫 수도가 되었다.

토리노가 이탈리아 왕국의 첫 수도가 된 것은 두 가지 점에서 자연스러웠다. 흔히 리소르지멘토('부흥'이라는 뜻)라 불리는 이탈리아의 국가통일과 독립운동을 주도한 것이 토리노에 도읍한 사르데냐 왕국이었던 데다가, 1861년 이탈리아 왕국이 세워졌을 땐 로마를 중심으로 한 라치오 지방이(베네치아를 중심으로 한 베네토 지방과 함께) 왕국의 주권 바깥에 있었기 때문이다. 로마가 이탈리아 왕국에 복속한 것은 그보다 10년 가까이 지나서였다.

토리노 하면 대뜸 떠오르는 사람이 둘 있다. 한 사람은 이 도시가 고향인 카보우르 백작 카밀로 벤소(Camillo Benso di Ca- vour, 1810~1861)다. 이탈리아 통일 과정에서 사르데냐 왕국 총리 카보우르가 맡은 역할은 독일 통일 과정에서 프로이센 재상 비스마르크가 맡은 역할에 견줄 만하다. 그러나 18세기 중엽 이탈리아를 둘러싼 국제환경은 그 시기 독일을 둘러싼 환경보다 훨씬 가혹했고, 카보우르의 조국 사르데냐의 힘은 비스마르크의 조국 프로이센의 힘보다 한결 작았으므로, 카보우르의 통일전략은 한결 섬세하고 더러는 굴욕적일 수밖에 없었다.

비스마르크가 몇 번 비위를 맞춰주다가 결국은 무력을 통해 영국으로 쫓아버린 나폴레옹 3세에게 카보우르는 줄곧 고개를 조아렸다.

카보우르는 국가의 목표를 위해 지도자가 취할 수 있는 실용주의 노선의 극한을 보여주었다. 이탈리아 통일의 가장 큰 장애물이었던 오스트리아를 제어할 의사와 힘이 있었던 나라는 프랑스뿐이었으므로, 그는 사르데냐의 땅덩어리 일부를 프랑스에 떼어주면서까지 나폴레옹 3세의 환심을 샀다. 그는 또 마치니 등이 주장한 즉각적이고 공화주의적인 통일운동이 국내외의 반동을 불러와 통일 자체를 불가능하게 만들 것을 염려해, 사르데냐 왕국을 중심으로 한 점진적이고 입헌군주제적인 통일노선을 취했다. 그럼으로써 그는 리소르지멘토의 기획자이자 완성자가 되었다. 리소르지멘토라는 명명 자체도 카보우르가 1840년대에 발간한 정치신문의 제호에서 유래한 것이다.

또 한 사람은 고향이 토리노가 아니지만, 토리노대학교에서 공부하고 토리노에서 지적·정치적 활동을 시작했다. 그의 이름은 안토니오 그람시(Antonio Gramsci, 1891~1937)다. 미국인 지성사가 스튜어트 휴스는 그람시를 "20세기의 모든 이론가와 실천가들 가운데 마르크스주의 사상을 가장 정교하고 독창적인 방향으로 나아가게 한 사람"이라 평한 바 있다. 이 평가가 설령 과장돼 있다 하더라도, 서유럽 마르크스주의나 소위 유로코뮤니즘에 대한 그람시의 영향력은 한때 절대적이었다.

마르크스의 예측과 달리 20세기 초 발달한 자본주의 나라에서 프롤레타리아 혁명이 일어나지 않은 이유를 그람시는 '문화헤게모니' 개념으로 설명했다. 그람시가 보기에 당대 자본주의는 그 어느 때보다도 견고했다. 자본주의는 폭력이나 정치경제적 강제를 통해서만 유지되는 게 아니라 부르주아지의 가치들을 일종의 '상식'으로 만드는 헤게모니문화를 통해 유지되는데, 당대 부르주아의 문화헤게모니는 그 어느 때보다 더 강하다는 것이 그의 판단이었다. 이 문화헤게모니에 휘둘려, 노동계급 사람들은 부르주아에게 이로운 것이 자신들에게도 이롭다고 여기게 되고, 그래서 혁명보다는 현상유지를 바라게 된다는 것이었다. 부르주아의 가치들에 자연스러움과 규범성을 부여하는 이 문화헤게모니의 전복을 그람시는 계급투쟁의 중심에 놓았다.

그람시의 이론과 실천이 토리노에서 시작된 것은 자연스러웠다. 19세기 말 자동차 제조회사 피아트가 들어선 뒤 토리노에는 숙련노동자들이 바글거렸고, 이 '이탈리아의 디트로이트'는 노동과 자본의 두드러진 싸움 현장이 됐으니 말이다.

그러나 그람시가 이탈리아공산당을 지도한 것은 채 10년도 못 됐다. 무솔리니의 파시스트 정부가 1929년 내란선동 혐의로 그를 투옥했기 때문이다. 기소될 때 그람시는 국회의원 신분이었다. 검사는 법정에서 "우리는 20년간 이 두뇌의 기능을 멈추어야 한다"는 유명한 논고를 했다. 그람시는 20년형을 선고받았으나, 그 형을 다 채우지 못했다. 8년간의 옥살이로 건강이 악화돼 가석방된 직후 죽었기 때문이다. 46세였다. 그의 저술 대부분은 옥중에서 쓴 것이다.

토리노가 배출한 이름 가운데 요즘 젊은이들에게 가장 유명한 것은 유럽 최고의 프로축구 클럽 가운데 하나인 유벤투스 FC일 테지만, 이 도시는 역사가 기록할 만한 이름을 그 밖에도 여럿 낳았다. 우선 물리학자 아보가드로와 수학자 라그랑주, 경제학자 피에로 스라파와 정치사상가 노르베르토 보비오, 화학자 출신 작가 프리모 레비 같은 이들이 토리노 출신으로서 지성사에 이름을 올렸다.

이들보다 더 흥미로운 이들은 토리노 출신의 사업가들일 게다. 타자기·계산기·컴퓨터 따위로 유명한 올리베티사의 창업자 카밀로 올리베티, 피아트의 창업자 조반니 아녤리, 세계 최초의 대규모 초콜릿공장을 만든 피에르 폴 카파렐, 베르무트 제조회사 마르티니 앤드 로시의 창업자 알레산드로 마르티니가 그들이다.

피아트와 올리베티가 토리노만이 아니라 이탈리아의 과학기술을 상징하는 이름이라는 건 잘 알려져 있지만, 토리노는 초콜릿과 베르무트의 고향이기도 하다. 우리가 보통 초콜릿이라고 부르는 고체 초콜릿이 처음 만들어진 게 18세기 말 토리노에서였다. 그전까지의 초콜릿은, 한국에서 보통 코코아라고 부르는 액체 초콜릿이었다. 또 와인에 브랜디나 당분을 넣은 혼성주 베르무트를 처음 만든 이도 토리노 출신의 안토니오 베네데토 카르파노였다. 역시 토리노 출신의 사업가 알레산드로 마르티니가 제 이름을 따 세운 베르무트 제조회사는 이내 세계에서 가장 유명한 주류회사 가운데 하나가 되었다. 베르무트와 진을 섞어 올리브로 장식한 칵테일 '마티니'의 어원이 바로 마르티니가 창업한 마르티니 앤드 로시Martini & Rossi다. 마티니를 발명한 것은 미국인이지만, 그 어원은 이탈리아 사람 이름에 있는 것이다.

산 조반니 바티스타 성당 앞에서 정겨운 얼굴의 여자가 눈에 익은 걸음걸이로 어정거리고 있었다. 우리는 말없이 손을 잡고 성당으로 들어갔다. 미사를 드리기 위해서가 아니라 '토리노의 성의聖衣'를 보기 위해서였다. 예상했던 대로, 그 유명한 수의壽衣는 없었다. 어딘가에 따로 보관돼 있다 한다. 오랜 세월 이리저리 떠돌다 15세기 무렵 사보이가家(사보이 공국과 사르데냐 왕국, 이탈리아 왕국의 왕실) 사람들 손에 들어왔다는 이 수의는, 적잖은 사람들의 상상 속에서, 예수가 십자가형을 받을 때 입었던 옷으로 여겨졌다. 1988년에 그 상상력은 큰 타격을 입었다. 방사성탄소의 붕괴를 이용해 연대를 재본 결과 수의가 13세기 것으로 판명됐기 때문이다.

　　마다마 궁전이 보이는 카스텔로 광장의 한 카페에서 아내와 나는 이른 저녁을 먹었다. 밤차를 타고 파리로 돌아갈 예정이었으므로, 우리는 남은 여비를 거의 다 털어부었다. 오랜만에 대하는 성찬이었다.

<한국일보>, 2007. 8. 29.

# 08

# 파리 上

✦

## 루브르 거리 33번지, '유럽의 기자들'

〜〜〜〜〜〜〜

1992~1993년 가을 겨울 봄 세 계절을 나는 파리에서 보냈다. 줄곧 파리에만 머문 건 아니지만, 생활 근거지는 파리였다. 구체적으로, 파리 14구 주르당 거리의 학생 기숙사 시테 위니베르시테르가 내 잠자리였다. 그때 나는, 앞서 여러 번 들먹인 '유럽의 기자들'프로그램에 참가하고 있었다. 유럽의 기자들Journalistes en Europe은 기자 연수프로그램 이름이기도 하고, 그 프로그램을 운영하는 재단 이름이기도 하고, 그 프로그램에 참가하는 기자들을 가리키는 말이기도 하다. 이 프로그램은 유럽연합 집행부와 그 회원국 정부, 기업체 따위의 후원을 받아, 여러 나라 출신 기자들에게 유럽 워처watcher로서의 첫걸음을 걸린다.

'유럽의 기자들'프로그램은 두 부분으로 이뤄져 있었다. 하나는 대학과 연구소의 유럽 문제 전문가들이 이끄는 세미나고,

다른 하나는 잡지 《유럽Europe》의 편집이다. 《유럽》을 대여섯 호 내고 나면 한 기期가 끝난다. 《유럽》의 기삿거리를 찾아, 우리들 유럽의 기자들은 열흘에서 두 주 가량의 취재여행을 되풀이했다. 그 세 계절 동안, 북유럽을 제외하고는 유럽 대륙의 수도들 대부분을 밟아본 듯싶다. 프로그램에 참가하는 모든 기자가 매호에 두세 꼭지의 기사를 프랑스어나 영어로 써야 했다. 편집도 팀을 나누어 돌아가며 했다. 그러니 우리는 세미나에 참가하는 학생이기도 했고, 펜기자와 사진기자와 편집기자를 겸한 잡지쟁이기도 했다.

'유럽의 기자들'은 일상의 권태에 절어 있던 30대 중반 사내에게 어느 가을날 소리 없이 찾아든 축복이었다. 시간의 미화작용에 기대어 뒷날 돌이켜보는 행복 말고 순간순간 겨워했던 행복이 내 삶에 있었다면, 그것은 파리에서의 그 세 계절이었다. 나는 그뒤 파리에서 네 해 남짓을 더 살았지만, 그 가을 겨울 봄만큼의 행복감을 다시 느끼지 못했다. 파리가 점차 익숙해지면서 처음의 자극이 사라져버렸기 때문이리라. 그래도 파리는 서울 말고는 내가 살아본 유일한 도시고, 그래서 내가 어렴풋이나마 속살을 들여다본 유일한 도시다. 이 도시의 기억 맨 밑바닥에서 꾸물거리고 있는 이들은 토박이 파리지앵이 아니라 내 이방인 동료들이다. 그해 '유럽의 기자들' 참가자 가운데 프랑스인 동료는 하나뿐이었다.

30대 후반 프랑스에 살 땐 더러 연락을 주고받던 친구들도 이젠 소식이 거의 끊겼다. 그래도 그 친구들을 다시 떠올리니 가슴이 쿵쾅거린다. 예루살렘에서 온 미리엄 S.(이스라엘 정부를 미친 살인기계라 욕하면 이 유대인 여자는 선뜻 맞장구쳐주었지), 시드니에서 온 헬렌 P.(소설을 쓰고 싶다 했는데 꿈은 이뤘는지), 몬트리올에서 온 제프리 H.(내게 빌린 100프랑을 끝내 갚지 않았다), 더블린에서 온 캐서린 M.(그녀는 1981년 영국 감옥에서 단식투쟁 끝에 죽은 에이레공화군 지도자 보비 샌즈가 자유의 투사라 했지, 테러리스트가 아니라. 나는 그 둘이 결국 똑같은 말이라고 대꾸했고), 도쿄에서 온 시노부 T.(아내가 김치를 담글 줄 알았다! 내 입엔 맞지 않았지만), 루사카에서 온 메리 N.(어디서 무슨 말을 들었는지 일본 천황가家는 한국인이라 해 시노부와 내가 함께 빙긋거렸지), 말뫼에서 온 소피 R.(스웨덴 어린이들이 모두 행복하진 않다는 증거가 자신의 어린 시절이랬다), 다카르에서 온 압둘라이 N.(모두가 마시고 피울 때도 이 무슬림 친구는 꼿꼿이 금욕적이었다), 부다페스트에서 온 주잔나 R.(내가 시노부에게보다 더 인종적 친밀감을 느꼈지), 바르샤바에서 온 로만 G.(줄곧 잘 지내다 서먹서먹하게 헤어졌다), 소피아에서 온 페치아 K.(그녀의 동포 줄리아 크리스테바를 떠올리게 했던 그 총명함!), 그 밖에 이런저런 정겨운(이따금은 얄미운) 얼굴들.

그 얼굴들 뒤로 한 공간이 떠오른다. 루브르 거리 33번지 언론인센터 건물 5층. 그곳이 우리들 유럽의 기자들 보금자리였다.

담배 연기가 늘 자욱했고 온갖 언어가 나풀거렸다. 물론 지배 언어는 프랑스어였다. 그곳에선 너나들이가 규칙이었다. 초면이든 구면이든, 나이와 상관없이, 누구든 상대를 '투아toi'('너')라고 불렀다. 남자 동료들끼리를 제외하곤, 하루에도 몇 번씩 만나고 헤어질 때마다 우리는 볼 입맞춤(프랑스어로 '비주bisou')을 했다. 나는 처음 그게 서양 사람들의 보편적 인사 방식이려니 여겼다. 그러나 유럽과 아메리카의 기독교문명권에서 온 동료들 가운데도 그런 인사 방식을 어색해하는 친구들이 있었다. 물론 우리들 모두, 이내 비주로 만나고 비주로 헤어지는 데 익숙해졌다.

몇몇은 제 입술을 동료의 볼이 아니라 입술에 포개기도 했다. 그리고 농담과 친숙함을 버무려, 동료를 '디어Dear'나 '허니 Honey'나 '스위티Sweetie'로, 또는 이에 상응하는 프랑스어로 부르기도 했다. 그러나 내 기억이 옳다면, 그런 입맞춤이나 도발적인 호칭에 '섹슈얼 임플리케이션'은 (거의) 없었다. 잠자리를 같이한 친구들이 있었을지도 모르지만(그랬다 해도 놀랄 일은 아니다. 우리는 20대 말, 30대 전반의 남녀들이었고, 대부분 가족으로부터 멀리 떨어져 있었고, 무엇보다도 그곳이 파리였으니 말이다. 한 미국인 유머리스트는 파리 사람들이 2,000년 동안 해온 건 사랑과 혁명뿐이라는 우스갯소리를 한 적 있다. 거기서 사랑이란 물론 박애가 아니라 섹스다), 유럽의 기자들은 단단한 우애집단 이상은 아니었다.

루브르 거리 33번지 5층은 밤새 불이 켜져 있을 때가 많았다. 게으름을 부리다《유럽》기사의 마감시각을 지키지 못한 동료들이, 연수 중에 소속사의 기사를 쓰거나 프리랜서 노릇을 해야 했던 동료들이, 이따금은 시내에서 너무 늦게까지 노닐다가 교외의 거처로 돌아갈 일이 막막했던 동료들이 무시로 거길 드나들었기 때문이다. 제 거처에 컴퓨터를 따로 장만해놓을 만큼 넉넉한 기자는 우리들 가운데 거의 없었으므로, 루브르 거리 33번지 바깥에선 일을 할 수 없었다. 재단에선 사무실 열쇠를 네 개 복사해 우리에게 건넸고, 우리는 필요에 따라 돌아가며 열쇠를 지니고 다녔다. 그것은 재단이 우리에게 보인 신뢰의 표시기도 했다. '유럽의 기자들' 사무처에는 좀도둑들이 탐낼 물건이 적지 않았고, 5층 사무처와 4층의 언론인센터 도서관은 문이 없이 계단으로 직접 연결돼 있었으니 말이다.

루브르 거리 33번지 바깥에서도 우리는 몰려다니기 일쑤였다. 같은 거리의 카페 푸르미나 걸어서 5분쯤 걸리는 주르 거리의 아일랜드 맥줏집 제임스 조이스엘 밤 시간에 들르면, 우리들 중 몇몇이 반드시 거기 죽치고 있었다. 때론 센 강 건너의 생미셸 거리로 진출해 밤새 마시기도 했다. 그러나 우리들 모두가 밤샘 술자리의 더치페이를 시도 때도 없이 감당할 만큼 형편이 좋았던 것은 아니다. 몇몇은 재단에서 끌어다준 장학금만으로, 만만치 않은 파리 물가를 겨우 버텨내고 있었다. 우리는 각자의 거처를 돌아가며 밤샘 술판을 벌임으로써 이 문제를 해결했다.

취재여행이 잡혀 있는 주 말고는 거의 예외 없이, 금요일이면 세미나실 칠판에 '수아레soirée' (저녁 파티라는 뜻) 공고가 나붙었다. 우리들 중 누군가의 집에서 그날 저녁에 술판이 벌어진다는 뜻이었다.

우리는 제가끔, '양심껏', 제 몫의 술과 음식을 들고 동료의 집을 찾았다. 다들 양심에 너무 충실했는지, 늘 술과 음식이 남았다. 말이 '수아레'였을 뿐 술자리는 늘 이튿날 새벽까지 이어졌는데도 말이다. 지하철이 다시 다니기 시작할 때까지, 우리는 먹고 마시고 떠들고 춤추고 뽀뽀했다. 웃음도 격렬했고, 울음도 격렬했다. 여자 동료들만이 아니라 남자 동료들도 울 때가 있었다. 어쩌면 명정酩酊이란 정신의 부패 상태에 지나지 않을지도 모른다. 그렇다 할지라도 그 술자리들이 그립다. 언어의 서투름이 결코 교감의 벽을 두르지 않았던 그 술자리들이.

1993년 5월 마지막 일요일, 퐁데자르라는 센 강 다리 한복판에서 음악을 크게 틀어놓은 채, 춤추고 마시며, 밤늦도록, 우리는 코앞으로 다가온 이별의 서운함을 달랬다. 오가던 행인들이 우리를 힐끔힐끔 쳐다보았다. 그들 가운데 용기 있는 이 하나가 호기심에 찬 얼굴로 물었다. "어느 나라 사람들이죠?" 코펜하겐에서 온 올라프 J.가 호기롭게 대답했다. "모든 나라 사람들이에요. 국제노숙자협회 회원들이죠.""아, 그렇군요." 용기를 발휘해 호기심을 채운 행인은 멋쩍은 웃음을 내보이고 총총 사라졌다.

며칠 뒤 서울행 비행기를 탔을 때, 나는 싱그러움이 내 몸뚱이에서 빠져나가고 있음을 깨달았다. 다시는 되돌아오지 않을 싱그러움이.

〈한국일보〉, 2007. 9. 5.

# 09

# 파리 中

✦

## 허기진 산책자의 세월

~~~~~~~~~~~~~~~

    파리에 두 번째 간 것은 1994년 2월이다. 그보다 한 해 반 전이 도시에 처음 간 건 직업훈련을 위해서였지만, 이번엔 무작정살기 위해서였다. 파리로의 이 '회귀'는 1993년 6월 파리발 서울행 비행기 안에서 이미 결정됐는지도 모른다. 아홉 달 동안 파리에 머물며 나는 단단히 바람이 들어버린 것이다. 그 도시에 중독돼버린 것이다. 그 아홉 달 동안 파리는 내 마음을 식민지화했다. 프랑스 외무부는 몇 푼의 스칼러십으로 멀쩡한 아시아인을 유사 유럽인으로 구부려놓는 데 성공했다.

    파리로 가는 데 아내는 대찬성이었다. 그녀도 아홉 달 동안 나처럼 바람이 잔뜩 들었다. 초등학교 6학년이 될 참이었던 큰아이는 삶의 터전이 바뀌는 걸 내키지 않아 했다. 그러나 나는 아이의 뜻을 무시했다. 그것은 내가 아비로서 그 아이에게 저질러온 큰 잘못들 가운데 첫 번째 것이었다. 초등학교 3학년이 될 참이었던 작은아이는 아무래도 좋다는 쪽이었다. 다수결의 폭력을 통해, 네 식구는 파리행 비행기를 탔다.

그전에, 나는 다니던 신문사에 사표를 냈다. 그러나 그 신문사와의 협력관계는 그뒤 두 해 동안 더 이어졌다. 내가 파리에서 써 그 신문에 실린 기사 끝에는 아무개 파리 주재기자라는 직함이 붙었다. 내부적으로는, 그 신문사 사원이 아니었다. 적어도 정규직 사원은 아니었다. 두 해 뒤 그 신문사는 정규직 사원을 파리 특파원으로 보냈고, 나는 한 시사주간지의 파리 주재 편집위원이라는 직함을 얻어 생계를 이어나갔다. 역시 비정규직이었다. 1994년 2월 파리행 비행기를 탔을 때, 내 삶은 무를 수 없는 '객원'의 길로 들어섰다.

생활은 쪼들렸으나, 나는 파리에서 편안했다. 어느 정도 편안했느냐 하면, 내가 파리에 있는 것이 너무 자연스럽게 느껴질 정도였다. 제3자의 눈으로 보면 내 파리 체류는 너무 부자연스러운 것이었다. 그것이 내 '커리어'와 무관한 빈둥거림이었기 때문이다. 확실히 그것은 빈둥거림이었고, 일종의 허송세월이었다. 그러나 그게 바로 내가 바라던 것이기도 했다. 나는 파리에서 세월을 허송하는 게 좋았다. 가능하기만 하다면 늙어죽을 때까지 그러고 싶었다. 파리가 그저 좋았기 때문이다. '유럽의 기자들' 시절만큼 자극적인 행복은 없었지만, 파리는 내게 꼭 맞는 옷 같았다. 그전에 35년을 산 서울 기억이 가물가물할 지경이었다. 앞에서 얘기하지 않았는가, 파리는 내 마음을 식민지화했다고.

그 도시의 거리들, 광장들, 골목들, 묘지들, 시장들(파리엔 그때까지도 재래시장이 여럿 남아 있었다. 아마 지금도 그러리라), 카페들이 눈에 선하다. 내가 파리에 산 기간은 5년이 채 안 되지만, 그 두세 배를 산 사람이라 해서 그 도시 구석구석을 나보다 더 잘 알까 싶다. 택시기사들을 빼곤 말이다. 내가 총명해서가 아니라, 거기서 세월을 허송했기 때문이다. 그 허송의 큰 부분은 걷는 것이었다. 서울에 견주어 워낙 작은 도시기도 했지만, 파리는 걷기를 유혹하는 도시였다. 오밀조밀한 볼거리들만이 아니라, 그 도시의 공기 전체가 걷기를 유혹했다. 그 공기는 아마 내가 상상 속에서 재구성한 이 도시의 역사이기도 할 것이었다.

도시 한쪽 끝에서 맞은편 끝까지 걷는 날도 있었다. 어느 날은 동쪽 끝 포르트 드 몽트뢰유(근처에 벼룩시장이 있다)에서 서쪽 끝 포르트 도핀까지, 다른 날은 북쪽 끝 포르트 드 클리냥쿠르(역시 근처에 큰 벼룩시장이 있다)에서 남쪽 끝 포르트 도를레앙까지, 나는 이것저것 해찰하며 느릿느릿 걸었다. ('포르트'는 프랑스어로 '문'이라는 뜻이다. 그러니까 이 말이 들어가는 동네나 지하철역은 시 경계에 있다.) 어느 땐 그저 가로지르는 게 심심해, 시를 둘러싼 환상도로(페리페리크)를 따라 파리를 반 바퀴쯤 돌기도 했다. (한 바퀴를 다 도는 건 내 체력으로 불가능했다.)

파리는 대체로 서쪽 남쪽이 부자 동네고, 동쪽 북쪽이 가난한 동네다. 몽파르나스와 몽마르트르가 그 남북의 분위기를 대표한다. 북쪽의 몽마르트르는 뮤직홀, 술집, 음악카페, 유곽, 섹스숍이 몰려 있는 파리의 홍등가다. (정확히 말하자면, 유곽과 섹스숍으로 후줄근한 환락가는 몽마르트르 언덕에서 걸어 10분 정도 거리의 피갈 구역에 있다. 무명 예술가들의 공간 몽마르트르와 탐욕스러운 환락 사냥꾼들의 공간 피갈이 나란히 붙어 있는 것이다.) 반면에 몽파르나스에는 중산층의 반듯한 일터와 거주지가 몰려 있다. 몽파르나스에 부유한 사람들의 밝고 밋밋한 낭만이 흐른다면, 몽마르트르에는 가난한 사람들과 이방인들의 어둡고 병적인 낭만이 흐른다.

몽마르트르에 살며 그곳 풍경을 화폭에 담은 화가들 가운데 내 마음을 가장 저릿하게 하는 이는 툴루즈 로트레크다. 그는 소년 시절 말에서 두 차례 굴러떨어진 탓에 거동이 불편했고, 30대 이후에는 알코올중독으로 정신이 오락가락했다. 그러나 툴루즈 로트레크는 둔한 몸을 이끌고 몽마르트르의 지저분한 골목과 언덕 들을 누비며 그곳의 부평초 인생들을 예술사에 편입시켰고, 그럼으로써 미술사의 19세기 장章에 제 이름을 또렷이 새겼다. 몽마르트르가 또다른 주정뱅이 화가 모리스 위트릴로의 고향이라는 것도 적어두기로 하자.

한 도시를 한없이 헤집고 다니다보면, 덜 좋은 곳과 더 좋은 곳이 생기게 마련이다. 젠체한다고 탓해도 할 수 없지만, 나는 동쪽과 북쪽의 서민 구역에 한결 마음이 쏠렸다. 내가 살았던 아파트도 동쪽 끝 20구에 있었다. 20구는 프랑스 영화에서 흔히 노동자 거주 지역으로 등장한다. 통계를 보지는 못했으나, 내 눈엔 토박이 프랑스인보다 이민자가 더 많이 사는 듯했다. 그 이주민들의 다수는 북아프리카 사람들과 포르투갈 사람들이다.

집 근처의 나시옹 광장에서 북서쪽으로 방향을 잡아서 공화국 광장과 동역東驛 북역北驛을 거쳐 몽마르트르 언덕 꼭대기 테르트르 광장까지 다녀오면, 칭찬받을 일이라도 해낸 듯 마음이 뿌듯했다. 집 앞에서 북쪽으로 방향을 잡아 피레네 거리를 따라 뷔트쇼몽 공원에까지 다녀오기도 했다. 비탈 위에 만들어진 뷔트쇼몽 공원은 뤽상부르 공원이나 튈르리 공원만큼 널리 알려져 있진 않지만, 이들 공원보다 더 자연에 가까워서 마음이 편했다. 맨몸의 상체를 드러낸 채 여름 햇살을 쬐는 여자들 옆을 무심한 체 지나치는 것도 재미였다. 뷔트쇼몽 공원에서 내려와 벨빌의 차이나타운을 걸으면, 문득 내가 중국인이 된 듯한 기분이었다. 파리에는 벨빌 말고 남동쪽 13구에도 차이나타운이 하나 더 있다. 그쪽 중국인들이 조금 더 '있어' 보인다.

벨빌 구역은 1871년 파리코뮌 당시 파리 시민군과 베르사유군(정부군) 사이에 최후의 격전이 벌어진 곳이다. 그곳에서 사로잡힌 코뮌전사들은 근처의 페르 라셰즈 묘지로 끌려가 즉결처분을 당했다. 그 즉결처분 장소는 지금 '코뮌전사의 벽'으로 불리고 있다. 그 벽 근처의 묘역에는 주로 공산주의자들이 묻혀 있다. 파리코뮌은 실패한 혁명이었지만, 바로 그 실패를 통해서 역사상 가장 순정한 혁명의 이미지를 얻었다. 마르크스에서 하워드 진에 이르는 수많은 비순응주의자들이 파리코뮌 두 달을 인류사의 이상적인 시공간으로 미화했다. 어쩌면 그들 말이 옳을지도 모른다. 그러나 그 두 달이 두 해가 되고 20년이 됐어도 혁명은 여전히 싱싱했을까? 프랑스혁명의 예를 보든 러시아혁명의 예를 보든, 아니었으리라는 데 거는 게 더 안전할 것이다.

1997년에 외환위기가 터지지 않았다면, 나는 지금도 파리에 살고 있을지 모른다. 내가 그곳에 간 것은 그저 거기 살기 위해서였으니까. 파리에서 살고 싶다는 욕망은, 그것이 내 아이들에게 재앙이 될지도 모른다는 불안을 잠재울 만큼 이기적으로 강렬한 것이었다. 그러나 그 욕망도 경제현실을 이길 수는 없었다. 외환위기가 터져 원화의 값어치가 반으로 동강나면서, 집세를 포함한 내 가족의 생활비는 두 배로 뛰었다. 내 수입원의 대부분이 서울에서 오는 원고료였던 탓이다.

나는 그제야 깨달았다. 겉멋에 들려 파리 사람인 양 살았지만, 내 알량한 허영심을 물질적으로 뒷받침해온 것은 서울이었음을. 나는 파리에 살면서도 뿌리를 서울에 박고 있었던 것이다. 나는 파리에 떠 있는 서울 사람이었다. 서울에서 들려오는 비명은 곧 내가 지르는 비명이었다. 몇 달을 버텨내지 못하고 나는 가족과 함께 서울로 돌아왔다. 김대중 씨가 대한민국 15대 대통령으로 취임한 날이었다.

〈한국일보〉, 2007. 9. 12.

# 10

# 파리 下

✦

## 뤼테토필의 푸념

~~~~~~~~~~~~~~

가장 가까운 파리 기억은 2004년 12월의 것이다. 앞서 얘기했듯, 화가 친구가 파리 유네스코 본부 건물에서 개인전을 열게 돼 거길 가본다는 핑계로 유럽 땅을 밟았다. 나는 다른 친구 셋과 함께 이베리아반도를 거쳐서 파리로 갔다. 변호사 친구는 파리가 처음이었고, 시인 친구와 철학자 친구와 나는 이 도시가 구면이었다. 친구들과 보름 동안 머물면서, 나는 파리를 공정하게 볼 수 있는 거리를 얻어내게 되었다. 나는 파리중독에서 벗어났다! 그게 아니라면 적어도, 벗어나고 있는 중이다.

아주 하찮지만 내겐 상징적으로 보인 '사건'이 있었다. 생미셸 거리의 뤼테스라는 카페-레스토랑에서 저녁을 먹다가 종업원과 다툰 일이다. 동석한 친구들 가운데 하나가 빵에 바를 잼을 원해서 내가 잼을 주문했는데, 저녁 식사 때 잼을 주문하는 건 파리식이 아니라며 종업원이 비웃는 듯한 태도를 보였다. 그리고 그 주문 자체를 무시했다.

나는 고객에 대한 예의를 그 친구에게 가르쳐야 했고, 그 친구는 누런 피부의 외국인에게 훈계를 듣기 싫어했다. 그러다가 그 친구가 선을 넘었다. 파리식이든 아니든 잼을 가져다달라는 내게 그는 "프랑스어를 못 알아듣느냐? 당신들 어디서 왔느냐?"며 무례하게 버텼다. 나는, 화가 나, 제국의 수도 로마에서 왔는데 갈리아의 '촌것'(페크노)과는 말이 통하지 않으니 로마 사람을 불러달라고 소리 질렀다. 그러고는 내처 맥락과 아무런 상관없는 라틴어를 떠오르는 대로 아무렇게나 주절댔다.

"히스토리아 에스트 테스티스 템포룸, 룩스 베리타티스, 비타 메모리아이"(역사는 시간의 증인이고, 진리의 빛이고, 기억의 생명이다), "로마 로쿠타, 카우사 피니타"(로마가 말했으니 사건은 마무리됐다), "넥 아모르, 넥 투시스 켈라투르"(사랑과 기침은 숨길 수 없다), "한니발 아드 포르타스"(한니발이 바로 문간에 와 있다), "데우스 에스트 인 펙토레 노스트로"(하느님은 우리 마음속에 있다) 따위의 말들.

그것은 천박한 짓이었지만, 상대방의 천박함에 합당한 천박함이라고 나는 생각했다. 그것이 라틴어인 줄은 짐작했겠지만 그 뜻은 알 수 없었을(알았다면 웃음을 터뜨렸으리라) 갈리아인 웨이터는 얼굴이 붉으락푸르락해져서 어디론가 사라졌고(제 적대자가 자신에게 던진 이방언어의 뜻을 알 수 없으면 최악의 욕을 상상하게 되는 법이니), 다른 종업원이 우리 테이블을 맡게 되었다. 로마인 같지는 않았지만, 그는 앞선 갈리아인보다 예의 발랐다. 그리고 마침내 잼이 왔다. 그게 파리의 관행은 아니었겠지만.

이 카페-레스토랑의 옥호 뤼테스Lutèce는 파리의 시테 섬 주변에 있었던 로마시대의 취락 공간 루테티아Lutetia가 프랑스어의 옷을 입은 것이다. 그래서 뤼테스는 더러 파리의 이명異名으로도 쓰인다. 비교가 아주 날씬한 것은 아니지만, 파리 한복판의 카페-레스토랑 뤼테스는 그러니까 서울 한복판의 '한성漢城식당'과 비슷하다. 나는 허기진 산책자로서 파리에 사는 동안 '뤼테토필lutétophile'('파리애호가'라는 뜻으로 내가 만들어본 말이다. 아카데미 프랑세즈가 이런 조어를 용납할지는 모르겠다)을 자임했다. 그런데 다섯 해 만에 찾은 파리에서, 그것도 뤼테스라는 옥호를 지닌 식당에서 유쾌하지 않은 일을 겪고 나니, 뤼테토필을 자임하는 게 쑥스러워졌다.

사실 뤼테스에서의 일은 내 '변심'을 정당화하기 위해 들먹인 것에 불과하다. 꼽아보니 내가 파리에서 맞은 12월은 그때가 일곱 번째였는데, 왠지 예전만큼 이 도시가 정겹지 않았다. 꼭 을씨년스러운 날씨 때문만은 아니었다. 여름 한 철을 빼면, 파리 날씨는 대개 을씨년스럽다. 뭔가 다른 이유가 있었다. 전에 파리에 살 때 이 도시의 노숙자들은 도시의 한 풍경 같았는데, 2004년

12월엔 그것이 더이상 풍경으로 보이지 않았다. 실제로 노숙자로 사는 것마저 예전보다 더 팍팍해졌는지도 모른다. 나는 그들의 표정이 더 강퍅해졌다고 느꼈다.

지하철에 지천으로 붙은 영어학원 광고물들을 통해 파리 사람들은 영어가 성공의 열쇠임을 이제 스스럼없이 인정하고 있었다. 몽마르트르의 '거리의 화가'들은 테르트르 광장에 터를 잡고 있는 데서 그치지 않고, 관광객들을 쫓아다니며 거래를 시도했다. 행인들의 발걸음도 예전보다 더 빨라졌다, 고 나는 넘겨짚었다. 아무튼 파리는 바빠 보였고, 예전보다 더 깍쟁이가 된 것 같았다.

그래도 나는 다시 찾은 파리에서 옛 느낌을 되살리려고 애썼다. 대뜸 떠올린 방법은 내 발걸음이 짙게 닿았던 곳들을 다시 둘러보는 것이었다. 나만큼이나 게으른 친구들을 살살 꾀어서, 그게 끝내 여의치 않을 땐 혼자서, 나는 파리의 여기저기를 돌아다니며 내가 뤼테토필이었을 때의 기억을 되찾으려 애면글면했다. 그러나 결국 실패했다. 몽마르트르에서도, 뷔트쇼몽에서도, 생미셸에서도, 몽파르나스에서도, 생루이 섬에서도, 뤽상부르 공원에서도, 바스티유 광장에서도, 페르 라셰즈 묘지에서도 나는 옛날의 나를 찾을 수 없었다.

한 달에 두 번씩은 중국 슈퍼마켓에서 찬거리를 사기 위해 찾았던 벨빌은 나의 벨빌이 아니라 그저 에밀 아자르의 소설《자기 앞의 생》의 공간일 뿐이었다. 명정 상태로 거리의 여자들과 시시덕거리던 레알도 나의 레알이 아니라 파트릭 쥐스킨트의 소설 《향수》의 공간일 뿐이었다. 파리의 이 구석 저 모퉁이를 걸을 때, 나는 산책자가 아니라 발자크나 모디아노의 독자에 지나지 않았다.

그래도 위안거리가 있긴 했다. 혀에 닿는 것들은 그대로였던 것이다. 몽파르나스는 그 중산층 분위기 때문에 내게 썩 편한 곳은 아니었지만, 다니던 학교가 그 근처에 있어서 어쩔 수 없이 발걸음이 잦았던 곳이다. 지하철 바뱅역 앞의 카페 라로통드와 거기서 두 블록쯤 떨어진 곳의 카페 로리종이 내 파리 시절의 일상적 휴식처였는데, 라로통드의 안심스테이크와 무통 카데 와인도, 로리종의 크로크마담 샌드위치도 맛이 그대로였다. 햄버거 체인 퀵의 '제앙'(자이언트)도 마찬가지였다. 그것들을 먹고 마실 때, 나는 문득 예전의 나로 되돌아온 것 같았다. 그러나 그 느낌이 길게 가지는 않았다.

나는 파리를 새로 사귀기 위해서 예전에 안 하던 짓도 해보았다. 트로카데로 광장에서 나는 변호사 친구와 함께 회전목마를 탔다. 강베타 광장의 한 담배가게에서 나는 시인 친구와 함께 즉석복권을 샀다. (물론 꽝이었다.) 파리에 살 때 발도 들여놓지 않았던 서쪽 교외의 부자 코뮌 뇌유쉬르센(23대 프랑스 대통령 니콜라 사르코지는 22세 때 이곳 시의원 노릇을 하는 것으로 정치적 커리어를 시작했다)을, 나는 시인과 철학자를 모시고 고샅고샅 걸었다. 또 시인이 예전에 한번 가보았다는 오데옹 근처의 CD점 '디스크 킹'을 찾아내 콤팩트디스크를 몇 장 사기도 했다. 그러나 그러면 그럴수록, 파리와의 사이는 데면데면해졌다.

어쩌면, 2004년 겨울에 내가 파리를 스스러워했던 것은 그저 그곳에 살고 있지 않아서였는지도 모른다. 1992~1993년에 내겐 시테 위니베르시테르라는 기숙사가 있었다. 그 이듬해 파리에 가서 몇 년 살 땐, 피레네 거리의 아파트가 있었다. 그러나 2004년 겨울엔, 나흘은 소르본 근처 호텔에 묵었고 나머지 열흘은 화가 친구의 지인 집에서 신세졌다. 파리에서 잠자리가 불안정한 것은 내게 낯선 경험이었다. 그것이, 그러니까 내가 그곳의 관광객이었다는 사실이, '신포도의 심리학'을 통해서, 나로 하여금 파리를 흠잡게 했는지도 모른다. 차라리 그랬으면 좋겠다. 나는 파리랑 영영 서먹서먹해지고 싶진 않다. 언젠가 뤼테토필로 돌아가고 싶다. 에드거 앨런 포와 이상李箱이 평생 그리워했으면서도 결국 가보지 못한 도시를 깔보는 것은 내 분수에 좀 넘치는 짓 같다.

화가 친구의 전시회는 성황리에 열렸다. 로마와 파리 미술 평단의 거물이라는 사람들도 얼굴을 보였고, 프랑스 주재 한국 대사 부부도 발걸음을 했다. 친구는 한국에서보다 유럽에서 더 편안해 보였다. 그의 행동거지는 상상 속 파리의 아치雅致와 잘 조화되고 있었다. 먼발치에서 그 광경을 보고 있자니, 나도 사교계에 한 발을 걸친 것 같은 착각이 일기도 했다.

그래도 나는 서울이 그리웠다. 2004년 겨울만큼, 파리에서 서울을 그리워한 적은 없었다.

〈한국일보〉, 2007. 9. 19.

# 11
## 암스테르담
✦
### 렘브란트와 데카르트

~~~~~~~~~

　베네치아를 물의 도시라 부르지만 그곳은 내 상상 속 도시일 뿐이다. 내 기억 속 물의 도시 가운데 으뜸은 암스테르담이다. 개천이나 샛강 너비의 운하들이 실핏줄처럼 시내 곳곳을 휘감고 있었고, 그 물길과 땅길이 병진並進하고 교차하며 네덜란드 왕국의 수도를 진정한 물뭍도시로 만들고 있었다.

　암스테르담 운하에서 난생 처음 보트 트립이라는 것을 해봤다. 그것은 또 내가 지금까지 단 한 번 해본 보트 트립이기도 했다. 파리 센 강의 유람선은 꽤 두툼한 역사를 자랑하고 한강에도 언젠가부터 유람선들이 떠다니지만, 나는 그 배들을 타보지 못했다. 서울에서든 파리에서든 거기 산다는 느낌이었지 그 도시들에 들렀다는 느낌이 아니어서 그렇게 됐을 것이다. 유람선은 관광객이나 타는 것이라 생각했던 것이다.

초행의 암스테르담에서, 나와 '유럽의 기자들' 동료들은 일종의 관광객이었다. 직업훈련의 일환으로 촘촘한 스케줄에 따라 움직였지만, 낯선 곳의 풍물을 구경하는 것이 관광의 정의라면 우리가 관광객이 아닐 수는 없었다. 그러니, 우리가 단체로 유람선에 오른 것도 자연스러웠다.

그 유람선에서 우리는 점심을 먹었다. 아니나 다르랴, 청어 요리가 포함돼 있었다. 암스테르담 운하의 유람선에서만이 아니라 네덜란드에서의 일주일 동안 청어를 지겹도록 먹었다. 그전에 내가 청어를 먹어본 적이 있을까? 있을지도 모른다. 술안주로라도 청어 과메기를 맛보긴 했을 테지. 그러나 청어를 청어라 의식하며 먹어본 것은 네덜란드에서가 처음이었다. 그래서 내 네덜란드 기억은 청어 맛의 기억과 굳게 깍지 끼고 있다. 썩 칭찬할 만한 맛은 아니었다. 내 입에는 너무 짰다. 로마의 통닭이 그랬듯. 나는 청어를 입에 넣고는 잇대어 빵이나 푸성귀를 한 입 가득 물어 소금기를 눅이곤 했다. 신기하게도, 내 동료들은 그 짠맛에 익숙해져 있는 듯했다. 짜다고 투덜거린 것은 나뿐이었다.

요즘 암스테르담 운하 유람선에선 한국어로도 관광안내를 한다고 들었다. 그러나 1992년 10월 우리 '유럽의 기자들'이 탄 유람선에선 네덜란드어와 프랑스어, 영어, 독일어 네 가지 언어로만 안내방송을 했다. 그럭저럭이라도 알아들을 수 있는 언어는 프랑스어와 영어뿐이었지만, 나는 네 언어 모두에 귀를 곤두세

우며 운하 둘레의 모든 것을 빨아들이려 애썼다.

　나는 암스테르담의 모든 것을 내 눈에 담고 싶었다. 그때는, 이 아름다운 도시에 언제 다시 올지 알 수 없었으니까. 정이 든 탓에 아름답다 여기는 편애나 낭만적 상상력에 오염된 선입견을 배제하고 무심한 눈으로 살필 때, 암스테르담은 내가 가본 도시 가운데 가장 아름다운 도시 두셋 가운데 든다. 나는 파리를 내가 가본 도시 가운데 가장 수려하다 여기지만, 암스테르담에서 몇 달만 살았더라도 파리 대신 암스테르담을 꼽을지 모른다.

　렘브란트가 살았다는 집을 선창 너머로 바라보며, 그의 그림 가운데 내가 도판으로라도 본 게 뭐가 있을까 떠올려보았다. 어렴풋한 자화상 몇 개가 끝이었다. 그러니까 내가 아는 것은 렘브란트라는 이름뿐이었다. 초등학교 때부터 들어온 그 이름에 너무 익숙해진 탓에, 나는 렘브란트와 친숙하다고 착각하고 있었던 것이다. 이름에 익숙해지는 것은 그 실체를 아는 것과 아무런 관련이 없음을 새삼 깨달았다.

　유람선에서 내려, 우리는 네덜란드 외무부가 붙여준 가이드를 따라 시내를 관람했다. 곧이곧대로 말하자면, 암스테르담 유대인 사회의 흔적을 되밟았다. 예순이 다 돼 보였던 여성 가이드도, 스스로 밝히지는 않았으나, 유대인 같았다. 암스테르담 유대인 사회의 역사를 설명하면서, 마치 제 집안 역사를 들려주듯 열정적이었다.

우리는 제2차 세계대전 이전에 유대인들이 모여 살았다는 구역을 살펴보았고, 유대역사박물관을 둘러보았고, 안네 프랑크의 집엘 들렀다.

유대인 구역을 지나면서도 렘브란트의 집에 들르지 않은 걸 보면, 이 짧은 가이드투어는 유대문화의 흔적을 보여주기 위해 일정에 끼워넣은 것이 분명했다. 나치 치하에서 암스테르담의 유대인 사회는 철저히 바스러졌다. 전쟁 이전까지 암스테르담은 유대인이 이끄는 세계 다이아몬드산업의 중심지였으나, 전쟁이 끝난 뒤 그 지위를 벨기에의 안트베르펜에 물려주었다. 암스테르담에서 겪은 악몽에 치를 떤 유대인 다이아몬드 업자들이 앞다투어 안트베르펜으로 이주했기 때문이다.

안네 프랑크의 집에서, 나는 그녀의 일기를 떠올리려 애썼다. 내가 《안네의 일기》를 읽은 것은 중학교에 막 들어가서였다. 딱히 떠오르는 게 없었다. 안네가 은근히 마음을 주었던, 같이 숨어살던 친구 이름이 페터였다는 것, 안네가 받은 생일선물 가운데 요구르트가 있었다는 것 정도가 전부였다. 한 가지는 또렷했다. 요구르트라는 말과 내가 처음 마주친 것이 《안네의 일기》에서였다는 것.

추체험 속에서 홀로코스트를 슬퍼하노라면, 두 가지 개운찮음이 그 슬픔을 방해하거나 배가한다. 첫 번째 개운찮음은, 그런 끔찍한 집단폭력을 겪은 이들이 또다른 집단폭력의 주체가 됐다는 사실에서 새어나온다. 20세기 후반 이래, 그게 아니라면 적어도 21세기의 이 시점에서, 유대인은 더이상 인종주의의 피해자가 아니다. 그들은, 자신들이 인종 위계의 맨 위에 있다 여기는, 속으로 그리 여길 뿐만 아니라 그런 믿음을 공격적으로 드러내고 실천하는 최악의 인종주의자들이다.

또 하나의 개운찮음은, 가장 끔찍한 비극조차 기꺼이 돈벌이의 수단으로 삼는 인간의 본성을 지켜봐야 하는 데서 나온다. '홀로코스트산업'이라는 말은 이 인류사의 비극을 이용해 치부하는 일부 유대인 장사꾼들을 겨누고 있지만, 그런 교활함과 비윤리성은 인간 세상의(그게 아니라면 적어도 자본주의 사회의) 한 작동원리기도 하다. 그러니까 '홀로코스트산업'은 '불행산업'이나 '비참산업'의 하위범주에 불과하다. '9·11산업'도 그 하위범주에 보탤 수 있을 것이다. 미국의 이라크 침공은 '9·11산업'의 시장 진입 완료를 알리는 신호탄이었다. 동류同類의 어떤 불행도 어떤 비참도 시장에 내다 팔 수 있을 만큼 모질고 비천한 것이 인간이다.

암스테르담의 동료들 틈에서, 나는 데카르트라는 이름을 떠올렸다. 이 근대 합리주의의 비조는 장년기의 스무 해 이상을 네덜란드에서 살았고, 암스테르담에도 얼마간 머물렀다. 그의 대표작《방법서설》(1637)이 처음 출간된 것도 네덜란드에서다. 우연이라 말해야겠지만, 20세기 언어학에 데카르트 붐을 만들어낸 촘스키의 출세작 《통사구조론》(1957)도 네덜란드에서 처음 출간됐다.

촘스키처럼 생전의 데카르트도, 당대 주류 사회의 존경과 따돌림을 동시에 받았다. 데카르트가 국왕과 지배계급을 포함한 프랑스인 전체의 갈채를 받은 것은 스톡홀름에서 폐렴으로 죽고 나서다. 죽은 자는 더이상 위험하지 않으므로, 이제 그는 위대한 프랑스의 자산이 돼야 했다. 미국 주류 사회도, 촘스키가 죽으면, 그를 거리낌 없이 추도할지 모른다. 그 역시 '자유사회' 미국의 자산이 돼야 할 테니.

'자유의 고향' 미국에 살고 있는 촘스키는 주류 사회의 따돌림에 겁먹어 굳이 네덜란드로 거처를 옮길 필요가 없었다. 그러나 17세기의 비순응주의자 데카르트에겐, 교회의 아귀힘이 드센 조국보다는 세속 가치가 더 존중되는 네덜란드가 한결 살기 편했을 것이다. 데카르트 자신도 네덜란드를 세상에서 가장 자유롭고 관용적인 나라라고 평했다.

매매춘이나 마약 복용에 너그러운 걸 보면, 네덜란드는 지금도 데카르트 시대의 전통을 잇고 있는 것 같다. 암스테르담에서, 나는 그 흔한 '커피숍'에 들러 마리화나를 피워보지 못했다. 그러나 동료 몇(여자도 끼어 있었다)과 어울려 저 유명한 데 발렌 구역의 홍등가를 둘러보긴 했다. 물론, 그저 둘러보았을 뿐이다. 쇼윈도 너머로만.

마지막으로 암스테르담에 간 게 1996년 부활절 무렵이다. 안트베르펜에 머물다 카렌의 차에 실려 당일치기 나들이를 했다. 우리는 싱겔 운하가 보이는 한 맥줏집에서 하이네켄에 대취했다. 술기운에서 벗어나려고 시내를 한 시간쯤 걸었는데도 별 효과가 없었다.

　　카렌은 취기 속에서 운전대를 잡았고, 안트베르펜까지 차를 몰았다. 아마도 그 취기 때문에, 우리는 고속도로에서 길을 잘못 들어 네덜란드 시골에서 한참을 헤맸다. 어차피 헤맨 김에 중간 중간 차를 세워놓고 한 30분씩 눈을 붙이기도 했다. 안트베르펜에 도착했을 땐 날이 밝아오고 있었다. 암스테르담을 떠난 지 좋이 일고여덟 시간은 됐을 거다. 지금 생각하면, 사고를 안 겪고 무사히 돌아온 것만 해도 다행이다. 카렌! 그때 다시는 음주운전 안 하기로 했지?

〈한국일보〉, 2007. 12. 12.

# 12

# 워싱턴

✦

## 북서北西, NW와 그 나머지

～～～～～

2001년 11월 24일부터 12월 22일까지 미국 국무부의 '국제 방문자프로그램IVP에 초청돼 미국을 둘러봤다. 미국 땅을 밟아본 건 그때가 처음이었다. 그뒤로는 그 나라에 가본 적이 없다. 미국 국무부가 보기에 내가 뭐 대단한 사람이어서 제 나라 구경을 시켜줬을 것 같지는 않고, 그 무렵 주한 미국대사관에서 일하던 C의 배려가 아니었을까 짐작한다.

C는 1980년대 중반 〈코리아타임스〉에서 나와 함께 일하던 선배다. 미국 국무부의 초청을 받기 한 해쯤 전 그 C선배와 저녁을 먹은 적이 있는데, 내가 미국엘 가보지 못했다는 말을 그 자리에서 듣고 그가 좀 놀라워했던 게 기억난다.

'극동의 변두리'에 붙박여 따분하게 사는 신문사 후배에게 잠깐이라도 너른 세상 구경을 시켜줘야겠다는('선배다운!') 생각이 그때 그에게 들었던 것 같다. 내 짐작에 그렇다는 것이다.

나는 엉겹결에 고른 '미국 사회체계와 미디어'라는 주제를 건성건성 어루만지며, 한 달간 일곱 개 도시를 둘러보았다. 수도 워싱턴에서 시작된 그 여정은 보스턴, 세인트루이스, 잭슨, 댈러스, 앨버커키를 거쳐 샌프란시스코에서 끝났다. 더러 다른 도시들을 스치기도 했지만, 잠을 잔 도시는 이 일곱 군데였다.

미국은 적잖은 한국인들에게 가장 익숙한 외국이다. 요즘, 먹고살 만한 집 아이들은 그 나이 때의 내 세대 사람들이 이웃 도시에 다녀오듯 쉽사리 태평양을 건넌다. 그러니, 마흔이 훌쩍 넘은 나이에 길어야 일주일, 짧으면 나흘씩 머물렀던 미국 도시들에 대해서 뭔가 말을 늘어놓는 것이 스스럽기는 하다.

게다가 나는 미국에서, 해가 떠 있는 동안은 실내에 머물 때가 많았다. 적잖은 돈을 들여 한 이방인을 제 나라에 데려온 미국 국무부가 그를 자유롭게 놀리지는 않았기 때문이다. 국무부가 정해놓은 대로 끊임없이 이 사람 저 사람 만나며 하루 일정을 끝내면, 짧은 겨울 해가 가뭇없이 사라져버리곤 했다. 주말을 빼놓으면, 나는 대체로 어둠 속 도시만을 볼 수 있었다. 그러니까 내가 지금부터 되돌아볼 미국 도시들의 기억은 그야말로 단편적 기억들, 찰나의 인상들에 불과하다. 그러나 그런 주마간산의 기억과 인상에도 그 나라와 그 도시들의 진실 한 자락은 담겨 있을지 모른다.

미국 국무부는 한국계 미국인 L선생을 내 가이드 겸 통역으로 붙여주었다. 프로그램이 빈 주말을 제외하곤, 나는 한 달 내내 거의 L선생과 함께 다녔다. 그는 내 보호자이자 관리자였다. 일정이 세세히 계획되고 관리자가 딸린 여행에는 장점도 있고 단점도 있다. 낯선 곳에서 허둥대며 시간을 낭비하지 않아도 된다는 것은 장점이다. 국무부가 프로그램을 촘촘히 짜놓지 않았더라면, 나는 워싱턴에서 여러 대학의 커뮤니케이션학과나 언론사, 언론 관련 단체들을 효율적으로 방문하지 못했을 것이다. 그쪽 세계의 힘 있는 사람들을 만나지도 못했을 것이다. 또 L선생의 안내가 아니었다면, 나는 공식 프로그램으로 꽉 찬 엿새 동안의 워싱턴 일정에서 알링턴 국립묘지(워싱턴 시내가 아니라 포토맥 강 건너 버지니아 주에 있다), 링컨기념관, 제퍼슨기념관과 이런저런 국가기관들, 박물관들을 효율적으로 둘러볼 짬을 내지 못했을 것이다.

반면에 그런 관리와 계획의 열매인 효율이, 여행의 큰 맛 가운데 하나인 우연성을 제거한다는 것은 단점이다. 미국에서의 한 달 동안, 나는 미국 국무부가 나를 그냥 제멋대로 놀도록 내버려두었더라면 어땠을까 상상하곤 했다. 보호자 겸 관리자를 내게 붙이지 않았더라면 어땠을까 상상하곤 했다. 그랬더라면 불편한 점이 많기는 했을 것이다. 낯선 세계와 직접 맞부딪쳐야 했을 테니까. 그러나 그 불편함을 헤쳐나가려는 자발성을 통해, 나는 미국에서 더 많은 것을 보고 더 많은 것을 얻었을 것 같기도 하다.

포토맥 강변에 자리 잡은 워싱턴은 버지니아 주와 메릴랜드 주에 둘러싸여 있다. 정식 이름은 워싱턴 D.C.고, 줄여서 그저 D.C.라 부르기도 한다. D.C.는 컬럼비아특별구District of Columbia 의 약칭이다. 컬럼비아특별구는 미국의 어떤 주에도 속하지 않는 특별행정구역이다. 연방의회의 직접 관할 아래 있는 탓에, 지방정부의 힘이 다른 주정부에 견줘 약하다. 오늘날엔 워싱턴 시와 컬럼비아특별구가 동일한 실체로 간주되지만 본디 워싱턴은, 1871년 이 도시에 통합된 조지타운처럼, 컬럼비아특별구 안의 한 도시였다.

2001년 11월의 워싱턴과 함께 떠오르는 감회는 크게 셋이다. 첫째는 내 영어가 내 짐작보다 형편없었다는 것. 미국만이 아니라 영어권 사회에 발을 디뎌본 것이 처음이긴 했으나, 나는 내심 내 영어를 썩 쓸 만하다 여기고 있었다. 젊은 시절 영어신문사에서 다섯 해 동안 일하기도 했고, 유럽에 살면서도 영어로 말할 기회가 드물지 않았기 때문이다. 그러나 오직 '영어로만' 오래도록 말해야 하는 상황이 되자, 내 영어는 쉽게 바닥을 드러냈다.

국무부를 대리해 '국제방문자프로그램'의 실무를 맡고 있던 펠프스 스토크스재단에 등록할 때부터 L선생은 내 옆에 있었는데, 그가 단지 내 '관리자'로서만이 아니라 '통역'으로서도 꼭 필요하다는 것을 깨닫기까지는 그리 오랜 시간이 걸리지 않았다. 하루 이틀 지나며 혀가 풀리긴 했으나, 그래도 L선생과 떨어져 있을 땐 귀를 곤두세워야 했다. 하루에도 몇 꼭지씩 영어 기사를 쏟아내던 20대 때를 생각하며, 또는 유럽의 술집에서 여러 나라 친구들과 영어로 시시덕거리던 30대 때를 생각하며 은근히 지녔던 자신감은 망상이었다. 곰곰 생각해보니, 유럽 친구들과 어울릴 땐 한 자리에서도 두세 언어를 자주 '스위칭' 했던 것 같다. 내 쪽이든 상대방이든 영어가 막히면 스페인어로, 스페인어가 막히면 프랑스어로.

워싱턴 기억 속의 두 번째 감회는 거리에서 나풀거리던 스페인어다. 내가 워싱턴에 도착한 11월 24일은 토요일이었다. 프로그램은 월요일인 26일에 시작될 예정이었던 터라, 나는 25일 일요일 하루를 무작정의 시내 산책으로 보냈다. 일요일이었던 데다 종일 겨울비가 와서, 거리에 사람들이 붐비진 않았다.

흑인 인구가 다수인 도시답게 거리에서 주로 흑인들을 스쳤는데, 자기들끼리 스페인어를 주고받는 이들이 적잖았다. 그것은 두 겹의 이국주의로 내 마음을 잠시 설레게 했다. 한국 바깥의 이국주의와 영어 바깥의 이국주의 말이다. 물론 나는 텍사스나 뉴멕시코나 캘리포니아처럼 역사적으로 스페인 식민지였던 지역에서 적잖은 미국인들이 스페인어를 쓴다는 것은 들어 알고 있었다. 그러나 미국의 수도 한복판에서 듣는 스페인어라니.

게다가 나는 그때까지 스페인어를 쓰는 흑인을 떠올려본 적이 거의 없었다. 흑인들이 쓰는 유럽어는 프랑스어나 영어여야 할 것 같았다. 그것은 내가 라틴아메리카를 흑인과 연결시키지 않았다는 뜻이기도 하다. 나는 왜 스페인어를 쓰는 쿠바의 흑인들, 포르투갈어를 쓰는 브라질의 흑인들을 떠올리지 못했을까. 왜이겠는가? 머릿속이 선입견으로 그득 차 있어서 그랬겠지.

그 두 겹의 이국주의 가운데 적어도 한쪽은 슬픈 이국주의였다. 영어와 스페인어의 경계는 워싱턴에서만이 아니라 미국 전역에서, 적어도 부분적으로는, 계급경계이기도 했으니 말이다. 영어는 중산층에 속하는 이들이나 중산층이 되려 애쓰는 이들의 언어고, 스페인어는 주류 사회에서 배제된 이들의 언어였다. 워싱턴에서야 스페인어를 쓰는 이들은 흑인들 가운데서도 소수일 테다. 그 소수의 흑인들, 스페인어를 쓰는 흑인들은 두 겹의 주변성을 지닌 셈이다. 피부 빛깔의 주변성과 언어의 주변성 말이다.

워싱턴 기억 속의 세 번째 감회는 두 번째 감회와 이어져 있다. 피부 빛깔과 언어에 이은 또 하나의 계급분단선. 이번에는 공간적 분단이다. 워싱턴에 도착한 이튿날 시내를 쏘다니며 그리도 흔히 마주쳤던 흑인들을 프로그램이 시작된 뒤로는 그렇게 흔하게 볼 수가 없었다. 워싱턴을 떠날 때가 돼서야 나는 그 이유를 알게 됐다. 워싱턴에서의 내 동선이 소위 북서사분면(北西四分面,

Northwest quadrant, 흔히 NW로 줄여 쓴다)에 갇혀 있었던 탓이다. 내가 머물던 호텔 엠버시 스퀘어 스위츠나 프로그램 등록을 했던 펠프스 스토크스재단만이 아니라, 프로그램에 따라 내가 워싱턴에서 방문했던 기관들은 죄다 북서사분면에 자리 잡고 있었다. 워싱턴을 북서, 북동, 남서, 남동 네 구역으로 나눠보면, 나머지 세 구역은 압도적으로 흑인 구역인 데 비해 북서 구역은 압도적으로 백인 구역이다. 그것은 북서 구역이 나머지 세 구역에 비해 압도적으로 부유한 구역이란 뜻이기도 하다.

　내가 처음 가본 나라의 이 인공적으로 아름다운 수도는, 바로 그 나라가 그렇듯, 계급분단선이 너무나 또렷한 도시였다.

〈한국일보〉, 2007. 12. 26.

# 13

# 샌프란시스코

✦

## 꽃의 아이들은 어디에?

〜〜〜〜〜〜〜〜

"샌프란시스코에 가면/ 잊지 말고 머리에 꽃을 꽂으세요/ 샌프란시스코에 가면/ 상냥한 사람들을 만나게 될 거예요// 샌프란시스코에 오는 사람들을 위해/ 여름엔 사랑의 모임이 열릴 거예요/ 샌프란시스코 거리에는/ 상냥한 사람들이 머리에 꽃을 꽂고 있지요// 온 나라로/ 그런 낯선 떨림이 퍼져나가면/ 사람들은 움직이게 되지요/ 이곳엔 새로운 생각을 지닌/ 세대가 모여 살고 있어요/ 움직이는 사람들이// 샌프란시스코에 오는 사람들을 위해/ 잊지 말고 머리에 꽃을 꽂으세요/ 샌프란시스코에 오면/ 여름은 온통 사랑의 모임일 거예요."

앨버커키에서 샌프란시스코로 가는 여객기 안에서 나는 계속 스콧 매켄지의 1960년대 팝송 〈샌프란시스코에 가면〉을 흥얼거렸다. 그리고 이따금, 나보다 10년쯤 윗세대의 미국인들을 생각했다. 내가 이 노래를 처음 익힌 것은 1970년대 초 중학생 때였을 것이다. 가사도 가락도 단순해 따라 부르기가 쉬웠다. 이내 이 노래는 내 '개인기'가, 내 '십팔번'이 되었다. 그러나 머리에 꽃을 꽂는다는 것의 문화적·정치적 의미를 안 것은 한참 이후였다. 샌프란시스코가 히피들의 공인된 둥지여서 이런 노래가 나왔다는 사실도 그때야 알았다.

내가 1960년대 미국에서 청년기를 보냈다면, 이 노래의 메시지에 공감했을까? 나는 좀 어중간한 태도를 취했을 것 같다. 적어도 이 노래의 주인공인 '꽃 아이들flower children' 속으로 용감하게 뛰어들지는 못했을 것 같다. 무엇보다도, 히피들의 '사랑 모임love-in'이든 도적들의 산채 생활이든 어려서부터 단체로 노는 것은 딱 질색이었으니까. 더구나 나는 인습에 대한 존중심을 쉽게 버리지 못하는 문화적 보수주의자다. 반전反戰 구호쯤이야 기꺼이 어깨를 겯고 함께 외칠 수 있었겠지만, 프리섹스나 마약 같은 거라면 어떨까? 나는 그것들을 비난하지는 않았겠지만, 찬양하거나 스스로 실천하지도 않았을 것 같다.

그러니까 〈샌프란시스코에 가면〉을 내가 자주 흥얼거리는 것은, 〈인터내셔널〉을 자주 흥얼거리는 것처럼, 위선적이다. 그러나 위선적이면 어떠랴? 무대 위에서 공연하는 것도 아니고 낮은 소리로 혼자 흥얼거리는 것뿐인데. 하물며 샌프란시스코행 여객기 안에서라면. 〈샌프란시스코에 가면〉을 흥얼거리며 나는 들떠 있었다. 곧 다다를 도시가 내뿜을 자유의 공기가 느껴져서가 아니었다. 이제 세 밤만 더 자면 서울에 돌아가겠구나 하는 생각에 나는 들떠 있었다.

그것은 한 달간의 미국 체류가 즐겁지만은 않았다는 뜻이기도 하다. 내 마음은 인습을 그럭저럭 존중하지만, 내 몸은 규율을 잘 존중하지 못한다. 아무리 느슨한 시간표라 해도, 내 몸은 시간표에 잘 적응할 수가 없었다. 의무적으로 약속을 하고 사람을 만나는 것은 내가 꽤 오래전에 버린 삶의 방식이었다. 나는 규율 없이 살 수 있는 서울이 그리웠다. 태평양 건너에 서울이 있었다. 그리고 나는 곧 태평양을 건널 참이었다. 들뜬 것은 당연했다.

앞서 앨버커키를 되돌아보면서도 다문화라는 말을 했지만, 샌프란시스코의 다문화성은 한결 더 인상적이었다. 이곳엔 앵글로색슨 분위기와 히스패닉 분위기에 더해, 태평양 건너의 중국과 일본 분위기가 있었다. 샌프란시스코 차이나타운은 아시아 바깥의 차이나타운으로선 역사가 가장 오래고 규모도 가장 크다 한다. 샌프란시스코에 도착한 이튿날, 나는 날이 저물기 전부터 자정 가까이까지 차이나타운을 샅샅이 뒤지며 걸었다. 그랜트 애비뉴나 스톡턴 스트리트 같은 큰길만이 아니라 골목골목을 돌아다니며 윈도쇼핑을 했다. 세인트메리 공원의 쑨원孫文 동상 앞에선 잠시 경건해지기도 했다. 처음 걷는 거리들이지만 정겨웠다. 미국 어디에서보다 샌프란시스코 차이나타운에서 마음이 편했던 걸 보면, 나는 결국 아시아인이었다.

차이나타운이 아니더라도, 샌프란시스코는 미국의 다른 도시들보다 정겨웠다. 차이나타운을 빠져나와 숙소인 맥스웰 호텔로 걸어올 땐, 자정이 넘은 시각이었는데도 불안감이 전혀 들지 않았다. 기관총을 들고 밤의 샌프란시스코를 누빈다는 중국인 마피아의 전설을 어느 자리에선가 들은 듯도 했지만, 설령 그들이 나타난다 해도 두려울 것 같지 않았다. 나를 제 식구로 여기고 해치지 않을 것 같았다. 샌프란시스코에서, 나는 한국이나 유럽의 도시들에서처럼 밤거리를 활보하고 다녔다. 그전까지 들렀던 미국 도시들에선 거의 하지 않던 짓이었다. 밤거리를 활보하기 전엔 호텔 앞 일식집에서 초밥으로 배를 채우곤 했다. 그 집 주인은 한국인이었다. 나는 아시아에, 한국에 아주 가까이 있었다. 그리고 그곳엔, 그러니까 2001년 12월 샌프란시스코 거리엔 기관총을 든 중국인 마피아도 없었고, 머리에 꽃을 꽂은 반전주의자도 없었다.

잭슨 스트리트의 뉴커머고등학교에서, 나는 그야말로 다문화적인 학생집단을 만났다. 그 이름에서 드러나듯, 뉴커머고등학교는 이민자 자녀들의 적응교육에 중점을 두고 있는 공립학교다. 현대사 과목을 맡고 있는 로블류스키 교사는 나를 자신의 수업 일일교사로 학생들 앞에 내세웠다. 세계 각처에서 온 스물아홉 명의 학생 앞에서 나는 30분 동안 한국 현대사에 대해 얘기한 뒤 질문을 받았다.

한국이 어디쯤 붙어 있는지 모르는 아이들도 여럿 있었다. 교실 벽에 세계지도가 걸려 있지 않아, 나는 칠판에 세계전도를 대충대충 그린 뒤 한국을 짚어주었다. 내가 그린 한반도는 일본 열도보다 넓었다. 별 뜻이 있었던 건 아니고, 남북분단선을 긋자니 크기가 그 정도는 돼야 할 것 같았다. 학생들 가운덴 일본 아이들과 중국 아이들도 있었는데, 나를 별난 사람이라 여겼을지도 모르겠다. 세인트루이스의 웹스터대학교에서도 학생들 앞에 선 적이 있지만, 그때는 학생들로부터 받은 질문에 대답을 한 것 뿐이었다. 학생들 앞에서 영어로 강연을 해본 것은 뉴커머고등학교에서가 처음이었다. 중간에 말이 막히면 어떻게 하나 걱정이 되기도 했으나, 다행스럽게도 혀가 매끈매끈 풀렸다.

수업이 끝난 뒤, 나는 로블류스키 교사와 몇몇 아이들에게 한국 부채를 하나씩 선물했다. 미국에서 만나는 사람들에게 하나씩 주려고 한국에서부터 들고 온 것들이었다. 여남은 개가 남아 있었는데, 샌프란시스코가 마지막 방문지니 여기 아이들에게 다 나눠주어도 좋았다. 태극무늬가 박힌 부채를 받아들고 학생들도 로블류스키 교사도 어린애처럼 좋아했다. 여학생 하나가 자기는 한국에서 왔다며, 내가 제게 건넨 부채를 제 일본인 친구에게 양보했다. 기특하다는 생각과 함께 기묘한 느낌이 들었다. 그 아이는 내게 영어로 말을 건넸고, 나도 엉겁결에 영어로 그 아이를 칭찬했기 때문이다. 그 아이와 주고받은 말이 꼭 연극 대사 같았다.

12월 21일 새벽, 눈을 뜨자마자 화가 H의 서울 안암동 작업실로 전화를 했다. 서울 시각으로는 그날 늦은 밤이었고, 가까운 술친구들이 그 자리에 모여 송년회를 하고 있었다. 그 친구들 송년회는 H의 작업실에서 하는 것이 상례였다. 송년회 날짜를 미리 알고 있진 않았지만, 21일이 금요일이어서 혹시나 하고 전화를 해본 것이다. 너덧 친구와 돌아가며 통화를 했다. H 작업실의 떠들썩하고 화기애애한 분위기가 태평양 이쪽으로 전해졌다. 친구들은 택시 삯을 줄 테니 냉큼 오라며 약을 올렸다. 그때처럼 그들이 보고 싶었던 때가 없다. 아파서 그랬는지도 모르겠다. 그 전날 밤 차이나타운을 늦게까지 돌아다니다 호텔로 돌아온 뒤 몸살이 나기 시작했다. 서울로 돌아갈 때가 돼 긴장이 풀린 탓이었을 것이다. 그날 오후 스탠퍼드대학교에 들렀을 땐, 몸 구석구석 안 아픈 곳이 없었다.

그래도 샌프란시스코에 돌아와선 악착같이 금문교를 건너 마린반도에서 얼쩡거렸다. 마린반도에서 보는 샌프란시스코가 매우 아름답다 들었고, 나는 이 도시에 언제 다시 오게 될지 알 수 없었기 때문이다. 다리 건너의 샌프란시스코가 상상했던 것만큼 아름답지는 않았다. 내 상상에 절제가 없었던 모양이다. 외려, 어둠이 내리면서 해협 건너편에서 내쏘는 도시 불빛들이 더 아름다웠다. 그 불빛들 속에서 1960년대 '꽃의 아이들'이 실루엣을 드러냈다, 고 나는 잠시 생각했다. 빈 위장에 아스피린을 들여보낸 뒤 연이어 담배를 피워댄 탓이었을 것이다.

이튿날 도쿄행 비행기에 몸을 실었을 땐, 큰 숙제 하나를 해치워낸 것처럼 마음이 가벼웠다. 나는 그 숙제를 겨우겨우 해냈다. 다시는 이런 숙제를 맡기 싫었다. 내가 우등생이 못 된다는 걸 새삼 확인했으므로.

〈한국일보〉, 2008. 2. 13.

3부

✦

여자들

✦

# 01
# 로자 룩셈부르크

✦

## 혁명과 사랑의 불꽃

~~~~~~~~~~~

혁명의 희망이 가뭇없이 사라진 시대에 새된 목소리로 혁명을 구가하는 것만큼 허영심을 채워주는 일도 찾기 어렵다. 그 허영 놀이에는 아무런 위험도 뒤따르지 않는다. 비밀경찰의 감시도, 구사대의 폭력도, 고문의 공포도, 생명의 위협도.

그 혁명은 현실 바깥의(차라리 중심부의) 패션이고 놀이다. 체 게바라의 초상을 아로새긴 티셔츠가 한 시절 세상을 휩쓴 것도 그런 '안전한' 허영 놀이였을 테다. 그 옷을 입은 누구도 실제로 체 게바라처럼 되고자 하지는 않았을 게다. 되고 싶어도 될 길이 (거의) 없었다. 혁명은 과거사다. 그것은 일어날 수 없는 가상의 서사다. 그래서 아무리 과격한 혁명의 언어를 발설해도 잡아갈 '에이전트'가 없다. 외려 유행에 민감한 '에이전트'라면, 제 아이에게 게바라 티셔츠를 입힐 것이다.

티셔츠에 아로새겨진 게바라는 체제의 안녕을 전혀 위협하지 않으면서, 진보, 혁명적 낭만주의, 세련된 지성의 아이콘이 되었다. 그것은 지적·도덕적 데커레이션이었고, 이상주의자의 거짓 신분증이었다. 그래서 체제는 게바라 바람을 내버려두었다. 대학 강단의 '좌익' 교수가 우익 신문에 게바라를 기리는 글을 써도, 젊은이들이 그 '과격한' 혁명가의 '티셔츠 동지'가 되어도, 체제는 팔짱을 끼고 있었다. 자본에 빨려들어간 게바라라는 이름은 임박한 혁명의 표징이 아니라 사라진 혁명의 전설이었으므로. 그것도 벌써 한 세대 전 얘기다.

게바라 티셔츠를 팔아 돈을 번 의류업자에게 나는 또 하나의 세련된 아이콘을 소개하고 싶다. 게바라 못지않은, 아니 게바라를 넘어서는 소비사회의 매력적 혁명 아이콘을. 이번엔 여자다. 로자 룩셈부르크(Róża Luksemburg, 1871~1919)라는 이름의 여자. 명민한 자본가들이 아직까지 이 여자를 그대로 놓아둔 것이 신기하다. 우선 나부터도 허영심이 '체'보다 '로자' 쪽에 훨씬 더 쏠리는데 말이다. 그녀는 파리코뮌의 해, 그 코뮌의 달에 러시아령 폴란드에서 태어나 제1차 세계대전 직후 베를린의 스파르타쿠스단 봉기(고대 로마의 노예봉기 지도자 이름에서 따온 공산주의자들의 봉기다) 때 죽었다. 그 죽음도 게바라보다 더 극적이다. '체'는 미국 비밀경찰이 지휘하는 볼리비아 군인에게 총살당했지만, '로자'는 한때의 '동지'가 집권한 '제2의 조국'에서 군인의 개머리판에 이마를 맞고 확인사살을 당한 뒤, 베를린의 운하에 내던져졌다.

그 죽음을 베르톨트 브레히트는 이렇게 노래했다.

붉은 로자도 사라졌네
그녀의 몸이 쉬는 곳마저 알 수 없으니
그녀는 가난한 사람들에게 자유를 말했고
그 때문에 부유한 사람들이 그녀를 처형했다네.

몇 달 뒤 로자의 시신이 물 위로 떠올랐을 때 그녀의 얼굴은 알아볼 수 없을 만큼 부패해 있었다. 그 '붉은 로자'는 '피투성이 로자'였다.

로자의 삶도 게바라 못지않게 극적이었다. 그녀는 러시아 국적을 지닌 유대계 폴란드인으로 태어났고, 바르샤바의 중학생 시절 '프롤레타리아당'의 세포에 가입했고, 대학에 여자를 받아들이지 않는 조국을 떠나 스위스의 취리히로 건너갔고, 위장결혼을 통해 독일 국적을 얻었고, 러시아와 폴란드와 독일 세 나라의 혁명운동에 발을 담갔다. 그녀는 친구보다 적이 훨씬 많은 사람이었다. 그 적은 부자들 사이에만 있는 게 아니라, 가난한 사람들 사이에도 있었다.

사회민주주의운동을 폴란드 독립운동의 일환으로 실천하

려는 움직임을 비판함으로써, 그녀는 폴란드 동료들에게 미움을 받았다. 로자가 선택한 '진짜' 조국은 폴란드도, 독일도, 러시아도, 가상의 시오니스트 국가도 아니었다. 로자의 조국은 프롤레타리아였고, 그녀는 죽을 때까지 철저한 국제주의자로 일관했다. 자신의 당, 독일사회민주당이 국방예산 증액을 거들자 그녀는 이를 격렬히 비판함으로써 당 동료들로부터 소외되었다. 애국주의가 모든 것을 삼켜버린 세계전쟁 시기에 반전주의자로 남는 것은 쉬운 일이 아니었다. 독일에서도 프랑스에서도, 많은 사회주의자들이 국제주의를 버리고 애국주의에 투항했다. 로자는 감옥 안팎에서 그런 훼절을 통렬히 비판한 극소수의 사회주의자에 속했다. 그녀는 비유가 아니라 실제로 한쪽 발을 저는 유대인이었는데, 이것마저도 (반동 진영으로부터만이 아니라 소위 혁명 진영으로부터) 야비한 조롱의 대상이 되었다.

그 시절 사회주의의 지도적 혁명가들이 흔히 그랬듯, 로자도 학자와 기자를 겸했다. 그는 《자본축적론》과 《사회민주주의의 위기》를 쓴 경제학자였고, 〈노이에차이트〉〈라이프치히폴크스차이퉁〉〈로테파네〉를 비롯해 여러 매체에 쉴 새 없이 글을 써댄 기자였다. 그러나 그녀의 펜은 혁명을 선동하는 글보다 사랑을 갈구하고 고백하는 글에 훨씬 더 많은 잉크를 소비했다. 그 연애편지들의 수취인 가운데 로자가 제 가슴 가장 깊이 담은 사람은 그의 스승이자 동지이자 애인이자 사실상의 남편이었던 리투 아니아 출신 유대인 레오 요기헤스였다. 로자의 친구였던 루이제 카우츠키(카를 카우츠키의 아내)의 레토릭에 따르면, "로자의 불같은 성격은 레오라는 기름을 만나 타오를 수 있었다." 계급의 적에게 돌덩이처럼 단단했던 로자는 레오 앞에서 수줍은 아가씨가 되었다. 로자가 품었던 여러 모순 가운데 첫 번째가 레오와의 관계였다. 사민당의 가까운 동료들에게까지 가차 없었던 그의 필봉은 레오에게 쓴 연애편지에선 한없이 말랑말랑한 응석으로 무뎌졌다. 그녀가 '디오디오'라는 애칭으로 불렀던 레오는 운동의 선배였지만 주로 지하활동에 종사해 사회주의자들 사이에 로자만큼 이름이 알려지지 않았다. 그런데 독립 여성의 상징이라 해도 좋을 로자가 레오 앞에서만은 순한 양이 되었다. 외면적 사회민주주의운동에서 로자의 공적公的 짝은 한날 거의 같은 시각에 살해된 카를 리프크네히트였지만, 로자의 로맨스 속에서 그 자리는 그들보다 두 달쯤 뒤에 처형된 레오의 것이었다.

그 시절엔 사회민주주의라는 말을 오늘날과 같은 의미로 쓰지 않았다는 점을 지적해야겠다. 베른슈타인 같은 수정주의자들도 자신을 사회민주주의자라 일컬었지만, 대체로 사회민주주의는 혁명적 사회주의, 곧 공산주의를 뜻했다. 독일사민당의 전쟁 지지에 환멸을 느껴 탈당한 동료들과 함께 독일공산당을 창건한 로자는 내심 공산주의라는 말을 좋아하지 않았다. 그러나 비타협적·혁명적·국제주의적 사회주의자였다는 점에서 로자는 일생 동안 공산주의자였다.

　나는 로자의 만년에 러시아에서 실현되기 시작한 공산주의를 혐오한다. 그점에서 나는 로자주의자가 아니다. 그런데 로자의 사회적 전망에는 모호한 부분이 적지 않았다. 그는 레닌의 절친한 친구이자 동지였지만, 10월혁명을 전후한 레닌의 독선적 행태에 부정적이었다. 이를테면 레닌이 독일군의 도움을 받아 러시아로 잠입한 것이나, 제국주의 독일과 굴욕적 정전협정을 맺은 것 따위는 로자가 받아들일 수 없는 것이었다. 거기서 그녀의 반전주의는 흐릿해졌다. 주로 선전선동의 일을 맡았으면서도, 로자는 레닌의 전위당 이론을 흔쾌히 받아들일 수 없었다. 말하자면 로자에게는 민중주의 편향이 있었다.

　그러나 레닌이 로자를 가장 크게 실망시킨 일은 10월혁명 이후에 일어났다. 실질적 소수파였던 볼셰비키(다수파)를 이끌고 혁명에 성공한 뒤 실시한 총선에서 패배하자 레닌은 이를 힘으로 무효화했고, 로자는 서유럽의 부르주아 정치인들 이상으로 신랄하게 레닌을 비판했다. 그녀는 그때 "일당의 당원들만을 위한 자유는, 그 당원들 수가 아무리 많아도, 결코 자유가 아니다"라고 일갈하며 소비에트 체제의 경직화를 우려했다. 로자에게 자유란, 자신과 다르게 생각하는 사람들에 대한 존중이었다. 그점에서 그녀는 '위대한 반대자'라 불렸던 미국 법률가 올리버 홈스의 동지기도 했다. 그렇다면 그녀가 이상적으로 생각한 사회는 자신이 죽은 뒤 70년간 존속했던 사회주의 사회와는 크게 달랐을 것이 분명하다.

그러나 그녀를 죽인 것은 공산주의자들이 아니었다. 그녀를 죽인 것은 군부와 결탁해 정권을 장악한 사민당 우파였다. 전쟁에 찬성하고 군부와 결탁한 사민당 우파는 여전히 자신을 사회민주주의자라고 부르고 있었다. 그러니까 1919년 상황에선 독일 대통령 프리드리히 에베르트도 사회민주주의자였고, 그가 살해한 로자 룩셈부르크도 사회민주주의자였고, 그녀가 비판한 레닌도 사회민주주의자였다. 그 세 사회민주주의의 내실은 전혀 달랐는데도 말이다. 자신과 생각이 다른 사람을 존중하는 것이 '자유'의 한계라면, 나는 잠재적 로자주의자가 될 수 있을 것 같기도 하다. 그러나 충실한 로자주의자는 못 될 것 같다. 그녀는 자신이 이상주의자며 이상주의자로 남고 싶다고 되뇌었지만, 나는 현실주의자며 현실주의자로 남고 싶기 때문이다.

〈한국일보〉, 2009. 1. 12.

# 02

# 최진실

✦

### 21세기의 제망매祭亡妹

∼∼∼∼∼∼∼∼

2008년 내 일상의 평정을 가장 사납게 무너뜨린 것은 최진실의 죽음이었다. 그 죽음은 내 삶의 지침인 '안심입명'이나 '처변불경' 같은 말을 탄지지간에 웃음거리로 만들었다. 별일이었다. 지난해 삶을 버린 연예인이 최진실만은 아니었고, 평소 '배우 최진실'한테 홀딱 반해 있었던 것도 아니었으니 말이다. 이해에는 또 홍성원, 박경리, 이청준 같은 한국 산문문학의 대가들이 타계했다. 이 죽음들이 남긴 자국은 내 마음에서 이내 희미해졌다. 가령 이청준의 죽음은, 아릿한 슬픔과 함께, 이제 한국문학의 한 시대가 막을 내렸구나, 하는 소회를 남겼으나, 내 마음을 거칠게 샐그러뜨리진 않았다.

지난해 대한민국의 대사大事는 이런저런 개인들의 죽음이 아니었다. 진짜 큰일은 제6공화국의 지난 20년 개혁에 맞선 이명

박식 반동개혁이었고, 그 반동개혁에 맞서는 시민저항이었다. 미국산 쇠고기 수입과 학교의 병영화-서열화, 방송 독차지하기에 반대하는 촛불시위로 수만의 서울 시민들이 한 철의 밤을 밝히고 또 밝혔다. 대통령과 그 측근들은 망언과 망동으로 국민을 웃기고 울리고 화나게 하며, 희비극 연예인들의 밥줄을 위협했다.

이런 반동개혁과 시민저항의 소란 속에서도 나는 그럭저럭 내 나름의 안심입명을 실천할 수 있었다. 지난 대선 이후 정치에 대한 냉소가 내 마음을 얽어매고 있어서 그랬는지 모른다. 진보 진영의 분열과 부진도 학습된 내 심란함을 그저 지속시켰을 뿐, 내 평정을 뒤흔들지 못했다. 나는 시대의 방관자였다. 작업실이 있는 '명박산성' 근처에서 촛불집회를 관찰하던 내 마음의 종종걸음은 내가 미리 그려놓은 동그라미를 벗어나지 않았다. 그러던 차 최진실이 죽었다. 그리고 그녀의 죽음은 단박 내 마음의 파동을 동그라미 밖으로 내몰았다. 가장 가까웠던 이가 죽기라도 한 듯, 내 가슴에 둥그런 구멍 하나가 뚫렸다.

최진실이 삶을 버린 날부터 나는 머릿속이 하얘졌고, 일이 손에 잡히지 않았다. 나는 광화문의 작업실에서, 또는 명륜동이나 신촌의 카페에서 술을 마시며 그녀를, 그녀의 죽음을 생각했다. 그 충격이 어느 정도 가신 것은 그보다 한 달여 뒤 버락 오바마가 미국 대통령에 당선했을 때였다. 오바마가 나를 최진실로부터 끌어냈다. 나는 사적으로 전혀 모르는 외국 정치인의 기념비적 승리에 환호작약하면서야, 역시 사적으로 전혀 몰랐던 여자의 죽음이 가져온 충격에서 얼마쯤 벗어날 수 있었다.

왜 하필 최진실의 죽음이 내게 상실감을 불러일으켰을까? 생전의 그녀와 일면식도 없는데 말이다. 아니, 일면식도 없다는 말은 옳지 않겠다. 텔레비전이나 영화관 화면에서 익히 그녀를 보았으니까. 오디오-비주얼 세계에서 이미지와 현실 사이의 경계는 흐릿하다. 우리는 어지간한 친분이 있는 지인만큼이나 유명 연예인에 대해 잘 알고 있다. 대중매체가 그들의 무대뿐 아니라 무대 뒤까지 카메라를 들이대기 때문이다. 대중매체는 연예인들에게 아름다운 허구를 만들어주는 대가로, 그들을 발가벗겨 누추한 현실을 드러낸다. 연예인이라고 불리는 대중예술가들은 결코 신비하지 않다. 우리는 대중매체라는 유리벽을 통해서, 실제의, 또는 연출된 그들의 사생활을 살핀다. 그것은 연예인들이 싫어하는 듯하면서 좋아하는 일이다.

자살이라는 죽음의 특별한 방식 때문에 내가 얼이 빠진 것일까? 그런 것만은 아니다. 최근 몇 년간 신문지면을 탔던 유명인들의 자살을 나는 덤덤히 스쳐 넘겼으니까. 그러면 최진실은 내게 다른 자살자들과 어떻게 달랐을까? 곰곰 생각 끝에 나는 그 다름을 찾아냈다. 최진실은, 다른 자살자들과 달리, 내 가족이었다. 내 안쓰러운 누이였다. 그녀는 '만인의 연인'이었다기보다 '만인의 누이'였다.

최진실의 첫 메인 모델 작품인 VTR 광고가 떠오른다. 남편이 퇴근해 돌아오자마자 아내에게 축구경기를 녹화해놓았느냐 묻자, 아내가 살짝 토라져 "나보다 축구가 더 좋다는 거죠?"라고 항변한다. 남편은 쩔쩔매며 사과하고, 시청자를 향해 아내가 득의양양한 얼굴로 말한다. "남자는 여자하기 나름이에요!"

그 광고 속의 최진실은 단번에 대중을 사로잡았다. 파릇한 나이의 그녀가 행복에 겨워하며 상큼하고 야무진 새댁 역할을 하는 그 광고 덕분에, 그전까지 거의 알려지지 않았던 최진실은 웬만한 텔레비전 드라마 주인공 못지않은 대중스타가 됐다. 이후 최진실은 텔레비전 드라마에서도 영화에서도 큰 역들을 맡았다. 그런데 그녀는 번번이 누군가의 가족으로 등장했다. 그녀는 누군가의 아내거나 언니거나 엄마거나 처형이었다. 그녀의 얼굴은 연인의 얼굴이 아니라 가족의 얼굴이었다. 한 해외 입양아의 실화를 바탕으로 만든 영화 〈수잔 브링크의 아리랑〉(아, 그 낯선 스웨덴어 대사를 어떻게 다 외웠을까? 더빙이었을까?)에서 최진실이 맡았던 역도 우리가 지켜주지 못해 대하기 계면쩍은, 가련한 딸이자 누이였다. 성장기의 가난 탓에 수제비를 하도 먹어 '최수제비'라는 별명을 지녔었다는 일화도 그녀와의 가족적 친밀감을 짙푸르게 만들었다.

최진실은 물론 미인이었다. (거듭되는 이 과거형 시제가 내 마음을 후벼판다!) 그러나 그녀의 미모는 평범하고 살가운 미모였다.

그것은 강수연이나 이영애의 강렬하고 차가운 미모와 달리, 보는 사람을 편안하게 하는 아리따움이었다. 최진실에게도 물론 성적 소구력이 있었으나, 그 소구력을 전도연이나 이효리의 것과 비교할 순 없었다. 요컨대 최진실은 여염집 여자였다. 살림하는 여자였다. '국민요정' 최진실은 살림하는 요정이었던 것이다.

화장품 회사 사장이든 전자제품 회사 회장이든 아파트 건설업자든, 최진실과 광고로 이어졌던 자본가들을 나는 좋아하지 않는다. 그러나 그녀를 상품미학의 한 톱니바퀴로 만든 이 자본주의 체제를 나는 어쩔 수 없이 지지한다. 그것이 인간의 비천한 심성에 가장 들어맞는 체제이므로. 나는 최진실이 나온 드라마나 영화도 그리 좋아하지 않았다. 그것들은 흔히 과장된 비장함이나 비윤리적 희극성, 비현실성에 감염돼 있었다. 그러나 그 영화들과 드라마들에 나온 최진실이라는 누이를 나는 은근히 좋아했다.

그녀가 이혼했을 때, 나는 심란했다. 하지만, 또순이 같은 누이니, 어떻게든 헤쳐나가리라 여겼다. 그녀의 실제 삶과 슬쩍 겹쳐 보였던 텔레비전 드라마 〈장밋빛 인생〉을 두고 최진실은 이리 말했다.

"이혼을 하면서 배우로서 끝났구나 생각했다. 재기불능이라고 생각했다. 하지만 내 생이 이대로 끝나서는 안 되겠다는 생각도 했다. 우선 배우로서 자존심을 버렸다. 스타라는 자부심을 버리고 오로지 연기로서 승부할 생각을 했다. 그래서 운 좋게 재기할 수 있었다."

톡 튀어나온 그 작은 이마 속에서 얼마나 많은 생각들이 들끓었을까. '자존심을 버리고'! 혹시라도 '불후의 걸작'이 그녀에게 있었으면, 그녀는 배우로서, 한 인간으로서 결코 허물어지지 않았을 것이다. 그 자존심이 그녀를 지켜주었을 것이다. 그러나 대중예술에서 '불후의 명작'은 만나기 쉽지 않다. 그러니 대중스타의 자존심이란 피상적이고 허약하기 십상이다. 대중스타는 변덕스런 대중의 한시적 소모품이고, 그래서 그의 자존심은 언제 찢어질지 모를 종이처럼 아슬아슬하다.

그녀가 삶을 버렸을 때 나는 그녀가 미웠다. 한편으론 삶을 버티기가 얼마나 힘들었을까를 헤아려보면서도, 어린 자식들을 둔 어미가 그래서는 안 된다고 생각했다. 더욱이 그녀에게는 돈과 명성과 재능이 있었다. 그리고 아직은 젊고 아리따웠다. 아무 능력 없이 가난 속으로 팽개쳐진 홀어미들이 세상에 얼마나 많은가. 하지만 인터넷에서 마주친 최진실의 말들은 가슴 시리다. "아이들을 보면 용기와 희망을 얻었다가도, 방에 들어와 혼자 있으면 다시 절망에 빠지는 과정이 반복됐다."

제 삶을 당사자만큼 사랑하는 사람은 없다. 그리고 우리는 모두 우리 의지와 무관하게 태어났다. 우리 의지와 무관하게 생겨난 삶을 제 뜻대로 처리하는 것은 자유인의 권리다. 최진실의 자살이 미웠던 건, 그 자살이 그녀가 진짜 원했던 바가 아니었으리라는 어림짐작 때문이다. 두 아이를 그렇게 아꼈던 여자가, 칡넝쿨 같은 생명력을 지녔던 여자가, 긴 생각 끝에 그런 결정에 이를 수는 없다. 그녀는 충동적으로, 홧김에 죽음의 세계로 건너간 것이 분명하다. 그것이 밉다. 그리고 그 누구보다도 억척스러워 보였던 그녀가 고작 일부 대중의 적의敵意 따위에 허망하게 무너진 게 밉다.

한 번도 마음껏 어리광을 부려보지 못했을 우리의 막내 누이 최진실. 웬디인 줄로만 알았던, 그러나 팅커벨이기도 했던 진실이. 사랑스러웠던, 내 안타까운 누이 최진실(1968. 12. 24~2008. 10. 2).

〈한국일보〉, 2009. 1. 9.

# 03
# 마리 앙투아네트

✦

## 단두대의 장미

~~~~~~~~~~~~~~~~

로베스피에르 31세. 당통 29세. 생쥐스트 21세. 루이 16세 35세. 마리 앙투아네트 34세. 나폴레옹 보나파르트 19세.

프랑스대혁명을 점화시킨 바스티유 습격의 날(1789년 7월 14일), 이 혁명의 불길에 제 삶을 사를 운명이었던 사람들의 나이다. 세계사의 흐름을 뒤바꿔놓은 혁명의 주체와 그 대상들은 오늘날 한국으로 치면 소위 386세대보다 더 젊었다. 이들은 그로부터 4년 안에, 군인이었던 나폴레옹 보나파르트를 제외하곤, 모두 죽었다. 자연스럽게 죽은 게 아니라 모두 죽임을 당했다. 한때의 제 신민臣民에게 살해되거나, 한때의 제 동지에게 살해되었다. 그것도 격식을 갖춘 죽음을 맞은 것이 아니라, 단두대에 목을 들이밀고 머리와 몸의 분리를 겪어야 했다. 뒷날 혁명을 탈취해 황제가 된 나폴레옹 보나파르트만이, 비록 대서양 외딴 섬에서 쓸

쓸하게나마, 고종명했다. 그래봐야 50대였지만.

사실 이들은 모두 살인자들이었다. 루이 16세 부부는 하필 흉년이 연이어 오던 시절 국가경영을 엉망으로 함으로써 수많은 신민을 굶겨 죽였다. 이 점과 관련해, '철없는' 왕비 마리 앙투아네트가 "(빵이 없으면) 과자를 먹으면 될 것 아냐!Qu'ils mangent de la brioche!"라고 말했다는 일화가 널리 퍼져 있다. 본디 출처가 어디인진 모르겠으나, 누군가가 그녀를 조롱하고 그녀에 대한 적개심을 키우기 위해 과장하거나 지어낸 얘기가 아닌가 싶다. 마리 앙투아네트는, 총명한 여자는 아니었지만, 그런 말을 할 정도로 푼수덩이는 아니었다.

로베스피에르와 생쥐스트는 혁명의 이름으로 수많은 '시민들'을 단두대로 보냈다. 그들에게 죽은 사람은 국왕의 신민sujets이 아니라 공화국의 시민citoyens이었다. 그들 가운덴 한때의 굳건한 혁명동지 당통도 있었다. 당통 역시, 이들만큼 과격하진 않았으나, 혁명정부의 법무부 장관으로서 시민들의 불법 학살과 무질서를 수수방관했다. 그러나 이들이 죽인 사람 전부를 합해도 나폴레옹 보나파르트가 죽인 사람 수엔 이르지 못할 것이다. 코르시카 출신의 이 키 작은 군인-황제는 프랑스대혁명의 공화주의 이념을 제가 짓밟아놓고도, 혁명의 이념을 유럽 전체에 전파한다는 구실로 끊임없이 전쟁을 일으켜 수십만 유럽 젊은이들을 죽음으로 내몰았다.

이들의 펄펄 끓는 젊음이 이상주의 또는 복고주의와 결합해 온건함과 절제의 자리를 없애버린 것일까? 이 학살자들 가운데 가장 수동적이었던 사람은 마리 앙투아네트(Marie-Antoinette, 1755~1793)였다. 사실 그녀에게는 순진한 데가 있어서, 혁명이라는 것이 일어날지, 그 혁명에 자신과 왕족의 운명이 휘말릴지, 그리고 결국 그 혁명의 정점에서 자신이 단두대에 오를지 상상도 하지 못했다.

마리 앙투아네트는 열네 살에 어깨동갑인 프랑스 왕세자 루이 오귀스트(뒷날의 루이 16세)와 결혼했다. 그 당시 왕족 사이의 결혼이 흔히 그렇듯 정략결혼이었다. 독일어식 이름으로 마리아 안토니아였던 마리 앙투아네트는 당시 유럽에서 가장 강력한 군주 부부의 막내딸이었다. 그녀 어머니는 유럽 최강국의 하나였던 오스트리아제국의 여제 마리아 테레자였고, 아버지는 그 오스트리아제국을 핵심으로 삼은 신성로마제국의 황제였다. 그리고 프랑스 부르봉 왕가와 오스트리아 합스부르크 왕가는 유럽에서 가장 오랜 숙적이었다. 인척관계로라도 두 집안을 맺어놓지 않으면 언제 전쟁이 터질지 몰랐다. 그래서 마리아 안토니아는 부모의 뜻에 따라 적국 왕자와 결혼할 수밖에 없었다. 결혼과 함께 이름도 프랑스식으로 마리 앙투아네트가 되었다. 그녀만이 정략결혼을 한 게 아니다. 그 결혼 앞뒤로 그녀의 자매들도 외국 군주나 왕위계승자와 차례로 결혼했다.

마리 앙투아네트는 4년 동안 왕세자빈 노릇을 하다가, 시아버지 루이 15세가 죽은 뒤 프랑스 왕비가 되었다. 그러나 이 결혼은 처음부터 궁중 안팎으로부터 환영받지 못했다. 가장 큰 이유는 마리 앙투아네트가 오스트리아 여자라는 사실이었다. 결혼의 정략이 외려 그 결혼의 약점이 되었다. 궁중 안팎 사람들만이 아니라 일부 신민들도 마리 앙투아네트를 좋아하지 않았다. 시누이들은 등 뒤에서 그녀를 이름이나 직위로가 아니라 '오스트리아 여자(오트리시엔)'라고 불렀다. 나중에는 그녀를 심지어 '오트뤼시엔'이라 불렀는데, 이 말은 '타조'를 뜻하는 '오트뤼슈'와 암캐를 뜻하는 '시엔'을 합한 말이다.

사람들은 대개 마리 앙투아네트라는 이름에서 사치와 허영과 불륜과 아둔함을 떠올린다. 실제와 어긋나지 않는 연상이다. 그녀는 베르사유 궁전의 프티 트리아농을 아름답게 개조해 거주하면서 파티를 즐겼다. 그녀는 사치스러운 의상과 보석에 눈을 팔았고, 경마에도 손을 댔다. 확인할 수 없는 염문들이 끊임없이 그녀 둘레를 맴돌았다. 그러나 그녀는 신성로마제국 황제 부부가 제 딸을 프랑스 왕세자에게 시집보낸 목적, 즉 오스트리아에 대한 프랑스의 우호적 태도는 만들어낼 수 없었다. 그녀는 정치에 거의 관여할 수 없었다. 관여할 수 있었다 하더라도, 어려서부터 반反오스트리아 교육을 받은 루이 16세를 바꿔놓을 수 없었을 것이다.

루이 16세를 뒤바꿔놓은 것은 혁명이었다. 부르봉가와 합스부르크가의 대결 구도를, 프랑스의 혁명 '폭도들'과 루이 16세를 포함한 유럽 군주들의 대결로 바꿔놓은 것이다. 사실 루이 16세가 혁명 주체들에게 조금만 양보했다면, 그는 혁명 세력의 지롱드파(온건파)와 합세해 프랑스에 입헌군주제를 수립할 수도 있었으리라. 그러나 그는 그것을 굴욕으로 받아들였고, 아내와 함께 오스트리아의 처가로 피신하다가 잡혀 '국사범'으로 투옥되었다. 프랑스인들은 자기들을 마다하고 적국으로 피신하려던 사람을 자기들의 절대군주로든 입헌군주로든 받들 수 없었다. 혁명의 분위기는 더욱 과격해졌고, 공포정치가 극으로 치닫던 1793년 국왕은 반역죄로 단두대에 목을 들이밀 수밖에 없었다. 왕비가 마찬가지 운명을 맞은 것은 그로부터 한 해도 지나지 않아서였다. 유럽의 군주들은 분노와 공포로 격앙했고, 대對 프랑스 동맹은 더욱 견고해졌다.

프랑스대혁명이, 비록 우여곡절을 겪긴 했으나 성공한 혁명이었으므로(무엇보다도 이 혁명은 인류사를 옥죄고 있던 신분제를 철폐했다), 우리는 이 혁명의 좋은 점만을 보려 한다. 그리고 마리 앙투아네트의 죽음도 그럴 만하다고 생각한다. 나 역시 프랑스대혁명의 세계사적 의의를 인정하고 자유, 평등, 박애라는 혁명 이념을 존중한다. 그런데 그 대의를 실현하기 위해 그토록 많은 피를 뿌려야 했을까? 그런 급진적 사회혁명말고, 영국식의 점진적 정치혁명을 택할 수는 없었을까? 당대의 유럽 군주들이 제 나라로 프랑스혁명이 수입될까 두려워한 것은 당연한 일이었다. 1792년 9월학살의 예에서 보듯, 프랑스대혁명은 피로써 피를 씻어낸 혁명이었다. 당시 마리 앙투아네트는 남편과 함께 파리 탕플 탑에 유폐돼 있었다. 9월 3일 살해된 사람들 가운데는 어려서 시집온 마리 앙투아네트가 친언니처럼 따랐던 랑발 공작부인이 있었는데, 파리 시민들은 공작부인의 머리를 창끝에 얹어 탕플 탑까지 운반한 뒤 왕비 거처의 창窓 앞에 전시했다. 마리 앙투아네트는 창에 꽂힌 랑발 부인의 머리를 직접 보지 못했으나, 나중에 그 얘기를 듣고 혼절했다 한다.

　　나는 지금 루이 16세 부부를 옹호하는 것이 아니다. 혁명 와중에 조국을, 자신의 신민을 배신하고 외국 군주에게 제 몸을 의탁하려 했던 군주 부부의 처신은 보기에 따라 사형감이다. 그러나 그것이 꼭 단두대여야만 했을까? 국왕 부부에게만 다른 방식으로 죽는 특권을 베풀었어야 했다는 얘기가 아니다. 나는 단두대를 생각할 때마다 프랑스대혁명의 명예를 부정하고 싶어진다. 프랑스인들은 혁명기의 이 무시무시한 발명품(스코틀랜드인들의 발명품이라던가?)을 1981년 사형제가 폐지될 때까지 유지해왔다. 200년 동안 프랑스에서는 군인을 제외한 수많은 사형수들이 처형의 순간 머리와 몸통의 분리를 겪었다. 처형 방식의 강온이나 명예/불명예를 거론하는 것은 우스꽝스러울지 모른다. 그러나 참수형은 가장 모욕적이고 야만스런 방식의 처형이다. 나는 교살이나 총살이, 그리고 그뒤에 발명된 가스실이 참수보다 덜 끔찍하다 여긴다.

그리고 국왕 부부를 꼭 죽여야 했을까? 종신형을 선고해 가둬놓거나, 이를테면 아메리카로 추방하는 것으로 충분하지 않았을까? 그러나 민족주의에 깊이 물든 혁명기의 민중에게 마리 앙투아네트는 다른 무엇보다도 오스트리아 여자였고 반역자였다. 그리고 루이 16세는 그 오스트리아 여자의 남편이었다. 프랑스 대혁명이 일깨운 민족주의는 외국인 적에 대한 관용의 여지를 줄였다. 혁명의 지도자들은 이 '반역자 부부'에 대한 군중의 민족주의적 증오를 관리할 수 없었다. 그렇게 마리 앙투아네트의 목은 단두대에 올려졌다. 당시엔 혁명 광장으로 불렸던 오늘날의 콩코르드 광장에서. 공화주의자의 자부심을 잠시 접고, 끝내 이방인이었던 왕비의 한을 위로한다. 편히 쉬어요, 법국法國의 중전이여.

〈한국일보〉, 2009. 2. 23.

# 04

# 샤를로트 코르데

✦

## 암살의 천사

〜〜〜〜〜〜〜〜〜

  프랑스대혁명에 별다른 관심이 없는 사람의 뇌리에는 샤를
로트 코르데(1768~1793)라는 이름이 새겨져 있지 않을 것이다.
정식 이름이 마리 안 샤를로트 코르데 다르몽Marie-Anne Charlotte
Corday d'Armont인 코르데는 1793년 7월 17일 파리 혁명 광장(지
금의 콩코르드 광장)에서 참수되었다. 그보다 나흘 전, 그녀는 목
욕 중인 장 폴 마라를 식칼로 찔러 죽였다.

  마라는 로베스피에르, 당통과 함께 프랑스대혁명의 가장 중
요한 지도자 가운데 한 사람이었다. 스위스 뇌샤텔(당시는 프로이
센령)에서 태어난 이 의사醫師-기자記者 출신 혁명가는 그 세 지
도자 가운데, 지롱드파(온건파, 입헌군주파)에 비교적 유화적이고
공포정치에 소극적이었던 당통보다는 물론이고, 지극히 검소한
생활 속에서 맺고 끊음이 또렷해 '청렴가'(랭코룁티블 l'Incorrupti-

ble)라 불렸던 자코뱅파(과격파, 공화파) 리더 로베스피에르보다도
더 '혁명의 적들'에게 단호했다.

　　프랑스대혁명이 오직 희망 찬 무지갯빛 수레에 실려 굴러
간 것은 아니다. 혁명 광장에는 늘 잘린 머리가 나뒹굴었고, 비
릿한 피 냄새가 자욱했다. 1792년 9월 2일부터 7일까지 엿새 동
안 진행된 '9월학살' 동안 감옥에서 살해된 '혁명의 적'들만 해도
1,200여 명에 이르렀다. 혁명의 전파를 염려한 프로이센의 침공
으로 국경 일부가 무너지자 파리 시민들은 공포와 분노에 휩싸
였고, 혁명지도자들은 이 상황을 '수습'하기 위해 '인민의 정의'
에 호소하기로 결정했다. 그 구체적 방안은 '혁명의 적'으로 지목
된 사람들을 혁명 지지자들이 재판 없이 살해하도록 내버려두
는 것이었다. 자유, 평등, 박애라는 혁명의 숭고한 깃발은 바로 그
지지자들에게 야만스럽게 짓밟히고 피로 얼룩졌다. 질서가 회복
된 뒤에도 혁명은 공안위원회의 자코뱅 과격파들이 이끄는 공포
정치에 휘둘리고 있었다.

　　노르망디 소귀족 집안 출신인 샤를로트 코르데는 혁명의 대
의를 지지했지만, 그 속도와 강도가 지나치다고 판단했다. 그녀
는 9월학살의 책임이 마라에게 있다고 생각했고, 1793년 1월의
루이 16세 처형도 불필요한 일이었다고 여겼다. 사태가 이대로
흐르도록 놓아둘 경우, 프랑스가 혁명파와 반혁명파 사이의 잔
혹한 내전에 휩싸이게 되리라는 것이 그녀 생각이었다. 다시 말

해 '반혁명분자 사냥 캠페인'이 공화국을 궁극적으로 분열시키리라 판단한 것이다. 지롱드파 지지자였던 코르데는 자기가 해야할 일을 찾아냈다. 과격파 지도자 마라를 살해하는 것이었다.

노르망디 도시 캉에서 사촌과 함께 살고 있던 샤를로트는 파리로 가 물어물어 마라의 집을 찾아갔고, 캉에서 모의되고 있는 지롱드파의 반혁명운동에 대한 정보가 있다고 거짓 주장함으로써 목욕 중인 마라를 면담할 수 있었다. 피부병을 앓고 있던 마라는 집무를 대개 제 집 목욕탕 안에서 보았다. 샤를로트는 지롱드파의 반혁명분자 명단이라며 종이 몇 장을 마라에게 건넨 뒤, 마라가 그걸 읽기 시작한 순간 식칼을 빼어 들어 마라의 온몸뚱어리를 찢어놓았다. 마라는 현장에서 죽었고, 샤를로트는 체포되었다.

프랑스대혁명의 가장 인상적인 에피소드 가운데 하나라 할 이 사건은 그뒤 여러 화가들의 상상력을 자극했다. 그 가운데 가장 유명한 그림은 마라의 동료였던 자크 루이 다비드가 사건 직후에 그린 〈마라의 죽음〉이다. 이 그림에선 샤를로트의 모습은 보이지 않고 막 살해된 마라의 모습이 성스럽게 보인다. 이 사건을 다룬 또 하나의 유명한 그림은 제2제정 때인 1860년 폴 자크 에메 보드리라는 화가가 그린 〈샤를로트 코르데〉다. 보드리의 그림에는 막 죽은 마라만이 아니라, 그를 살해한 샤를로트 코르데가 그 옆에 서 있는 모습이 보인다. 작가가 그림의 제목에서부터 드러냈 듯, 이 그림의 주인공은 마라가 아니라 코르데다. 벽에 걸린 프랑스지도 앞에 선 코르데의 모습은 마치 '학살-혁명'이라는 괴물을 처치한 '생명과 자유의 수호자'처럼 보인다.

재판정에서 코르데는 자신이 단독으로 일을 벌였으며, "10만 명의 목숨을 살리기 위해 한 명의 목숨을 없앴다"고 말했다. 그것은 그해 1월 루이 16세를 처형하기 직전, 로베스피에르가 한 말이기도 했다. 똑같은 말이 정반대 상황에서 발설된 것이다. 코르데에게 그 '10만 명'은 애매하게 반혁명분자로 몰린 시민들이었고, 로베스피에르에게 그 '10만 명'은 절대군주의 학정 속에서 굶주려 죽은 신민들이었다.

코르데의 이 레토릭은 또 율리우스 카이사르를 암살한 뒤 군중들 앞에서 브루투스가 했다는 연설의 한 대목을 연상시킨다. 그는 "카이사르를 덜 사랑해서가 아니라 로마를 더 사랑해서" 카이사르를 죽일 수밖에 없었다고 주장했던 것이다. 사실 이 논리는 동서고금 모든 테러리스트들의 명분이었다.

만일 코르데가 마라를 죽이지 않았다 하더라도 혁명의 동력이 영원히 이어질 수는 없었을 것이다. 공포정치는 테르미도르에든 다른 달에든 이내 반동을 겪었을 것이다. 역사의 시계추가 오직 한쪽으로만 끝없이 내닫는 법은 없으니 말이다. 그러나 코르데의 마라 암살은, 혁명의 열정이 활활 불타오르고 있는 듯 보이던 시절에도 그것에 반대하고 그것을 무서워하는 사람들이 있다는 것을 똑똑히 보여주었다. 자코뱅식 공포정치는 주변 국가들의 군주들에게만 공포를 준 것이 아니라, 바로 프랑스대혁명기의 상당수 프랑스인들에게도 공포와 혐오감을 준 것이다. 이들 공포정치의 반대자들이 꼭 반혁명파는 아니었다. 프랑스대혁명이 역사에서 이룬 가장 큰 업적, 곧 신분제의 폐지는 일부 귀족들과 승려들을 제외하곤 대다수 프랑스인들에게서 환영받았다. 그러나 그것을 이룬 방식, 곧 프랑스 전체를 피로 물들이는 방식엔 도리질을 치는 사람이 많았다. 코르데도 그런 사람에 속했다.

코르데가 처형된 직후에 벌어졌다고 전해지는 일화 하나는 혁명에 대한 당대 시민들의 양가감정兩價感情을 보여준다. 코르데의 목이 잘려나가자, 르그로라는 이름의 사내가 코르데의 잘려나간 머리를 집어 들고 마구 따귀를 갈겨댔다. 열광적 마라 지지자였든지, 허세 부리기 좋아하는 멍텅구리였을 것이다. 이 행동은 곧 지켜보던 군중의 분노를 샀고, 그 분노를 눅이기 위해 공안당국은 르그로를 징역 3개월형에 처할 수밖에 없었다. 코르데의 살인행위가 참수형에 마땅하다는 것을 인정한 시민들도, 잘려나간 머리에 대한 더이상의 모욕은 받아들일 수 없었던 것이다.

자신이 단독범이라는 코르데의 주장에도 불구하고, 공안당국은 그녀를 부검해 처녀성을 확인했다. 잠자리와 살인 음모를 그녀와 더불어 한 남자가 있었는지 궁금했던 것이다. 처형자들의 의심과 달리 코르데는 처녀였다. 이 처녀는 잔 다르크 이후 프랑스 역사에 개입했던 가장 유명한 처녀일 것이다.

혁명의 열기가 유럽을 휩쓸고 지나간 뒤, 적잖은 예술가들이 코르데의 삶과 죽음을 제 작품의 소재로 삼았다. 앞에서 언급한 다비드의 〈마라의 죽음〉이나 보드리의 〈샤를로트 코르데〉 같은 회화 작품 외에도, 그녀의 삶은 소설, 연극, 오페라, 대중가요에까지 흔적을 남겼다. 알퐁스 드 라마르틴은 1847년 간행한《지롱드파의 역사》에서, 코르데를 '암살의 천사l'ange de l'assassinat'라고 불렀다. 모계 쪽으로 극작가 피에르 코르네유를 조상으로 둔 이 당찬 여자는 그래서 악(암살)과 선(천사)을 동시에 대표하게 되었다. 라마르틴은 존경과 연민을 담아 샤를로트 코르데에게 이 유명한 별명을 붙였다.

샤를로트 코르데는 프랑스대혁명의 주체(또는 희생자) 가운데 매우 드물게 능동성을 보였던 여자다. 20세기 러시아혁명 때만 해도 수많은 여성이 활약했지만, 그보다 백수십 년 전 프랑스대혁명 때 여성의 자리는 거의 없었다. 그래서 남자와의 아무런 공모 없이 혁명의 (그릇된) 지도자를 살해한 코르데는 또다른 혁명, 여성해방혁명의 선구자로도 볼 수 있었다.

프랑스대혁명은 코르데 말고 또 한 사람의 유명한(결과적으로 유명하게 된) 여자를 죽였다. 극작가이자 페미니스트 올랭프 드 구주(1748~1793)가 그 사람이다. 그녀 역시 코르데처럼 지롱드파를 지지했는데, 로베스피에르를 비방한 죄로 단두대에 머리를 들이밀게 되었다. 그녀는 "여성이 단두대에 오를 권리가 있다면 의정단상에 오를 권리도 있다"는 유명한 말을 남겼다. 그렇다면 여성에게 코르데처럼 '테러의 권리'도 있을 것이다. (물론 코르데의 '테러'는 '공포정치'의 '공포(테러)'에 맞선 대항 테러였다.) 코르데는 테러리스트였는가? 물론 그렇다. 그러나 그와 동시에 그녀는 압제자에 맞선 해방전사, 자유의 투사이기도 했다. 안중근이 그랬고, 김구가 그랬고, 윤봉길이 그랬듯. 그들은 암살이 소명인 천사들이었다.

〈한국일보〉, 2009. 3. 9.

# 05

# 니콜 게랭

✦

## 흑장미 향내의 싱글맘

～～～～～～～

《러브스토리》(1970)의 저자 에릭 시걸은 내가 매우 좋아하는 대중소설가다. 그가 고전문학자로서 쓴 논문이나 저서는 한 편도 읽어보지 않았지만, 그의 달콤쌉쌀한 대중소설들은 거의 다 읽은 것 같다. 일급 대중소설가답게 시걸이 얽어내는 극적 구성과 지칠 줄 모르고 수행하는 말놀이는 얄팍한 내 감성을 늘 만족시킨다.

이미 읽은 독자들도 적잖겠는데, 그의 1980년도 작품에《남자, 여자 그리고 아이Man, Woman, and Child》라는 게 있다. 거기서 남자는 MIT(매사추세츠공과대학)의 통계학 교수 로버트 베크위스고, 여자는 그의 아내 셰일라다. 셰일라는 하버드대 출판부 직원이다. 그들은 소설 도입부 시점으로부터 10여 년 전 예일대학과 바사대학 학생으로서 한 파티에서 만났고, 한눈에 서로 반해 곧 결혼했다. 그리고 제시카랑 폴라라는 딸을 두었다. 단란한 미국 동부 중산층 가정의 전형이다.

소설 제목의 '아이'는, 그러나 제시카도 폴라도 아니다. 그 아이는 장 클로드 게랭이라는 프랑스 아이다. 소설 들머리로부터 10년쯤 전, 셰일라가 폴라를 뱃속에 품고 있던 동안, 로버트는 학술대회에 참가하러 남프랑스의 몽펠리에(사회학자 오귀스트 콩트의 고향이다)를 잠깐 방문한다. 그때 프랑스는 '혁명' 중이었다. 1968년 5월이었던 것이다. 로버트는 신분증을 지니지 않은 채 호텔 밖으로 나갔다가 시위대 일원으로 몰려 경찰에게 폭행을 당하고, 체포되기 직전 한 젊은 여의사의 도움으로 현장에서 빠져나온다. 그 여의사의 이름은 니콜 게랭Nicole Guérin이다. 로버트는 니콜의 병원에서 긴급치료를 받은 뒤, 인근의 세트(소설 속에서 니콜의 고향인 이 항구도시는 시인 발레리의 고향이기도 하다)에서 니콜과 함께 지중해에 몸을 담그고 사흘 밤을 함께 지낸다. 그러곤 매사추세츠의 일상으로 돌아온다.

니콜과의 세 밤은 로버트가 10여 년의 결혼생활 동안에 셰일라에게 저지른 단 한 번의 배신행위였다. 로버트는 곧 그 일을 잊는다. 10년 뒤 어느 날, 보스턴의 프랑스영사관에서 전화가 걸려오기까지는. 레지옹도뇌르 훈장이라도 받게 되나보다 하는 기대를 갖고 영사관을 방문한 로버트에게 전해진 것은 니콜이 며칠 전 교통사고로 죽었다는 소식이다. 10년 만에 듣는 니콜이란 이름에 당황한 로버트는 이어서 더 황당한 사실을 알게 된다. 친인척이 거의 없는 니콜이 장 클로드라는 아이(로버트의 아이기도 하다)를 혼자 키워왔다는 것이다.

장 클로드가 고아원으로 가지 않게끔 프랑스 쪽 후견인이 이런저런 절차를 마무리하는 동안, 이 꼬마는 대서양을 건너와 한 달간 로버트의 집에 머물게 된다. 소설의 초점은 이 장 클로드라는 아이의 존재가 로버트의 가정에 빚어내는 갈등이다. 소설 도입 시점에서 이미 죽었으므로, 장 클로드의 엄마 니콜 게랭은 소설에서 거의 역할을 하지 않는다. 뒷부분의 세 챕터에서 로버트의 회상 속에 등장할 뿐이다. 그 희미한 회상 속에서, 니콜은 짙은 흑장미 향내를 풍긴다.

소설은 니콜의 삶에 대해 정보를 거의 주지 않는다. 로버트를 만나기 전까지의 삶만이 아니라, 로버트도 모르게 그의 아이를 낳고 기르던 10년 가까운 삶(소설 속에서 장 클로드는 아홉 살이다)에 대해서도 마찬가지다. 독자가 알 수 있는 것은 그녀가 68년 5월 시위에 참가했고(그러니까 드골에 반대했고), 몽펠리에의 종합병원과 세트의 작은 병원을 오가며 환자들을 돌보는 헌신적 의사였으며, 평생 결혼할 생각이 없었던 독립적 여성이었고, 그래도 아이를 가질 생각은 있었던 여자라는 사실이다. 함께 아이를 만들고 싶다고 생각될 만큼 좋은 상대가 나타난다면 말이다. 그리고 로버트가 우연히도 그 상대가 되었다. 사흘은 사랑이 무르

익기에는 너무 짧은 시간이지만, 그래서 니콜이 그 짧은 시간 동
안 로버트를 사랑하게 되었는지는 알 수 없지만, 그녀는 로버트
를 적어도 자기 아이의 아버지로서 손색없다고 판단한 것이다.
로버트에게는 잠깐의 불장난이었던 사흘이, 완전히 잊힌 사흘
이, 니콜에게는 결코 잊을 수 없는 사흘이었다. 매일 자기 아이를
보며 어떻게 '그' 사흘을 잊을 수 있겠는가?

소설 《남자, 여자 그리고 아이》는 뛰어난 대중소설이다. 철
석같은 상호신뢰 속에서 살아온 부부 사이에 한 아이가 등장함
으로써 생겨난 균열, 제 결혼을 파탄으로 몰고 갈 뻔한 낯선 아
이에게 솟아나는 부정父情, 프랑스로 되돌아가기 직전 아이가 복
막염을 앓게 되면서 이뤄지는 가족적 화해가 시걸 특유의 경쾌
한 문장에 실려 누선을 건드린다.

내 눈길은 이 멜로드라마적 스토리의 출발점이 된 여자, 니
콜 게랭에게 멎는다. 결혼을 안 하는 까닭을 묻는 로버트에게 니
콜은 이렇게 답한다. "나 자신도 내가 결혼하지 않을 거라는 사
실밖에 몰라요. 머리가 이상한 탓인진 모르겠지만, 나는 누구나
결혼을 꼭 해야 한다고는 생각하지 않아. 적어도 나한테는, 결
혼이라는 것이 이득이 없다고 생각했어요. 혼자서 사는 것이 너
무 편한 걸요. 혼자 있다고 해서 반드시 고독하지만은 않아요."

그런데도 아이는 갖고 싶다고 말하는 니콜에게, 로버트는
"그럼 혼자 기른다는 겁니까?"라고 묻는다. 니콜이 대답한다. "그

렇죠." 매사추세츠에서 날아온 지극히 가정적인 남자 로버트가 당황해서 말을 더듬는다. "그건… 꽤… 진보적인 삶의 방식이군요." 니콜이 로버트의 말에서 어떤 부정적 함축을 읽어내고 말을 잇는다. "상식 밖의 짓이라고 말씀하시고 싶은 거죠? 어찌 됐든 저한테는 혼자 힘으로 어버이가 될 능력이 있거든요. 아이를 키울 능력 말이에요. 또 세트는 반드시 상식적인 고장은 아닌걸요."

사람들이 흔히 상식이라고 생각하고 있는 것을 뒤집어버리는 것이 1968년 5월운동의 한 목표였다고들 한다. 작가 에릭 시걸은 니콜 게랭을 통해 자기가 이해하고 있는 바의 68년 5월을 슬쩍 내비친 것일까? 인습의 타파, 금지의 금지 같은 것들 말이다. 68년 5월에 파리만, 프랑스만 요란했던 것은 아니다. 독일이, 체코슬로바키아가, 미국이, 일본이 반체제의 열기로 후끈했다. 그래서 일부 사학자들은 1968년을 1848년에 맞먹는 세계혁명의 해라고 하지 않는가?

프랑스에서, 니콜 게랭을 포함한 반체제파가 드골을 즉시 몰아내지는 못했다. 그러나 그것은 기존 체제에 어떤 균열을 내는 듯 보였다. 그 당시 10대 말에서 20대였던 소위 68세대는 기성세대를 향한 불신을 통해서, 제도에 대한 의심을 통해서 거대한 의식혁명을 이뤄냈다(고 말하는 사람도 있다). 전통적 가족관계에 금이 가고 질서라는 것에 대한 경멸이 커진 것은 68년 5월 이후였다. '싱글맘' 니콜 게랭은 그 68세대의 한 상징이다. 실제로

68세대는 앞 세대에 견줘 프리섹스에 더 너그러웠고, 더 독립적이 되었고, 더 코스모폴리탄적이 되었다. 그들은 한동안 잊혔던 '세계 시민'이라는 말을 제 몸으로 구현하려 애썼다(고 말하는 사람도 있다).

그러나 그때 초등학생이었던 나는 1968년이 그렇게 위대한 해였는지 잘 모르겠다. 1848년이든 1968년이든, 이해를 세계혁명의 해로 추어올리는 역사학자 집단들을 비웃는 저널리스트나 테크노크라트 집단도 있다. 세계는 과연 1968년 앞뒤로 크게 달라졌는가? 이를테면 몇몇 좌파 학자들이 주장하듯, 미국을 비롯한 세계 자본가들은 이 운동에서 위협을 느꼈는가? 미국은 프랑스에서 혁명이 일어날까봐 두려워했는가?

10여 년 전 비밀이 해제된 미국 국무부의 한 보고서는 사실이 그렇지 않음을 밝히고 있다. 프랑스 각처에서 암약하고 있던 미국 정보원들이 주駐프랑스 미국대사관을 통해 국무부에 건넨 보고에 따르면, 미국은, 정부든 자본가든, 프랑스를 전혀 염려하지 않았다. 전국 규모의 폭동에도 불구하고 프랑스에서 결코 혁명은 성공하지 못할 것이라는 게 이들 현장 스파이들의 보고였다. 그 보고서는 오히려 당시의 프랑스를 유쾌하게 묘사하고 있다. 늘 뻣뻣하게 미국에 대들던 드골이 안절부절못하며 당황하고 있는 꼴을 보니 신나더라는 것이다.

미국 정보원이 보기에, 우리들의 니콜 게랭은 하나의 동화였을지도 모른다. 그러면 또 어떤가? 68년 5월과는 상관없이 가족은 진화하고 있다. 그 진화의 내용은 유연화다. 이제 '결손가정'이라는 말은 점차 사라질 테다. 21세기의 어느 시점엔, 지금보다 훨씬 다양한 형태의 가족이 존재할 것이다. 니콜 게랭은 그 가운데 한 형태의 가족 만들기를 실천해 보였다. 문득, 세트의 지중해 물살이 그립다.

〈한국일보〉, 2009. 4. 6.

# 06

# 로자 파크스

✦

## 인간의 존엄을 향한 여정

~~~~~~~~~~~~~~~~~~

1955년 11월 1일은 목요일이었다. 미국 앨라배마 주 몽고메리 시의 한 버스 정류장에서 42세의 흑인 여성이 버스를 기다리고 있었다. 하루 일과를 마치고 퇴근하는 그녀의 이름은 로자 파크스(Rosa Parks, 1913~2005)였다. 로자는 몽고메리 페어 백화점 점원이었다. 오후 6시가 좀 넘어 클리블랜드 애비뉴행 버스가 왔고, 그녀는 버스 삯을 낸 뒤 '흑인석'의 맨 앞줄 빈 의자에 앉았다.

1900년 몽고메리 시는 버스 좌석에서 흑백분리를 허용하는 시 조례를 통과시킨 바 있다. 반세기가 지난 뒤 이 조례는 미합중국 헌법에도, 대부분의 주州 법률에도 위배되는 것이었지만 몽고메리에서는 관습적으로 지켜지고 있었다. 이 조례에 따르면 버스기사나 차장은 (흑인) 승객이 앉아야 할 자리를 지정하거나 자리에서 일어서게 할 수 있었다. 버스가 엠파이어 극장 앞에 섰을 땐 빈자리가 없었다. 백인 승객 몇 사람이 버스에 올랐다. 빈자리가 없었으므로 그들은 서 있을 수밖에 없었다. 버스기사 제임스 블레이크는 관례에 따라 로자 파크스를 비롯한 흑인 네 명에게 자리에서 일어서줄 것을 요구했다.

다른 세 사람은 일어났으나 로자 파크스는 일어나지 않았다. 그녀는 뒷날 이때의 일을 이렇게 회상했다. "백인 운전기사가 우리에게 다가와 손짓으로 자리에서 일어나라고 명령했을 때, 나는 어떤 확고한 결단이 겨울밤의 이불처럼 내 몸을 덮어주는 것을 느꼈다." 파크스가 일어나지 않자, 기사는 입을 열어 말을 할 수밖에 없었다. "일어서서 그 자리를 내놓는 게 좋을 거요. 일어나지그래요?" "내가 일어나야 할 의무가 없다고 생각하는데요." 두 사람 사이에 말싸움이 시작됐다. "내가 왜 이 자리에서 움직여야 하죠?" "만약에 당신이 일어서지 않으면 내가 경찰을 불러서 당신을 체포하게 할 테니까요." "그러도록 하시구려."

파크스는 또다른 인터뷰에서 그때의 심정을 이렇게 털어놓았다. "나는 단 한 번만이라도 내가 인간으로서 그리고 시민으로서 어떤 권리를 지니고 있는지 알고 싶었다."

백인 운전기사는 자기가 한 말을 지켰다. 경찰관이 와서 그녀를 하차시켰다. 그녀가 경찰관에게 물었다. "왜 당신들은 우리한테 이렇게 매정하죠?" 그녀가 기억하고 있던 경찰관의 대답은 이랬다. "나도 몰라요. 그렇지만 법은 법이니까요. 그리고 지금 당신은 체포된 상태입니다." 그랬다. 그녀가 알고 있는 것은 그녀가 체포됐다는 사실뿐이었다. 그때 그녀는 결심했다. 다시는 이런 굴욕감을 느끼며 버스를 타지 않겠다고.

파크스는 몽고메리 시의 흑백인종분리법 위반으로 기소돼 벌금 10달러와 소송비용 4달러를 내야 했다. 이 재판과 판결에는 사실 우스운 면이 있었다. 흑백인종분리법에 따르더라도, 흑인 승객이 흑인용 좌석을 백인 승객에게 양보할 의무는 없었기 때문이다. 그러나 그것이 1950년대 미국 남부 상황이었다. 각 지방 자치단체의 조례가 아니더라도, 소위 '짐 크로우 법'이라는 것에 따라 남부의 일상생활은 흑백으로 완전히 분리되었다. 그것은 특히 대중교통 수단에서 두드러졌다. 모든 버스가 흑인칸과 백인 칸으로 분리되었다. 흑인 어린이들을 위한 스쿨버스는 전혀 운행 되지 않았다. 백인 어린이들이 스쿨버스로 통학하는 그 길을 흑 인 어린이들은 걸어 다녀야 했다. 그것이 민주주의 국가 미국의 현실이었다. 흑인 시민들이 적잖이 눈에 띄던 당시의 유럽 도시 에서는 상상도 할 수 없는 일이었다.

자리를 옮기라거나 일어서라는 버스기사의 요구를 거절한 흑인이 로자 파크스가 처음은 아니었다. 1944년에는 육상 선수 재키 로빈슨이 텍사스의 포트 후드에서 한 육군 장교에게 자 리를 양보하라는 요구를 거부했다. 1946년에는 이렌 모건이, 1955년에는 새러 루이스 키스가 주간州間 운행 버스에는 흑인칸과 백인칸을 따로 두어서는 안 된다는 판결을 연방대법원에서 받아냈다. 파크스가 버스기사의 요구를 거절하기 아홉 달 전에는 클로뎃 콜빈이라는 15세 소녀가, 몽고메리에서, 파크스와 똑같은 방식으로, 백인 승객에게 자리를 양보하라는 운전기사의 요구를 거절해 수갑을 찼다. 부커 워싱턴고등학교에 재학 중이었던 클로뎃 콜빈은 자신의 헌법적 권리가 침해됐다고 주장했다. 그 당시 클로뎃은 전국유색인지위향상협회NAACP 청소년부에서 활동하고 있었고, 로자 파크스는 이 민권운동단체의 자문위원이었다.

NAACP 본부는 뭔가 행동에 들어가야 한다고 판단했다. 그러나 클로뎃 콜빈은 운동의 상징이 되기에 불리한 점을 지니고 있었다. 그녀는 미성년자로서 임신 상태였던 데다가 몇 차례 경범죄를 저질렀던 터라 인종주의자들의 공격거리가 되기 쉬웠다. 그러던 중 로자 파크스 사건이 터졌다. 로자 파크스는 흑백분리에 저항하는 운동의 이상적 상징이 될 만했다. 그녀는 안정된 결혼생활을 하고 있었고, 직장이 있었으며, 예절 발랐고, 정치 감각이 있었다. 그녀를 상징으로 삼아 저 유명한 몽고메리 버스 보이콧운동이 일어났다. 몽고메리지위향상협회MIA의 대표로서 이 운동을 이끌며 흑인민권운동의 신예로 등장한 마틴 루터 킹은 로자 파크스를 "몽고메리의 가장 훌륭한 흑인 시민이 아니라 몽고메리의 가장 훌륭한 시민"이라고 찬미했다.

몽고메리 버스 보이콧운동은 매주 월요일마다 모든 흑인들이 버스를 타지 말자는 것이었다. 하루쯤 일을 쉬더라도, 하루쯤 학교를 쉬더라도 말이다. 사정이 여의치 않으면 택시를 타거나, 걷더라도 버스는 타지 말자고 MIA는 흑인들에게 호소했다. 그리고 흑인들은 그 호소에 응했다. 흑인들끼리의 카풀이 실천되고 버스 요금만큼만 요금을 받는 흑인 운영 택시들이 등장했다. 4만에 가까운 흑인 노동자들이 걸어서 출퇴근을 했다. 어떤 이들은 월요일마다 30킬로미터 이상을 걷기도 했다. 보이콧이 계속되는 동안 로자 파크스는 '불법' 보이콧을 조직했다는 죄로 재판을 받고 있었다.

몽고메리 버스 보이콧운동은 버스 회사에 큰 타격을 입혔다. 버스 승객의 75퍼센트가량이 흑인이었으므로 그것은 당연한 결과였다. 보이콧은 381일간 계속되었고, 월요일에는 운행을 하지 않는 버스 회사들이 늘어났다. 아쉬운 쪽은 백인 사회가 되었고, 버스 회사 경영자들은 위기를 느꼈다. 1956년 6월 19일, 지방법원은 흑백분리를 규정한 몽고메리 시의 조례가 흑인들에게서 법의 공평한 보호를 박탈함으로써 수정헌법 14조를 위반하고 있다고 판시했고, 그보다 넉 달여 뒤인 1956년 11월 3일, 미국 연방대법원은 주내州內를 운행하는 버스에서도 흑인석과 백인석을 나누는 것이 위헌이라고 판시했다. 마침내 몽고메리의 백인 사회가 백기를 든 것이다. 흑백분리를 폐지하라는 법원 명령은 12월

20일 몽고메리에 도착했다. 버스 보이콧운동이 몽고메리에서 끝난 것은 그 이튿날이었다.

그러나 백인 사회의 반발도 만만치 않았다. 흑인 교회들이 공격당해 불타고, 마틴 루터 킹을 포함해 보이콧 지도자들의 집에 폭탄이 날아들었다. 로자 파크스는 백화점에서 해고되었고, 그녀의 남편 레이먼드도 주변의 압력을 견디지 못하고 직장을 그만두어야 했다. 그러나 로자 파크스는 버스 보이콧에 방아쇠를 당김으로써 미국의 흑인들이 당하고 있던 인권침해를 세계에 널리 알렸고, 민권운동의 한 상징이 되었다.

오늘날 로자 파크스는 미국인들에게 어떤 의미를 지니고 있을까? 2005년 10월 24일 그녀가 92세로 타계하자, 미국 양원은 그녀의 유해를 의사당 건물 로턴더(원형 홀)에 '명예안치'하자는 결의안을 채택했다. 그것은 프랑스인들이 파리 팡테옹에 묻히는 것에 비교될 만한 영예였다. 조국의 위대한 인물을 의사당 로턴더에 모시는 것이 관행이 된 1852년 이래 파크스는 그곳에 '명예안치'된 서른한 번째 사람이었다. 여성으로는 처음이었고, 정부 관료가 아니었던 사람으로서도 처음이었다. 11월 2일 일곱 시간 동안 계속된 그녀의 영결식은 거의 국민장이라 할 만했다. 당시 대통령 조지 W. 부시는 이날 국내외 모든 미국 공공건물에 조기를 달라고 명령했다.

생애 후반에 로자 파크스는 갖가지 영예를 누렸다. 1996년 당시 대통령 빌 클린턴에게서 받은 대통령자유메달(미국 행정부가 헌정할 수 있는 최고의 명예다)을 비롯해 그녀가 국내외 여러 단체에서 받은 상은 셀 수 없이 많다. 값지게 천수를 누렸다 할 만하다. 그 값진 천수의 시작은 그녀가 죽기 반세기 전에 자신을 체포한 경찰관으로부터 들은 말일 게다. "나도 왜 당신을 체포해야 하는진 모르겠어요. 하지만 법은 법이니까요." 로자 파크스는 그 법을 어김으로써 진정한 법치를 이룬 역사상 수많은 사람들 가운데 하나다. 버락 오바마가 미국 대통령이 되는 걸 그녀가 보고 죽었으면 좋았으련만.

〈한국일보〉, 2009. 7. 20.

# 07
# 아룬다티 로이

✦

## 작은 것들을 위한 커다란 싸움

~~~~~~~~~~~~~

최근 10년 사이에 미국의 주먹(군사적 신보수주의)과 보자기(경제적 신자유주의)에 맞서 가장 열정적으로 펜을 휘두른 논객은 누구일까? 얼른 떠오르는 사람은 그전부터 미국 정부의 정책에 비판의 펜촉을 들이댄 언어학자 놈 촘스키나 역사학자 하워드 진 같은 원로들이다. 그러나 이들보다 한두 세대 아랫사람으로서 근년에 이들 못지않게 눈길을 끈 이가 있으니, 인도 작가 아룬다티 로이Arundhati Roy가 그녀다.

그녀 이름이 국제적으로 알려진 것은 첫 소설이자 지금까지의 유일한 소설《작은 것들의 하느님》이 1997년 명망 있는 부커상을 수상한 뒤다. 작가의 어린 시절 체험을 반영한 이 반半자전 소설은 그해〈뉴욕타임스〉의 '주목할 만한 책Notable Books of the Year'으로 꼽혔고, 그 신문의 소설 분야 베스트셀러 목록 4위에 올랐다. 그해 5월 출간된 이 소설은 6월 말에 이미 18개국에서 팔려나가기 시작했고, 오늘날 한국어를 포함한 40여 개 언어로 번역됐다. 평단의 반응도 매우 호의적이었다. 로이는 첫 작품으로 국제적 명성과 부(富)를 얻은 드문 소설가다.

소설 쓰기는 그녀의 첫 번째 소명이 아니었다. 뉴델리 도시계획건축학교에서 건축학을 전공한 로이는 방송과 영화 쪽에서 이력을 시작했다. 시나리오와 극본에서 단련된 그녀의 손가락이 소설《작은 것들의 하느님》에서 풀리면서 일을 낸 것이다. 로이는 이 첫 소설로 저명인사가 된 뒤 다시 시나리오와 방송극을 쓰기 시작했지만, 그것들보다 더 몰두한 것은 정치 에세이들 쪽이었다. 로이 자신은 소설가로 불리기를 더 원할지 모르지만, 스무 권이 넘는 그의 책 가운데 소설은 단 한 편이고 나머지가 모두 (강연 원고를 포함한) 에세이이므로, 에세이스트라고 부르는 것이 나을지도 모르겠다. 그리고 그녀의 시나리오와 방송극과 소설 속에 잠재해 있던 수사(修辭)와 논리의 힘은 그녀의 에세이에서 진면목을 드러내며, 그녀에게 수많은 친구와 그만큼의 적을 만들어냈다.

한국에서는 인도의 핵개발과 대규모 댐건설 공사를 비판한 에세이《생존의 비용》이 2003년 번역된 이래, 그 이듬해에는 정치 에세이와 강연문 일부가 '9월이여, 오라'라는 제목으로 편집 번역되었고, 역시 에세이와 강연문 모음《보통사람을 위한 제국

가이드》도 번역됐다. 출간 즉시(1997년) 번역된《작은 것들의 하느님》이 아니더라도, 로이는 한국 독자들에게 익숙한 이름이다.

첫 소설 말고 로이의 국제적 명성에 가장 크게 기여한 것은 미국 패권주의에 대한 비판이다. 그 비판은 2001년 9·11 테러 직후 미국이 아프가니스탄을 침공하면서 본격화했다. 그녀는 영국 신문 〈가디언〉에 기고한 〈왜 미국은 당장 전쟁을 중지해야 하는가?〉에서 "아프가니스탄 공습은 뉴욕과 워싱턴 참사에 대한 정당한 복수가 아니라, 그 자체가 세계 인민에 대한 테러"라고 썼다. 그녀가 보기엔 세계무역센터 공격이 테러리즘이듯 아프가니스탄 공격도 테러리즘이었다. 특히 그녀는 부시 주니어와 미국의 총애를 받는 '대사大使' 토니 블레어가 (조지 오웰의《1984년》에 나오는) 빅브라더식의 이중언어(더블싱크)를 사용하고 있다며, 외국에 공습을 가하는 그 순간에도 자기들은 평화국가라고 주장하는 이들 덕분에 '돼지'는 '말馬'을, '소녀'는 '소년'을, '전쟁'은 '평화'를 뜻하게 됐다고 비꼬았다.

이 글에서 그녀는 미국이 평화애호국이라는 부시의 주장을 반박하기 위해 제2차 세계대전이 끝난 뒤 미국이 전쟁을 벌인 나라들을 열거했는데, 좀 길지만 여기 옮겨놓아보자. 중국(1945~46, 1950~53), 북한(1950~53), 과테말라(1954, 1967~69), 인도네시아(1958), 쿠바(1959~60), 콩고(1964), 페루(1965), 라오스(1964~73), 베트남(1961~73), 캄보디아(1969~70), 그레나다(1983),

리비아(1986), 엘살바도르(1980년대), 니카라과(1980년대), 파나마 (1989), 이라크(1991~99), 보스니아(1995), 수단(1998), 유고슬라비아(1999), 현재의 아프가니스탄.

이들 나라를 열거한 뒤 로이는 "확실히 미국은 지치지 않는다"고 썼다. 맞다. 미국은 로이의 이 발언이 나온 지 두 달도 채 안 돼서, 9·11 테러와 아무 상관도 없고 대량살상무기도 지니지 않은 이라크를 다시 침공해 지금까지 군대를 주둔시키고 있다. 로이가 열거한 전쟁들은 미국 정보기관들이 일상적으로 벌인 파괴, 살상, 쿠데타 조종 같은 비밀공작들을 제외하고 셈한 것이다.

로이의 주장은 늘 상식적이다. 미국 스타일 자본주의가 이 사태의 주범이라는 것, 군수산업, 석유산업, 주요 미디어네트워크, 외교정책 따위가 동일한 자본복합체 아래 있기 때문에 미국은 전쟁에 의지할 수밖에 없다는 것 따위다. 그러나 이 평범한 상식을 끌어내는 그녀의 문장은 너무나 힘차고 아름다워서 독자들의 마음을 뒤흔든다.

그녀의 정치적 목소리는 에세이를 통해서만이 아니라 세계 지식인들과의 연대서명운동과 강연을 통해서도 이뤄졌다. 그녀는 자신을 선동가라고 생각하지 않을지도 모르겠지만, 그녀의 연설은 적절한 수사와 공격성이 아름답게 결합된 일급 선동문이다. 라난재단 주최로 2002년 9월 미국 캘리포니아 산타페에서 행한 유명한 강연 '9월이여, 오라'에서, 로이는 2001년 9월 11일을 피노체트가 미국CIA 지원으로 칠레의 합법 정부(아옌데 정부)를 무너뜨린 1973년 9월 11일, 영국 정부가 아랍인들의 격렬한 반대를 무시하고 팔레스타인에 대한 신탁통치를 선언한 1922년 9월 11일 등과 포개며, 앵글로-아메리카와 이스라엘이 제3세계에 저지른 범죄들을 추궁했다. 이 아름다운 연설문의 들머리에서 그녀는 소설가 로이와 에세이스트 로이를 일치시키며 "논픽션과 픽션은 이야기를 전하는 기법의 차이일 뿐입니다. 내가 정확히 알 수 없는 이유로, 픽션은 내게서 춤추듯 흘러나오고, 논픽션은 내가 매일 아침 일어나 맞이하는 이 고통스럽고 깨진 세계가 비틀어 짜듯이 내보냅니다"라고 말한 바 있다.

2003년 미국이 이라크를 침공하자 그녀는 미국 뉴욕의 리버사이드 교회에서 '인스턴트-믹스 제국민주주의'라는 강연을 통해 자신을 '미제국의 한 신민'이자 '왕을 비난하는 노예'로 비유하며, 미국을 "신으로부터 직접 정당성을 부여받아 아무 때나 그의 속국들을 폭격할 권리를 보유한 지구제국"으로 묘사했다. 2006년 부시가 인도를 방문하자 로이는 그를 '전범'이라 비난했고, 같은 해 이스라엘이 레바논을 침공하자 그는 촘스키, 하워드 진 등과 성명서를 발표해, 그것을 '전쟁범죄'이자 '국가테러'라고 비판했다.

그러나 로이의 정치활동이 미국이나 이스라엘의 군사주의에 대한 것만은 아니다. 〈공공의 더 큰 이익〉과 〈상상력의 종말〉

두 편의 에세이로 이뤄진 《생존의 비용》에서 보여주었듯 그녀는 나르마다 강 댐 프로젝트로 상징되는 인도의 성장우선정책과 핵개발에 반대했고, 더 나아가 카시미르의 독립을 옹호했다. 그녀는 또 어떤 사회운동이 폭력을 수반했을 때, 그것을 비난하는 것만큼이나 그것의 맥락에 주의를 돌려야 한다고 주장하는 '현실주의자'이기도 하다. 그녀가 반대하는 것은 이른바 세계화 자체다. 그녀 생각에 세계화란 원격조종되고 디지털 방식으로 작동되는 변종 식민주의기 때문이다. 세계화가 피할 수 없는 것이라면, 지금까지와는 근본적으로 다른 방식을 따라야 한다는 것이 그녀 생각이다.

그러나 그녀의 '현실주의적' 정치활동은 그녀의 적들로부터만이 아니라 넓은 의미의 동료들로부터 너무 '이상주의적'이라는 비판을 받곤 했다. 특히 나르마다 강 댐 건설이 관개나 식수 공급에는 도움이 되지 못하고 수천만 주민들에게 고향만 빼앗을 것이라며 반대했을 때는, 생태주의 진영 내부에서도 비판이 나왔다. 그녀에게 용기와 신념은 있지만, 그녀의 언사가 너무 과장됐고 단순하며 세계를 마니교적 이분법으로 보고 있다는 것이다. 거기에 대한 로이의 대답은 이랬다.

"내 글의 열정적이고 히스테리컬한 톤은 의도적인 것이다. 나는 히스테리컬하다. 나는 유혈이 낭자한 지붕 위에서 소리 지르고 있다. 나는 점잔을 빼며 '쯧쯧쯧' 하고 싶진 않다. 나는 내 이웃들을 깨우고 싶기 때문이다. 그것이 내 목적의 전부다. 나는 모든 사람들이 눈을 뜨기를 바란다."

미국과 이스라엘, 탈레반 등의 근본주의와 목하 진행되는 세계화를 근본적으로 비판하고 있다는 점에서 그녀 역시 또 한 사람의 근본주의자인지도 모른다. 그러나 그것은 약한 자들을 위한 근본주의고, 때로 지나쳐 보일 때도 있지만 정의 감각과 조율되는 근본주의다. 이 명민하고 열정적인 글쟁이에게 나는 질투와 연대감을 동시에 느낀다.

〈한국일보〉, 2009. 5. 18.

# 08

# 다이애나 스펜서

✦

## 바람 속의 촛불

〰〰〰〰〰〰

1997년 8월 31일 영국의 전前 왕세자빈 다이애나(당시 36세)가 연인 도디 알 파예드와 함께 파리 알마교橋 터널 입구에서 교통사고로 사망했을 때, 나는 사고 지점에서 채 2킬로미터도 안 떨어진 카페에서 술을 마시고 있었다. 집에 돌아오니, 아내가 흥분한 얼굴로 나를 맞았다. 다이애나가 죽었다는 것이다. 텔레비전을 켰다. TF1에서도 프랑스2에서도 온통 다이애나 사망 소식이었다. 그러나 명정 상태의 내겐 실감이 나지 않았다. 저 젊고 아리따운 여자가, 세상에서 가장 유명한 여자 가운데 하나일 사람이, 내가 사는 도시에서 죽었다고? 이튿날이 돼서야, 텔레비전 뉴스와 조간신문을 통해, 나는 그녀의 죽음을 받아들일 수 있었다. 최근 노무현의 죽음과는 비교도 할 수 없지만, 나는 약간 충격을 받았다. 무엇보다도, 그녀는 나보다 젊었으니까.

다이애나 커플이 타고 있던 검은색 1994 메르세데스벤츠 S280을 몰았던 이는 파리 리츠 호텔(도디의 아버지 모하메드 알 파예드의 소유였다)의 임시 보안 매니저 앙리 폴이었다. 그는 당시 술에 취한 상태였다. 더구나 이 차는 파파라치에게 쫓기고 있었다. ('파파라치'란 알다시피 저명인사의 사적인 모습을 사진에 담아 언론사에다 비싼 값에 파는 프리랜스 사진기자들을 말한다. 유럽 언론에서는 흔히 쓰여왔던 말이지만, 내 기억이 옳다면 한국 언론에서는 다이애나 사망 사건을 계기로 널리 사용되기 시작했다. 이 이탈리아어 단어는 복수형태고, 그 남성 단수는 '파파라초'다.)

앙리 폴은 파파라치를 피하기 위해 과속운전을 했고, 취기가 운동실조를 초래해 터널의 열세 번째 기둥에 차를 들이받고 말았다. 차 안에 있던 이들은 모두 죽었다. 9월 6일 웨스트민스터 사원에서 거행된 다이애나의 영결식은 전 세계에 생중계됐다. 25억 이상의 사람들이 그 광경을 지켜본 것으로 추산됐다. 영결식에선 가수 엘튼 존이 〈바람 속의 촛불 1997〉을 불렀다. 그가 본디 메릴린 먼로에게 헌정했던 노래 〈바람 속의 촛불〉의 가사를 바꾸고 편곡한 리메이크 곡이었다.

저명인사들이 파리에서 죽는 것은 놀라운 일이 아니다. 파리만이 아니라 세계의 정치경제적·문화적 중심 도시에서는 이방 출신의 저명인사들이 흔히 삶을 마감한다. 뒷날 저명인사가 될 사람들이 이 도시들에서 태어날 확률은 매우 크다고 할 수 없지만, 그들이 저명해지면 그 도시들을 활동공간으로 삼기 십상이기 때문이다. 파리에서도 수많은 이방 출신의 저명인사들이 죽었고, 다이애나는 그해 그날 그 숫자를 하나 늘렸을 뿐이다.

다이애나 스펜서(Diana spencer, 1961~1997)의 짧은 삶은 행복으로 채워지지 않았다. 하긴 대부분의 사람들 삶이 행복보다는 훨씬 많은 불행으로 채워지므로, 다이애나의 삶이 특별났다고 할 수는 없겠다. 그러나 그녀는 영국 세자빈이라는 특별한 신분으로 결혼생활을 시작했고, 그 덕분에 많은 사람들의 동화적 상상력을 자극했다. 비록 실제의 삶은 그 동화적 상상력과 동떨어져 있었지만.

영국 왕세자 찰스 윈저와 유치원 보모 다이애나 스펜서의 만남은 차라리 없었던 게 나았을지 모르겠다. 찰스는 젊어서부터 수많은 귀족 여성들과 염문을 뿌린 바람둥이였다. 특히 뒷날 재혼하게 되는 커밀라 파커 볼스와는 떼려야 뗄 수 없는 관계였다. 서른이 넘어서 가족과 각료들로부터 결혼 압력을 받게 된 찰스는 제 아내로 저보다 열세 살이 어린 다이애나 스펜서를 골랐다. 공식 약혼이 이뤄진 것은 1981년 2월 24일이었고, 세인트폴 성당에서 결혼식이 거행된 것은 그해 7월 29일이었다. 언론은 그 결혼을 '동화적 결혼'이라고 불렀다. 그때 다이애나는 스무 살 처녀였다. 그들은 1996년 8월 28일 공식적으로 이혼했다.

15년 남짓의 결혼생활은 순탄치 않았다. 물론 처음부터 그랬던 것은 아니고, 그 속사정이 즉시 세간에 알려진 것도 아니다. 윌리엄과 헨리(해리) 두 형제를 낳았을 때, 다이애나가 언젠가 영국의 왕비가 되고 대비가 되는 것은 자명해 보였다. 남편 찰스와 두 아들이 영국 왕위 계승 순위에서 1~3위를 차지하고 있었기 때문이다. 다이애나는 자상하고 헌신적인 어머니였다. 그녀는 되도록 아이들과 함께 있으면서 그들에게 모정을 흠뻑 주었다. 남편에게도 충실했다.

그러나 찰스 쪽에서는 그렇지 않았다. 그가 좋은 아빠였는지는 몰라도 좋은 남편은 아니라는 사실이 곧 드러났다. 그는 여느 남편이 아내를 대하듯 다정하게 다이애나를 대하지 않았고, 결혼 전 알던 여자들과 외도를 하기 시작했다. 특히 결혼 전의 깊은 연인이었던 커밀라 파커 볼스와는 노골적으로 연애를 재개했다. 찰스의 파트너가 다이애나인지 커밀라인지 알 수 없는 상황이 되었다. 남편과의 이혼에 커밀라의 존재가 얼마나 큰 역할을 했느냐는 질문을 뒷날 BBC에서 받고, 다이애나는 이렇게 대답했다. "이 결혼생활은 세 사람이 이어가고 있었죠. 그래서 좀 붐볐다고 할 수 있었죠."

파경의 책임이 오로지 찰스에게만 있었던 것은 아니다. 남편의 사랑을 그리도 원했건만 그것이 뜻대로 되지 않자, 다이애나도 맞바람을 피웠다. 그들은 텔레비전을 통해서 자신들의 외도를 털어놓았고, 그것은 영국인들만이 아니라 전 세계 사람들의 흥밋거리가 되었다. 마침내 엘리자베스 2세가 나서서 아들과 며느리에게 이혼을 종용했고, 그들은 여왕의 뜻을 따라 헤어졌다. 영국 궁중법상 왕세자와의 이혼으로 다이애나는 왕가(로열패밀리)에서 떨려나야 했으나, 두 번째와 세 번째 왕위 계승 순위자의 어머니라는 점이 고려돼 그 일원으로 남게 되었다. 다이애나는 켄싱턴 궁의 한 아파트를 개수해서 자유로운 삶을 시작했다.

여기까지의 삶에서 다이애나가 특별히 존경받을 만한 점은 없다. 그러나 그녀는 평범한 이혼녀로 남지 않았다. 그녀는 중년 이후의 삶을 가치 있는 일에 쓰고 싶었다. 그래서 뛰어든 것이 에이즈 퇴치운동과 대인지뢰 제거운동이었다. 지금도 그렇지만 에이즈와 대인지뢰는 인류의 삶을 위협하는 가장 큰 적에 속했다. 이 적과의 싸움에 세계에서 가장 유명한 여자가 뛰어든 것은 이 일에 매달려 있던 동료들을 크게 격려했다. 자신의 아이들에게 헌신적이었듯, 다이애나는 이 운동에도 헌신적이었다. 유엔과 영국 정부도 다이애나의 활동에 감사를 표시했다. 그녀는 또 적십자운동에도 열심이었다. 그녀는 마치 속세로 나온 테레사 수녀 같았다. 다음 장에서 나는 테레사 수녀에 대해 얘기할 텐데, 그녀가 다이애나와 같은 주에 선종했다는 것을 기억해두자.

그러나 다이애나는 테레사 수녀가 아니었다. 그녀는 속인이었고, 그래서 남편에게 받지 못한 속세의 사랑이 필요했다. 그녀는 파키스탄 출신의 저명한 심장외과 의사 하스낫 칸과 공개적으로 두 해 동안 연애했다. 다이애나는 칸 박사를 과감히 '내 인생의 사랑'이라고 불렀다. 그러나 그들은 '문화적 차이'로 결국 헤어졌다. 사실 '문화적 차이'라는 것이 다이애나에겐 큰 문제가 되지 않았던 듯하다. 그녀가 그 다음에 사귄 남자가 이집트 출신의 영화제작자 도디 알 파예드였으니 말이다. 다이애나는 삶의 마지막을 함께한 이 남자와 결혼할 생각이었다. 그 결혼이 이뤄졌다면, 그것은 재클린 케네디와 오나시스의 결혼보다 훨씬 더 큰 뉴스였을 것이다. 재클린과 오나시스의 결혼은 그래도 기독교권 사람들끼리의 결혼이었으나, 다이애나와 도디 알 파예드의 결혼은 종교를 뛰어넘은 결혼이 됐을 테니 말이다. 더구나 여자는 영국 왕위 계승자의 어머니였다.

이 두 사람의 죽음에 음모설이 따라붙은 것은 그래서 자연스럽다. 왕위 계승자의 어머니가 이집트 출신 사업가와 결혼하는 것이 영국인들에게 달가울 수는 없었을 게다. 음모설은 두 사람의 사망 직후부터 나왔으나, 정식으로 제기된 것은 1999년 2월 도디의 부친 모하메드 알 파예드의 입을 통해서였다. 그는 MI6(영화 007시리즈로 잘 알려진 영국 정보기관)가 프랑스 정보기관, 경찰, 의료기관 등과 공모해서 두 사람을 죽였고, 이 음모에는 엘리자베스 2세의 남편 프린스 필립, 당시 영국 총리 토니 블레어와 외무장관 로빈 쿡, 찰스 황태자를 비롯해 많은 사람이 연루돼 있다고 주장했다. 두 사람의 결혼을 얼마 앞두고 생긴 사고이니

만큼, 이런 음모설이 그럴듯하게 먹혀들기도 했다. 그래서 사건의 면밀한 재수사가 이뤄졌다. 오늘날 프랑스 정부와 영국 정부의 공식 입장은 술 취한 운전자 앙리 폴이 파파라치를 따돌리려다 생긴 사고라는 것이다. 사건 직후 발표와 차이가 없다.

진실은 하느님만이 알 것이다. 아무튼 다이애나 스펜서-도디 알 파예드 부부를 보지 못한 것이 아쉽다. 섞인 것은 아름다우므로.

〈한국일보〉, 2009. 6. 8.

# 09

# 브레트 애슐리

✦

### 길 잃은 세대

〰〰〰〰〰〰〰

"당신들은 모두 길 잃은 세대입니다." 어니스트 헤밍웨이의 장편 《해는 또다시 떠오른다》(1926)의 들머리에 놓인 제사題詞다. 거의 평생을 프랑스에서 산 미국 작가 거트루드 스타인이 처음 발설한 것으로 알려진 '길 잃은 세대'란, 제1차 세계대전 뒤 삶과 역사에 대한 환멸 속에서 유럽(특히 파리)에 살던 한 무리의 미국 작가들을 가리킨다. 헤밍웨이도 그들 가운데 하나였다. 1920년 대 파리는 이들 길 잃은 미국인 청년 예술가들의 둥지였다.

헤밍웨이가 이 말을 《해는 또다시 떠오른다》의 제사로 삼은 것은 작품 속의 등장인물들이 죄다 '길 잃은 세대'라는 것을 암시하고 싶어서였을 것이다. 내가 소설 속의 그 '길 잃은 세대' 사람들을 처음 만난 것은 열다섯 살 때였다. 두 권의 상하 문고본 으로 편집돼 있던 그 소설을 나는 종로서적에서 선 채로 읽어치웠다. 지금이라면 불가능한 일일 것이다. 종로서적이 없어져서가 아니라, 내 다리 힘이 모자라서 말이다.

《해는 또다시 떠오른다》는 사춘기 소년이 유럽에 지니고 있던 환상을 극대화했다. 퇴폐와 권태에 대한 막연한 동경은 내 10대를 채우고 있던 삶의 에너지였는데,《해는 또다시 떠오른다》에 바로 그것이 있었다. 내가 30대 후반을 파리에서 산 것도, 그 근원을 따라 올라가보면,《해는 또다시 떠오른다》에서 얻은 파리 이미지 때문일지도 모르겠다. 나는 소설 속 등장인물들과 엇비슷한 나이였다. 비록 1990년대 파리는 1920년대 파리의 전위적 분위기를 잃었지만.

나는 파리의 거리를 쏘다니면서《해는 또다시 떠오른다》의 길 잃은 세대를 생각하곤 했다. 허영심의 수준에서일지라도, 파리에서의 나는 역사와 삶에 대한 환멸을 그들과 공유하고 있었다. 소설에 몇 차례 언급되는 몽파르나스의 카페 '라로통드'를 나는 자주 들렀다. 나는 그 카페에서 하이네켄에 취해, 과거의 한때 그곳에 들렀을 사람들을 상상했다. 길 건너 몽파르나스 묘지에 묻혀 있는 사르트르와 보부아르가 문을 열고 들어올 것도 같았다. 비록 그들은 길을 잃어버린 적이 없지만.

이 소설을 읽지 않은 독자들을 위해, 여기 등장하는 '길 잃은 세대' 사람들을 짧게 소개해야겠다. 화자 제이크 반스는 신문기자다. 그는 제1차 세계대전 참전 군인이었는데, 이탈리아 전선에서 부상을 입고 성불구자가 되었다. 그는 일중독자이자 알코올중독자다. 그는 자신에게 불가능한 섹스 외에 모든 일에 몰두한다. 제이크의 오랜 친구인 빌 고튼 역시 말리지 못할 모주꾼이다.

유대인인 로버트 콘은 프린스턴대학 미들급 복싱 챔피언 출신의 이름 없는 작가다. 그는 자신이 유대인이라는 사실 때문에 친구들 사이에서 열등감을 느낀다. 제이크 반스, 빌 고튼, 로버트 콘과는 달리 마이클 캠벨은 스코틀랜드 출신이다. 그리고 오늘 이 글의 대상인 브레트 애슐리Brett Ashley의 약혼자다. 제1차 세계대전 때 간호사로 종군한 브레트는 제이크와 함께 이 소설의 실질적 주인공이다. 그 둘이 만난 것은 제이크가 입원한 병원에서였다. 로버트 콘의 애인 프랜시스와 '거리의 여자들'을 비롯한 단역들이 이따금 등장하긴 하지만, 브레트는 이 소설의 유일한 여자다. 브레트라는 항성 둘레를 남자들은 행성처럼 휘돈다.

소설의 서사는 간단하다. 소설 전반부에서 이들 '길 잃은 세대'는 그야말로 길을 잃고 술과 섹스에 탐닉한다. 소설 후반부의 배경은 투우 축제로 유명한 스페인 나바라 주州의 주도州都 팜플로나다. 이곳에서 브레트 애슐리는 페드로 로메로라는 투우사와 사랑에 빠진다. 그리고 그 짧은 사랑이 마드리드에서 끝났을 때, 절망에 찬 그녀는 제이크 반스를 애타게 불러대는 전보를 친다.

이 소설에서 직업을 지닌 사람은 제이크뿐이다. 다른 사람들은 부모 잘 만난 덕에, 또는 친구 잘 만난 덕에 백수로 살아간다. 로버트 콘의 아버지는 뉴욕에서 가장 부유한 유대인 집안에 속해 있고, 마이클 캠벨 역시 넉넉한 집안 출신이다. 사실 이들에게 직장이 있다면, 이들을 '길 잃은 세대'라 부를 수도 없을 것이다. 이들을 길 잃게 만든 것은 전쟁이다. 소설 속에서 전쟁이 직접 언급되는 일은 거의 없지만, 등장인물들이 공유하는 짙은 허무주의에는 전쟁의 그림자가 황폐하게 드리워져 있다.

유럽 사람들(과 일부 미국인들)이 '아주 커다란 전쟁Très Grande Guerre'이라고 할 때, 이 말이 가리키는 것은 제2차 세계대전이 아니라 제1차 세계대전이다. 물론 그 규모는 제2차 세계대전이 훨씬 컸지만, 제1차 세계대전을 이미 겪은 유럽인들에게 제2차 세계대전은 그저 '또 하나의 커다란 전쟁'일 뿐이었다. 그러나 제1차 세계대전은 그들이 일찍이 겪어보지 못했던 '아주 커다란 전쟁'이었다. 그 전쟁이 끝났을 때, 인간의 선함과 고귀함을 믿는 것은 더이상 어렵게 되었다.《해는 또다시 떠오른다》에 등장하는 파리의 미국인들 역시 인간의 선함과 고귀함을 믿지 못한다. 문득문득 우정이 그들을 묶어줄 때도 있지만, 그들은 근원적으로 원자화돼 있다. 허무와 권태와 불안이, 그리고 그것을 채워줄 술과 연애(라기보다는 섹스)가 그들의 양식糧食이다. 허랑방탕이 그들의 길이다. 그 잃어버린 길 위에서, 그들은 하루에도 몇 차례씩 술집을 바꿔가며 마시고 춤춘다.

소설 속에서 브레트 애슐리는 주위 모든 남자들이 욕망하는 대상이다. 그녀가 유일하게 사랑하는 제이크 말고도 많은 남자들이 그녀를 욕망한다. 한마디로, 그녀는 매력적인 여자인 것이다.

브레트 애슐리의 성격과 존재는 이중적이다. 모든 남자들이 그녀에게 이끌리기에 그녀는 그들 위에 군림하지만, 그 남자들 없이 그녀는 살 수 없다. 그녀는 강하면서도 약하다. 남자들은 그녀의 노예면서 주인이다. 《해는 또다시 떠오른다》의 등장인물들이 원자화돼 있다고 할 때, 그 전형을 드러내는 것이 브레트다. 그 많은 남자들 틈에서 그녀는 외롭다. 그녀에겐 삶의 길이 보이지 않는다. 그녀에게 섹스는 허무감을 견뎌내는 유일한 방법이다. 이혼녀인 그녀는 사랑하는 남자 제이크를 두고 마이크와 약혼을 하고, 약혼자 마이크를 두고 제이크의 친구 로버트 콘과 놀아난다. 그녀는 그것을 대수롭지 않게 생각한다.

《해는 또다시 떠오른다》에서 작가는 섹스 장면을 묘사하지 않는다. 그러나 그는 브레트 애슐리가 일상적으로 아무 남자와 하는 섹스를 수없이 암시한다. 그녀는 '해방된 여자'인 것이다. 주변의 어떤 남자들보다도 성적으로 더 자유분방한 여자가 브레트다. 섹스가 '직업'이 아니라는 점을 제외하면, 그녀의 삶은 매춘부와 크게 다를 바 없다. 그러나 그런 일상적 '난교'가 그녀의 허기를 채워주지는 못한다. 그 이유 가운데 큰 것 하나는 섹스의 대상이 제이크가 아니라는 점이다. 물론 그들은 같이 살 수도 있고, 결혼할 수도 있었을 것이다. 실제로 제이크는 브레트와 살기를 바란다. 그리고 그 뜻을 브레트에게 비친다. 그러나 브레트는 거절한다. 섹스 없는 삶을 그녀가 감당할 수 없기 때문이다. 그 바스러질 듯한 삶을 겨우겨우 지탱해주는 것이 그녀의 '해방된 섹스'다.

스페인 팜플로나의 투우 축제에서 만난 투우사 페드로 로메로와의 짧은 사랑은 브레트에게 가장 격정적인 사랑이었을 것이다. 패드로 로메로는 제 정열을 남김없이 브레트에게 건넨다. 그는 자립적이고 검질기며 헌신적이다. 그는 제이크와 달리 '길 잃은 세대'가 아니다. 그러나 그 사랑도 파탄한다. 브레트의 자의식 때문이다. 팜플로나에 제이크도 약혼자도 버려두고 사랑의 도피를 한 뒤에야, 그 건장한 투우사 로메로가 불과 열아홉 살이라는 걸 알게 된 것이다. 자신을 '구원'하러 마드리드의 호텔 방으로 찾아온 제이크와 술을 마시며 브레트가 말한다. "추잡한 여자가 되지 말자고 작정하니까 기분이 훨씬 좋아졌어. 그게 바로 하느님 대신 우리가 갖고 있는 거겠지." 제이크가 대꾸한다. "어떤 사람들은 하느님을 갖고 있지."

나는 문득 지금 이곳이 1920년대의 파리나 팜플로나라고 상상한다. 사람들의 마음은 '아주 커다란 전쟁'이 할퀸 자국으로 흉흉하다. 나는 내가 30대 중반의 여자라고 상상해본다. 브레트 애슐리라고, 중년에 접어든 사랑의 망명객, 사랑의 떠돌이라고 상상해본다. 내가 그녀를 이해할 수 있을까? 그녀를 처음 만났던 10대 중반에, 나는 그녀를 이해했었다(고 기억된다). 허무와 퇴폐는 사춘기의 가장 아름다운 장신구이므로. 길 잃은 시절의 가장 정확한 나침반이므로. 최근에 술을 너무 많이 마셨다.

〈한국일보〉, 2009. 7. 6.

# 10

# 마리 블롱도

✦

## 메이데이의 요정

~~~~~~~~~~~~

프랑스인 철학 교사 크리스토프 라무르는 《걷기의 철학》이라는 작은 책의 한 챕터에 '시위'라는 표제를 붙였다. "걷기는 정치적일 수 있다. 우리는 자기 권리와 사상, 가치관을 지키기 위해, 그리고 특정한 정치적 결정과 그것을 채택한 사람들에 대한 거부의사, 분노, 적대감을 표현하기 위해 걸을 수 있다"고 그는 말한다. 라무르의 짤막한 정의에 따르면, 시위는 '발로 하는 투표'다.

이 발로 하는 투표를, 제도권력이 팔짱을 끼고 보고만 있지는 않는다. 제도권력은 자신의 원칙, 가치관 그리고 고유의 권한 따위가 도전받고 있다고 느낄수록 시위에 난폭하게 대응한다. 그리고 자신의 존속에 위협적이라 판단되는 움직임을 씨앗부터 말려 죽이려는 경향이 있다. 정치적 걷기와 제도권력이 부딪치는 양상은 체제마다 다르다. 지난해 미국산 쇠고기 수입과 관련해 일어난 촛불시위와 이에 대한 공권력의 대처 방식은 시민들에게 이 정권이 민주주의와 권위주의 사이의 어느 지점에 자리 잡고 있는지 짐작하게 해주었다.

라무르는 이 챕터의 끝머리에서, 1891년 5월 1일(메이데이, 국제노동절) 프랑스 노르 지방의 푸르미라는 소도시를 피로 물들인 시위에 대해 언급한다. 그리고 그 시위 도중 군인의 발포로 죽은 마리 블롱도Marie Blondeau라는 제사製絲 노동자를 거론한다. 그녀가 오늘 이 글의 주인공이다.

마리 블롱도라는 여자의 생애에 대해 알려진 것은 거의 없다. 그 시기의 푸르미 경찰 문서를 뒤져보면 그녀의 삶에 대해 무언가를 더 알 수 있을지 모르나, 내가 접한 문헌들에선 이 여자의 삶에 대해 알아낼 수 있는 것이 거의 없었다. 그러나 마리 블롱도는 1891년 '푸르미 학살'의 상징이고, 라무르에 따르면, 더 나은 세상을 위해 '걷는' 모든 사람의 상징이다.

1886년 5월 1일 8시간 노동제를 요구하며 미국 시카고 노동자들이 시위를 벌인 데서 비롯된 메이데이는 즉각 전 세계에 퍼지지 못했다. 1891년 푸르미 시위도 미국 바깥에서 벌어진 첫 번째 메이데이 기념 시위였다. 그 당시 미국이나 유럽 노동자들의 하루 평균 노동시간은 최저 10시간에서 최고 16시간을 넘었다. 1848년 2월혁명 뒤 10시간 노동제가 '법적으로' 확립된 프랑스에서도 이 법령은 거의 지켜지지 않았다. 정치적 민주주의가 당대 세계 최고 수준이었을 19세기 말 프랑스에서조차, 일주일에 60시간 이하로 일하는 노동자는 거의 없었다는 뜻이다. 푸르미 시위는 대서양 건너편 노동자 동지들의 이니셔티브에 격려돼 프랑스에서도 8시간 노동제(주간 48시간 노동제)를 관철시키려는 노력의 일환으로 조직됐다.

시위는 완전히 평화로웠다. 뒷날 이 시위의 상징이 된 마리 블롱도는 온통 흰색 옷을 입고 산사나무꽃을 한 아름 들고 걸었다. 그런데 프랑스의 '민주주의' 정부와 '너그러운' 부르주아는 군대를 동원해 이들에게 발포토록 했다. 모두 열 명이 죽었는데, 이들 모두가 시위대는 아니었다. 총알은 시위자와 방관자를 구별할 수 없었다. 아홉 명은 그 자리에서 즉사했고, 한 명은 그 이튿날 쇼크사했다. 그리고 서른다섯 명이 부상을 입었다. 단 몇 초 동안에 예순아홉 발의 총탄이 불을 뿜으며 일어난 일이었다. 그리고 피살자 다수는 미성년자였다. 이때 죽은 이들을 추념하기 위해 그들의 이름을 나열하련다.

마리 블롱도(18), 펠리시 톤리에(17), 에밀 코르나유(10), 클레베르 질로토(19), 루이즈 위블레(20), 마리 디오(17), 샤를 르루아(21), 귀스타브 페스티오(17), 에밀 스고(30), 카미유 라투르(46).

이 가운데 에밀 스고, 귀스타브 페스티오, 에밀 코르나유, 카미유 라투르는 시위대가 아니었다. 카미유 라투르는 현장에서 죽지 않고 그 이튿날 작고했다. 신앙심 깊은 펠리시 톤리에는 (수녀들이 가슴에 드리우는) 스카풀라리오를 걸치고 있었고, 애국심에 불탔던 클레베르 질로토는 삼색기를 흔들고 있었다. 이들의 이마를, 가슴을, 배를 총알은 사정 없이 꿰뚫었다. 마리 블롱도가 이날 시위와 학살의 상징이 된 것은 그녀가 시위대의 맨 앞에서 걸었고, 맨 먼저 사살됐기 때문이다. 아무도 이 학살에 책임지지 않았다. 정부를 장악하고 있던 부르주아지는 이날 학살을 저항적 노동자들에게 주는 교훈으로 삼고자 했다.

그러나 일이 그렇게만 흘러가지는 않았다. 이들의 영결식에선 3만 명이 넘는 사람들이 관을 따랐고, 사건의 반향은 국경 너머까지 일었다. 푸르미 시위 덕분에 노동절은 미국만의 노동절이 아니라 국제노동절이 되었다. 이 학살 직후 사회주의 인터내셔널이 이날을 세계 모든 노동자들의 기념일로 선포했기 때문이다.

물론 8시간 노동제가 즉각 정착되지는 않았다. 그것이 국제 규범으로 인정된 것은 제1차 세계대전을 마무리 지은 베르사유 조약이 그 247조에서 하루 8시간 일주일 48시간 노동제를 규정한 뒤다. 그러나 그것은 하나의 선언에 불과했다. 그로부터 한 세기 동안, 세계 노동자들은 8시간 노동제를 위해 때로는 평화적으로, 때로는 피를 흘려가며 자본계급과 싸워야 했다. 일주일 40시간 노동제가 널리 퍼져 있는 오늘날에도, 지구 이 구석 저 모퉁이에는 19세기 말 프랑스 노동자들보다 훨씬 더 비참하게 일하는 노동자들이 많다. 그 가운데는 어린이 노동자들이 적지 않고, 노예노동에 가까운 관행도 아직 남아 있다. 이 '노동의 종말' 시대에도 여전히 우리들에게 국제노동절이 필요한 이유다.

마리 블롱도의 죽음 이전에든 이후에든 노동절에는 흔히 피비린내가 배곤 했다. 노동절을 탄생시킨 1886년 미국 노동자들의 시위 자체가 피로 흥건했다. 5월 3일 시카고 시위에서 노동자 세 명이 살해됐고, 4일 시위에서 의문의 폭파사고가 터진 뒤 노동자 다섯 명이 처형되고 세 명이 종신형을 선고받았다. 미국 바깥에서도 마찬가지였다. 마리 블롱도의 조국 프랑스에서는, 1908년 파리 남쪽 교외 드라베유의 노동절 평화시위에서 네 명의 노동자가 죽음으로 몰렸다. 유혈사태가 벌어졌든 아슬아슬하게 넘어갔든, 5월 1일은 노동자와 자본가계급 모두에게 긴장을 불러 일으켰다.

그러나 역사는 5월 1일을 외면할 수 없었다. 1920년 소비에트 러시아가 처음 5월 1일을 휴일로 정했다. 그뒤를 이은 것은 얄궂게도 나치 독일이었다. 히틀러는 1933년 이날을 유급휴일로 선포했고, 제2차 세계대전 당시 프랑스의 페탱 정부도 히틀러의 뒤를 따랐다. 그러나 이 두 파시스트 정부의 노동절 기념은 '노사화합'에 강조점을 둔 것이었다. 프랑스에서 노동자들의 진정한 축제일로 메이데이가 유급휴일이 된 것은 1947년 4월 들어서였다. 그뒤, 사회주의권 나라에서만이 아니라, 세계 대부분의 나라에서 5월 1일은 유급휴일이 되었다.

1890년대 프랑스 노동자들은 메이데이 시위 때 저고리 단추 구멍에 붉은빛 세모 장식을 했다. 그 삼각형은 하루가 제가끔 여덟 시간씩의 노동과 수면, 여가로 나뉜다는 표지였다. 유럽에선 노동절에 친구나 애인들끼리 꽃을 주고받는 관습이 있다. 그 것은 노동절이라는 개념이 없었던 과거부터 5월 1일이면 유럽인들이 실천했던 습관인데, 1891년 푸르미 학살 때 마리 블롱도가 팔 가득히 꽃을 들고 행진했다는 사실이 포개져 그뒤 더욱 유행을 타게 됐다. 유럽인들은 이날 꽃을 저고리에 꽂거나 지인에게 선물했다.

처음엔 특정한 꽃이 아니었다. 마리 블롱도가 안고 있던 산사나무꽃을 주고받기도 했고, 들장미꽃이 유행한 적도 있다. 1907년께부터 파리에서는 은방울꽃이 들장미꽃을 대체했다. 은 방울꽃은 파리를 품고 있는 일드프랑스 주써에 봄이 왔다는 상징이었다. 파리 사람들은 이날 은방울꽃을 붉은 리본에 매어 저고리 단추 구멍에 매달고 다녔다.

그리고 이 풍습은 이웃 나라들로 퍼져나갔다. 오늘날, 메이데이에 은방울꽃을 저고리에 달고 다니는 관습은 거의 사라진 듯하다. 그러나 지인들끼리 주고받는 관습은 여전히 남아 있다.

서양 풍속을 꼭 따라야 할 것은 없겠으나, 우리도 메이데이에 가족이나 애인이나 친구들끼리 꽃을 주고받아도 좋을 것 같다. 작약이든, 붓꽃이든, 철쭉이든 말이다. 사회주의권이 붕괴하고 노동자계급이 분열하면서, 오늘날 메이데이 시위는 보기 힘들어진 것 같다. 그러나 '시위'라는 걷기가 메이데이와만 연결돼 있는 것은 아니다. 크리스토프 라무르가 지적했듯, 걷기는 정치적일 수 있고, 시위는 발로 하는 투표기 때문이다. 정치적 이유로 촛불집회를 할 때든 거리행진을 할 때든, 우리들은 역사상의 수많은 정치적 걷기를 잇고 있는 것이다. 그때, 우리보다 앞서 이런 정치적 걷기를 실천했던 사람들의 이름을 떠올려보자. 그 이름들 가운데 마리 블롱도라는 이름도 한번 끼워줘보자.

〈한국일보〉, 2009. 7. 13.

# 11

## 황인숙

✦

### 숨탄것들을 향한 연민

～～～～～～～

지금까지 살핀 여자들은 내가 몇 다리 건너서만 아는 이들이었다. 그들은 내가 알기 전에 이미 죽었거나, 텍스트 안에 갇혀 있거나, 텔레비전 화면 속에서만 나를 맞았다. 마지막 두 장에선 내가 직접 아는 여자, 내가 손등의 감각을 아는 여자 얘기를 하련다. 말하자면 친구 얘기를 하겠다는 뜻이다. 그 사사로움을 용서하시라. 그러나 온전히 사사로운 얘기는 피할 것이다. 한 사람은 글을 쓰는 이고 또다른 사람은 공직에 있던 이여서, 그 사사로움의 순도가 높기도 어려울 것이다.

이 장의 주인공은 시인 황인숙이다. 황인숙이 지난해에 낸 시집 《리스본행行 야간열차》에는 그 시집 표제를 부제로 삼은 〈파두〉라는 시가 실려 있다. 그 둘째 연은 이렇다.

끝없이 구불거리고 덜컹거리는

산도産道를 따라

구불텅구불텅

덜컹덜컹

미끄러지면서

(이 파두, 숙명에는 기쁨이 없다.)


　　이 시가 고스란히 상상력의 소산일 수도 있겠지만, 황인숙
은 몇 해 전 마드리드 차마르틴역에서 야간열차를 타 이튿날 아
침 리스본 산타 아폴로니아역에 내린 적이 있다. 그 야간열차에
는 그녀의 친구 K(나는 다음 장에서 이 여자에 대해 쓰려 한다)와 나
도 함께 타고 있었다. 야간 침대열차를 타본 사람은 이 연에서 요
동치는 동사들과 부사들(덜컹거리다. 구불텅구불텅 등)의 감각을
생생하게 움켜쥘 수 있을 것이다. 기차는 앞으로 나아가는 것만
이 아니라 옆으로도 움직거리고 위아래로도 들썩거린다. 곧, 기
차는 전진하면서 미세한 좌우 수평운동과 수직운동을 함께 수
행한다. 그 움직임이 잠을 돕기도 하고 훼방놓기도 한다.
　　시인은 이 연에서 기차의 그런 움직임을 파두(fado, 포르투갈
의 전통가요를 일컫는 말이다. 그 본디 뜻은 '숙명' '운명'이다)의 선율에
비유하고 있다. 그런데 괄호로 둘러싼 마지막 행 '이 파두, 숙명에
는 기쁨이 없다'는 무슨 뜻일까? 어머니의 산도를 지나 세상으로

나온 사람들의 삶이란 어차피 어둡다는 뜻일까? 아니면 리스본에 대해 무슨 나쁜 예감을 하고 있었던 것일까? 그러나 내가 아는 시인은 염세주의자가 아니다. 그리고 내가 아는 한, K와 나만이 아니라 황인숙도 그해 겨울날의 리스본을 넉넉히 즐겼다. 그렇다면 이 행은 그저 '파두'에 대해서 얘기하고 있는 것이리라. 다시 말해, '숙명'에 대해서가 아니라, 그 이름으로 불리는 어떤 노래 장르에 대해서 얘기하고 있는 것이리라. 사실, 대부분의 파두는 서럽고 애달픈 선율에 실려 있다. 거기엔 기쁨이 없다. 그것은 좌절한 사랑의 노래고 패배한 삶의 노래다. 파두는 가난한 사람들의 노래, 불행한 사람들의 노래다. 한恨의 노래다.

다른 자리에서도 한 번 얘기한 것 같은데, '한'을 한국인의 고유정서로 여기는 관행을 나는 엉뚱하다 여긴다. 내 생각에 '한'이라는 심리복합체는 어떤 민족정서라기보다 계급정서기 때문이다. 물론 과거의 우리 역사가 공동체 구성원 대부분의 몸에 '한'을 새겼다고 볼 수도 있지만, 그것은 어느 시점의 한국 주민집단이 상당히 동질적인 계급이었다는 뜻일 뿐이다. 정말, 파두를 듣다보면, 슬픈 산조나 판소리 가락을 들을 때처럼, 순간적 비감에 젖게 된다. '이 파두, 숙명에는 기쁨이 없다'는 것은 그 정도의 뜻일 테다. 그러나 그것을 표나게 기록하고 있는 것은 시인이 세상의 비참에 깊이 공명하고 있다는 뜻인지도 모른다. 내가 아는 황인숙은 염세주의자는 아니지만, 세상의 구석구석에 비참함이

도사리고 있다는 것을 너무 잘 알고 있다. 그것은 그녀의 시 도처에서 드러난다. 황인숙 언어의 발랄함은, 흔히, 세상의 비참에 대한 연민의 눅눅함으로 중화된다.

그러나 나는 이 자리에서 황인숙의 시에 대해, 그의 언어에 대해 얘기하려는 것은 아니다. 나는, 그만그만한 시 독자로서, 그녀의 시가 우리 시단에서 마땅히 받아야 할 주목을 받지 못하고 있다고 생각하지만, 그것은 우정이 낳은 편견일 수도 있으니 떠들어대진 않겠다. 나는 그녀의 시에 대해서가 아니라 삶에 대해서 얘기하고 싶다. 그렇다고 그녀의 이력서를 쓰겠다는 것은 아니다. 서울 남산 언저리에서 태어나 지금까지 남산 언저리에 살고 있다는 점을 빼면, 서른 이전의 황인숙에 대해 내가 아는 것이 거의 없기도 하다. 나는 그녀 삶 속의 고양이에 대해서 얘기하고 싶다. 그 고양이가, 황인숙 시에 대한 발언에 상투적으로 등장하는 고양이와는 다른 것이기 바란다.

시집 《리스본행 야간열차》 뒤에 붙은 짧은 '해설'(해설자 김정환의 표현으로는 '도입' 혹은 '안내'라는 뜻의 'introduction')은 〈'황인숙 때문에 황인숙보다 더 유명한 황인숙의 고양이'라는 말이 가능한 까닭〉이라는 기다란 제목을 앞세우고 있다. 거기서 '황인숙의 고양이'란 일차적으로 '황인숙 시 속의 고양이'라는 뜻일 테지만, 황인숙의 삶을 흘끗 엿볼 기회가 적잖았던 나는 그 대목에서 황인숙이 실제로 '섬기고 사는' 고양이들을 떠올렸다. 황인숙은 남산 기슭의 한 옥탑방에서 고양이 셋과 함께 산다. 황인숙 자신이, 쓸 거리가 없으면, 그 아이들을 하도 우려먹어서, 그녀의 독자라면 그 고양이들에 대해 알 만큼 알 것이다. 그 고양이들은 두 해 전까지만 해도 그녀가 살고 있는 동네의 길고양이들이었다.

나는 언젠가 황인숙 앞에서, 우연히 그녀의 눈에 띄어 호강을 하고 사는 고양이 셋과, 그 기회를 놓쳐서 겨울밤에도 여전히 길거리를 방황하며 먹이를 찾아야 하는 세상의 무수한 고양이들의 운명을 거론하며, 그녀의 박애주의가 지닌 불공평함을 비웃은 적이 있다. 그녀는 착잡한 얼굴로 "그게 내 한계야"라고 대답했지만, 나는 알고 있다. 그녀에게 공간이 있다면, 그 공간이 허락하는 만큼의 고양이들을(어쩌면 버려진 강아지들까지) 다 데려올 것이라는 것을. 실제로 그녀는 외출할 때마다 고양이 먹이를 잔뜩 들고 나가 길고양이가 출몰하는 동네 이곳저곳에 나누어 놓는다. 그녀는 고양이를 기르거나 먹이지 않는다. 그녀는 고양이를 섬긴다. 아니 황인숙은 제 눈에 띄는, 세상의 모든 약한 것들을 섬긴다.

황인숙의 고양이 애기를 들춘 것은 그녀의 고양이 섬김이 최근 몇 해 사이 내 '휴머니즘'에 파열을 내고 있기 때문이다. 나는 오래도록, 염세주의자면서도 휴머니스트임을 자부해왔다. 일반적으로 호모사피엔스를 좋아하지 않는다는 점에서 염세주의자지만, 그래도 다른 동물에 비해서는 덜 싫어한다는 점에서 휴머니스트라는 뜻이었다. 세상의 비참은 내게 오직 '인간의 비참'을 의미했다. 세상에 대한 내 알량한 책임감은 호모사피엔스라는 종種 바깥으로 나아가지 못했다.

'애완동물'을 사랑하는 '부르주아들' 대부분이 '인간의 비참'에 무심하다는 것은 내 편협한 휴머니즘의 훌륭한 핑계가 돼주었다. 나는 개를 싫어했고 고양이를 무서워했으며 비둘기를 더러워했다. 나는 배타적 휴머니스트였다.

그런데 황인숙이 나를 변화시켰다. 종種을 뛰어넘는 그녀의 사랑과 연민에 감염돼, 나도 조금씩 그것을 흉내 내게 되었다. 이젠 겨울 길거리를 배회하는 고양이를 보면, 노숙자를 볼 때처럼, 세상의 비참에 전율하게 된다. 그 아이들의 가냘픈 비명 소리가 가슴을 후벼 판다. 제 주변의(또는 지구 반대편의) 사람도 사랑하지 못하면서 동물을 사랑한다고 설치는 것을 과거의 나는 위선이라 여겼다. 나는 이제, 그것을 위선이라고 여기는 그 마음이, 세상의 숨탄것에 대한 무심無心을 합리화하는 변명거리에 지나지 않음을 안다.

황인숙은 동물해방전선의 전사가 아니다. 그 선전원도 아니다. 그녀는 다만, 할 수 있는 만큼 '인간해방'을 위해 애쓰듯, 할 수 있는 만큼 '동물해방'을 위해 애쓸 뿐이다. 온 세상 숨탄것들의 비참을 가슴 아파하며 일상의 자잘한 실천으로 그 가슴 아픔을 눅일 뿐이다. 놀라운 것은, 황인숙이 그것을 중뿔난 선의 실행이라 여기지 않는다는 것이다. 약한 것들을 섬기는 것은 황인숙에게 너무나 자연스런 삶의 양식이다. 고통을 느낄 능력이 있는 숨탄것들은 고통을 받아서는 안 된다는 것이 그녀 생각이다. 그 점에서 그녀는 피터 싱어를 닮았다. 그러나 피터 싱어도 황인숙만큼 자신의 '이론'을 실천하지는 못할 것이다. 황인숙에게 그것은 '이론'이 아니라 '길'이기 때문이다.

황인숙은 내 잘나빠진 휴머니즘의 저수지에 구멍을 내고, 좀더 넓은 사랑의 물로 그것을 채워주었다. 나는 이제 어렴풋이 안다. 팔레스타인 아이들의 비참이 우리 동네 길고양이들의 비참과 본질적으로 다르지 않음을. 길고양이를 학대하면서 이웃을, 인류를 사랑할 수는 없음을. 또렷이 아는 것도 있다. 조용한 실천으로 스승 노릇을 하는 자랑스러운 친구가 내게 있다는 것.

《여자들》, 개마고원, 2009.

4부

✦

우수리

✦

# 01

# 부스러기들

✦

〜〜〜〜〜〜〜

주후主後 2000년

✦

시드니를, 도쿄를, 싱가포르를, 서울을, 모스크바를, 베이루
트를, 예루살렘을, 파리를, 몬로비아를, 요하네스버그를, 뉴욕을,
부에노스아이레스를 호린 2000이라는 숫자. 불교도를, 힌두교
도를, 이슬람교도를, 무신론자를, 범신론자를, 불가지론자를 지
분거린 2000이라는 숫자. 자유주의자와 사회주의자와 아나키스
트와 파시스트를 들뜨게 한 2000이라는 숫자. 여성과 남성, 청년
과 노인을 사로잡은 2000이라는 숫자. 2000이 전방위적으로 발
휘한 이 주술적 힘은 유럽적인 것이 이제 유사-보편적인 것이 됐
다는 강력한 증거다. 예수는 로마의 식민지 청년이었다. 그것은
예수와 로마 어느 쪽에 더 유리했을까? 로마의 식민지에 태어남
으로써 예수는 자신의 생후 2000년이 전 세계의 시간적 매듭으
로 경축되는 복을 누릴 수 있었다, 비록 결과론일 뿐이지만. 자신

의 식민지에서 예수라는 인물을 배출함으로써 로마는, 그러니까 유럽은, 세계의 정신적 복판이 될 수 있었다. 역시 결과론일 뿐이지만.

예수는 서른세 살에 죽었다. 청년 마르크스라는 말은 변별적이지만, 청년 예수라는 말은 공허하다. 예수는 늘 청년이었고, 앞으로도 그럴 테니까. 예수의 죽음은 찬란하다. 젊은 죽음이 늘 찬란한 것은 아니지만, 늙은 죽음은 결코 찬란할 수 없다. 프랑코의 죽음, 스탈린의 죽음은 늙음의 연속선 위에 있어서 별다른 뭉클함을 자아내지 못한다. 아, 예가 적절하지 않았다. 프랑코나 스탈린의 이미지는 너무 부정적으로 강렬하다. 그러나 긍정적 인물이라고 해서 사정이 달라지는 것은 아니다. 공자의 죽음이나 석가의 죽음도 늙음의 연속선 위에 있어서 별다른 애수를 자아내지 못한다. 예수의 젊은 죽음은, 그에게나 그의 팬들에게나, 다행이었던 것 같다. 그 죽음은 젊은 만큼 애닲다. 그의 젊은 죽음은 축복이다. 그러나 이 말은 2000년이라는 세월의 두께 때문에 할 수 있는 흰소리다. 그 거리가 좁혀지면 그런 말은 칼날이 되기 쉽다. 예컨대, 김현의 젊은 죽음은, 그에게나 그의 팬들에게나, 다행이었던 것 같다고 말할 수 있을까?

## 김현 이후 10년

✦

내가 10년 전에 쓴 그의 부고 기사 끝 부분: "10년 전 사르트르가 죽었을 때 그는 '사르트르가 갔다. 아, 이제는 프랑스문화계도 약간은 쓸쓸하겠다'라고 썼다. 그런데 이제 김현이 갔다. 한국 비평계에 적지 않은 쓸쓸함을 남기고." 그로부터 10년 뒤, 내 개인적 소감: "틀렸어! 비평계만이 아니라 한국의 문화판 전체가 쓸쓸했어."

김현이 살아 있다면 올해로 쉰여덟이다. 그는 서정주보다 스물일곱 살이 젊고, 황현산보다 겨우 세 살이 위다.

글이고 사람 됨됨이고 당차기 짝이 없는 어느 글쟁이가 그답지 않게 눈물짓는 걸 나는 두 번 보았는데, 두 번 다 김현을 얘기하면서였다. 사람은 유전자 속에서 살아남는 것이 아니라, 기억 속에서 살아남는 모양이다. 이렇게 쓰고 보니 김현이 죽기 얼마 전 한 말이 생각난다: "사람은 두 번 죽는다. 한 번은 육체적으로. 또 한 번은 타인의 기억 속에서 사라짐으로써."


## 사르트르 이후 20년

✦

사르트르가 지난 세기 64년에 〈르몽드〉와의 인터뷰에서 한

발언: "죽어가는 어린아이 앞에서《구토》는 아무런 힘도 없다."
매일매일 어린아이들이 굶주려 죽어가는 세계에서 문학이 도대
체 무엇을 할 수 있단 말인가?《구토》마저 그렇다면 신소설 나부
랭이야 더더구나.

장 리카르두의 반박: "문학은 인간을 다른 것과 구별짓는 드
문 행위들 가운데 하나다. 인간이 다양한 고등 포유류와 구별되
는 것은 문학을 통해서다. 인간에게 어떤 특별한 얼굴이 그려지
는 것도 문학에 의해서다. 그러면《구토》는 무엇을 할 수 있는가?
이 책(과 다른 위대한 작품들)은, 단순히 그것이 존재한다는 사실만
으로, 한 어린아이의 아사餓死가 추문이 되는 공간을 규정한다.
이 책은 그 죽음에 어떤 의미를 부여한다. 세상 어딘가에 문학이
존재하지 않는다면, 한 어린아이의 죽음이 도살장에서의 어떤
동물의 죽음보다 더 중요할 이유가 없을 것이다."

사르트르도 옳고 리카르두도 옳다. 죽어가는 어린아이 앞
에서《구토》는 아무런 힘도 없다. 그러나 우리가《구토》를, 또는
그와 비슷한 다른 책을 읽지 않는다면, 그런 깨달음을 얻지도 못
할 것이다. 문학이 있어서, 주린 아이의 죽음은 추문이 된다. 그
것이 문학이 남아 있어야 할 이유다.

# 문언유착

✦

　문학(잡지)과 (특정 신문) 언론의 '권력유착'관계를 둘러싼 논쟁은 특히 김대중 정권이 들어서고 2000년이 가까워오면서 더욱 사소-가열화하고 있다, 라고 김정환이 계간지《문학과사회》1999년 겨울호 '오늘의 한국문학'란에서 말했을 때, 그는 사실관계를 착오한 것 같다. 내 기억에, 문학과 언론의 유착관계는 김대중 정권이 들어서기 전에 공적 담론의 장에서 발설된 바가 없었다. 문단의 누구나 그 '유착'을 알고 있었고, 적지 않은 사람들이 그 유착으로 가는 지름길을 발견해 기꺼이 그 길로 들어섰고, 일부는 내심 그 유착을 부당하게 생각했지만, 누구도 그 문제를 공적으로 거론하지는 못했다. 물론 두루뭉수리하게 대중매체 일반의 문화선정주의나 저급한 심미안을 거론하며 거기에 에둘러 항의한 경우를 제외하면 말이다. 그러니, 더욱 사소-가열화하고 있다는 김정환의 표현은 사실과 어긋나는 것이다. 그 '유착'은 극히 최근에야 거론되기 시작한 문제다. 지난해에 한 여성 시인이 거친 어기語氣로 문학과 언론의 유착을 거론했을 때, 그 문제가 부적절한 방식으로 부적절한 맥락에서 제기됐다는 것이 군색스러워 보이기는 했지만, 문학과 언론의 유착에 대한 문제의식 자체는 결코 트리비얼리즘이 아니다. 한국에서만은 아니겠지만 특히 한국에서, 그것은 문학사회학의 가장 중요한―차라리 가장 흥미로운 — 주제 가운데 하나일 것이다.

　문학과 언론의 '권력유착'을 비난하는 논리들 대부분의 언어가 다름 아닌 언론의, 그것도 탄생과 함께 일제 및 군사독재 정권에 길들여져 왜곡될 대로 왜곡된 한국 언론의 언어를 닮아가고 있다는 점, 그 점이 정말, 나로 하여금, 우리 문학의 장래를 비관적으로 보게 한다, 라고 김정환이 이어서 말할 때, 그는 흘끗 문학 물신주의자 — 가 아니라면 문학의 구도자나 그저 문학주의자라고 해도 좋다 — 의 모습을 보인다. 그리고 물신주의자들은, 그 대상이 무엇이든, 세상만사를 그 물신에 종속시키고 싶어한다. 김정환의 말대로, 그 '유착'의 비판자들은 언론의 언어로 문학·예술의 언론 '유착' 현상을 공박하고 있다. 그러나 그들도 그것을 의식하고 있다. 그들이 문학과 언론의 유착 현상을 공박하면서 자신들이 문학행위를 하고 있다고 생각하는 것은 아니다. 나도 이들이 언론의 언어로 문학과 언론의 유착관계를 공박하고 있다는 김정환의 말에 동의한다.

　그러나 김정환이 이어서, 이것은 80년대에 폭력을 증오하는 언어가 폭력을 닮아갔던 과정의 역전이고, 그보다 사소하지만, 그보다 치명적이다, 라고 말할 때, 그의 발언은 내 오성의 그물을 빠져나가버린다. 우선 그것이 왜 역전인지 나는 모르겠다. 그리고 그것이 왜 그렇게 치명적인지도 나는 모르겠다. 김정환의 말마따나, 정보의 언어는 문학의 언어와 질적으로 다르다. 그런데,

다시 말하지만, 문학과 언론의 유착관계를 공박하는 사람들은 자신들이 문학의 언어가 아니라 정보의 언어를 사용하고 있다는 것을 명료하게 의식하고 있다. 그들이 수행하고 있는 것은 문학 행위가 아니라 언론행위다. 그리고 그들의 언어 선택은 합리적인 것이다. 문학언어로 문학과 언론의 유착관계를 공박한다? 그것이 가능하기는 할 것이다. 그리고 그것이 문학의 위엄에 걸맞는 일이기는 할 것이다. 그러나 그것을 해낼 수 있는 사람은 많지 않을 것이고, 더더구나 그 효율에 대해서는… 잘 모르겠다.

## 조선일보

✦

〈조선일보〉를 순수한 극우 신문이라고는 할 수 없다. 〈조선일보〉는 이념지가 아니라 본질적으로 상업지다. 자본주의사회의 여느 기업들이 그렇듯, 〈조선일보〉가 추구하는 것은 극우 이념이 아니라 돈이다. 그리고 언론의 정치화가 도드라진 한국에서 몇몇 거대 언론들이 그렇듯, 돈과 함께 〈조선일보〉가 추구하는 것은 권력이다. 그러나 〈조선일보〉는 극우 이념을 마구잡이로 발산하는 것이 한국 사회에서 권력과 돈의 추구에 매우 효율적인 전략이라는 것에 착안해, 그 전략을 과감하게, 후안무치하게 구사해온 희귀한 신문이다. 오늘날 한국 사회에서 〈조선일보〉가,

다른 몇몇 언론과 함께, 권력이라는 것을 부인할 사람은 없다. 정치학 개론서가 꼭 인용하는 어느 영국인의 경구대로, 모든 권력은 부패한다. 그리고 절대적인 권력은 절대적으로 부패한다. 적어도 〈조선일보〉의 지난 20년 발자취는 그 경구가 괜한 소리가 아니라는 것을 일깨워주었다.

강준만을 비롯한 몇몇 미디어 비평가들의 우직스러운 작업, 그리고 〈딴지일보〉라는 인터넷 신문의 치밀하고 발랄한 텍스트 분석은 〈조선일보〉가 자신의 정치적·경제적 욕망을 위해서 얼마나 스스럼없이 사실을 비트는지, 심지어는 자신이 한 말을 얼마나 쉽게 뒤집는지를 보여주고 있다. 〈조선일보〉가 사실을 비튼다, 고 내가 말할 때, 내가 순진하게 사실이라는 것이 늘 규명될 수 있는 것이고 맥락과 관점을 초월하는 한 겹의 의미만을 지니고 있다고 생각하는 것은 아니다. 〈조선일보〉의 사실 왜곡은 그런 철학적 층위에서 이루어지는 것이 아니다. 〈조선일보〉는 자신이 받아들인 사실을 비튼다. 즉 사실의 왜곡에 대한 명료한 자의식이 있다, 고 나는 생각한다. 그래서, 다시 말하지만, 〈조선일보〉를 순수한 극우 신문이라고는 할 수 없다. 이 신문은 김대중 정권이 들어선 이후에도 그 힘을 크게 잃지 않은 한국 사회의 기득권 세력을 대변하고 있을 뿐이다. 그 기득권 세력의 상징적 원주지는 대구를 중심으로 한 영남이다. 〈조선일보〉는 영남 신문이다, 라고 말하는 것은 옳지 않다. 그러나 그 신문이 반反전라도 신문이다, 라고 말하는 것은 부분적으로 옳다. 이 신문은 반정부 독립 신문의 목소리로 음충맞게 반전라도 메시지를 전파하고 있다. 이 신문만 그런 것은 아니지만 특히 이 신문은, 1998년 이후의 영남을 소외의 땅으로 그리고 있다. 〈조선일보〉의 이런 탈현실주의적 글쓰기는 일종의 코미디지만, 어쩌랴, 그것이 먹히는 것을. 영남을 중심으로 한 실질적 지배 블록의 구매력이 압도적이므로, 그것은 〈조선일보〉로서는 상업적으로 매우 합리적인 선택이기도 하다.

　나는 〈조선일보〉가 유달리 비윤리적이라고 말하는 것은 아니다. 그러나 그 신문의 심미안 결핍이 내 비위를 거스른다는 말은 해야겠다. 기득권의 옹호와 한없는 자기확장이라는 전략적 목표 아래 〈조선일보〉는 시세에 따라 극우의 칼날을 휘두르기도 하고, 건전한 보수주의자의 상식으로 치장하기도 하고, 심지어는 좌파의 미소를 띠기도 한다. 동일한 시점에서도 조선일보사라는 매체 기업은 〈조선일보〉의 정치·사회면과 문화면과 《월간조선》이 서로 다른 맛과 질감을 보여주는 삼겹살 조직이다. 그것이 이 신문과의 싸움을 힘겹게 만들고, 이 신문과의 싸움을 피하고 싶은 사람들에게 아늑한 피난처를 제공한다. 그러나 전체적으로 이 신문이 한국 사회의 주류 언론 가운데 가장 극우 친화적 언론이라는 것은 확실하다. 북한의 기괴한 정권은 끊임없이 〈조선일보〉에 일용할 양식을 공급해주면서 그 신문과 적대적으로 공존해왔다. 실상 북의 정권은, 자신의 의지와는 상관없이, 그 존재만으로도 〈조선일보〉의 존립을 떠받쳐주고 있는, 이 신문의 가장 든든한 버팀목이다. 〈조선일보〉의 공간을 넓혀주는 조선민주주의인민공화국…. 그러나 어느 날 북조선 정권이 사라진다고 해서 〈조선일보〉가 따라 사라질 것 같지는 않다. 그때도 전라도는 여전히 있을 테니까.

## 트리비얼리즘

✦

지난 한 해 동안 한국 신문들은 신물나게 '옷 로비 사건'이라는 것을 중계했다. 그래서 그 한 해 동안 기록돼야 할 한국 사회의 다른 많은 표정들이 묻혀버렸다. 이것이야말로 트리비얼리즘이라는 말에 값하는 것이다. 물론 이 트리비얼리즘이야말로 상업적으로 그리고 정치적으로 정교하게 계산된 트리비얼리즘이었지만.

## 원시인

✦

퍼스널컴퓨터를 처음 본 것이 1983~84년경 한국일보사 전

산실에서였던 것 같다. 이미 그때부터 내겐 이 낯선 기계에 대한 공포감이 있었다. 자판을 처음 눌러본 것은 1988년 올림픽 때 서울 삼성동에 있던 프레스센터에서였다. 자판을 눌러가며 화면을 이리저리 바꿔 경기 결과를 비롯한 자료들을 뽑아내는 것이 내 일 가운데 하나였는데, 내가 그 작업에 아주 서툴렀다는 것이 올바른 기억일 것이다. 그즈음에 워드프로세서가 크게 유행하기는 했지만, 한글 자판 자체에 익숙지 않았던 터라 사용할 엄두를 내지 못했다. 하긴 한글 타자기를 사용해본 경험이 있다고 하더라도, 비싼 돈을 들여 워드프로세서를 장만했을 것 같지는 않지만.

퍼스널컴퓨터로 글을 처음 써본 것은 1992년 가을에 프랑스로 연수를 가서다. 연수 첫날 푸른 눈의 할머니가 한 시간 정도 사용법을 설명해주었지만, 듣고 나서 곧 잊었다. 연수 기간 동안 서툰 언어로 기사를 쓰는 것도 힘들었지만, 기계에 적응이 안 돼 더 힘들었다. 컴퓨터에 익숙한 다른 동료들한테 자주 신세를 져야 했다. 그 이듬해 여름에 귀국해서 신문사에 출근해보니, 책상 위에 원고지가 보이지 않았다. 서울에 오면 내 적성대로 원고지에 기사를 쓸 수 있을 거라고 생각했는데, 서울의 사무실도 이미 컴퓨터가 점령해버린 것이다. 원고지가 사라져버린 사무실에서 나는 황당했다. 그러나 별수 없이 컴퓨터라는 괴물과 친해져야만 했다. 한글 자판을 익히는 것부터 내겐 쉽지 않았다. 한메

타자라는 프로그램을 이용하면 자판을 익히는 데 하루면 충분하다고 동료들은 얘기했지만, 적어도 내게는 그게 거짓말이었다. 아마 그들도 젠체하느라, 아니면 나를 격려하느라, 심한 과장을 했을 것이다. 한 달쯤이 지나서야 나는 느릿느릿 한글 문장을 쓸 수 있었다.

늘 남보다 열걸음쯤 뒤처져서 이 정보화 사회에 겨우겨우 적응해왔다. 남들이 펜티엄 쓸 때 286 쓰고, 남들이 윈도95 쓸 때 도스 쓰고, 남들이 전자우편 사용할 때 여전히 팩시밀리 쓰고. 남들이 인터넷 할 때도 뒤에서 구경만 하다가 요즈음에야 겨우 들어가 보고 있다. 돌이켜보면 팩시밀리만 하더라도 80년대에 직장생활할 때엔 회사 전체에 몇 대 없었던 것 같다. 그런데 1994년부터 나도 집에 팩스를 놓고 살고 있다. 그러나 나는 여전히 원시인에 가깝다. 지금도 나는 이메일 보내는 것이 서툴고, 인터넷에 글을 올릴 줄도 모르고, 휴대폰도 없다. 프랑스에서 잘 놀다 1998년 초에 귀국했을 때, 서울 거리에 넘쳐나는 휴대폰에 놀랐다. 그렇게 느릿느릿 적응하고 있는데도, 언제부터인지 원고지에다 글을 쓰는 게 불가능하게 돼버렸다. 익히는 속도는 느리고 잊는 속도는 빠르다. 지난 10년간의 변화도 빨랐지만, 그것이 앞으로 10년간의 변화의 빠르기에 비할 바는 아닐 것이다. 내가, 21세기의 남은 생애 동안, 지금 정도의 지체遲滯라도 유지하며 새로운 문명에 적응할 수 있을까?

## 나는 자유주의자다

◆

그러나/그래서, 예컨대 에드워드 윌슨의 다음과 같은 말을 들을 때, 내 마음은 슬픔으로 허물어지고 분노로—윌슨에 대한 분노가 아니라 섭리에 대한 분노다—뒤끓는다: "유전자의 차이는 심지어 가장 자유롭고 가장 평등한 미래 사회에서도 실질적 노동 분화를 일으키기에 충분할 정도로 크다. 똑같은 교육을 받고, 모든 직업에 대해 평등한 접근 기회가 주어진다고 하더라도, 사람들이 정치적 삶이나 사업, 지적 활동 따위에서 불균등한 역할을 계속해서 수행할 가능성이 있다."

## 중년

◆

새로운 천년대를 시작하는 내 마음은, 내 몸이 그렇듯, 느른하다. 아, 중년이구나. 그 혐오스러운, 빌어먹을 중년.

《문학과사회》, 2000, 봄.

## 02

# 일상 나누기✦

~~~~~~~~~~

✦  이 제목은 변정수 씨와 그의 몇몇 지인知人들이 운영하는 사이
트 live.shimin.net의 방 이름에서 훔쳐온 것이다. 나는 애초에 이 글
의 제목을 '부스러기들 II'라고 붙이려고 했었다. 지난해 이맘때쯤 이
글과 같은 형식의 단장斷章 모음을 〈부스러기들〉이라는 제목으로
《문학과사회》에 발표한 적이 있기 때문이다. 그러나 발표 지면이 다
른 글들을 굳이 같은 제목 안에 가둘 필요는 없겠다 싶어서 결국 이
글의 제목을 〈일상 나누기〉로 바꾸었다. 내가 쓰는 글들이 대개 사
적이기는 하지만, 이번 글은 특히 그래서, 〈일상 나누기〉라는 제목이
그럴 듯해 보인다. 바꾸기를 잘했다. 변정수 씨와 그의 친구들에게
양해를 구한다.

# 아홉수

✦

또 한 해를 넘긴다. 스무 살을 넘긴 삶을 생각해보지 않은 시절도 있었다. 세상 속으로 진입할 자신이 좀처럼 생기지 않았던 10대 때였다. 그때, 스물 몇 살의 나란 상상만 해도 끔찍했다. 그런데 막상 스무 살을 넘기자, 나는 여전히 세상과 겉돌고 있었는데도, 어느 때부터인지, 일찍 죽을까봐 두려워졌다. 그 사이에 내가 가진 자가 된 것도 아니었는데. 그러니까, 죽음으로 내가 잃을 것이 10대 때에 견주어 불어난 것도 아니었는데. 아니, 꼭 그렇다고 말할 수는 없겠다. 20대 전반이라면 몰라도 후반에는 말이다. 20대 후반에, 내게는 내가 먹여 살려야 할 가족이 생겼다. 아내와 두 아이가. 그러나 바로 그들이 삶에 대한 내 집착을 만들어낸 것 같지는 않다, 비록 얼마쯤의 영향은 끼쳤겠지만. 나는, 지금 그렇듯이 그때도, 가족에게 그리 헌신적인 가장이 아니었기 때문이다. 그러니, 내가 왜 스물을 넘기고 나서 바짝 삶의 편에 붙게 됐는지는 모를 일이다. 내가 의식하지 못한 상태에서 세상의 어떤 단맛이 나를 매혹했을 수도 있다. 그러나 그것이 뭘까?

스물아홉 살 때, 나는 아홉수를 넘기지 못할까봐 내내 두려웠다. 감기만 걸려도 이게 혹시 죽음의 전조前兆가 아닌가 싶어 전전긍긍했다. 그해 봄에(내 기억이 옳다면 4월 13일 월요일이었다) 전두환의 호헌선언이 있었고, 여름에 전국적인 항쟁이 있었다. 그 사이에 나는 동료 기자들의 위촉으로 화사하고 비장하지만 좀 유치해 보이는 호헌반대선언문을 썼다. 그 시절 나는 어느 영어신문의 경제부에서 밥벌이를 하며 한국은행에 출입하고 있었다. 6월 10일의 첫 시위를 나는 플라자 호텔 커피숍의 '안전지대'에서 유리창 너머로 지켜보았다. 6월 26일의 대행진까지, 나는 안국동의 회사와 한국은행 사이를 오가며, 주로는 시위대를 관찰하고 몇 번은 시위대에 몸을 섞기도 했다. 계엄령이 떨어질 거라는 소문이 매우 현실감 있게 떠돌았을 때, 나는 80년 봄의 공포를 다시 느꼈고, 이 나라를 떠나고 싶었다. 아주 먼 데로 달아나고 싶었다.

박정희가 죽은 다음 날이었을 것이다, 전두환이 '시해 사건' 합동수사본부장인가 하는 직책으로 자신의 육성을 방송에 처음으로 드러낸 것이. 그때부터, 그의 목소리는 늘 내게 소화불량과 복통을 유발했다. 이것은 비유가 아니다. 그의 목소리는 어김없이, 물리적으로, 내게 복통을 유발했다. 버스를 타고 가다가도 라디오에서 그의 목소리가 흘러나오면, 나는 복통을 참을 수 없어서 내려야 했다. 79년 말부터 88년 초까지, 그는 헤아릴 수 없을 만큼 많은 횟수의 복통을 내게 안겼다.

제6공화국은 축복이었다. 나는 제6공화국의 출범과 함께 서른이 되었고, 직장을 옮겼다. 김영삼은 '문민정부'라는 이름으로, 김대중은 '국민의 정부'라는 이름으로 제6공화국을 지워버리려고 했지만, 그리고 어느 정도는 성공했지만, 법적으로 우리는 지금 엄연히 제6공화국에 살고 있다. 법적으로만이 아니라 사실적으로도 그렇다. 물론 정치군인 출신의 노태우는 12·12 반란 사건의 주역 가운데 하나였고, 노태우 정부 5년은 고질적 부패는 둘째치고라도 숱한 공안 사건과 거기에 따른 고문 스캔들로 얼룩졌지만, 게다가 그 인적人的 구성이 전두환 정부와의 짙은 연속성을 지니기는 했지만, 그럼에도 불구하고 그것이 전두환의 이른바 5공과 어느 정도 제도적 단절을 실현한 것도 사실이다. 노태우 정부는 전두환 정부보다는 김영삼 정부와, 심지어는 김대중 정부와 더 동질적이다.

그 정부는 적어도 전두환 정부 같은 꼬마 파시스트 정부는 아니었다. 나는 제6공화국(이라는 이름)의 복권을 주장한다. 우리가 제6공화국에 살고 있다는 것은 조금도 부끄러운 일이 아니다. 제6공화국은 찬란한 6월항쟁의 열매다. 노태우나 그 주변의 부패하고 무능했던 정치 패거리로부터 그 위대한 이름을 압수해 6월의 거리를 누볐던 시민들에게 돌려줘야 한다. 비록 느리기는 하지만 방향을 잃지 않고 진행돼가고 있는 우리의 민주화는 제6공화국의 출범과 함께 시작된 것이다.

서른아홉이 되었을 때, 나는 파리에 살고 있었다. 아내와 두 아이와. 나는 그곳에서 그럭저럭 행복했다. 더러 서울의 친구들이 그립기도 했고, 외국인으로서 받아내야 했던 야릇한 시선이나 법적 제약들이 불편하기는 했지만, 그 아름다운 도시를 덮고 있는 자유의 공기는 그런 불편들을 사소하게 보이도록 만들었다. 더구나 그 도시는 고향에서 멀리 떨어진 곳에서 살고 싶다는 내 낭만적 허영심을 채워주었다. 나는 그 도시의 거리들을 끊임없이 걸었다. 파리는 걸을 만한 도시였다. 내 취미는 내 주머니 사정과 꼭 어울리는 것이기도 했다. 멀리 여행을 할 만큼 살림이 풍족하지도 않았으니 말이다. 나보다 파리에 훨씬 오래 산 사람들도 나만큼 파리 시내의 구석구석을, 뒷골목의 허름한 주점이나 자그마한 놀이터까지를 잘 알지는 못할 것이다. 그들은 그곳에서 일로든 공부로든 바쁜 삶을 살았겠지만, 나는 그곳에서 한가롭기 짝이 없는 삶을 살았고, 그래서 걷는 것 외에는 별로 할 일이 없었기 때문이다.

걷다가 지치면 아무 카페에나 들러 신문을 읽거나 멍하니 바깥 풍경을 바라보았다. 시간은 정지돼 있는 것 같았고, 그 정지된 시간 속에서 나는 행복했다. '아무 카페'라고는 했지만, 그래도 특별히 정情이 가는 카페들이 없었던 것은 아니다. 예컨대 몽파르나스의 라로통드나 라쿠폴이 그랬다. 지하철 4호선 바뱅역驛 바로 앞의 라로통드는 내가 가장 즐겨 들르던 카페였다. 그 카페는 19세기에는 상징주의자들의 소굴이었고, 20세기 초에는 야수파와 큐비스트들의 안식처였다. 길 건너편의 또다른 카페 라쿠폴은 1920년대에 브르통이나 아라공 같은 초현실주의자들의 발길이 머물던 곳이었다. 라로통드나 라쿠폴의 외진 자리에 앉아 유리문 너머로 몽파르나스 대로大路를 바라보노라면, 그 카페들의 옛 고객들이 다시 살아나 문을 열고 들어올 것 같은 환각이 일기도 했다. 그 환각에서 깨어나 남南으로 2분쯤 걸어가면, 실제로 그들의 음택陰宅이 자리잡은 몽파르나스 묘지가 있었다. 그 묘지의 한 켠에 세들어 있는 생트뵈브라는 사나이의 삶 위에, 나는 더러 내 자신의 삶을 포개보곤 했다. 내가 태어나서 자란 도시보다 나는 파리를 더 잘 안다. 물론 오직 물리적으로 말이다. 서울의 어떤 구역들은 지금도 내게 낯설다. 서울이 너무 큰 도시고, 걸을 흥이 나지 않는, 너무 황량한 도시여서 그럴 것이다.

　서른아홉 살 때, 나는 여전히 오래 살기를 희망했지만, 스물아홉 살 때만큼 아홉수가 두렵지는 않았다. 그해 겨울에 한국에서 외환위기가 터졌고, 대통령 선거에서 김대중이 이겼다. 김대중 정부의 출범과 함께 나는 마흔이 되었고, 외환위기의 낙진을 맞고 가족과 함께 서울로 돌아왔다. 이른바 'IMF 귀환'을 한 셈이다. 서울을 떠날 때 초등학생이었던 아이들은 어느덧 중학생과 고등학생이 되어 있었고, 새 천년이 눈앞에 있었다. 이제 나는, 서기西紀를 당연시하는 인류 대부분과 함께, 새 천년의 두 번째 해를 맞고 있다. 그해는 21세기의 첫해이기도 하다. 나는 21세기를 보고 싶었지만, 꼭 그럴 수 있을 거라는 자신은 없었다. 그런데 이제 그 21세기를 보게 될 모양이다.

# 분열

✦

나는 김대중의 세 번째 낙선 소식과 클린턴의 초선 소식을 파리에서 들었고, 클린턴의 첫 번째 취임식을 스트라스부르 유럽의회의 기자실에서 텔레비전을 통해 지켜보았다. 텔레비전 화면 속에서 바그다드 시민들이 환호하던 것이 생각난다. 그들도 이내 클린턴이 자기들의 친구가 아니라는 걸 깨달았겠지만. 꼬집어 말할 수 없는 이유로, 클린턴의 취임식을 보며 나는 조금 들떠 있었다.

지난 11월 7일, 미국 대선의 결과를 앞두고 내가 왜 그리 마음을 졸였는지 모르겠다. 나는 이번에도 그리 명료하지 않은 이유로 민주당을, 고어를 지지했다. 그리고 그날 저녁(그다음 날 저녁이었던가?) 부시의 당선이 섣불리 공표되었을 때 몹시 기분이 상했다. 손검표를 두고 엎치락뒤치락 소동을 벌인 끝에 부시의 당선이 굳어진 지금, 그날 저녁만큼 기분이 언짢지는 않다. 어차피 한 번 겪어야 할 실망을 그때 이미 청승스럽게 겪어서 그럴 것이다.

고어에 대한 나의 지지는 민주당에 대한 지지일 것이다. 서로 다른 레테르만 붙였을 뿐 똑같은 내용물의 병甁이라는 소리를 듣는, 그러니까 이름만 다를 뿐 똑같은 보수 정당이라는 평가를 듣는 두 정당을 놓고 왜 나는 굳이 민주당을 지지했을까? 나는 왜 랠프 네이더의 녹색당이 야속하기까지 했을까? 나는 고어에 대해서도, 고어의 정책에 대해서도 잘 모르는데 말이다. 사실 고어라는 이름에서 내가 떠올리는 것은 인터넷과 환경에 관심이 있는 친구라는 것 정도다. 더구나 그는 내게 생리적으로 거부감을 일으킬 법한 하버드 출신의 미끈한 귀족인데.

생각해보면 어섯눈뜰 무렵부터 난 늘 민주당을 지지해왔던 것 같다. 참 오지랖도 넓지. 큰 바다 건너 나라 일에까지 마음을 두고 있었으니 말이다. 정치가 뭔지 거의 모를 중학생으로서, 나는 72년 선거에서 왠지 리처드 닉슨이라는 이름보다는 조지 맥거번이라는 이름에 마음이 더 갔다. 맥거번이라는 이름이 닉슨이라는 이름보다 내 귀에 더 멋지게 들렸던 것일까?

그뒤로 민주당에 대한 내 지지는 일편단심이었다. 비록 내게 투표권은 없었지만. 나는 76년과 80년 선거에서 지미 카터를 지지했고, 84년 선거에서 월터 먼데일을 지지했고, 88년 선거에서 마이클 듀카키스를 지지했고, 92년과 96년 선거에서 빌 클린턴을 지지했고, 이번 선거에서는 앨 고어를 지지했다. 그 지지는 오로지 심정적인 것이었다. 그것이 심정적이라는 것은 내게 투표권이 없었다는 것만을 의미하는 것이 아니라, 내가 민주당을 지지하는 것을 논리적으로 충분히 설명할 수 없었다는 것까지를 의미한다. 68년 선거 때에 나는 초등학생이었던 터라 선거가 있는 줄도 모르고 지나갔겠지만, 그때 내가 신문만 읽을 줄 알았더라면 아마 휴버트 험프리라는 이름을 심정적으로 지지했을 것이다.

내가 이번 선거에서 고어의 당선을 바란 데에는 미국의 한반도 정책에 대한 고려, 구체적으로는 남북관계에 미칠 미국의 영향에 대한 고려가 작용했는지도 모르겠다. 그러니까 부분적으로는 나의 민주당 지지를 논리적으로 설명할 수 있을지도 모르겠다. 그렇지만, 그렇다고 하더라도 그 이전에는, 특히 정치에 대해 별 관심이 없었던 10대 때는 왜 민주당 후보에게 마음이 쏠렸던 것일까? 혹시 내 몸 속에 민주당 인자라도 박혀 있는 것일까? 그렇지는 않을 것이다. 내가 내전 시기의 19세기 미국에 살았다면, 나는 아마 공화당을 지지했을 것이다. 비록 산업자본가들의 차가운 이해타산의 결과라고 하더라도, 노예해방을 지지하던 북부의 공화당이 노예제의 존속을 주장하던 남부의 민주당보다는 내 마음을 끌었을 것이다.

그렇다면, 멋모르던 10대 때는 몰라도 20대 이후의 내가 민주당을 지지해왔던 것이 순수하게 '심정적'인 것은 아닐지도 모른다. 그것은 어느 정도는 이데올로기적이고, 논리적인지도 모른다. 나는 지금의 민주당이 공화당에 견주어 더 '리버럴'하다고 생각하고 있는 것이다. 그리고 그것은 통념에 부합한다.

프랑스의 언어학자 미추 로나가 놈 촘스키를 인터뷰해서 만든 《언어와 책임》이라는 책을 오랜만에 다시 들춘다.

**미추 로나**  프랑스에서는 흔히 민주주의의 '승리'로 비치는 워터게이트 사건을 선생님은 어떻게 해석하세요?

**놈 촘스키**  제 생각에 워터게이트 사건을 민주주의의 승리로 생각하는 것은 잘못입니다. 그 사건이 제기한 진짜 질문은 '닉슨이 자신의 정적들에게 사악한 수단들을 사용했느냐'가 아니라 '어떤 사람들이 희생자였느냐'는 것이었습니다. 대답은 명확합니다. 닉슨이 유죄 판결을 받은 것은 그가 자신의 정치투쟁에서 비난받을 만한 수단들을 사용해서가 아니라, 그가 이 수단들을 가지고 겨눌 적대자들을 고르면서 실수를 범했기 때문입니다. 그는 힘있는 사람들을 공격했던 거지요. 전화 도청이요? 그런 관행은 오래전부터 있어왔던 것입니다. 그가 '적대자 리스트'를 가지고 있었다고요? 그렇지만 그 리스트에 올라 있던 사람들에게 아무 일도 일어나지 않았습니다. 저도 그 리스트에 올라 있었습니다. 그러나 제게 아무 일도 일어나지 않았어요. 그러니까 결국, 그는 단지 적을 고르면서 실수를 범한 것뿐입니다. 예컨대 그 리스트에는 IBM 회장이 올라 있었고, 정부의 고위 자문위원들이 올라 있었고, 언론계의 우두머리들이 올라 있었고, 높은 지위에 있는 민주당 지지자들이 올라 있었죠. 그는 또 메이저 자본주의 기업인 〈워싱턴포스트〉를 공격했어요. 그리고 이 힘있는 사람들이, 예상했던 대로, 동시에 자신들을 방어한 거지요. 워터게이트요? 그건 권력자들과 권력자들의 싸움이었을 뿐이에요. (원칙대로라면) 닉슨에게처럼 다른 사람들에게도 비슷한 범죄들의, 그리고 그보다 훨씬 더 무거운 범죄들의 책임을 물을 수도 있었겠지요. 그러나 그 범죄들은 늘 소수파를 대상으로 또는 사회운동을 대상으로 저질러졌기 때문에 거의 아무런 항의도 받지 않았어요.✦

✦ 《Language and Responsibility》, Noam Chomsky based on conversations with Mitsou Ronat(New York:Pantheon Books, 1979), pp. 20~21.

워터게이트 사건이 단지 지배계급 사이의 권력 다툼의 양상이었을 뿐 민주주의와는 관련이 없다는 촘스키의 관찰에는 깊은 통찰이 있다. 특히 대통령직을 승계한 포드가 국가원수로서 내린 첫 번째 결정이 닉슨의 사면이었다는 것을 생각하면, 촘스키의 말을 그저 흘려들을 수는 없다. 분명히, 워터게이트 사건은 미국 내의 계급관계에 손톱만큼의 충격도 주지 못하고, 고작 지배계급 구성원들 사이의 '수평적' 자리 이동으로 결말이 났다. 그러나 나는 민주주의에 대한 촘스키의 이런 급진적 관점에 편한 마음으로 동의할 수 없다. 그것이 지배계급 안의 권력 다툼의 결과일 뿐이라고 하더라도, 그것을 지렛대로 삼아 비폭력적 방식으로 현직 대통령을 갈아치울 수 있었다는 것은 바로 그만큼의 민주주의라고도 할 수 있지 않을까 하는 생각을 지울 수 없기 때문이다.

누군가의 말대로 모든 권력은 부패한다. 그리고 절대적인 권력은 절대적으로 부패한다. 이 누군가의 말에 대한 또다른 누군가의 코멘트대로, 권력이 부패한다는 명제는 부패할 소지가 큰 사람들이 그렇지 않은 사람들보다 권력에 접근할 기회가 더 많다는 것을 의미하기도 한다. 그렇다면 권력의 교체는, 비록 그것이 지배계급 안의 교체라고 할지라도, 부패의 소지를 어느 정도는 줄일 수 있을 것이다. 적어도 그들 사이에서는 감시와 경쟁이 있을 테니까 말이다. 한 사회의 계급 구성이 거의 요지부동처럼 보일지라도, 권력의 분점과 경쟁의 존재는 언제나 독점보다 낫다. 나는 총자본의 이해관계라는 말을 늘 믿지는 않는다. 마찬가지로 지배계급 전체의 이해관계라는 말도 늘 믿지는 않는다. 애증의 감정은 근본적으로 개인적 차원의 것이고, 그래서 그것은 흔히 집단적 이해관계를 교란하고 초월하는 행동으로 이어진다.

프랑스에 살던 95년에, 그곳의 대통령 선거에서 나는 사회당의 리오넬 조스팽을 심정적으로 지지했다. 그리고 많은 사람들의 예상대로 공화국연합의 자크 시라크가 이기자 실망했다. 그런데 지난번 미국 대선에서의 실망은 그때보다 훨씬 더 컸다. 그때 나는 프랑스에 살고 있었고, 지금은 미국에서 수만 리 떨어진 곳에 살고 있는데, 이번의 실망이 그때의 실망보다 더 컸다. 미국이 세계에 끼치는 영향, 더 구체적으로는 한반도에 끼치는 영향이 프랑스와는 비교할 수 없을 만큼 크다고 내가 전제前提했기 때문에 그랬을 것이다. 한국의 대통령이 끔찍하게 싫으면, 한국에서 안 살면 그만이다. 프랑스의 대통령이 끔찍하게 싫어도, 프랑스에서 안 살면 그뿐이다. 그러나 미국의 대통령이 끔찍하게 싫으면, 어디 달아날 데가 없다. 그는 지구의 대통령이니까.

　　미국의 민주당이 비록 보수 정당이라고 하더라도, 공화당에 견주면 상대적으로 왼쪽에 있다고 말할 수 있을 것이다. 프랑스의 사회당이 비록 우경화하고 있다고 하더라도, 이 정당을 우파 정당이라고 부를 수는 없을 것이다. 그러면 민주당을, 사회당을 심정적으로 지지하는 나는 좌파인가? 그렇지는 않은 것 같다. 나는 인간에 대한 우익적 관점, 예컨대 생물학주의나 자유의 고귀함 같은 것을 '존재'로서 신봉한다. 그러나 나는 인간에 대한 좌익적 관점, 예컨대 사회학주의나 평등의 고귀함 같은 것을 '당위'나 '가치'로서 옹호하고 표출한다. 균형을 잡기 위해서다. 진실에 대한 충성이 세계를 추하고 무섭게 만들 것이기 때문이다. 나는 분열 상태에 있다. 그러나 이 분열은 나만의 것이 아니다. 그것은, 김화영의 어느 글에 의하면, 수십 년 전에 프랑스의 소설가 미셸 투르니에가 피력한 생각이다.

　　인간에 대한 우익적 관점의 근대적 시원始原은 찰스 다윈이다. 그는 '적자생존'이나 '자연선택'의 개념을 통해서 그 이후의 모든 우익 이데올로기들에 그 '과학적' 기반을 제공했다. 그러나 《종의 기원》의 저자에게서 좌익적 전망을 발견할 수도 있다고 주장하는 이도 있다. 그 가운데 한 사람이 프랑스의 과학사학자 파트릭 토르다. 토르는 지난 83년에 쓴《위계적 사상과 진화》라는 책에서,《종의 기원》에 비해 사람들에게 덜 알려진 다윈의 또다른 저서《인간의 계보》에 주목한다.

토르에 따르면, 다윈은 이 책에서 문명화가 진척된 상황에서는 자연선택의 원리가 작동하지 않는다는 점을 강조하고 있다. 다윈은 자연선택 이론의 창시자이지만, 그 선택의 법칙이, 특히 그 도태의 측면에서, 문명 상태에서는 작동하지 않는다고 주장한 사람이기도 하다는 것이다. 그러니까 토르에 의하면, 다윈의 인류학은 실상 사회적 다위니즘이라는 유사 다위니즘이나 그것의 20세기적 변종인 사회생물학과는 정반대의 논리를 내세우고 있다는 것이다.

토르가 읽은《인간의 계보》에 따르면, 사회적 선택의 공간 안에서는 자연선택이 이루어지지 않는다. 문명을 향한 인간의 발걸음은 그 반대로 진화의 과정에서 도태를 도태하는 경향을 보여왔다. 진화의 지도원리인 자연선택은 문명을 선택했는데, 그 문명이 자연선택에 반대했다는 것이다. 다윈이 발견한 이런 역설적 효과를 토르는 '진화의 역전효과'라고 명명했다. 진화의 역전효과는 자연선택의 논리 그 자체에 의해 쉽게 설명된다. 왜냐하면 자연선택의 논리는 유리한 유기체적 변이만을 선택하는 것이 아니라 유리한 본능들도 선택하기 때문이다.

이런 유리한 본능들 가운데는 '사회적 본능'이 포함된다. 문명화의 진전에 따라 점점 더 큰 몫을 차지하게 된 사회적 본능은 이타주의적 사고나 행동을 일반화하고 제도화한다. 그리고 이이타주의적 양식이 야만적인 선택의 게임을 억제한다. 자연선택은 이렇게 사회적 본능을 이용하여 자신과는 역행하는 선택—이성적이고 보편적인 원리나 법률, 너그럽고 평등 지향적인 도덕따위—을 행한다.

여기서 토르는, 도저히 부정할 수 없는 권위를 지닌 다윈이라는 이름을 무모하게 거스르는 대신에 그를 새롭게 해석하고 있는 셈이다. 현대의 마르크스주의자들이 사회주의 체제의 잿더미 위에서 마르크스를 벽장에 처넣는 대신에 '전화轉化'라는 이름으로 그를 새롭게 해석하듯이.《인간의 계보》가《종의 기원》보다 10여 년 뒤에 나왔으므로, 토르가 읽은 다윈이 다윈의 가장 원숙한 모습일지도 모른다. 그리고 토르가 읽은 다윈이, 그 다윈이 발견한 원리가, 세상의 참모습에 더 가까울지도 모른다. 그러나 그렇다고 해서 우리가 일상생활 속에서 좌익적 실천을 행하는 것이 쉬운 것은 아니다.

평등주의자가 되는 것은 참으로 어렵다. 마음속 깊이 평등주의자가 되는 것은 더 어렵다. 누군가가 평등주의를 내세운다고 하더라도, 그것은 너그러운 강자가 가련한 약자에게 내보이는 자선慈善이나 연민의 표면형表面形에 지나지 않은 경우가 흔하다. 어떤 개인들이나 집단들 사이에 첨예한 이해관계가 없을 때는, 다소의 양식만 있으면 평등주의를 실천할 수 있다. 그러나 산다는 것은 갈등의 연속, 이해관계의 엇갈림의 연속이다.

인종이나 성性 사이에 차별이 있어서는 안 된다고 생각하고 자신의 그런 믿음을 기꺼이 실천하는 '쿨cool한' 백인 사나이도, 어떤 구체적 맥락 속에서 구체적인 흑인 여성과 이해관계가 결정적으로 엇갈렸을 때, 상대방의 인종적·성적性的 배경에 대한 편견이 어쩔 수 없이 솟아오르는 것을 느낄 것이다. 그가 마음속 깊은 곳에서까지 평등주의자는 아니기 때문이다. 다시 말해, 그가 마음속 깊이 흑인 여성을 자신과 대등하게 생각하지는 않았기 때문이다. 그의 평등주의는 자선이었거나 연민이었거나 거추장스러운 정의감의 소산이었을 것이다. 학벌 피라미드가 공정치 못한 것이라고 생각하는 양식 있는 서울대학교 졸업생도 '일반 대학' 출신의 동료와 구체적 맥락 속에서 이해관계가 크게 엇갈렸을 때, "머리도 떨어지는 것이"라는 생각이 불현듯 드는 것을 경험하기도 할 것이다. 이번에도 역시, 그가 마음속 깊은 곳에서까지 평등주의자는 아니기 때문이다. 다시 말해, 그가 마음속 깊이 '일반 대학' 출신의 동료를 자신과 대등하게 생각하지는 않았기 때문이다. 그의 평등주의 역시 그가 충분히 육화하지 못한 정의

감의 소산이었을 것이다. 이런 상황은 장애인과 비장애인 사이에 서도 생길 수 있을 것이다.

요컨대 "착한 흑인 여성, 오케이(마이너스 알파)! 내게 고분고분한 '일반 대학' 출신, 오케이(마이너스 알파)! 국으로 있는 장애인, 오케이(마이너스 알파)! 그러나 심보 고약한 검둥이 기집애, 리젝트 플러스 알파(플러스 베타)! 나랑 맞먹으려 드는 돌머리, 리젝트 플러스 알파(플러스 베타)! 잘난 체하는 절름발이, 리젝트 플러스 알파(플러스 베타)!"가 (평등주의자를 포함한) 주류가 비주류에게 건네는 관습적 시선이다. 여기서 알파와 베타가 완전히 사라진 사회가 이상적인 평등 사회겠지만, 그런 사회의 도래는 제도만이 아니라 인간의 심성이 근본적으로 변화한 이후에야 가능할 것이다.

위계적 질서는 자연적 질서다. 평등적 질서는 부자연스러운 질서다. 그러나 자연계에서 오직 인간만이 평등적 질서를 열망하고, 그 열망을 실현하기 위해 싸운다. 평등에 대한 열망은, 그 부자연스러움에도 불구하고, 인간을 다른 동물들과 구별하는 유력한 표지 가운데 하나다. 평등에 대한 열망은 문명의 소산이다. 문명이라는 것 자체가 거대한 폭력이기는 하지만, 그 폭력이 없다면 세상은 훨씬 더 큰 폭력이 난무하는 아수라장이 되고 말 것이다. 내가 무정부주의자가 되지 못하는 것, 리버태리언이 되지 못하는 것은 그래서다. 나는 문명의 옹호자다. 그것은 내가 인본

주의자라는 뜻이고, 바로 그만큼은 평등의 옹호자라는 뜻이기
도 하다.

## 자경自警

✦

복거일의 《현실과 지향》(1990, 문학과지성사)의 머리글에는
내가 지난 10년 동안 세상을 바라보며 자경의 회초리로 삼았던
구절이 담겨 있다.

더구나 자유주의를 기본 원리로 삼은 사회에서는 자유주의
자들에게 "나쁜 자들을 더 나쁜 자들로부터 지켜야" 한다는 반
갑지 않은 일까지 맡겨진다. 그 일은 나쁜 현실과 비교되는 그
럴듯한 이상이 실제로는 더 나쁜 현실의 청사진임을 보이는 과
정을 포함한다. 그것은 어렵지만 지적 보답은 작은 일이다. 도덕
적 권위를 잃은 집단들이 되풀이해서 낡고 때묻은 진술들에도
옳은 구석이 있다고 지적하는 일에서 마음에 활기를 주는 지적
보답을 기대하기는 어렵다.

물론 나는 이 구절을 복거일이 상정한 맥락 바깥에서 소비
했다. "나쁜 현실과 비교되는 그럴듯한 이상이 실제로는 더 나쁜

현실의 청사진"이라고 복거일이 말했을 때, 그것은 마르크시즘의 매혹이 허황되다는 것을 알리기 위한 계문이었겠지만, 애초에 마르크시스트가 될 수 없었던 나는 그것을 무정부주의나 리버태리어니즘 같은 극단적 개인주의의 매혹을 차단하는 계문으로 소비했다. 그러니까 '실제로는 더 나쁜 현실의 청사진인 그럴듯한 이상'은 내게 무정부주의적 개인주의나 자유지상주의였다. 나는 간혹, 아무런 제약 없는 개인적 자유라는 무지개에 마음을 빼앗기기도 했지만, 복거일의 위 문장을 마음에 새기며 스스로를 경계했다. 로버트 달의 통찰대로, 국가가 없는 '자연 상태'나 국가의 힘이 매우 약한 '유사 자연 상태'에서는 범죄자들에 의해서든 범죄자들을 제재하려는 사람들에 의해서든 바람직하지 못한 형태의 강압이 여전히 지속될 것이기 때문이다. 또 그런 무국가 사회나 유사 무국가 사회에서 어떤 사람들은 매우 억압적인 국가를 창건하기에 충분한 자원을 획득할 것이기 때문이다. 무정부주의나 리버태리어니즘이 일반적 원리로 자리 잡은 사회는 극소수 구성원의 무한한 자유를 위해서 대다수 구성원의 최소한의 자유마저 억압되는 약육강식의 사회에 가까울 것이다. 요컨대 국가가 없(거나 거의 없)는 사회에서 살려고 하기보다는, 만족스러운 국가를 만들어내려고 애쓰는 것이 더 낫다.

　복거일이 '도덕적 권위를 잃은 집단'이라는 표현으로 가리켰던 것은 부패하고 무능한 정치적·경제적 권력자들이었겠지만,

나는 더러 그것을 말과 삶이 천연덕스럽게 따로 놀아 내 심미안을 크게 거스르던 안락한 '좌파' 인사들로 대치했다. 아닌 게 아니라 내가 맥락을 바꾸어버린 복거일의 통찰대로, 그 안락하고 무책임한 '좌파' 인사들에게 내가 도덕적 권위를 인정할 수는 없었지만, 그들이 낡은 유성기처럼 되풀이해서 이제는 너무 낡고 때묻어 보이는 진술들에도 간혹 옳은 구석이 있기는 했다. "나쁜 자들을 더 나쁜 자들로부터 지켜야 한다"는 책임감은 나를 질기게 〈조선일보〉 비판자로 남게 할 것이다. 그것은 어렵지만, 정말이지 지적 보답은 작은 일이다.

## 패거리주의

✦

강준만이 패거리주의라고 부르는 것의 흉악망측함에는 많은 사람들이 공감할 것이다. 그러나 그 패거리주의에서 완전히 자유롭다고 자부할 수 있는 사람이 많지도 않을 것이다. 그 패거리주의를 좁게 규정해도 말이다. 게다가 그가 패거리주의라고 부르는 것을, 자기 주변 사람에 대한 자연스럽고 온당한 배려와 구분하는 것이 늘 용이한 일도 아니다. 게마인샤프트의 영역 바깥으로 눈을 돌려보아도 그렇다. 물질적 이익의 추구를 위해 손을 잡은 사람들이 패거리고, 어떤 이념이나 가치를 추구하기 위해 손을 잡은 사람들이 동지라고 손쉽게 말할 수도 있겠지만, 물질적 이익의 추구와 이념-가치의 추구는 흔히 서로 스며들어 있다.

돌이켜보면, 패거리를 지을 만한 미끈한 집단에 속해본 적이 없는 내가 지금까지 굶지 않고 그럭저럭 살아올 수 있었던 것도 내 주변 사람들이 내게 베푼 호의 덕분이다. 그들의 자그마한 호의가 아니었다면, 내 삶은 지금보다 훨씬 더 고됐을 것이다. 나는 그들에게 고마움을 느낀다. 문제가 되는 것은 언제나 '정도 문제'다. 그러나 다시 문제가 되는 것은 '적정한 정도'에 대한 사람들의 판단이 천차만별이라는 것이다.

### "재밌고 웃기다"

✦

김영하의 《굴비 낚시》(2000, 마음산책)의 한 구절. "사실, 이 영화는 무지무지하게 재밌고 웃기다."(137쪽)

'재밌다(재미있다)'는 형용사이므로 당연히 그 기본형과 현재형이 같다. 그런데 그뒤에 이어지는 '웃기다'는 동사인데도 김영하는 그 기본형을 현재형으로 쓰고 있다. 이것은 표준어 문법에는 어긋난다. 표준어 문법을 따르자면, 동사 '웃기다'의 현재형은 현재 시제 선어말 어미 '-ㄴ-'을 어간과 어미 사이에 삽입해 '웃긴다'로 써야 한다. 그래도 이 문장이 오문誤文이라거나 '웃기다'의

'기'가 '긴'의 오식誤植이라고 생각할 사람은 거의 없을 것이다. 완고한 언어 순결주의자가 아니라면 말이다. 한국어 '웃기다'는, 특히 구어체에서, 지금 이전移轉 중이다. 그것은 동사에서 형용사로 전성轉成하고 있다. 다시 말해 '웃기다'는 '웃게 하다'에서 '우습다'로 옮아가고 있다. 그것은 '웃게 하다'와 '우습다' 사이의 점이지대漸移地帶에 있다고도 할 수 있다. '웃기는 놈' 대신 '웃긴 놈'이라는 말이 흔히 쓰이기도 한다. 그때의 '웃긴'은 동사 '웃기다'의 과거 관형형이 아니라 형용사 '웃기다'의 현재 관형형이다.

사실, 김영하가 "사실, 이 영화는 무지무지하게 재밌고 웃긴다"라고 썼더라면, 오히려 문장이 더 헝클어진 느낌을 주었을 것이다. 하나의 주어에 연결되는 같은 위치의 두 서술어가 하나는 형용사고 다른 하나는 동사니 말이다. 그러니, "사실, 이 영화는 무지무지하게 재밌고 웃기다."

## 기이함

✦

명성을 얻은 학자들 가운데 글을 명료하게 쓰는 사람은 드물다. 그들 가운데서도, 내가 받은 인상으로는, 글이 가장 어설픈 사람들이 법학자들과 국어학자들인 것 같다. 한쪽은 한국 사회의 가장 뛰어난 재능들을 가르치는 사람들이라는 점에서, 다른 쪽은 다른 것도 아닌 한국어를 가르치는 사람들이라는 점에서, 기이한 일이다.

## 정운영
✦

정운영의 90년대 글쓰기의 가장 큰 공로는 젊은이들에게 경제학 교양을 심어준 데 있는 것이 아니라, 한국어 산문 문장의 화사함을 한 단계 높인 데 있다. 정녕 그는 화사한 문장이라는 게 무엇인지를 보여주었다. 더불어, 실천과 분리된 화사함이 얼마나 허망한지도 보여주었다. 프롤레타리아 당파성으로 화사하게 치장한 정운영의 글은 가장 부르주아적으로 소비된다. 그의 글은, 내 생각에, 복거일의 글보다 더 효율적으로 부르주아지의 헤게모니 강화에 기여했을 것이다. 정운영이 그려 보인 아름다운 세계가 현실 속에서 이뤄질 수 없다는 것을 그의 독자들이 이내 눈치챘을 테니 말이다. 그의 글을 읽고 열광하던 학생들은 이제 신참 부르주아로서 주식시세에 신경을 곤두세우고 있을 것이다. 그가 그리워하는 마오 시절의 중국이나 그에게서 감동적인 조사弔辭를 선사받은 알튀세르는 이 신참 부르주아들의 삐까번쩍한 지적 장식품 구실을 하고 있을 것이다. 자신의 발언을 자신의 발밑에 조회해보는 일은 누구에게나 힘든 일일까?✦

✦  내가 나쁘다. 정운영만한 인텔리도 우리 사회에서는 얼마나 귀
한데. 사실 그는 쓰레기통 속에서 피어난 장미꽃이다. 말해놓고 보니
장미도 화사한 꽃이네.


## 면죄부

✦

공동체주의는 좌파와 강한 친화력이 있다(물론 극우파와도 강
한 친화력이 있지만). 그런데 실제의 좌파 인사들은(주로 강단에 있
는 사람들 말이다) 왜 대체로 지극히 개인주의적이거나 고작 패거
리주의적인 것일까? 서로 다른 방향으로 치닫는 언어와 삶을 한
인격체 안에 통합시킬 수 있는 그들의 조정능력이 놀랍다.✦ 많은
자칭 좌파 인사들에게 그 '좌파'라는 레테르는 그저 빛나는 훈장
이고(부르디외적 의미의 구별짓기를 위한), 타인에 대한 도덕적 심판
을 위한 완장이며, 도둑처럼 찾아올지도 모르는 천년왕국에 대
비한 면죄부인 것 같다.


✦  그것은 국가주의를 소리 높이 부르짖으면서도 제 자식이 군대
갈 나이가 되면 병역기피를 궁리하는 한국의 기득권 극우파가, 그럼
에도 불구하고 분열증에 걸리는 일 없이 맨 정신으로 잘 살아나가고
있는 것과 닮은 구석이 있다, 비록 많이 닮지는 않았지만.

## 회색인

✦

　끝으로, 정말 욕먹을 소리 몇 마디.《말》지를 읽다보면 덜컥 겁이 날 때가 있다. 특히 북한 관련 기사, 통일 관련 기사들을 읽을 때 그렇다. 몇 년 전엔가, 평양을 방문한《말》지 기자가 그쪽 사람들과 이야기를 나누면서, 남한의 황당무계한 극우 소설—남북한이 협력해서 일본의 어느 섬에 핵무기를 날린다는 내용을 담고 있는—을 매우 긍정적인 맥락에서 거론하는 것을 읽고 놀란 적이 있다. 더구나 그 기자는, 나와 개인적 친분은 없지만, 그 재능과 양식과 성실성과 진지함에 내가 늘 감탄하는 이다. (그 기사와 관련된 내 기억이 틀렸기를 바란다.) 지난 12월호에서도 〈주체사상 이해해야 통일의 길 열린다〉라는 제목으로 실린, 박순경 민주노동당 고문의 인터뷰 기사를 읽으며 마음이 착잡했다. 박순경 선생의 순정한 마음은 그 자체로 아름답다고 할 수도 있겠지만, 내게는 그분이 그 인터뷰에서 피력한 생각이 조금 위험스러워 보인다. 나는 아무리 노력해도, 주체사상이나 유일 체제에 대해 그분처럼 이해심을 가질 수 있을 것 같지 않다. 또 카드섹션을 비롯한 평양의 군중 행사들을 내가 그분처럼 직접 목격했다면, 나는 거기서 '민족혼의 표현'을 볼 여유를 갖지 못한 채, 그저 숨이 막히는 듯 끔찍한 기분만 들었을 것 같다.

　《말》지의 어떤 기사들은 강한 낭만주의, 주정주의主情主義에 이끌리는 것 같다. 특히 민족 문제를 다룰 때 그렇다. 그 기사들을 읽을 때, 나는 이탈리아의 통일을 이끌었던 마치니나 가리발디 같은 이름들을 떠올리게 되고, 우리 민족을 '성배聖杯의 민족'이라고 주장하는 김지하를 떠올리게 된다. 마치니나 가리발디의 삶이, 그리고 젊은 시절의 김지하의 삶이 그 예외적인 헌신성으로 역사의 '진보'의 편에 섰다는 것을 부정할 수는 없을 것이다. 그런데 마치니나 가리발디와는 반대로 역사의 반동을 주도했던 무솔리니라는 이름이 내게는 앞의 두 이름과 그리 멀어 보이지 않는다. 그러나 그것은 먼 나라의 이야기고, 먼 과거의 이야기며, 그들 사이의 동질성도 또렷하지 않다.

　나를 혼란스럽게 하는 것은 출옥 이후의 김지하, 특히 90년대 이후의 김지하다. 나는 90년대 이후의 김지하와 90년대 이후의 조갑제를 구별할 수가 없다. 그들은 '우리 민족의 위대한 고대사'라는 신화를 끊임없이 되풀이하는 신비주의자들이며, 그 신화를 임박한 민족중흥의 연료로 삼는 야릇한 관념론자들이다. 김지하의 마음속에는 휴전선이 없고 조갑제의 마음속에는 휴전선이 있다는 차이는 이들의 공통점에 비기면 사소한 것이다. 김지하의 실천과 조갑제의 실천은, 게르만주의의 실천적 규모를 놓고 프로이센과 오스트리아가 대립했듯, 어떤 맥락에서는 갈등을 빚을 수도 있지만, 그들의 멘털리티는 내가 보기에 거의 완전히 동일하다. 조갑제의 국가주의는 거울 속에 비친 김지하의 민족주의다. 그들은 둘 다 국수國粹의 신봉자다. 나는 더러《말》지의 논조에서 그 국수에 대한 송가頌歌를 듣는다. 그리고 그럴 때가 내가 덜컥 겁이 날 때다.

며칠 전 술자리에서 나와 깔깔대던 김진석이 내게 '어정쩡한 우파' '희미한 우파'라는 딱지를 붙여주었다. 나는 그것을 고맙게 받아들였다. 내가 생각해도 나는 어정쩡하고 희미한 것 같다. 그리고 내가 우右는 우右인 것 같다. 그러나 내가 파派일까? 아무래도 그런 것 같지는 않다. 나는 아무 파에도 속해 있지 않고, 아무 파도 대표하지 않는다. 나는 오직 나에게만 속해 있고, 나만을 대표한다. 지금까지 그래왔듯, 앞으로도 그럴 것이다.

돌아간 김현이 지금 내 나이에 이르렀을 때 했던 말을 내 목소리에 담는다. 나도 최인훈의 회색인에 가깝다. 나는 내 자신이 불행이고 결핍이다.

《인물과사상》, 2001. 1.

# 03

# 정체 자백

✦

～～～～～～～

변명

✦

　《문예중앙》 편집자가 보낸 원고 청탁서에 따르면 이번호 테마 에세이의 주제는 '정체성에 대하여'고, 글의 성격은 '단순한 신변잡기식의 미셀러니가 아닌' '에세이'다. 이 글 부스러기들은 그 조건들을 둘 다 충족시키지 못할 것 같다. 우선 이 글은 정체성에 대한 일반적 서술을 노리고 있지 않다. 철학이나 심리학이나 사회학의 수준에서 정체성이라는 개념을 탐색하는 일반적인 글을 써보는 것이 보답 없는 일은 아닐 것이다. 그러나 제한된 원고 분량 안에서 그런 시도를 하는 것이 무모해 보일 뿐만 아니라, 무엇보다도 그런 종류의 글을 쓰는 것은 내 능력을 크게 벗어나는 일이다. 발버둥쳐보아야, 나는 고작 라캉이나 리쾨르의 몇 문장을 옮겨놓는 것 이상은 할 수 없을 것이다. 또 그 이상이 내게 가능한 일이라고 하더라도, 굳이 내가 그 일을 떠맡지는 않아도 될 것 같다. 원고 청탁서에 따르면 이 난은 내 글 한 꼭지로 채워지는 것이 아니라, 다른 필자들의 글과 내 글이 어우러져 꾸며질 터이기 때문이다. 그러니까 정체성에 대한 일반적 탐구는, 그것이 제한된 분량 안에서 가능하더라도, 나 말고 다른 필자들이 잘해낼 수 있을 것이다. 내가 그 주제로 내 힘에 부치는 글을 쓰는 것은 비슷한 논지의 덜 익은 글 하나를 덧붙이는 것에 지나지 않을 것이다. 그래서 나는 이 글을 내 정체성에 대한 내성―이라는 말이 거창하다면 보고―에 할애하려고 한다. 도대체 나라는 인간의 정체는 뭔가 하는 것에 대한 내성 내지 그 내성의 결과로서의 보고문 말이다. 내 정체가 뭔가 하는 생각을 지금까지 전혀 안 해본 것은 아니지만, 머릿속의 생각이란 글로 정리되기 전엔 대체로 헝클어져 있고, 그래서 이내 바스러져버리거나 날아가버리기 십상이다. 내 정체성 자체가 워낙 모순돼서 거기에 대한 내 생각이 헝클어져 있는지도 모른다. 아무튼 이 글을 쓰는 과정은 내가 내 정체를 성글게나마 (다시) 움켜쥐는 과정이 될 것이다. 다시 말해 그것은 내 다양한 모습들 뒤에 감춰진, 어떤 변하지 않은 핵으로서 내 삶을 응집시키는 그 무엇인가를 내가 응시하는 과정이 될 것이다. 그래서 이 짧은 글이 마무리됐을 때, 내가 나 자신에 대해 그럭저럭 정돈된 생각을 지니게 되기를 나는 바란다. 결국, 이 글은 어쩔 수 없이 '단순한 신변잡기식의 미셀러니'가 될 것이다.

# 전라도

✦

내 정체성의 가장 밑자리에는 내가 전라도 사람이라는 의식이 자리 잡고 있을 것이다. 있을 것이다? 있다! 전라도 사람으로서의 내 정체성은 나로 하여금 자주 스스로를 사회적 문화적 소수파에게 투사하게 만든다. 그리고 그런 사회적 문화적 소수파를 나 자신에게 투입하게 만든다. 그런 투사와 투입의 순환을 거쳐, 나는 항상적 소수파가 된다. 예컨대 빈민층, 장애인, 외국인 노동자, 여성, 동성애자, 범죄인, 무학력자, 요즘 같으면 실업자나 노숙자 같은 사람들에게 나는 자신을 투사하고 그들을 나에게 투입한다. 나는 지금 내가 좌파적 감수성을 지니고 있다고 말하는 것은 아니다. 나는 나 자신을 그들에게 투사하고 그들을 내게 투입하지만, 그들에게 짙은 연대의식을 느낀다거나, 그 연대의식을 헌걸찬 실천으로 옮긴다거나 하지는 않는다. 못 한다. 그러니, 내가 그런 소수파들을 사랑한다고 말하는 것은 지나친 일일 것이다. 그러나 나는 내가 그들 중의 하나라고, 적어도 그들 곁에 있다고는 느낀다.

내 물리적 위치가 그런 전형적 소수파들과 꼭 겹치는 것은 아니다. 나는 경제적으로 넉넉하지는 않지만 빈민층이랄 수는 없다. 나는 신체적 정신적으로 완전히 표준적인 인간은 아니겠지만 장애인이랄 수는 없다. 외국인으로 살아보기는 했지만 불법 체류자로 살지는 않았다. 나는 물론 여성이 아니고, 동성애자도 아니다. 내 양심에 거리낄 일을 수없이 저지르고 살아왔지만, 범죄자라는 낙인은 아직 찍혀본 적이 없다. 일류 학교에서 교육을 받지는 못했지만 학교 변두리에서 나이 먹도록까지 어슬렁거렸다. 그래도 나는, 과부가 홀아비 심정 아는 격으로, 그런 전형적 소수파들의 처지를 이해하려고 애써왔고, 또 굳이 애쓰지 않아도 쉽사리 공감이 되었다. 내가 전라도 사람이기 때문이다. 그러나 전라도 사람으로서의 내 정체성은 다소 관념적인 것이다. 나는 판소리 가락이 귀에 설고, 전라도 사투리가 귀에 거슬린다. 전주나 광주에 가보아도 내가 이방인 같다.

전라도 사람으로서의 자의식이란 어쩌면 일종의 피해의식일지도 모른다. 그렇더라도 그 피해의식이 내 눈길을 소수파에게 돌려놓았다면, 그것은 좋은 일이다. 그러나 나는 그 소수파의 중심부에 있지 않다. 그것은 내가 충분히 전라도 사람이 아니어서 그런지도 모른다. 내가 전라도 언저리에 있듯이, 나는 빈민층의 언저리에 있고, 외국인 노동자의 언저리에 있고, 범죄자의 언저리에 있을 뿐이다. 그러니, 소수파에 대한 나의 동일시는 거짓 동일시일지도 모른다. 적어도 그것은 함량 미달의 동일시일 것이다. 나는 소수파의 소수파다. 그것은 내가 모든 집단의 주변부에 있다는 뜻이다. 나는 언저리의 언저리에 있다. 그 언저리의 언저리가 반드시 (중심에서 보아) 외곽의 외곽이라는 뜻은 아니다. 언저리의 언저리와 중심 사이의 거리는 언저리와 중심 사이의 거리보다 더 짧을 수 있기 때문이다. 그런 나의 주변성은 내가 유사전라도 사람이라는 데서도 왔겠지만, 내가 보편적 이성의 신봉자라는 데서도 왔을 것이다. 보편과 주변, 특수(당파)와 중심이 서로 짝을 이루는 것은, 어색하지만 현실이다.

## 여성

✦

나는 물론 여성이 아니고, 그 흔한 남성 페미니스트도 못 된다. 그러나 나는 내가 남성이라는 데에 자부심을 느껴본 적은 한 번도 없다. 물론 그것을 다행스럽게 느껴본 적은 많다. 인류 진화의 지금 단계에서는 이 행성 어디에서라도 그렇겠지만, 특히 한국에서, 남성으로 태어난 것을 다행스럽게 생각하지 않는 남성은 흔치 않을 것이다. 그러나 나는 내 몸 깊숙이 어떤 여성성이 숨겨져 있는 것이 아닌가 하는 생각을 할 때가 있다. 어려서부터 나는 남자 친구들과 있는 것보다 여자 친구들과 있는 것이 더 즐거웠다. 물론 10대나 20대 때는 성욕이 넘쳐흘렀으므로, 적어도 심리적으로나마, 성적 대상이 될 수 있는 성과 함께 있는 것이 더 즐거웠다고도 해석할 수 있다. 그런데 30대 후반 이래 성욕을 거의 잃어버린 뒤로도, 나는 여전히 남자 친구들과 있는 것보다는 여자 친구들과 있는 것이 더 편하고 즐겁다. 원래의 출처는 모르겠으나, 누군가의 책 제목을 빌리면 나 역시 '남자의 몸에 갇힌 레즈비언'인지도 모른다. 나는 가장 진지한 얘기를 여성과 함께 하고, 가장 진한 우정을 여성에게 느낀다. 딸이 있었으면, 하고 그렇게 바랐는데, 그 바람을 이루지 못한 것이 유감이다.

## 한국인

◆

나도 놀라워서 긴가민가하고 있는데, 한국인으로서의 내 정체성은 전라도 사람으로서의 정체성보다 덜 원초적인 게 아닌가 싶다. 한국이 OECD에 가입한 뒤의 한국인이라면 더 그렇다. 그렇다는 것은 국가로서의 한국이 지방으로서의 전라도보다는 더 윤기가 있다는 뜻인지도 모른다. 한국은, 전라도보다는, 소수파적 성격을 덜 지니고 있다고 내가 판단했다는 뜻이다. 나는 결국 한국 여권을 지닌 채 죽겠지만, 애국자가 될 수 있을 것 같지는 않다. 물론 내게 전라도에 대한 별다른 애향심이 있다는 뜻은 아니다. 다만, 그 둘을 꼭 비교해야 한다면, 내가 한국인이라는 느낌은 내가 전라도 사람이라는 느낌 위에 얹혀 있는 것 같다는 뜻이다. 어쨌거나 내가 전라도에서 나 자신을 이방인으로 느끼듯, 나는 서울에서도, 한국에서도 나 자신을 이방인으로 느낀다.

그렇다면 외국에서는? 물론 거기선 이방인이라는 느낌이 훨씬 더 크다. 에밀 시오랑의 말이 생각난다: "나는 이방인이다. 경찰에게도, 하느님에게도 그리고 나 자신에게도." 그러나 나와 한국적인 것 사이의 정서적 끈이 끊어지는 일은 결코 없을 것이다. 그것은 내가 자유롭게 구사할 수 있는 유일한 자연언어가 한국어이기 때문이다. 나는 한국이라는 국가에는 짐짓 무심한 체할 수 있지만, 한국어에는 무심한 체할 수 없다. 그러니까 한국인으로서의 내 정체성에 견주면, 한국어 사용자로서의 내 정체성은 밀도가 대단히 높다.

## 기자

◆

학교 주위를 기웃거려보았고 문단 주위를 얼씬거려보았지만, 결국 나는 학자도 예술가도 못 되었다. 결국 내 글쓰기는 기자로서의 글쓰기다. 그것이 크게 불만스럽지는 않다. 사실은 그것이 내 체질에 가장 맞는 글쓰기인 것 같기도 하다. 언제까지 몸을 담을지는 모르겠지만, 지금의 내 직장도 신문사다. 그것도 불만스럽지 않다.

한 사람의 시민으로서만이 아니라 한 사람의 기자로서, 나는 안티조선운동을 지지한다. 〈조선일보〉가 한국 유사 파시즘의 선전선동 기지라는 판단 때문만이 아니라, 신문 지면에서 일반적으로 나타나기 쉬운 글쓰기의 권력화를 그 신문이 가장 비도덕적으로, 현저히 정치적으로 드러내왔다는 판단 때문이다. 그러면 동아나 중앙은 얼마나 다른가, 하는 질문에는 그러나 깔끔한 대답이 얼른 떠오르지 않는다. 그래도 조금은 다르지 하는 감은 있지만, 경계선이 바로 여기다라고 짚어낼 자신은 없다. 그래서, 〈조선일보〉에 글을 쓰지 않겠다고 마음먹은 내가, 〈중앙일보〉와 무관하달 수 없는 이 잡지에 글을 쓰는 것이 논리적으로 깔끔하게 정당화될 수 있는지도 잘 모르겠다. (이런저런 '합리적' 이유를 들어 그것을 정당화할 수는 있겠지만, 그 논리에는 뭔가 개운치 않은 구석이 남을 것이다.) 사실, 중앙이나 동아만이 아니라, 우리 사회의 신문들이 〈조선일보〉와 '근본적으로' 다른지에 대해서도 자신이 없다. 그러나 사람이 논리만으로 살 수 있는 것은 아니다. 아니, 정확히 말해서 이것 아니면 저것의 논리, 전부 아니면 전무의 논리, 더 유연하게는 옳고 그름의 논리만으로 살 수 있는 것은 아니다. 호구의 논리가 삶의 순간순간마다 개입하기 때문이다. 먹고사는 것만큼 엄숙한 일은 달리 없다. 내가 만일 '오십보백보'의 논리를 철저히 밀고 나가며 그것의 세목을 꼼꼼히 실천한다면, 나는 이내 글을 쓸 지면을 거의 잃을 것이고, 글판에서 완전히 고립될 것이고, 그래서 나와 내 가족은 배를 곯게 될 것이다. 그래서 나는, 〈조선일보〉와 《한국논단》을 제외하고는, 청탁이 오면 청탁을 불문하고 글을 쓸 생각이다. 호구를 위해서. 그래, 나는 호구를 위해서 순결을 — 논리적 깔끔함과 개운함을 — 훼손할 각오쯤은 돼 있다.

내가 밥줄을 대고 있는 〈한국일보〉에 대해서 말하자면, 내가 그 신문을 택했다기보다는 그 신문이 나를 택한 것이지만, 나는 이 신문의 편집 방향이 대체로 만족스럽다. 회사의 살림이 어려워 정부 눈치를 보지 않을 수 없어서 그런지도 모르지만, 이 신문은 지난 세 해 동안 조선이 앞장서고 동아 중앙이 추임새를 넣으며 한국의 대중매체를 선정주의의 온상으로 만든 정부 때리기 게임에 일정한 거리를 두어왔다. 나는 〈한국일보〉가 비교적 공정한 대중적 보수지라고 생각한다. 이 신문의 논조 안에서 나는 크게 불편하지 않다. 나는 김대중 정부가 욕먹어 마땅한 정부라고 생각하지만, 〈조선일보〉가 섬뜩하고 야비한 말투로 퍼부어대고 있는 욕을 다 먹어야 할 만큼 형편없는 정부라고는 생각하지 않는다. 그리고 욕을 먹기로 하자면, 이 정부가 먹은 욕보다 훨씬 심한 욕을 수십 배 더 먹어야 할 데가 〈조선일보〉라고 생각한다. 그러나 나는 안티조선의 변두리에 있을 뿐이다. 안티조선이 한국 사회의 변두리에 있다면, 이번에도 나는 변두리의 변두리에 있다. 변두리의 변두리라는 말로써 내가 징징거리고 있는 것은 아니다. 스무 살 넘은 성인이 징징거리는 것만큼 보기 흉한 일은 없다. 나는 내가 변두리의 변두리에 있다고 말함으로써, 내가 오히려 중심에 더 가까이 있는 것처럼 보일 수도 있다는 점을 인정하고 싶었던 것이다. 중심에서 보아, 변두리의 변두리는 변두리보다 더 멀 수도 있고, 더 가까울 수도 있다. 나는 내가 어느 쪽인지는 잘 모르겠다. 어느 쪽이든, 나는 그것을 부끄럽게 생각하지는 않는다.


## 모랄리스트

◆

내 글쓰기는 결국 모랄리스트의 글쓰기로 귀결될 것 같다. 도덕군자의 글쓰기라는 말이 아니라, 16세기 이후 프랑스적 맥락에서의 모랄리스트적 글쓰기 말이다. 내 글쓰기가 모랄리스트의 글쓰기로 귀결될 것 같다고 말하면서 내가 젠체하는 것은 아니다. 사실은 오히려 그 반대다. 모랄리스트는 내적으로는 보편적 인간성의 탐구와 연결돼 있지만, 외적으로는 예술적 학문적 무능력과 연결돼 있다. 프랑스의 위대한 모랄리스트들 가운데는 예술가로서나 학자로서는 변변치 않았던 사람들이 많다. 그들의 정신에는 흔히 에클레르나 에스프리라는 말로 표현되는 섬광은 있었으되, 강인함과 조직력과 인내심이 없었다. 그들은 날쌘 정신이기는 했으되, 위대한 정신은 아니었다. 그들이 흔히 에세이나 단장 격언 아포리즘 같은 비체계적 글쓰기 쪽으로 빨려들어간 것은 그들의 나약함, 그들 그릇의 작음을 드러낸다. 나는 그런 의미에서 내 글쓰기가 결국 모랄리스트의 글쓰기로 귀결될 것 같다고 말한 것이다. 자기들 글이 제일인 줄 알았을 그들 모랄리스트들에게는 좀 미안한 말이지만.

### 신神
✦

10대 때, 신을 믿기에는 너무 이성적이고, 신을 안 믿기에는 너무 유약하다며 자신을 한탄하곤 했다. 나이가 들어서도 나는 여전히 유약하지만, 신에게서는 점점 멀어진다.

### 혐인嫌人
✦

내게 평균적인 사람들보다 더 짙은 혐인증이 있는 것은 사실이다. 나 자신을 포함해서 나는 사람들을 그다지 좋아하지 않는다. 그러나 사람은 내가 동물계에서 가장 덜 싫어하는 족속이다. 나는 인본주의자다.

《문예중앙》, 2001. 봄.

# 04

# 섞인 것이 아름답다

✦

## 20세기가 내게 가르쳐준 것

～～～～～～～～

우리 나이로 서른넷이 젊은 날에 속하는지는 잘 모르겠다. 그래서 '젊은 날의 깨달음'을 20세기의 사적私的 의미와 이어 붙여보라는 편집자의 주문에 이 글이 꼭 들어맞게 될지는 잘 모르겠다. 그러나 서른넷이 싱그럽게 젊은 나이는 아니라고 할지라도 지금의 나에 견주면 한 타스의 나이가 적은 시절이었으니 젊은 날이라고 해두자. 〈한겨레〉에서 일하고 있던 1992년 가을, 나는 서른넷의 나이로 처음 유럽에 발을 디뎌보았다. 아내와 함께였다. 그 이전까지 내가 가본 외국이라고는 그보다 몇 해 전 오사카에서 열린 국제조선학 학술대회를 취재하기 위해 열흘 남짓 머문 일본이 전부였다. 내가 처음 발을 디딘 유럽 땅은 샤를드골 공항이 있는 파리 북쪽 근교의 루아시였다. 그리고 그로부터 아홉 달 뒤에 나는 바로 그 루아시의 샤를드골 공항에서 서울행 비행기를 타고 한국으로 돌아왔다. '유럽의 기자들'이라는 이름의 저널리즘 연수프로그램 덕분에 이뤄진 그 아홉 달의 유럽 체류는 그뒤 내 삶의, 그리고 내 가족의 삶의 작지 않은 부분을 결정지었다. 서울로 돌아온 지 아홉 달 만에 나는 유럽 바람에 휘둘려 아내와 아이들을 모두 이끌고 다시 파리로 갔고, 그곳에서 네 해 남짓을 살다 왔으니 말이다. 그러니 20세기의 마지막 나날들을 나는 주로 유럽에서, 주로 파리에서 산 셈이고, 그곳에서 나는 20세기를 되돌아보고 21세기를 내다볼 수 있었다. 다시 말해 나는 유럽에서 20세기의 이미지를 얻었다.

연수가 끝나고 서울에 돌아와 〈한겨레〉 일을 하던 1993년 여름휴가를 이용해 나는 그 아홉 달의 '유럽의 기자들' 체험을 《기자들》이라는 소설에 녹여냈다. 그 소설의 반 이상은 유럽 체류 경험을 거의 그대로 적은 것이다. 물론 등장인물들의 이름이나 구체적 상황 묘사에는 변화를 주었지만.

## 민족주의

✦

내가 민족주의라는 말을 처음 배운 것이 언제인지는 기억나지 않는다. 설령 초등학교 때 그 말을 들었다 하더라도 그것이 내게 별달리 의미 있는 말로 다가오지는 않았을 것이다. 그것에 어떤 정서를 투사한 것은 중고등학교 때였을 것으로 짐작한다. 민족이라는 말이 내게 강렬한 울림을 준 것은 최현배의 여러 저서들을 읽으면서다. 10대 후반의 한 시절, 나는 지금은 사라진 종로서적에서 구할 수 있었던 최현배의 책 전부를 책꽂이에 꽂아놓고 거듭 읽었다. 그 책들에는 《우리말본》이나 《한글갈》 같은 학술 서적만이 아니라 《조선민족갱생의 도》나 《한글만 쓰기의 주장》처럼 이데올로기 색채가 짙은 저작들도 포함돼 있었다. 그 시절의 나에게, 최현배는 자신이 처한 역사적 상황에 가장 능동적이고 바람직한 방식으로 대응하며 살아간 지식인의 전범으로 보였다. 그의 도저한 언어민족주의가 내 민족주의적 감수성의 시작이었다. 대학에 들어가서 읽은 송건호나 차기벽 같은 이들의 책은 나의 그 최현배표 민족주의를 역사적으로, 그리고 이론적으로 정당화하는 듯이 보였다. 그러나 최현배의 책에 홀려 있던 10대 말에도 나는 온몸이 빨려들어가는 그런 민족주의자는 되지 못했다. 그것은 내가 어떤 '주의자'로서 견결한 실천을 해내며 살아갈 자신이 없어서만은 아니었다. 어린 나이에도 나는 민족주의라는 이념의 특수성이 마음에 걸렸다. 세상의 모든 민족들이 견결한 민족주의자라면 도대체 세상의 평화가 가능하겠는가 하는 생각이 그때부터 있었다. 그것은 내가 어린 시절부터 종교에 몰입하지 못했던 이유와도 비슷했다. 일신교들의 신은 하나같이 질투하는 신인데, 그 신을 만족시키자면 관용과 공존이 들어설 자리를 없앨 수밖에 없다. 내 민족주의가 다른 사람의 민족주의를 부정하는 것이라면, 도대체 그 민족주의라는 괴물은 어디다 쓸 것인가?

물론 우리는 민족주의라는 것을 여러 방식으로 조율하며 거기 정당성을 부여한다. 예컨대 우리는 민족주의라는 것이 시민혁명과 더불어 태어났다는 데 주목해 그것이 역사의 일정한 단계에서 반봉건운동의 추진력이었다는 점을, 즉 진보적 힘이었다는 점을 강조한다. 사실 유럽 시민혁명기의 민족주의는 기독교와 봉건제가 결합한 중세적 보편주의를 지양하는 힘이었다. 우리는 또 제국주의시대의 저항적 민족주의라는 것을 상정하고 그것의 진보적 측면을 부각시키기도 한다. 아닌 게 아니라 20세기의 식민지·신식민지에서 일어난 민족주의운동은 진보적 힘이었음이 분명하다. 또 우리는 김구의 유명한 발언에 기대어, 민족주의라는 것을 문화적 차원에 가둠으로써 그 부정적 힘을 최소화할 수 있음을 강조하기도 한다. 더 나아가 열린 민족주의라는 것을 상정해 민족주의의 폐쇄성을 눅일 수 있다고 말하기도 한다.

그러나 민족주의의 자장 안에 있었던 시절에도 나는 그런 위태로운 언어의 곡예에 마음이 홀리지 않았다. 북한에 대한 정보가 남한에 전혀 유통되지 않았던 시절과 마찬가지로 그 정보가 꽤 유통된 뒤에도 내가 그 체제에 호감을 가질 수 없었던 이유 하나는 그 과도한 민족주의였다. 남한의 일부 운동 세력이 북한을 높이 평가하는 바로 그 이유가 내게는 북한을 위험스럽게 보아야 할 이유가 됐다. 그러나 나는 내 내심을 쉽게 드러낼 수 없었다. 민족주의라는 것은, 그것이 어떤 때깔의 외피를 쓰고 있든, 한국 사회에서는 신성불가침의 대상이었기 때문이다.

'유럽의 기자들' 연수를 받던 시절 서울의 친구에게 보낸 편지 하나에서 나는 "파리의 공기에는 자유가 묻어 있는 듯하다"고 썼다. 그것은 물론 내가 그 도시를 선망하며 품고 있던 오랜 허영심을 표현한 것에 지나지 않았다. 그곳이 파리가 아니었더라도, 웬만한 외국 도시에서라면 나는 자유를 느꼈을 것이다. 고향에서 멀리 떨어져 있다는 것의 장점 하나는 자유의 느낌을 가질 수 있다는 것일 테다. 그 자유의 느낌은 그전까지 사뭇 억압돼 있었던 생각을 구체적으로 펼치게도 해주었다. 그 가운데 하나가 민족주의에 대한 생각이었다. 나는 잠깐 동안의 유럽 체류를 통해 오래도록 나를 얽어온 민족주의라는 굴레를 벗어버릴 수 있었다. 단지 외국에 있었다는 사실이 나를 민족주의의 굴레에서 놓여나게 한 것은 아닐 것이다. 나는 유럽에 머무는 동안 민족주의나 민족주의자라는 말이 매우 부정적인 맥락에서 사용될 수도 있음을 깨달았다. 그것은 신선한 체험이었다. 여기에서라면, 유럽 말이다, 나도 입을 열어 내 오랜 생각을, 민족주의에 대한 우려를 이야기할 수 있을 것 같았다.

나는 민족주의의 해악을 좀더 가까이서 지켜볼 기회도 있었다. '유럽의 기자들' 프로그램은 유럽 사정을 주제로 한 세미나 외에 유럽 각국을 취재하고 기사를 써서 잡지를 편집하는 과정으로 이뤄졌는데, 나는 그 취재의 일환으로 막 해체된 유고슬라비아의 몇 지역을 방문한 적이 있다. 그때가 1993년 초였는데, 유고는 전쟁 중이었다. 세르비아와 크로아티아가 싸우고 있었고, 보스니아헤르체고비나의 세르비아인들과 이슬람교도들이 싸우고 있었다. 취재 통제가 심해, 그리고 무엇보다도 내가 겁이 많아 폭탄이 나뒹구는 전쟁터까지 들어가보지는 못했으나, 나는 자그레브와 베오그라드, 그리고 세르비아-보스니아 국경 부근을 돌아다니며 전쟁의 분위기 정도는 맛볼 수 있었다. 취재 여행을 떠나기 전에 나는 유고의 역사를 리서치했고, 그 과정에서 이 나라의 건국도, 해체도 모두 민족주의를 동력으로 삼아 이뤄졌다는 것을 확인했다. 그리고 그 순간 발칸 지역을 피로 물들이고 있는 전쟁의 동력 역시 민족주의였다. 민족주의에서는 피 냄새가 나고 있었다. 그리고 민족주의의 피 냄새는 그때 유고에서 처음 진동한 것이 아니었다. 아무래도 유럽에 있다보니 유럽의 역사를 되돌아볼 기회가 많이 있었는데, 그런 추체험 속에서 민족주의는 늘 피비린내를 품고 있었다. 유고 내전은 제2차 세계대전 이후 유럽 안에서 벌어진 첫 번째 전쟁이었다. 반세기 가까이 유럽에 전쟁이 없었던 것은 매우 드문 일이었다. 제2차 세계대전의 동력 가운데 하나가 민족주의였으므로, 종전 뒤 유럽은 동서를 막론하고 민족주의에 대한 경계가 있었는데, 결국 사회주의 체제의 몰락과 함께 이 저주받은 이념이 다시 풀려나 또다른 전쟁을 촉발한 것이다.

내가 유럽 땅에 첫 발을 디딘 때는 독일이 통일된 지 두 해가 된 시점이었고, 유럽통합이 본궤도에 오르고 있던 시점이었다. 1993년 1월 1일을 기점으로 유럽공동체는 유럽연합으로 이름을 바꿨다. 당시 유럽에는 유럽파(유럽통합을 지지하는 사람들) 못지않게 반유럽파(유럽통합을 반대하는 사람들)가 많았다. 그런데 반유럽파를 옥죄고 있는 것은 민족주의의 망령이었다. 민족주의의 망령은 그들을 이중적으로 홀렸다. 즉 그들은 우선 유럽통합으로 국민국가의 주권이, 다시 말해 자신들의 민족주의가 약화할 것을 우려했다. 그 다음, 그들은 유럽통합으로 유럽이 독일의 지배 아래, 다시 말해 독일 민족주의의 지배 아래 들어가지 않을까 우려했다. 독일 민족주의에 대한 그들의 경계와 염려가 꼭 과장됐다고만은 할 수 없었다. 반세기 전 독일 민족주의는 유럽 전역을 전쟁터로 만들었으니 말이다. 그래서 통일독일을 보는 그들의 눈길은 그리 따뜻하지 않았다. 특히 영국인들은 통일독일이 중심이 되는 유럽통합은 히틀러의 제3제국을 평화적 방법으로 재건하는 것이라는 냉소를 주저하지 않았다.

나는 '유럽의 기자들' 프로그램의 일환으로 스트라스부르

유럽의회를 취재하며 독일 출신 이외의 유럽의회 의원들에게 통일독일이 유럽에 복인지 화인지를 물어보았다. 노골적으로 화라고 대답하는 사람은 거의 없었으나, 그들 대부분에게서는 힘센 독일에 대한 두려움이 감지됐다. 익명을 요구한 한 의원의 말이 그 시절의 취재 수첩에 이렇게 적혀 있다. "누가 유럽궁(유럽의회 건물) 안에서, 더구나 기자에게, 독일 험담을 늘어놓을 수 있겠는가? 곧 반유럽주의자로 몰리고 거북한 일이 많이 생길 텐데. 공식적으로 독일을 비판하기 위해서는 아주 많은 용기가 필요하다는 것, 그것이 바로 지금 유럽에서의 독일의 위상을 보여주고 있다. 독일 안에서 이미 파시즘이 힘을 키우고 있다는 사실이나, 통일 이후의 경제사회적 어려움을 터무니없이 높은 금리로 외국에 떠넘겼다는 사실은 차치하고라도, 유고 내전까지도 부분적으로는 독일 통일의 산물 아닌가. 베를린장벽이 헐렸다는 것은 유럽인들에게 판도라의 상자가 열렸음을 뜻한다."

유럽연합에서의 독일의 주도권을 인정하는 사람들도, 그 이유로 내세운 것이 독일을 유럽에 묶어놓는 쪽이 유럽의 평화를 위해 외려 더 바람직하다는 전망이었다. 아직 독일 민족주의는 이들이 우려했던 정도로 치닫고 있지는 않은 듯하다. 미국의 힘과 그 민족주의의 호전성이 워낙 도드라져, 독일이 어찌해볼 여력이 없을 수도 있겠지만.

# 종교

✦

　전쟁의 가장 강력한 에너지원은 민족주의겠지만, 그것은 흔히 종교에 포개진다. 내가 유럽에서 체감했던 유고 내전만 해도 그렇다. 그것은 유고슬라비아 민족 내의 세르비아 소민족, 크로아티아 소민족, 보스니아 소민족 사이의 전쟁이기도 했지만, 가톨릭과 정교와 이슬람교 사이의 전쟁이기도 했다. 20세기 내내 제1세계의 중심부 가운데 하나인 영국을 피로 물들인 아일랜드 문제도 마찬가지다. 그것은 앵글로색슨족과 아일랜드 켈트인 사이의 전쟁이자, 영국 국교와 가톨릭 사이의 전쟁이기도 했다. 물론 아일랜드 사람의 입장에서 보자면 거기에는 반식민주의 전쟁의 성격도 있다. 민족과 종교 가운데 어느 것이 본질적으로 더 강렬한 갈등 원인인지를 확정할 수는 없다. 확실한 것은 많은 분쟁들이 민족주의와 종교적 근본주의를 양 날개로 삼고 있다는 것이다. 그것은 21세기 들어와서도 마찬가지다. 지금 미국으로 대표되는 서방과 아랍 세계를 긴장하게 하는 동력 가운데 하나는 종교적 열정이다. 두 세계의 충돌을 문명의 충돌로 보는 관점은 그 이데올로기적 속성에도 불구하고 일정한 진실을 담고 있고, 이 두 문명 다 그 고갱이는 종교다. 사실 모든 종교에는 적어도 잠재적으로나마 근본주의적 속성이 있다. 그래서 서로 다른 종교를 믿는 두 집단의 정치적 경제적 이해관계가 충돌할 때, 이 잠재적 근본주의는 즉각 현재화해 전쟁의 연료를 제공한다. 서로 다른 종교를 독실하게 믿는, 갈등하는 두 집단은 자신들의 뒷배를 봐줄 전지전능한 신이 있으므로 분쟁의 발걸음을 내딛는 데 주저함이 없다. 선교라는 것이 종교의 소명이기도 하므로, 이 경우 전쟁은 그야말로 종교적 의무, 도덕적 의무로까지 미화된다. 평화를 위해서 종교적 열정을 줄일 필요성이 이 지점에서 제기된다. 그리고 자신의 신심을 내면에 가둘 필요성이 제기된다.

한국의 경우, 국내적으로 서로 다른 종교 집단이 전쟁 상태로까지 치닫지 않은 것은 매우 다행스럽다. 천주교가 국가권력으로부터 받은 박해의 역사가 있기는 하지만, 우리는 적어도 불교도와 기독교도 사이에, 기독교의 신구교 사이에 집단적 피흘림을 겪지는 않았다. 그러나 개신교 일파의 근본주의적 열정을 보면 우리 사회도 종교적 열정의 아귀로부터 자유롭지 않다. 단군 상의 목이 달아나고, 이단이라고 판단된 종파가 운영하는 프로축구팀에 대한 배척 움직임이 일고, 서울을 하나님께 봉헌하겠다는 공언이 발설되는 사회는 정상적인 사회가 아니다. 이것보다 오히려 더 위험한 것은 선교의 열정이다. 사회주의 체제가 무너지며 옛 소련이 해체되자 한국의 많은 개신교회들이 그쪽으로 선교사를 보냈다. 러시아는 정교를 믿는 사회다. 그 정교는 공산주의 체제를 겪으면서도 살아남았다. 그런데 그 정교도들에게 개신교를 믿게 하기 위해 돈을 뿌리는 것이 그 선교라는 것의 내

용이다. 이럴 때, 러시아 사회에서 한국(의 기독교회)을 어떻게 바라보겠는가? 이런 선교 열정은 아랍 세계로까지 확대되고 있다. 지구에 남은 마지막 미선교지라며 아랍 세계에 무작정 기독교회를 세우는 일은 어리석고 추한 일이다. 그것이 어리석은 것은 아랍 세계에 (한국) 기독교에 대한 적대감을 키우는 일이기 때문이고, 그것이 추한 것은 알량한 경제력을 이용해 믿음을 사는 행위기 때문이다. 한 논자의 표현대로 이것은 선교제국주의다. 기독교와 이슬람교 사이의 뿌리 깊은 긴장을 생각하면, 그 선교가 쉽게 되지도 않을 것이다. '유럽의 기자들' 시절, 나는 '가톨릭교회의 맏딸'로 불리는 프랑스 사회의 세속성에서 깊은 인상을 받았다. 교회는 여전히 미사의 장소였지만, 그 미사는 종교적 열정의 표현이라기보다 별 뜻을 담지 않은 습속처럼 보였다. 더구나 젊은 세대로 갈수록 미사에 참석하는 사람들이 점차 줄고 있다는 얘기도 들었다. 크리스마스나 부활절도 이들 '냉담자'에게는 그냥 휴가철일 뿐이었다. 교회는 곳곳에 들어서 있었지만, 나는 파리에서 '이교도'의 불편함을 전혀 느끼지 못했다.

한국 기독교의 역사는 가톨릭까지를 치면 수백 년까지 거슬러올라갈 수 있겠지만, 기독교가 커다란 사회 세력으로 뿌리내린 것은 개신교가 상업주의와 결합하며 기복의 둥지가 된 20세기 들어서다. 그 본산인 유럽에서도 쇠락해가는 종교적 열정이 한국에서 커지고 있는 것이 바람직한 일인지 모르겠다. 아니,

유럽에서 쇠락하고 있다는 사실 자체가 종교적 열정의 문제는 아닐 것이다. 진정 큰 문제는 한국 사회의 종교적 열정이 거의 온전히 기복과 관련돼 있다는 것, 그리고 특히 한국 기독교가 관용을 배우지 못했다는 데 있을 것이다. 종교적 열정을 줄이는 것, 더 나아가 무신론을 확산시키는 것은 21세기의 긴요한 과제가 될 듯싶다.

## 인종주의

✦

루아시의 샤를드골 공항에서 내려 그뒤 아홉 달 동안 머물 파리 14구의 학생기숙사 시테위니베르시테르까지 가면서 내게 가장 인상적이었던 것은 파리라는 도시의 인종적 다양성이었다. 내가 태어나서 그때까지 34년을 살아온 한국이나, 프랑스엘 가보기 전에 방문해본 유일한 외국인 일본에서는 전혀 겪지 못한 일이었다. 파리라는 도시가 인종의 집합소 같은 곳이기도 했지만, 내가 살았던 시테위니베르시테르 기숙사나 내가 연수를 받았던 언론인 연수센터 건물들은 그 공간의 성격상 더욱더 그랬다. 나는 갑자기 너무나 다양한 인종 속에 놓였고, 그래서 나를 객관화할 수 있는 기회를 얻었다. 그때까지 가보지 못했던 미국의 악명 높은 인종주의를 책이나 영화를 통해 간접적으로 체험

했던 나는 프랑스에 머물면서 그 나라의 인종주의가 미국에 견주어서는 한결 덜한 듯하다는 생각을 했다. 적어도 파리에서는 흑인 남성과 백인 여성이 데이트하는 것을 흔하게 볼 수 있었고, 그것이 흔했던 만큼 '튐'다는 느낌이 점차 없어졌다. 미국에서라면 아직도 그런 장면이 다소 기이하게 보일 것이다. 사실 흑인 남성과 백인 여성의 조합이 백인 남성과 흑인 여성의 조합보다 더 기이하게 보인다는 것은 인종주의의 문제 이상으로 성차별주의의 문제이기도 하다. 그 점에서 파리는 미국에 견주어 덜 인종주의적일 뿐만 아니라 덜 성차별적이라는 느낌도 있었다. 그것은 프랑스가 미국에 견주어 정치적 좌파의 힘이 더 크다는 사실과도 관련이 있을 것이다. 데이트하는 남녀만이 아니라 일반적으로 프랑스에서는 여러 인종들이 스스럼없이 어울린다는 느낌을 받았다. 프랑스의 유색인종 비율이 미국보다 오히려 낮다는 점을 생각하면 프랑스인들이 늘 내세우는 '톨레랑스'가 실현되는 듯도 했다.

그러나 설령 프랑스 사회가 미국 사회보다 덜 인종주의적이라고 해도, 그것은 자그마한 정도 차이에 지나지 않을 것이다. 내가 프랑스에서 열심히 본 텔레비전 프로는 주로 토론프로였다. 기자로서 거기 머물렀기 때문에 시사 쪽에 관심이 있기도 했지만, 연예프로그램이나 영화 대사 같은 것은 익숙하지 않은 프랑스어로 이해하기가 어렵기도 해서였다. 그런데 묘한 것이, 거리에는 흑인을 비롯한 유색인종이 넘쳐나지만, 토론프로에 나오는 사람들은, 특히 정치 토론프로나 학술 토론프로에 나오는 사람들은 거의 다 백인이었다. 그러니까 저잣거리의 인종 비율이 텔레비전 스튜디오에는 그대로 반영되지 않았다. 물론 이것이 인종주의를 직접적으로 반영하는 것은 아니라고도 할 수 있다. 그러나 그것이 인종에 따른 경제적·상징적 재화의 불평등한 분배를 반영하고 있는 것은 확실했다. '라시스트'(인종주의자)라는 말이 가장 커다란 욕으로 여겨지는 나라에 머물며 나 자신 더러 인종주의를 체험하기도 했다. 이런저런 불쾌한 장면들은 물론 주로 내가 프랑스어에 서툰 외국인이라는 점 때문에 생긴 일이었겠지만, 내가 프랑스어에 서툰 미국인이었다면 사정은 달랐을 것이다. 심지어 '유럽의 기자들' 연수프로그램에 참가한 동료 기자들 사이에서도 비릿한 인종적 위계가 분명히 있었다. 주인 종족의 후예와 노예 종족의 후예 사이에 완전한 동질감이 솟아나진 않았던 것 같다. 비유적으로 '대필자代筆者'라는 뜻을 지닌 프랑스어 단어 '네그르'(검둥이)가 발설될 때 분위기가 미묘해지기도 했다.

한국의 경우 엄밀한 의미의 인종주의라는 것이 고개를 쳐들기 시작한 것은 아시아권 노동자들이 이주해오기 시작한 1990년대 이후일 것이다. 물론 19세기 말 이래 한국인들은 크게 백인종〉황인종〉흑인종이라는 인종의 위계를 내면화하고는 있었다.

그러나 그것은 관념 속의 위계였다. 한국전쟁에 참전한 외국 군인들과 주한 미군을 제외하고는 다른 인종이 우리 사회에서 눈에 띄지 않았기 때문이다. 그런데 이제 한국에서도 실제의 수준, 경험의 수준에서 인종주의가 작동하고 있는 것이다. 모든 차별의식이 그렇듯, 인종주의라는 것도 인류의 유전자 안에 깊이 각인돼 있는지도 모른다. 그래서 우리는 마음속 깊은 곳에서 그것을 말끔히 씻어낼 수는 끝내 없을지도 모른다. 그러나 문화라는 것은, 문명이라는 것은 본디 반反생물학이다. 우리가 인간으로 남고자 한다면, 인종주의가 나쁘다는 것을 끊임없이 되뇌어야 한다.

## 공산주의

✦

내가 파리에 간 것이 1992년이니, 냉전이 끝난 직후인 셈이다. 냉전이 한창일 때 태어나 기자가 된 20대·30대 젊은이들이 냉전이 끝난 직후 파리에 모인 것이다. 놀랍게도, 공산주의에 대한 태도 때문에 기자들 사이에 긴장이 일었던 기억은 없다. 같이 연수를 받은 동료들 가운데는 불가리아, 폴란드, 헝가리, 체코, 러시아 등지에서 온 친구들이 있었고, 이들은 아마 자라면서 공산당사와 유물론 철학을 열심히 배웠을 텐데도, 한두 해

사이에 머리를 온통 씻어냈는지 모두 다 공산주의에 혐오감을
드러냈다.

나는 살아오면서 단 한 번도 마르크스주의에 마음이 쏠린
적이 없다. 집단에 대한 내 공포가 생래적이라는 이유도 있었겠
지만,《자본론》을 끝까지 읽어낼 끈기와 지성이 내게 없었기 때
문이기도 했을 것이다. 그래도 80년대 들어 '불법적'으로 출간되
기 시작한 마르크스와 레닌의 책들을 들춰보기는 했다. 물론 마
음이 쏠리지 않았다. 그것은 날림번역이 낳은 거친 문장들 때문
만은 아니었다. 나는 불확실한 방향으로 치닫는 집단적 열정이
낳을 수 있는 파멸적 결과가 두려웠고, 인간의 이타심에 대한 신
뢰가 부족했다. 그러나 나를 공산주의로부터 밀쳐낸 더 중요한
이유는 단 한 번뿐인 생애에 대한 존중이었던 것 같다. 차라리 내
가 기독교 신자였다면, 그러니까 영혼의 불멸이나 다음 세상을
믿었다면, 공산주의에 쏠릴 수도 있었을 것이다. 그러나 내게는
종교가 없(었)고, 그래서 나는 영혼의 불멸도 다음 세상도 믿지
않는다. 즉 내 죽음은 내게 우주의 소멸이다. 물론 타인의 죽음
도 그들에게 마찬가지라는 것을 나는 받아들인다. 한 개인의 죽
음은 그 개인에게 우주의 소멸이다. 그렇다면 집단적 정의를 위
해 개인을 희생시킨다는 것은 어이없는 일이다. 1990년대 언젠가
프랑스에서 나온《공산주의 흑서》라는 책은 20세기 공산주의운
동에 대한 비열한 비방으로 널리 알려졌다. 나 역시 그 책을 읽으

며 공산주의에 대한 혐오감에 앞서 그 책에 대한 혐오감으로 불쾌했다. 그러나 나는 그 책의 주장, 공산주의운동이 1억 명의 생명을 앗아갔다는 주장 앞에서 전율하지 않을 수 없었다. 물론 그 1억 명이라는 수치는 명백한 과장일 테다. 그 수치는 혁명운동에 휩쓸려 죽어간 사람만이 아니라, 공산주의 사회에서 전쟁과 기아로 죽어간 사람들까지를 모두 공산주의라는 이념과 관련해 셈한 것일 테다. 그러나 1억 명의 10분의 1인 천만 명이라 해도 마찬가지다. 공산주의운동은 천만 명의 목숨을, 다시 말해 천만 개의 우주를 날려버린 것이다. 도대체 무엇 때문에? 뭘 위해서? 설령 혁명운동의 지도자들에게 오직 선의만 있었다고 하더라도, 이것은 용서할 수 없는 일이다. 어리석음과 무책임도 죄악이다. 지옥으로 가는 길은 선의로 그득 차 있다는 말은 괜한 소리가 아니다.

그러나 공산주의가 물러간 이 세계에서 우리는 행복한가? 그렇지 않다. 공산주의라는 억제력이 없어져버린 세상에서 자본운동은 고삐 풀린 망아지처럼 천방지축으로 진행되고 있다. 냉전은 끝났으나 전쟁의 위협은 오히려 더 커졌다. 그것은 자본의 힘이 무소불위가 돼버렸기 때문이다. 나는 위에서 전쟁의 동력으로 민족주의와 종교를 꼽았다. 거기에 더해야 할 것이 이 자본의 욕망이다. 전쟁은 늘 비즈니스의 공간이다. 민족주의와 비즈니스는 전쟁을 주례로 행복하게 결혼한다. 고삐 풀린 자본과 민족주의의 광란 속에서 지구는 전쟁의 참화를 피할 수 없을 것이다. 역사적 공산주의의 몰락과 좌파 세계관의 몰락이 겹칠 수 없는 것은, 겹쳐서는 안 되는 것은 그래서다. 세계화 자체는 피할 수 없다. 우리가 바랄 수 있는 것은 신자유주의 세계화가 아닌, 다른 방식의 세계화, 밑으로부터의 세계화일 것이다. 그것은 20세기의 공산주의가 이루고자 했으나 이루지 못한 진정한 국제주의를 새롭게 모색하는 일이기도 하다. 그 국제주의는 독립적이고 자율적인 개인들 사이의 느슨하지만 질긴 연대를 통해 구축될 것이다.


## 영어

◆

처음 유럽에 갔을 때 나를 놀라게 한 것 하나는 영어의 위세였다. 나는 물론 그전에도 영어가 가장 위세가 큰 언어라는 것 정도는 알고 있었다. 그러나 한편으로 유럽 대륙에서는 영어의 위세가 상대적으로 작으리라는 환상도 지니고 있었다. 막상 유럽에 가보니 영어의 위세는 내가 생각한 것보다 훨씬 더 컸다. 그리고 영어 이외의 다른 큰 언어들, 예컨대 프랑스어나 독일어나 스페인어의 위세는 내가 생각한 것보다 훨씬 더 작았다. '유럽의 기자들' 프로그램의 지원 자격은 프랑스어와 영어로 말하고 쓸 수 있어야 한다는 것이었다. 그리고 그 프로그램의 일환인 기사 작성도 프랑스어나 영어로 하는 것이 의무화돼 있었다. 그런데 프로그램의 또다른 한 축인 세미나는 거의 프랑스어만으로 이뤄졌지만, 연수를 함께 받던 동료들의 압도적 다수는 영어로 기사를 쓰는 것을 택했다. 프랑스어가 모국어인 동료들을 빼고는 말이다. 우리들끼리의 대화도 대체로 영어로 이뤄졌다. 벨기에 동료 하나가 누차 한 말이 지금도 기억난다. "공산주의 몰락 이후에 인류는 두 개의 계급으로 분화됐어. 영어 사용자와 비영어 사용자." 물론 거기서 주류는 영어 사용자다. 19세기 어느 시점부터 영어는 이미 세계에서 가장 강력한 언어가 되었다. 그러나 영어가 다른 어떤 언어에 의해서도 위협받지 않는 지위를 구축한 것은 20세기를 통과하면서다. 물론 그것은 이 언어의 고향인 영국의 힘에 의해서가 아니라 미국의 힘에 의해서다. 두 차례의 세계대전을 승리로 이끌며 미국은 세계 최강의 군사·경제 대국이 되었고, 제 나라의 군인·돈과 함께 그 언어를 세계 각지에 전파했다. 오늘날 영어 이외의 언어로 발표되는 논문은, 특히 자연과학의 경우에는, 발표되지 않은 논문이나 다름없다. 제1차 세계대전 전까지 의학·생화학 분야의 일급 논문들이 주로 독일어로 쓰여 있다는 것을 생각하면 상전벽해다. 인터넷의 등장에 따른 커뮤니케이션 폭발은 영어의 지위에 더욱 유리한 환경을 조성했다.

이것이 비영어 사용 사회에서 영어공용어론이 나온 계기가 됐다. 영어공용어론은 여러 차원의 비판에 직면해 있다. 우선 민족주의자들은 궁극적으로 자신들 언어의 생존 자체를 위협할 영어공용어론에 너그러울 수가 없다. 민족주의자가 아니더라도, 생물종의 다양성처럼 문화종의 다양성도 (문화적) 생태계의 건강을 위해 꼭 필요하다고 생각하는 다원주의자들 역시 영어공용어론에 찬성할 수 없다. 반면에 영어공용어론자들은 영어라는 '표준화한 코드'가 커뮤니케이션의 효율을 크게 높일 것이라는 점을 자신들의 논거로 삼고 있다. 영어공용어화에 대한 찬반은 미묘한 문제다. 궁극적으로는 언어라는 것을 대하는 상반된 태도가 이 두 주장의 밑에 깔려 있다. 언어는 세계를 재현하는가, 아니면 존재를 표현하는가. 거칠게 말하면 영어공용어론자는 재현론자들이고, 그 반대자들은 표현론자들이라고 할 수 있다. 물론 언어는 세계를 재현하면서 존재를 표현한다. 내 입장은 소극적 영어공용어론이다. 즉 영어공용어화를 강제해서는 안 되되, 자연스럽게 그런 흐름이 이뤄진다면 그냥 놓아두자는 쪽이다. 나는 언어기호의 특징인 자의성이 야기하는 개별 언어 사이의 커뮤니케이션 장애가 개별 언어들의 표현적 기능의 다양성이라는 장점에 견주어 훨씬 크다고 생각하기 때문이다. 언어는 물론 문화의 본질적 부분이지만, 그것은 음식이나 의상과는 다르다. 먹고 입는 것은 자족적일 수 있지만, 언어는 자족적일 수 없다. 그것은 궁극적으로 소통을 제1의 목적으로 하는 매체다. 그리고 이 매체는 그림이나 음악보다 훨씬 복잡한 매체여서, 일정한 소통의 수준에 이르도록 익히는 것조차 그리 쉽지 않다. 우리가 이런저런 유형의 그림이나 음악에 익숙해지는 것만큼 이런저런 자연언어에 익숙해지기를 기대할 수는 없다. 그런 만큼, 언어를 익힐 수 있는 제한된 능력을 이미 많은 사람들이 사용하고 있는 언어에 집중시키는 것은 합리적이다. 이런 주장은 물론 영어가 국제어가 된 역사의 더러운 측면에 눈감는 것이라는 비판을 받을 수 있고, 능률성과 생산성만을 중시하는 시장지상주의적 세계관이라는 비판을 받을 수도 있다. 나는 그런 비판을 무릅쓰고라도, 영어공용어화에 마구 적대적일 수만은 없다. 영어를 모름으로써 겪게 될 불편은 앞으로 더욱더 커질 것이기 때문이다. 문필가로서, 한국 문필가로서가 아니라 그저 한 사람의 문필가로서도 그렇다. 문필가라면 누구나, 5천만이 이해할 수 있는 언어로보다는 5억이 이해할 수 있는 언어로 글을 쓰고 싶어할 터이기 때문이다.

## 개인주의

✦

내가 20세기 말 파리에서 발견한 것 가운데 마음에 가장 들었던 것은 집단으로부터 놓여난 개인일 것이다. 물론 모든 공동체에는 그 공동체를 지탱하는 최소한의 도덕이 있다. 그러나 그 최소한의 도덕을 해치지 않는 범위에서 개인은 무엇이든 할 수 있어야 한다는 것, 그가 문신을 하든, 동성애를 하든, 마약을 하든 사회는 그것을 용인해야 한다는 원리는 견결히 지지돼야 한다. 나는 이런 개인주의 선언을 10년 전에 다소 선동적 톤으로 쓴 바 있다. 〈공산당 선언〉의 마지막 부분을 패러디한 그 글 끝머리는 이렇다. "만국의 개인들이여, 흩어져라! 흩어져서 싸우라! 민족주의의 심장에, 모든 집단주의의 급소에 개인주의의 바이러스를 뿌려라!"

## 불순 또는 비순수

✦

결국 내가 20세기의 역사에서 얻은 교훈은 모든 순수한 것에 대한 열정이 위험하다는 것이다. 순수에 대한 열정이라는 것은 말을 바꾸면 근본주의, 원리주의다. 그것이 종교의 탈을 쓰든, 학문이나 도덕의 탈을 쓰든, 인종이나 계급의 탈을 쓰든 마찬가지다. 순수에 대한 열정은 좋게 말하면 진리에 대한 열정이라고도 할 수 있다. 그런데 광신이라는 게 별 게 아니라 진리에 대한 무시무시한 사랑이다. 그리고 진리에 대한 무시무시한 사랑은 필연적으로 소수파나 이물질을 배제하는 전체주의의 문을 연다. 그 문을 닫아놓는 길은 모든 사람들이 진리의 전유권專有權을 스스로 포기하고 그와 동시에 남들이 진리를 전유하는 것도 용납

하지 않는 것이다. 진리에 대한 사랑을 줄이는 것, 열정의 사슬을 자유로써 끊어내고 광신의 진국에 의심의 물을 마구 타는 것이다. 흩어져 싸우는 개인들이란 결국 세계시민주의자들이고, 세계시민주의의 실천 전략은 불순함의 옹호다. 결론을 내리자. 섞인 것이 아름답다는 것이 내가 생각하는 20세기의 교훈이다. 아직 우리는 그 교훈을 받아들일 준비가 안 된 듯하지만.

《젊은 날의 깨달음》, 인물과사상사, 2005.

## 05
# 미술비평가들

✦

~~~~~~~

    문학비평이 문학작품에 값을 매기듯, 미술비평은 미술작품에 값을 매긴다. 그러나 이 두 '값'의 값이 똑같지는 않다. 문학작품에 비평이 매기는 값은 그 일부분만 화폐로 바뀐다. 다시 말해그 값의 상징 차원과 물질 차원은 어긋날 수 있고, 실제로 흔히어긋난다. 반면에, 미술작품에 비평이 매기는 값은 거의 고스란히 화폐로 바뀐다. 다시 말해 그 값의 상징 차원과 물질 차원은곱다시 포개진다.

    문학비평가들이 한목소리로 상찬한다 해서 어떤 소설책의정가가 오르는 일은 없다. 물론 소설은 인쇄라는 복제기술에 공급을 의존하므로, 비평가들의 언어는 드물지 않게 소설책의 판매량에 영향을 끼친다. 그러나 그 영향은 결정적이지 않다. 비평가들의 일치된 상찬 속에서도 팔려나가지 않는 소설책이 적지 않듯, 비평가들의 일치된 무시나 혹평 속에서도 기세 좋게 팔려 나가는 소설책이 적지 않다. 문학소비자가 문학비평가에게 제 소비행태를 의존하는 정도는 그만그만하다는 뜻이다.

그래서 어떤 문학작품의 공인된 미적 가치와 그 작품을 통해 작가나 출판사가 벌어들이는 경제적 이득은 비례하지 않는 경우가 많다. 문학작품의 상징적 가치와 경제적 가치가 이렇게 어긋나게 되는 것은 인쇄라는 복제기술 때문이다. 원품과 상징적 값이 거의 다르지 않은(사실은 원품이 아예 없는) 복제품 하나하나의 물질적 값이 그리 비싸지 않으므로, 소비자는 비평가라는 조언자를 크게 아쉬워하지 않는다. 다른 복제예술에서도 마찬가지다. 문학에서처럼 음악이나 영화에서도, 소비자는 비평가에게 부분적으로만 의존한다. 그들은, 비평가가 뭐라 말하든, 이 작품은 여기가 좋고 저기가 모자라다고 제 나름의 평가를 내리고 그 평가를 제 소비에 반영한다. 그래서 음악비평가나 영화비평가가 어떤 작품에 매긴 값은 부분적으로만 화폐로 바뀐다.

흔히 미술이라 부르는 조형예술, 특히 회화는 사정이 다르다. 회화는 복제가 불가능한 예술이다. 아니, 복제가 불가능하지는 않지만, 복제품이 아무런 가치를 지니지 못하는 예술이다. 상투어를 쓰자면, 회화는 아우라를 간직하고 있는 예술이다. 이 아우라는 물질 자체가 상징이라는 조형예술의 특징에서 온다. 물론 인쇄술이나 녹취술 같은 복제기술이 나오기 전엔 문학(책)이나 음악(연주)에도 아우라가 있었다. 또 컴퓨터그래픽이 나온 뒤엔 회화의 아우라에도 금이 가기 시작했다. 그러나 이 자리에선 이 시대 예술의 주류 형태에만 눈길을 건네기로 하자. 그 주류 형태 안에서, 회화는 아우라를 간직한 거의 유일한 예술이다.

거기에 더해, 회화는 다른 장르에 견줘 그 좋고 나쁨을 가려내기가 사뭇 까다로운 예술이다. 까다롭다는 것은 그 기준이 섬세하다는 뜻이기도 하지만, 그 기준이 들쭉날쭉하고 물렁물렁하다는 뜻이기도 하다. 이것은 표현주의 이후의 '난해한' 그림들에만이 아니라 전통적 구상화에도 해당한다. 이런 기준의 상대적 물렁물렁함은 오히려 미술비평가의 권위를 다른 장르 비평가보다 크게 만든다. 다른 장르의 경우 그 기준의 대강은 비평가의 마음 밖에 있으나, 회화의 경우엔, 기준이 워낙 물렁물렁하므로, 비평가는 그 기준을 쉽사리 제 마음 안에다 세우거나 과격하게 구부러뜨린다.

기준의 물렁물렁함은, 회화 장르가 지닌 아우라와 결합해, 미술비평언어의 환금성換金性을 대책 없이 키운다. 유력한 문학비평가를 친구로 두고 있는 소설가가 돈을 벌 확률보다 유력한 미술비평가를 친구로 두고 있는 화가가 돈을 벌 확률이 훨씬 높다. 문학이나 다른 복제예술에선 비평의 값 매김행위가 중층적이지만, 회화에서는 날것으로 물질적이기 때문이다. 미술비평의 감정행위는 KBS가 일요일마다 내보내는 〈TV쇼 진품명품〉의 감정행위와 한 치도 다름없다. 화상과 미술비평가의 공모가 출판자본가와 문학비평가의 공모보다 훨씬 더 흔하고 악질적이 될 수밖에 없는 이유가 거기 있다. 당연히, 쓰레기의 축성祝聖은 문단을 포함한 다른 예술계에서보다 화단에서 더 흔하다. 에프라임 키숀의 《피카소의 달콤한 복수》는 이런 '사기극'에 대한 분개와 조롱이다. 미술비평이, 한국의 미술비평만이 아니라 미술비평 일반이, 쉽게 이해할 수 없는 수사로 덧칠돼 있는 데는 이런 사정도 개입했을 테다. 최근의 박수근·이중섭 그림의 위작 소동 역시 이 맥락 속에 있을 것이다. 중학생의 그림도 '대가'의 서명과 비평가의 '보증'으로 '걸작'이 되는 것이다.

박물관을 채우고 있는 수많은 그림의 역사적 가치에 합의하기는 너무 쉽지만, 그 그림들의 미적 가치에 합의하기는 너무 어려워 보인다. 그 '미적' 가치가 '테크닉'을 넘어 '철학'까지 포함할 땐 더욱 그렇다. 그린 지 한 세기도 안 된 그림이 경매장에서 수십억대를 호가하는 것은 제 비평언어가 곧 '감정가'가 되는 회화 장르의 취약성을 미술비평가들이 즐기고 있기 때문일 것이다. 현대미술의 '거장'들 앞에서 심각해지는 관람객이 딱하게 보일 때가 있다. 볼 눈만 있다면, 그는 미술관 바깥의 거리와 삶 속에서 더 큰 아름다움을 발견할 수 있으리라.

《씨네21》, 2007. 12. 7.

# 06

# 도린과 제라르를 위하여

✦

〰〰〰〰〰〰〰

　　여자는 83세였고, 남자는 84세였다. 그들은 지난달 24일 북동 프랑스 오브의 자택에서 숨진 채 발견됐다. 남자는 여자 곁에 나란히 누워 있었다. 30년 가까이 여자의 몸을 갉아먹고 있던 진행성 질환이 아니더라도 두 사람 앞의 생이 길지는 않았겠으나, 그들은 스스로 목숨을 끊었다. 그들은 60년 동안 서로 사랑했고, 58년간 부부였다. 여자의 이름은 도린이었고 남자의 이름은 앙드레였다.

　　여자는 태어날 때부터 도린이었으나, 남자는 태어날 때부터 앙드레가 아니었다. 남자가 1923년 오스트리아 빈에서 태어났을 때 부모가 지어준 이름은 게르하르트였다. 여자는 60년 동안 남자를 그 이름으로, 정확히는 그 독일어 이름을 프랑스어식으로 다듬어 제라르라 불렀다. 남자의 아버지는 호르스트라는 성을 지닌 유대인 목재상이었고 어머니는 가톨릭이었다. 1938년 독일과 오스트리아의 나치 정권이 두 나라의 합방을 선언하자, 남자의 부모는 자식의 미래를 걱정하게 되었다. 이듬해 스위스로 여행 간 남자에게 부모는 오스트리아로 돌아오지 말라고 일렀다. 16세 소년 게르하르트 호르스트는 로잔에 정착했다. 그리고 로잔대학에서 화공학을 공부했다. 고향을 떠나면서 남자는 무국적자가 되었다. 그 무국적 상태는, 1954년 프랑스 총리 맹데스 프랑스(그도 유대계였다)의 호의로 남자가 프랑스 국적을 얻을 때까지 이어졌다.

남자에게 처음 호감을 보인 프랑스인은 맹데스 프랑스가 아니라 사르트르였다. 게르하르트 호르스트는 1946년 로잔으로 강연 온 사르트르를 처음 만났다. 두 사람은 서로에게 반했고, 호르스트는 사르트르와의 이 만남을 통해 제 기질이 화공학보다는 넓은 의미의 철학 쪽에 맞는다는 사실을 깨달았다. 그뒤 그는 대학제도가 베푸는 공식 사승師承관계 바깥에서 자신을 철학자로 단련시켰다. 사르트르와의 인연으로 호르스트는 삶의 둥지를 파리로 옮겼고, 1960~70년대에《현대》의 편집에 간여했다.

남자는 철학자이기에 앞서 기자였다. 그의 기자 이력은 〈파리-프레스〉에서 시작해 〈렉스프레스〉와 〈르누벨옵세르바퇴르〉로 이어졌다. 그는 〈르누벨옵세르바퇴르〉의 창간자 가운데 한 사람이었다. 병든 아내를 돌보기 위해 1983년 때이른 은퇴를 하기까지 그는 이 시사주간지를 이끌었다. 기자로서 그가 다룬 영역은 주로 경제였다. 그것은 그의 철학이 사회정치적 지평으로 늘 열려 있던 것과도 무관치 않았다.

기자로서, 남자의 이름은 게르하르트 호르스트가 아니었다. 종전 직후 독일인에 대한 프랑스인의 감정은 최악이었다. 첫 직장이었던 〈파리-프레스〉의 편집장은 독일 이름으로 기명기사를 쓸 수는 없다는 점을 오스트리아 남자에게 납득시켰다. 남자는 흔해터진 프랑스 이름 미셸에다가 보스케라는 성을 붙여 제 필명으로 삼았다. 보스케는 남자의 원래 성 호르스트(덤불)에 해당하는 프랑스어다. 이렇게 해서, 한 세대 이상 프랑스 좌파 경제 저널리즘의 한 분파를 지휘한 미셸 보스케 기자가 태어났다.

철학자로서, 남자의 이름은 미셸 보스케도 아니었다. 독일인에 대한 프랑스어 멸칭蔑稱 '보슈'를 대뜸 연상시키는 보스케는 귀화를 바라는 사람에게 알맞은 성이 아니었다. 세 번째 이름이 필요했다. 그는 이번에도, 흔해터진 프랑스 이름 앙드레에다 고르라는 성을 붙여 프랑스인이 되었다. 고르는 남자가 아버지의 유품으로 간직하고 있던 쌍안경의 산지産地였다. 이탈리아 북부 알프스 기슭의 이 작은 도시(이탈리아어로는 '고리차')는 본디 슬로베니아인들의 땅이었고, 오래도록 오스트리아의 지배를 받았다. 그 경계의 땅은 모두의 땅이면서 누구의 땅도 아니었다. 남자는 이 도시의 경계성이 제 망명자 정체성과 닮았다고 여겼다. 이렇게 해서, 20세기 후반의 정치생태론과 문화사회론을 풀무질한 철학자 앙드레 고르가 태어났다.

사르트르의 영향 아래 실존주의와 마르크스주의를 버무리며 출발한 고르의 사회철학은 선배의 것보다 한결 덜 관념적이었고, 그러면서도 더 전복적이었다. 선배가 살아 있을 때, 고르는 이미《생태론과 정치》를 통해 자신의 상상력을 적색에서 녹색으로 이동시켰다. 선배가 죽은 해에 출간한《아듀 프롤레타리아》에서, 그는 노동의 역사형성력과 노동계급의 역사적 특권을 부인하며 마르크스주의와 결별했다. 그뒤 내놓은《노동의 변신》과《눈 앞의 비참, 숨어 있는 풍요》에서, 그는 일하지 않는 사람도 먹고 살 수 있는 사회를 구상했다.

그러나 미셸 또는 앙드레에게 가장 중요했던 것은 저널리즘도 철학도 아니었다. 그에게 더 중요했던 것은 자신을 제라르라 불렀던 여자, 도린이었다. 남자가 영국인 아가씨 도린을 처음 만난 것은 1947년 10월이었다. 남자의 회고에 따르면 눈 내리는 밤이었고, 그는 춤추러 가자고 여자를 꾀었다. 그뒤로, 두 사람은 공기를 호흡하듯 상대를 호흡했다. 여자는 제 남자 주변의 유명인들을 자연스럽게 대할 줄 아는 기품과 지혜가 있었다. 사르트르도 맹데스 프랑스도 자기들 앞에서 스스럼없었던 도린을 좋아했다.

아내를 수신인으로 삼아 지난해 출간한《D.에게 보내는 편지》에서, 남자는 "상대가 자기보다 먼저 죽을까봐 우리는 늘 두려워했지요"라고 썼다. 그 두려움을 60년 넘게 견디기가 두 사람다에게 힘겨웠나보다.

《씨네21》, 2007. 10. 26.

# 07

# 라플라스의 악마

✦

## 스티븐 스필버그의 〈마이너리티 리포트〉

～～～～～

    자신이 아직 저지르지 않은 범죄에 책임을 지는 것이 온당한가, 라는 것이 영화 〈마이너리티 리포트〉(2002)가 제기하는 문제라고들 말한다. 그럴까? 스필버그도 이 영화를 만들며 그 문제에 무게를 두었을까? 알 수 없는 일이다. 그러나 만일 스필버그가 그랬다면, 〈마이너리티 리포트〉는 잘못 만들어진 영화다. 왜냐하면 영화 속에서 사전범죄수사국이 처리한 사건들로만 판단할 때, 예지자들이 지목한 사람들에게 형사책임을 묻는 것은 법적으로 정당하기 때문이다.

    워싱턴의 사전범죄수사국이 맡는 범죄는 오직 살인죄다. 거의 모든 사회에서 살인은 가장 무거운 범죄로 간주되므로 그것은 그럴 듯하다. 수사국 초창기에는 모살謀殺도 다루었으나 이내 고살故殺만을 다루게 됐다고 영화 속 수사관은 말한다. 모살과 고살은 사람을 죽일 꾀를 미리 짰느냐 여부로 구별된다. 윤리적 차원에서는 고살보다 모살에 쏟아지는 비난이 더 클 수 있지만 사회적 위험에서는 둘 사이에 차이가 없다. 우리 경우도 일제시대와 해방 뒤 한동안의 옛 형법에서는 이 둘을 구별했지만, 지금은 구별하지 않는다. 미국 형법에서는 murder와 manslaughter를 구분한다고 한다. 그러나 murder와 manslaughter가 모살과 고살에 정확히 대응하는 것은 아니다. murder는 살의malice aforethought를 지니고 저지른 살인이다. 그 살의가 반드시 살인 계획을 뜻하는 것은 아니다. 그래서 murder에는 모살의 전부와 고살의 상당 부분이 포함된다. manslaughter는 순간적 흥분으로 일어난 살인과, 대륙법 체계에서 흔히 결과적 가중범으로 분류하는 상해치사나 폭행치사를 포함하는 듯하다. 사전범죄수사국이 영화의 현재 시점에서 주로 다루는 범죄는 murder 가운데 미리 계획되지 않은 살인과 manslaughter 가운데 순간적 흥분에 의한 살인이다. 그러니까 그것은 얼추 우리 옛 형법의 고살에 해당한다. 그런데 수사국이 모살을 담당하지 않는 것은 창설 초기에 비해 '나와바리'가 좁혀져서가 아니라, 살인 계획 자체가 워싱턴에서는 짜이지 않기 때문이다. 예지자들의 능력이 잘 알려진 터라 아무도 살인 음모를 꾸미지 않는 것이다. 잡힐 줄 뻔히 알면서 살인을 계획할 사람은 없을 테니 말이다.

그런데 영화 속에서 수사국이 체포하는 사람들은 과연 범죄를 저지르지 않았는가? 저질렀다. 범행 현장에서 체포되는 그들은 이미 살인미수죄를 저질렀다. 넓은 뜻의 미수에는 중지미수, 곧 (영화 속에서 수석 수사관 존 앤더튼이 일시적으로 그랬듯) 실행에 들어간 행위를 스스로 멈추거나 그 행위에 따른 결과가 생기는 것을 막아 범죄 완성을 중지한 경우도 포함되지만, 〈마이너리티 리포트〉에서 수사관에게 체포되는 범죄자들은 모두 장애미수범 곧 좁은 뜻의 미수범이다. 그 가운데서도 착수미수, 곧 범죄의 실행에 들어갔지만 자기 의사가 아닌 외부 사정의 방해로 예정된 행위를 전부 마치지 못한 경우다. 장애미수에는 착수미수말고도, 예정했던 행위는 모두 마쳤지만 바랐던 결과가 일어나지 않은 경우를 가리키는 실행미수(종료미수)가 있다. 착수미수와 실행미수는 관념적 구분일 뿐 법적으로는 구별하지 않는 것이 상례다.

그런데 대부분의 형법 체계에서 중지미수 곧 중지범과, 장애미수 곧 좁은 뜻의 미수범은 엄격히 구분한다. 중지범은 법관이 반드시 그 형을 줄여 가볍게 하거나 면제하도록 규정하고 있는 데 비해, 미수범에 대한 법정형은 기수범과 같고 다만 법관이 자유재량으로 그 형을 줄일 수 있을 뿐이다. 그리고 우리 형법을 포함해 거의 모든 형법이 살인죄의 미수범은 처벌하도록 규정하고 있다. 〈마이너리티 리포트〉에서 범죄자들은 모두 현장에서 체포된다. 예지자들이 범행 장소와 시간까지를 다 알려주기 때문이다. 예지자들에게서 끄집어낸 영상에 따라 특정한 시각에 특정한 장소로 수사관이 파견됐다고 하더라도, 거기서 범죄가 일어나고 있지 않다면 누군가를 체포할 수는 없을 것이다. 그러니 적어도 영화 속 상황만 놓고 볼 때 사전범죄수사국의 운영은 정당하다고 할 수 있다. 형벌의 그로테스크함은 다른 문제다.

다만 영화 속 사례들과 달리 수사관이 '예정된 범죄자'를 미리 찾아내 범죄 실행 이전에 그를 체포한다면, 그것은 법적으로 정당화될 수 없다. 신비화된 예언의 불도저로 인간의 자유의지(의 가능성까지)를 샅샅이 밀어버리는 짓이기 때문이다. 〈마이너리티 리포트〉의 예지자들은 결정론의 화신이다. 그들은 라플라스가 상상했던 악마적 지성의 감각적 담지자들이고 언젠가 나타날지도 모를, 무한대의 계산을 순식간에 해낼 하이퍼-하이퍼컴퓨터의 현신이다. 그러나 스필버그는 사전범죄수사국의 해체로 영화를 마무리함으로써 자유의지 편을 든다. 미래를 예측할 수 있으므로 자유의지에 따라 그 미래를 바꿀 수 있다는 생각(영화 속에서 예지자 애거서는 뜻밖에 이 편에 서 있다)과 그렇게 해서 바뀐 미래가 사실은 가능했던 유일한 미래라는 생각은 둘 다 그럴듯한 생각이다. 그 둘 가운데 어느 쪽이 옳은지를 누가 알랴? 그러자면 라플라스의 악마 이상의 지성이 필요한 것을.

《씨네21》, 2002. 9. 3.

## 08

# 직립보행, 또는 페르시아
# 사람들의 편지

✦

### 조지 루카스의 〈스타워즈 에피소드2-클론의 습격〉

〈스타워즈 에피소드2-클론의 습격〉(2002)을 봤다. 첫 번째 〈스타워즈〉를 본 지 20여 년 만이다. 그 사이의 〈스타워즈〉들을 나는 놓쳤다. 그 기다란 공백을 조금이라도 메워보려고 《씨네 21》358호의 〈특집 〈스타워즈〉 백과사전〉을 뒤적여보았으나 머리만 지끈거렸다. 상상 속 세계의 본기本紀와 열전列傳을 익히려고 마음을 다잡기엔 나이가 너무 든 모양이다. 사실 나는 이 영화를 즐기지 못했다. 스펙터클은 눈이 부시다 못해 아릴 정도였지만, 상투적 사랑과 상투적 전쟁과 상투적 음모로 엮인 스토리는 너무 상투적이었다. 이런 상투성을 못 견뎌하는 것도 이제 나이가 든 탓인지 모른다. 그러나 상원의원 파드메 아미달라와 제다이 기사 아나킨 스카이워커가 원형경기장에서 죽을 고비를 넘기는 장면은 즐거운 생각거리를 주었다.

원형경기장에서 아나킨은 '우주 짐승'(이 아니면 '괴물'이겠지)과 맞서 싸운다. 고대 로마의 노예 검투사가 더러 사자와 맞서 싸웠듯. 〈스타워즈〉 시리즈의 배경인 은하계에는 수많은 종족이 산다. 우리에게 익숙한 인간의 얼굴을 한 종족만이 아니라, 지구에 사는 온갖 짐승들의 얼굴을 빌려온 종족들이 함께 등장한다. 예컨대 900살의 제다이 마스터 요다, 우키족 출신의 우주선 정비사 츄바카, 겅간족 출신 청년 자자 빙크스 같은 이들이 짐승의 얼굴을 하고 있다. 그런데도 그들은 모두 '인간'이다. 왜? 그들이 곧추 서서 걷기 때문이다. 그렇다면 원형경기장에서 아나킨에게 덮쳐드는 생물체를 '인간'이 아니라 '짐승'이라고 판단할 근거는 무엇인가? 당연히, 그것이 곧추 서 있지 않기 때문이다. 지구 생태계가 바이러스에서 호모사피엔스사피엔스에 이르는 무수한 단계의 생물들로 이뤄져 있듯 은하계 전체의 생태계도 아마 그렇겠지만, 〈스타워즈〉를 만든 지구인의 상상력 속에서 은하계의 생물군은, 적어도 동물군은, 인간군과 짐승(괴물)군으로 깔끔하게 나뉘고, 그 인간군의 특징은 직립인 것 같다.

실상 지구행성에서 직립은 주로 인류의 특징이다. 곧추 서서 걷는 펭귄이나 더러 직립 흉내를 내는 유인원들은 잠시 잊어버리자. 인류 진화사에서 직립보행은 앞발을 해방시켜 도구의 사용을 가능하게 만듦으로써 문명의 탄생을 촉진했다. 인류의 머나먼 방계조상이 어느 순간 벌떡 일어설 생각을 하지 못했다면,

우리는 아직 수렵시대에도 들어서지 못했을 것이다. 그래서 직립이 인간의 자존을 상징하게 된 것은 자연스럽다. 꼿꼿이 서 있음으로써 인간은 자신을 네발짐승과 구별한다. 그 직립은 진리와 완성의 숫자 1의 직립이고, 힘차게 발기한 남근의 직립이다. 그러나 자연스러운 것이 늘 옳은 것은 아니다.

원형경기장 장면을 보며 몽테스키외의 《페르시아 사람들의 편지》의 한 구절을 떠올렸다. "만약에 삼각형들이 신을 만들었다면 신에게 세 변을 주었을 것"이라는 구절이다. 1721년에 나온 《페르시아 사람들의 편지》는 프랑스를 여행하는 리카와 우스벡이라는 가상의 페르시아 사람 둘이 프랑스 사회를 비판적으로 살피며 친지들과 주고받는 161통의 편지로 이뤄져 있다. 인용이 정확한지 확인하기 위해 책을 펼쳐보니 위 구절은 59번째 편지에 담겨 있었다. 리카가 우스벡에게 보낸 이 편지에서 그 구절이 나오는 대목은 이렇다. "우스벡, 사람들이 사물을 판단할 땐 늘 자기들을 기준으로 삼게 마련인 듯하네. 나는 흑인들이 악마를 눈부신 백색으로 그리고 신을 석탄처럼 검게 그리는 것에 놀라지 않네. 어떤 종족들이 그리는 비너스가 엉덩이 언저리까지 유방을 드리우는 것에도 놀라지 않네. 심지어 우상숭배자들이 모두 자기들의 신을 사람의 형상으로 표현하고 그 신에게 자기들의 기질을 나누어주는 것에도 놀라지 않네. 만약에 삼각형들이 신을 만들었다면 신에게 세 변을 주었을 거야."

여기서 우상숭배자란 옥좌 위에 앉아 긴 수염을 늘어뜨린 노인으로 신을 묘사하곤 했던 유럽의 가톨릭 신자들을 가리킨다. 리카는 신에게 형상을 주는 것을 금지하는 이슬람교 신자다. 이 대목에서 몽테스키외는 기독교의 신인동형동성설神人同形同性說, anthropomorphism을 비판하고 있다. 실상 이 깔끔한 비유의 원조는 몽테스키외가 아니다. 몽테스키외가 태어나기 10여 년 전에 죽은 스피노자도 "만약에 삼각형이 언어능력을 지녔다면 신이 근본적으로 세모꼴이라고 말할 테고, 원이 언어능력을 지녔다면 신의 본성이 본질적으로 둥글다고 말할 것"이라고 쓴 바 있다. 더 올라가 고대 그리스의 시인-철학자 크세노파네스는 이런 시를 남겼다. "소와 말에게 손이 있다면/ 그리고 그들이 그 손으로 그림을 그릴 줄 안다면/ 말은 말 모양의 신들을 그리고/ 소는 신들에게 소의 형상을 주리라."

은하계 어딘가에 있을지도 모를 가장 고등한 생물이 지구 행성에 사는 우리들 인류와 닮은 형상을 지닌 채 우리들처럼 움직일지는 알 수 없다. 아니 더 나아가, 그들이 도대체 형상이라는 것을 지녔을지, 움직이기나 할지조차 의문이다.

《씨네21》, 2002. 7. 23

# 09

# 엘도라도를 찾아서

✦

## 베르너 헤르초크의 〈아귀레, 신의 분노〉

~~~~~~~~~~

프리지아의 왕 미다스는 소원 하나를 들어주겠다는 주신酒神 디오니소스의 제안을 받고 제 손이 닿은 모든 것이 황금으로 변했으면 좋겠다고 말한다. 소원이 이뤄지자 미다스는 난처한 처지에 놓인다. 지중해 세계에서 가장 큰 부자가 되었지만, 그는 음식을 먹을 수도, 사랑을 나눌 수도 없었다. 모두가 그를 피하게 되자 미다스는 제 소청을 없었던 것으로 해달라고 빈다. 그는 파크톨로스 강에서 목욕을 하고서야 원래의 손을 되찾는다.

미다스를 기원전 700년 무렵의 사람으로 설정하고 있는 헤로도투스의 기록을 믿는다면, 황금을 향한 인간의 사랑은 2,700년 전에도 지금 못지않게 격렬했던 듯하다. 그 격렬한 사랑은 이집트와 중국에서 연금술이라는 섹스 테크닉을 낳았다. 연금술은 별 볼일 없는 금속을 황금으로 바꾸는 방중술이다. 중국의 연금술은 연단술煉丹術이기도 했다. 연금술사들이 금을 얻기 위해 쓴 선단仙丹은 불사不死의 약이 되었다. 선단이라는 이름의 이 성인 용품은 아랍 사람들의 중개를 거쳐 유럽으로 수출되며 현자의 돌이 되었고, 그 현자의 돌은 곧 생명의 영약이었다. 그러니, 황 금에 대한 사랑은 장생불사에 대한 욕망이기도 했다. 황금애黃金 愛와 장생욕長生慾의 이 겹침에는 다소 얄궂은 데가 있다. 미다스 가 디오니소스의 호감을 사게 된 것은 길 잃은 요정 실레노스를 후대했기 때문이다. 실레노스는 디오니소스를 길러낸 주정뱅이 다. 이 실레노스가 미다스에게 설파한 진리는 사람의 가장 큰 행 복은 애당초 태어나지 않는 것이고, 일단 태어났으면 빨리 죽는 게 제일이라는 것이었다.

유럽의 연금술은 온갖 사이비과학적 시도를 통해서 화학 이라는 진정한 과학을 낳았지만, 애석하게도 유럽인들을 부자 로 만들지는 못했다. 그러자 유럽인들은 연금술에 묶여 있던 두 손 가운데 한 손을 빼내 금으로 뒤덮인 미지의 나라를 짚어나 가기 시작했다. 그뒤, 온통 황금으로 치장돼 있다는 엘도라도가 유럽인들의 꿈속에 자리 잡았다. 유럽인들은 그 황금향이 동방 어딘가에 있다고 믿었다. 유럽의 서쪽은 끝을 알 수 없는 바다 였으므로 그 황금향이 동쪽에 있는 것은 당연했다. 13세기 후반 에 중국을 다녀간 마르코 폴로의 상상 속에서 그 황금향은 중 국 동쪽에 있다는 '지팡구'라는 섬나라였다. 어느 순간 유럽인들은 땅이 둥글다는 것을 알게 됐다. 그러자, 무시무시한 이교도들로 바글대는 육로를 통해 그 황금향에 가느니보다 서쪽의 해로를 택하는 것이 낫겠다는 생각이 자연스럽게 떠올랐다. 콜럼버스는 서쪽으로 가서 인도를 발견했다. 그 인도는 뒷날 서인도라고 불리게 되었다. 그러자 멀쩡한 인도는 동인도라고 불리게 됐다.

아무튼 이 서인도가 발견된 이래 유럽인들은 황금향이 아마존 강 어딘가에 있다고 믿었다. 16세기 이래 200~300년 동안 유럽의 탐욕스러운 모험가들은 그 엘도라도를 찾아 아마존 강을 헤집고 다녔다. 그러면서 그들은 그곳의 왕조를 무너뜨렸고, 원주민들을 잔인하게 학살하거나 노예로 삼았고, 드넓은 땅을 제 것으로 만들었다. 이들에게는 선교사들이 따라다녔는데, 이들 선교사는 군인들의 잔학행위를 조금도 나무라지 않았다. 〈아귀레, 신의 분노〉(1972)에 등장하는 한 선교사가 말했듯, "주님의 영광을 위해서 교회는 항상 강한 자의 편이었"기 때문이다.

베르너 헤르초크 감독의 〈아귀레, 신의 분노〉는 엘도라도의 환영을 좇아 자신과 동료들을 학대하며 미쳐가는 한 스페인 군인의 격정을 그렸다. 이 사나이의 이름은 돈 로페 데 아귀레다. 그는 프란시스코 피사로(잉카제국의 황제를 속임수로 꾀어 살해한 뒤 제국을 무너뜨린 그 피사로다)에게서 엘도라도 탐색의 임무를 받은 선발대의 부대장이다. 그러나 그는 스페인 국왕에 대해서도, 피사로에 대해서도 충성심이 없다. 그는 오직 자신을 위해서, 엘도라도를 향한 자신의 집념을 위해서 행동한다. 그는 강하다. 그는 자신이 위대한 반역자이며 신의 분노라고 으스댄다. 그래서 그는 위험을 두려워하지 않는다. 그러나 그의 여정은 파멸로 끝난다. 자연의 험난함과 원주민들의 독화살에 대원들은 하나하나 스러진다.

스페인 사람들은 활을 든 이들 원주민이 신화 속의 여성 무사족武士族 아마존이라고 생각했다. 사실 그 원주민들은 머리를 길게 기른 남자였을 것이다. 아무튼 이들의 착각 덕분에 거의 내해內海에 가까운 남아메리카 최대의 강은 아마존이라는 이름을 얻었다. 하긴, 미다스가 제 몸의 사금砂金을 뿌려놓은 파크톨로스 강도 신화 속의 여전사女戰士들이 살았다는 소아시아에 있었다. 그러니 스페인 사람들의 상상 속에서 엘도라도와 아마존이 연결된 것은 자연스럽다. 그리스신화의 아마존족은 활의 달인들이었다. 그들은 활시위를 제대로 당기기 위해 사춘기에 이르면 젖을 잘라냈다고 전한다. 사실 이 전설은 결핍을 나타내는 그리스어 접두사 a-와 젖가슴을 뜻하는 mazos로 '아마존'이라는 말을 분석했던 민간어원설과 관련이 있다.

〈아귀레, 신의 분노〉는 독일 감독의 손에서 태어난 스페인 역사의 한 에피소드다. 스페인과 독일 사이의 시공간은 이번

월드컵 축구대회에서 한국인들에게 황금의 시공간, 엘도라도
였다.

《씨네21》, 2002. 7. 9.

# 10
## 부르주아의 피, 또는 경멸과 동경
✦
### 로버트 올트먼의 〈고스포드 파크〉

～～～～～～

　로버트 올트먼 감독의 〈고스포드 파크〉(2001)는 애거서 크리스티의 감촉이 물씬거리는 추리물이지만, 이 영화에서 살인 사건의 타래 못지않게 관객의 눈길을 끄는 것은 영국 사회의 계급질서일 것이다. 아니, 계급질서라는 말은 너무 성글다. 역사시대 이래로 무계급사회는 있어본 적이 거의 없을 테니, 차라리 신분질서라는 말이 낫겠다. 피의 빛깔을 기준으로(영국인들은 귀족의 핏빛을 푸른색으로 표현한다고 들었다) 사람들을 서열화하는 질서 말이다.

　영화가 반 고비를 겨우 지나서야 누가 누군지 겨우 분간될 만큼 바글대는 등장인물들은 위층 사람들과 아래층 사람들로 나뉜다. 아래층 사람들은 시중드는 사람들이고 위층 사람들은 시중받는 사람들이다. 아래층 사람들은 제 이름으로 불리는 것이 아니라 위층 사람들의 성姓, 곧 각자의 주인의 성으로 불린다. 위층 사람들은 귀족이거나 자본가고 아래층 사람들은 평민이거나 노동자다. 아니 위층 사람들은 귀족이면서 자본가고 아래층 사람들은 평민이면서 노동자다. 그러니까 계급(재산)과 신분(피)은 엄밀히 분리되는 범주가 아니다. 그것들은 서로 스며들어 서로를 강화하거나 중화한다.

이런 뻔한 전제에서 이끌어낼 수 있는 그리 뻔하지 않은 결론은 유럽의 시민혁명이 귀족을 역사의 전면에서 몰아내고 그 자리를 부르주아지로 채웠다는 공식이 허구라는 것이다. 진상에 더 가까운 진술은, 귀족이 몰락하고 부르주아지가 득세하게 됐다는 것이 아니라, 귀족이 부르주아화하고 농노가 프롤레타리아화했다는 것일 테다. 시민혁명 이후 지배계급이 사회를 지배하는 양상은 바뀌었을지라도, 인적 연속성에서 과거와 단절된 새로운 지배계급이 들어선 것은 아니다. 물론 개개인의 운명에 초점을 맞추면 혁명의 물결에 휩쓸려 몰락한 귀족도 수두룩하고 부르주아로 치솟은 해방 농노도 수두룩하겠지만, 집단의 수준에서는 결혼과 교우를 비롯한 갖가지 인적 사슬을 통해서 지배계급은 의연히 자기동일성을 확보할 수 있었다. 큰 틀에서는, 한번 지배계급이면 영원한 지배계급이었고 한번 피지배계급이면 영원한 피지배계급이었다.

이 을씨년스러운 철칙은 부르주아라는 말을 대하는 사람

들의 태도에도 넌지시 투영되는 것 같다. 부르주아는 공식적으로 경멸의 대상이지만 비공식적으로는 선망의 대상이다. 이른바 '부르주아의 허위의식'이라는 말처럼 허위의식으로 가득 찬 표현도 드물다. 허위의식이 부르주아와 어떤 긴밀한 내적 연관을 지닌 것은 아닐 것이다. 그저 도시거주자라는 의미를 지녔던 부르주아는 역사의 부침 속에서 귀족의 상대어로(즉 평민의 의미로), 프롤레타리아의 상대어로(즉 자본가의 의미로), 예술가의 상대어로(곧 속물의 의미로) 자리를 옮기며 대체로 경멸적 함의를 감수해야 했지만, 부르주아에 대한 그런 경멸의 태도야말로 그 바탕에 허위의식을 깔고 있다는 의심을 나는 지울 수 없다. 남들을 부르주아로 부르며 경멸하면서도 정작 자신은(문화적으로는 아닐지라도 경제적으로, 더 내밀히는 문화적으로도) 부르주아이기를 바라거나 부르주아인 것을 자긍하는 사람들을 꽤 겪었기 때문이다.

어느 사회학자가 "부르주아는 프롤레타리아의 검술 선생"이라고 말했을 때의 그 맥락에서 프롤레타리아의 검술 선생이 되는 것이 대다수 마르크스주의 지식인들이 꾸었던 꿈이 아니었을까? 태생은 부르주아이되, '존재 전이'라는 것을 통해 문화적으로 프롤레타리아가 된 뒤 자신이 적籍을 얻게 된 새로운 계급을 이끌겠다는 꿈 말이다. 미상불 마르크스와 엥겔스 이래로 프롤레타리아에게 검술을 가르친 교사들의 압도적 다수는 부르주아(출신)였다.

슬프게도, 프롤레타리아로 귀화한 부르주아들은 흔히 원原 계급의 흔적(예컨대 부르주아적 교양이나 취향)을 자랑스럽게 간직 한다. 이때 부르주아라는 것은 이미 계급의 이름이 아니라 신분 의 이름, 피의 이름이다. 부르주아 출신 마르크스주의자의 이런 도착된 욕망을 가리키기 위해서라면, '부르주아의 허위의식'이라 는 말도 그럴 듯하다. 이 말이 원래 겨누었던 뜻에서는 너무 멀리 벗어났지만.

영국에서 살아보질 않아 피부로 느낄 기회는 없었지만, 영 국의 신분질서는 〈고스포드 파크〉의 시대적 배경인 1930년대만 이 아니라 어떤 사회적 맥락에서는 지금도 고스란하다고 들었 다. 그것은 이 나라에서 군주제의 숨이 아직 끊기지 않은 것과도 관련 있을 것이다. 영국에서 공-후-백-자-남은 아슴푸레한 역 사의 에피소드가 아니라 현실 속에서 작동하는 힘인 듯하다. 프 랑스의 시민혁명을 사회혁명이라고 부르는 데 비해 영국의 시민 혁명을 정치혁명이라고 부르는 것은 그래서일 것이다. 내가 공화 주의자가 된 것은 집안이 미천한 탓도 있을 테지만, 아무튼 집안 내세우는 사람 앞에서 내 가냘픈 팔은 여지없이 닭살로 변한다. 특히 왕족 운운하는 이들. 해방된 한국에서 다른 성씨 가진 사 람들 모두가 제 집안 자랑하며 푼수를 떨어도 나라 떠넘긴 전주 이씨만은 입다물고 있는 게 정상일 텐데, 이승만에서 이회창 씨에 이르기까지 이 집안의 몇몇 명사들은 도대체 후안무치다. 채혈기라도 갖다 대보고 싶은 심정이다.

《씨네21》, 2002. 6. 11.

# 11

# 정열, 대중매체, 진정성,
# 그리고 앤트워프

✦

## 도미니크 데루데르의 〈에브리바디 페이머스〉

~~~~~~~~~~

0. 도미니크 데루데르 감독의 〈에브리바디 페이머스〉(2000)는 질박한 외모의 열일곱 살 소녀 마르바가 스타 가수로 탄생하는 과정을 그린 영화다. 서사의 굵은 줄기는 텔레비전이 주도하는 현대의 쇼비즈니스 세계를 질주하고, 작은 줄기는 딸의 성공을 위해서 뭐든 할 각오가 돼 있는 무능하고 무모한 전통적 아버지의 부정父情 행각을 좇는다.

1. 아름다운 자연에 넋을 잃거나 아름다운 건축물 앞에서 감탄사를 연발하는 데는 아무런 윤리적 자의식이 따르지 않는다. 그러나 아름다운 여성 앞에서 호들갑을 떠는 것은, 미스코리아 대회를 둘러싼 논란에서 보듯, 더러 윤리적 비난의 대상이 된다. 거기에는 사람의 외모에 공개적으로 미적 잣대를 들이대는

것이 그 사람의 인격을 훼손한다는 판단이 깔려 있을 것이다. 말할 나위 없이, 외모(만으)로 사람의 값어치를 판단하는 것은 부당하다. 그렇다면, 지적 능력(의 표현이라고 생각되는 교육적 배경)(만)으로 사람의 값어치를 판단하는 것은 그것보다 덜 부당한 일일까?

1.1. 영화 속에서 마르바가 극적 반전을 거쳐 신데렐라가 되는 것은 외모라는 기준을 하찮은 것으로 만들어버린 (집단적) 정열의 힘이다. 비록 그 정열을 끌어낸 것은 요행의 여신에게 도움을 받은 방송 제작자의 연출능력이었지만. 그리고 톱스타(쿨한 용어로는 '디바'라고 한다지?) 데비가 다 떨어진 인생의 해고 노동자 윌리에게 끌리는 것은 지적 능력(의 표현이라고 생각되는 직업의 위세)이라는 기준을 하찮은 것으로 만들어버린 (개인적) 정열의 힘이다. 정열은, 적절한 오리엔테이션을 거치면, 기존 가치체계의 경직성을 눅여주는 약손이 될 수 있다. 그러나 그 정열은, 제어되지 않을 때, 최악의 중우衆愚정치를 풀무질하는 검은손이 될 수도 있다.

2. 속된 말로 '뜨기' 전의 연예인들이 매니저나 방송사 프로듀서에게 성을 '상납'한다는 소문이 사실인지 아닌지 나는 알지 못한다. 영화를 보니, 우리 사회만이 아니라 벨기에에도 그런 관

행(이나 적어도 그런 관행에 대한 소문)이 있는 모양이다. 마르바는 옷을 벗으라는 데비의 매니저 마이클의 요구를 자연스럽게 받아들인다. 자기보다 나이가 훨씬 어린 이성과 잠자리를 할 때 뭔가 역겨움이, 자기혐오감이 치밀어 오르지 않을까? 자신이 윤리적으로 글러먹었다는 느낌 말고, 미적으로 어긋나 있다는 느낌 말이다.

3. 대중매체가 관리하는 현대에는 누구나 유명해질 수 있다는 것, 그리고 현대사회에서 유명하다는 것은 돈을 쉽게 버는 것을 의미한다는 것이 이 영화의 메시지 가운데 하나라면, 그것을 아주 틀린 생각이라고 할 수는 없다. 그러나 누구나 유명해질 수 있다는 것은 possible의 영역이지, probable의 영역은 아닐 것이다. 유명해지기 위해서는 곧잘 대중의 누선淚腺을 건드려야 하고, 대중의 누선을 건드리려면 뭔가 이색적이어야 한다. 그리고 그 '별난 빛깔'은 브라운관이라는 세트 안에서 세심하게 연출돼야 한다. 마르바를 한순간에 스타로 만든 것은 그녀를 향한 헌신적 부정이 브라운관을 매개로 사람들의 누선을 건드렸기 때문이다. 데비의 음반 판매량에 가속이 붙은 것은 그녀의 피랍이 텔레비전 뉴스를 탔기 때문이다. 이 사건들은 둘 다, 적어도 부분적으로는, 대니얼 부어스틴이 얘기한바 '가짜 사건'이다.

3.1 가짜 사건이 완전한 무無에서 창출되는 것은 아니다. 거기에도 최소한의 질료가 필요하다. 그리고 그 질료가 자극적일수록 사건의 창조가 쉬워진다. 〈Dixie Kitchen〉 〈Drag Queens in Limousines〉 〈Filth & Fire〉같은 앨범을 통해 컨트리뮤직의 신화를 만들고 있는 루이지애나 출신의 여가수 메리 고셔의 경우도, 브라운관 앞 대중의 누선을 자극할 만한 동성애, 가출, 알코올중독, 마약 복용, 복역 등 성장기의 극적인 질료를 갖추지 않았다면, 오늘날 그녀에게 비춰지는 스포트라이트가 이토록 집중적이지는 않을 것이다. 문제는 '불우'라는 상징재를 보유한 그녀의 영광이 동성애나 사회적 부적응에 대한 체제의 관용을 조금도 늘리지 못한다는 데 있다. 그것들은 단지 현재의 밝음을 더 찬란하게 만드는 과거의 어둠으로, 일종의 데커레이션으로 소비될 뿐이다. 메리 고셔의 양지가 따스할수록, 동성애자와 사회 부적응자의 음지는 더 춥다. 그런 사회적 소수파에게 우리의 메리가 건네는 연대의 진정성은 이런 콘트라스트를 더 두드러지게 만들 뿐이다.

4. 한 유럽 저널리스트는 중국이나 일본에 견주어 한국이 유럽인들에게 어떤 정형화한 이미지를 만들어내지 못했다고 지적한 바 있다. 많은 동아시아인들에게는 아마 벨기에가 그럴 것이다. 유럽인들에게 한국이 중국과 일본 사이에서 분해돼버리

듯, 동아시아인들에게 벨기에는 프랑스와 네덜란드 사이에서 분해돼버린다. 영화 속의 도시가 어디인지는 모르겠지만, 플랑드르의 한두 도시는 내게 비교적 익숙하다. 그곳에 가고 싶다. 앤트워프의 중앙역에서 스헬데 강까지를 햇살 속에서 느릿느릿 걷고 싶다.

《씨네21》, 2002. 5. 28.

# 12
## 홍세화 생각

✦

～～～～～～

그를 처음 만난 것이 1992년 9월이다. 파리 중앙시장 언저리의 한 카페에서였다. 나는 유럽연합(그때는 유럽공동체였지만) 집행부가 후원하는 저널리즘프로그램에 참가하기 위해 처음 유럽에 발을 딛은 신문기자였고, 그는 14년째 조국에 돌아오지 못하고 그 도시에 살고 있던 망명객이었다. 며칠 뒤 그는 내 아내와 나를 자신의 차에 태워 영불해협의 한 항구도시로 데려갔다. 지금처럼 그때도 나는, 기자답지 않게, 채 친하지 않은 사람 곁에서는 말수가 적었다. 그러나 그는 나보다 말수가 더 적었으므로, 어쩔 수 없이 나는, 아내의 도움을 받아, 말을 거는 쪽이 돼야 했다. 물 건너의 잉글랜드를 상상하느라 가슴이 두근거렸던 그날, 바닷가에서 그와 많은 말을 나누지는 못했다. 그러나 파리로 돌아오는 차 안에서, 나는 그가 이내 내 생애 속 깊숙이 들어오리라는 것을 예감했다.

이듬해 6월 서울로 돌아오기까지 나는 그를 여남은 번 만났던 것 같다. 그는 처음보다는 말수가 늘었지만, 말을 거는 쪽은 여전히 나였다. 내가 파리를 떠나기 며칠 전에 만난 자리에서, 그는 그때까지의 삶에 대해서, 자신의 가족사에 대해서, 나락 같은 절망과 그래도 버릴 수 없는 희망에 대해서 길게 얘기했다. 그가 나보다 말을 많이 한 것은 그때가 처음이었던 것 같다. 서울로 돌아온 나는 그해 여름휴가를 이용해 《기자들》이라는, 소설 비슷한 이야기책을 썼다. 파리 체류 때의 이런저런 일들을 이리저리 일그러뜨려 만든 그 이야기 속에다, 나는 그 도시에서 내가 만난 망명객 이야기를 살짝 끼워넣었다. 그리고 그해 겨울이 끝나갈 무렵, 회사에 사표를 내고 파리로 날아갔다. 이번에는 아내만이 아니라 아이들도 함께 비행기를 탔다. 내가 다시 파리로 돌아간 것은 아홉 달 동안 거기 머무르며 그 도시에 환장을 해버린 탓이었지만, 그곳에 그가 살고 있지 않았다면 결정을 그리도 쉽사리 내리지는 못했을 것이다. 에드거 앨런 포와 이상李箱이 그렇게 선망하고도 끝내 가보지 못한 그 도시는, 내게, 보들레르와 베냐민과 헤밍웨이와 사르트르의 도시라기보다 홍세화의 도시였다.

다시 찾은 파리에서 그는 점점 말을 거는 쪽이 되었다. 그는 나를 파리의 이 골목 저 구석으로 데리고 다니며 그 도시의 속살을 보여주었고(나는 좋은 학생이었다), 시장에서 물건을 고르는 법을 가르쳐주었으며(나는 형편없는 학생이었다), 가족수당을 안 주려고 버티는 공무원을 어떻게 다루어야 하는지도 알려주었다(나는 그만그만한 학생이었다). 그를 '위험인물'로 여기지 않는 젊은 한국인들이 파리에 조금씩 늘어나는 것을 나는 즐겁게 지켜보았다. 그러던 어느 날, 그는 《나는 빠리의 택시운전사》라는 책으로 한국에서 가장 유명한 저술가 가운데 한 사람이 되었다. 그 책의 성가는 그의 오랜 가난을 꽤 눅여냈지만, 그의 향수를 눅여내지는 못했다. 아니, 눅여내기는커녕 더 악화시킨 것 같았다. 그는 한국인이면 누구나 아는 한국인이었지만, 한국으로 돌아올 수 없는 한국인이었다.

이 외로운 한국인을 두고 나는 98년 서울로 돌아왔다. 외환 위기의 낙진을 맞아 경제적으로 더이상 버텨내기가 어려워서였다. 서울에서 전화선으로 듣는 그의 목소리는 대체로 힘이 없었다. 그는 실제로 아픈 것 같았다. 그리고 그 병은 조국에 대한 상사병이었던 것이 분명했다. 그러나 내게는 아무런 처방전이 없었다. 그저, 파리에 한번 들르라는 그의 말에, 못 그럴 줄 알면서도 그러겠다고 건성으로 대답하는 것이 고작이었다. 그러던 세월의 어느 아침에, 그가 거짓말처럼 한국에 들어왔다. 한겨레신문사와 지인들의 초청 형식이었던 것 같다. 법적 걸림돌이 치워졌다는 것을 확인한 그는 2002년에 영구 귀국했다. 그러고는 한겨레신문사에 들어갔고, 민주노동당에 가입했다.

그가 한국 땅을 자유롭게 밟을 수 있게 된 뒤, 그의 주위에는 늘 사람들이 붐볐다. 사람들과 만나고 있지 않을 때에도 그는 늘 바빴다. 그는 늘 뭔가를 쓰고 있거나, 뭔가를 읽고 있거나, 누군가를 인터뷰하고 있거나, 누군가에게 인터뷰를 당하고 있거나, 강연을 하고 있거나, 강연장으로 가고 있거나, 집회에 참가하고 있거나, 집회장으로 가고 있었다. 그런 일들에 얽매여 있지 않을 때에는, 그의 몸이 그 많은 일들을 감당하지 못해 집에서 끙끙 앓고 있었다. 그는 마치 서울을 비웠던 23년 세월을 단숨에 벌충하려는 사람처럼 보였다. 파리에선 일주일에 한두 번은 보던 그를 정작 그와 나의 고향인 서울에선 몇 달에 한 번 보기도 힘들다.

타고나기를 우익인 나는('타고나기를'이라는 말을 쓰는 순간 나는 이미 갈 데 없는 우익이지만) 역사의 진보에 대한 그의 낙관주의를, 민중의 근원적 건강성에 대한 그의 믿음을 도저히 감당하지 못한다. 그러나 나는, 내가 그를 처음 만난 92년 9월 어느 날을 내 생애의 가장 큰 길일吉日 가운데 하나로 치고 있다. 신념의 일관성에서, 자신의 존재조건에 대한 반성의 철저함과 항구성에서, 말과 행동의 일치에 대한 점검의 부단함에서 그를 앞설 사람을 나는 얼른 떠올리지 못한다. 그런데도 나는 그를 헌걸찬 운동가나 논객이나 지식인으로 떠올리기에 앞서 매력적인, 너무나 매력적인 개인으로 떠올린다.

나는 그와 띠동갑이다. 내가 그를 처음 만났을 때, 그는 지금의 나보다도 한 살이 젊었다. 그런데 어느덧 그는 하나 모자란 예순의 나이에 이르고 말았다. 한국이 이미 고령화사회가 되었다고는 해도, 그는 이제 상대적으로도 젊다고는 할 수 없는 세대가 되었다. 그는 가장 활기찬 나이를 이방의 도시에서 보냈다. 그곳이 다른 도시가 아니라 파리였다는 사실이 그나마 다행이기는 하지만, 누구도 그 고립된 세월과 고향에서의 세월을 바꾸고자 하지는 않을 것이다. 그는 이제 더이상 고립돼 있지 않다. 그의 연대의 세월이, 그 더불어 살기의 세월이 그가 고립돼 살았던 세월만큼만 이어졌으면 좋겠다. 그리고 앞으로의 그 세월이 꼭 일에만 바쳐지는 것이 아니라 놀이에도 바쳐졌으면 좋겠다. 일도 그렇겠지만 놀이야말로 더불어 할 때 진짜배기가 되는 것이니 말이다. 그리고 그가 그 놀이에(일에는 말고!) 가끔 나도 끼워주었으면 좋겠다.

한국출판인회의 홈페이지, 2005. 8. 12.

# 13
# 내 둘째 매제를 소개합니다

✦

~~~~~~~~~~~

시집 가 애들 키우며 사는 아줌마 누이동생이 내겐 셋 있다. 그 가운데 둘째 누이는 나와 한 아파트에 산다. 바로 옆 동이다. 첫째 누이는 청주로 시집을 갔고 막내는 전주로 시집을 간 터라, 남매들 가운덴 둘째 누이와 내가 그나마 자주 어울리게 되었다. 그 누이의 남편, 곧 내 둘째 매제는 한 종합병원의 가정의학과 의사다. 그는 나보다 한 살 아래일 뿐이지만 나를 꼭 '형님'이라고 부르고, 나는 그 징그러운 호칭을 뻔뻔스럽게 접수한다. 매제와 누이는 두 사람이 따로따로 알고 있던 선배 부부의 소개로 만나 두 해쯤 연애하다 결혼했다. 내 부모님은 의사 사위를 '살' 형편이 전혀 못 되었으므로, 그리고 나 역시 최저생계비를 겨우 웃도는 임금을 주는 신생 신문사의 평기자였으므로, 매제가 한국 의사들의 평균적 감수성을 지녔다면 그 두 사람이 결혼하기는 쉽지 않았을 것이다. 나는 지금 내 매제가 썩 괜찮은 사내라고 말하고 있는 중이다. 정작 괜찮은 분들은 금반지 하나를 달랑 예물로 들고 온 고등학교 평교사 딸을 기꺼이 며느리로 맞으신 매제 부모님들일지도 모르지만.

부모님들이 두 분 다 이북 출신인 터라, 매제는 남쪽에 친척들이 많지 않다. 반면에 우리 집은 6촌까지는 한가족이라는 전통적 대가족 감수성을 아직까지 버리지 못한, 그래서 돌아가신 분들의 기일이 되면 일가붙이 수십 명이 한 집에서 와글거리는 완고파다. 그러다보니, 결국 수적 열세 탓이겠지만, 누이가 매제네 식구가 되었다기보다는 매제가 우리 식구가 돼버렸다. '시집가는 것'과 '장가드는 것'은 한 사건의 다른 측면일 뿐이지만, 아무튼 내 둘째 누이 내외의 경우엔 본의 아니게 장가가 시집을 (오로지 수의 힘에 의지해) 압도해버린 것이다. 몇 년 전에 바깥 분을 여의시고 지금은 막내아들과 사는 매제 어머님은 그런 둘째 아들이 꽤 서운할지도 모른다. 그분이 그런 기색을 내비치셨다는 얘기는 들은 바 없지만.

매제는 성격이 그리 좋은 사람이라고는 할 수 없다. 환자를 어떻게 대하는지는 모르겠지만, 아무튼 내가 '친구'로서 내리는 평가는 그렇다. 아마 한국의 평균적 의사들에 견주어도 성격이 나쁜 편일 것이다. 그래서 '사람 좋은' 나하고도 가끔은 티격태격한다. 그래도 내가 매제에게 마음이 상하지 않는 것은 그의 그

'니쁜' 성격이 높은 윤리성의 이면이라는 것을 알고 있기 때문이다. 종합병원에 한번 다녀오는 것이 작지 않은 스트레스인 한국 사회에서 가족이나 가까운 친척 가운데 종합병원 의사가 있다는 것은 일종의 특권이라 할 만한데, 매제는 제 가족이나 인척이 그런 특권을 누리는 것을 달가워하지 않는다. 누군가가 차례를 무시하고 진료를 먼저 받으면 다른 외래 환자들 모두가 부당하게 그 시간만큼을 더 기다려야 하는데, 그리고 담당 의사 친지들의 새치기 때문에 대기실에서 시간을 더 보내야 하는 환자 가운데는 새치기꾼보다 병이 더 위중한 사람이 있을 수 있는데, 매제는 그런 '불의'가 짜증스러운 것이다. 그러나 뻔뻔한 나는 매제가 싫어하는 것을 알면서도 늘, 은 아닐지라도 적어도 필요할 때마다, 그런 불의를 기꺼이 실천한다. 그리고 매제는 매번 달갑지 않은 표정으로 별수 없이 그 불의의 공범이 돼준다.

내가 매제의 좋은 환자가 아닌 것은 그를 자주 그런 불의에 끌어들여서만은 아니다. 천성이 약골에 가까운데다가 생활습관도 영 불건전한 나는 늘 건강 걱정으로 전전긍긍하면서도 매제의 정당한 충고를 듣지 않는다. 나는 매제가 끊으라는 담배를 끊지 않았고, 매제가 줄이라는 술을 줄이지 않았다. 매제가 하라는 운동도 귓등으로 흘려버렸다. 내가 하는 팔운동이라고는 술잔을 들었다 내렸다 하거나 담배를 입에 댔다 뗐다 하는 것 정도고, 내가 하는 다리운동이라고는 화장실이나 식당엘 다녀오는 것 정도다. 그러다가 몸 어딘가가 쿡쿡 쑤신다거나 기침이 오래 멎지 않으면, 나는 다시 매제의 직장으로 달려가 길게 늘어앉아 있는 환자들 앞을 위풍당당하게 지나서 매제의 진료실 문을 열어제치는 것이다. 간호사들도 이젠 내 얼굴을 알아보고 멋쩍은 웃음으로 그냥 들여보내지만, 매제는 자신과 간호사들을 불의의 공모자로 끌어들인 내가 영 못마땅한 표정이다. 그래도 그가 나를 쫓아내는 법은 없었다, 아직까지는.

매제는 슬픈 표정을 짓는 법이 거의 없다. 그는 대개 쾌활하고 이따금 신경질적이다. 그런데 딱 한 번, 그가 슬픈 표정을 짓는 것을 본 기억이 있다. 두세 해 전에 그가 대한의사협회에서 쫓겨났을 때였다. 그는 그전 해인가 건강보험 개혁이 촉발시킨 의사 파업에 단호히 반대함으로써 대한민국 의사들의 미움을 한몸에 받기 시작했는데, 의사협회는 마침내 그 행동이 의사들의 '권익'을 침해했다는 이유로 매제와 원로의사 한 분에게 회원자격 정지 처분을 내렸다. 매제가 의사협회에서 내쳐진 날 밤 나와 하이트를 마시며 지은 표정이 바로 그 슬픈 표정이었다. 그 자리에서 매제는 쾌활하게 웃지도 않았고, 신경질을 내지도 않았다. 그냥 슬픈 표정이었다. 나 역시 슬픈 표정으로 그에게 하나마나한 위로를 건넸다. 그러나 그 자리가 파할 때쯤 나는 굳이 슬픈 표정을 짓고 있을 필요가 없어졌다. 매제가 언제 그런 일이 있었냐는 듯 평소처럼 다시 쾌활해졌기 때문이다. 나는 매제가 그뒤

의사협회 회원자격을 회복했는지, 아니면 계속 비회원 의사로 남아 있는지 모른다. 아무튼 그는 의사협회에서 쫓겨난 뒤에도 직장에서는 쫓겨나지 않았다. 그 병원의 원장님께 축복을!

　매제는 요즘 매일 새벽에 아파트 근처의 천변으로 조깅을 나간다. 제 건강을 위해서이기도 하지만, 환자들에게 신뢰를 주기 위해서라고 한다. 비만은 건강의 적신호라며 매일 조금씩이라도 운동을 하라고 환자들에게 조언하는 의사가 정작 자신은 뱃살이 볼록해 있다면 얼마나 우스꽝스럽겠는가? 매제가 쉰, 예순, 일흔이 되도록 배가 홀쭉하기를 기원한다. 술 마시기와 담배 피우기를 운동의 전부로 삼는 내 배야 볼록하더라도.

《세아》, 2002. 7~8.

# 14
## 어떤 치정의 기억

✦

∼∼∼∼∼∼∼∼∼∼

　내 입술이 처음 그녀에게 닿았을 때 나는 중학교 3학년이었다. 나는 아버지를 뵈러온 그녀를 내 골방으로 유인해 조심스레 입을 맞췄다. 이브의 꾐에 빠져 때깔 좋은 열매를 처음 맛보는 아담처럼, 나는 아마 조금 겁을 먹고 있었을 것이다. 그런 한편, 나도 이젠 연애를 할 만큼 컸다는 자부심으로 흐뭇하기도 했을 것이다. 그러나 그녀와의 그 첫 모험은 거북살스러운 욕지기로 끝났다. 그녀의 입술은 내가 상상했던 것처럼 싱그럽지도 달콤하지도 않았다. 10대 후반의 나는 비행청소년에 가까웠고, 마음만 먹었다면 그녀를 납치라도 할 수 있었을 테지만, 그리 탐탁지 않았던 첫 경험 때문에 나는 한동안 그녀를 잊고 살았다. 그대로 그렇게 세월이 흘렀으면 내 삶도 꽤 반듯했을 것이다. 그러나 결국 그녀는 내게로 왔다. 아니 내가 그녀에게 다가갔다.

지금으로 치면 수능시험에 해당할 대입예비고사를 본 얼마 뒤, 나는 그녀에게 다시 접근했다. 연애라는 것이 으레 그렇듯, 그녀를 호리려는 이 '작업'도 내 육체가 그녀를 간절히 원해서가 아니라 그저 겉멋에서 출발한 것이었다. 그녀와의 두 번째 입맞춤도, 세 해 전의 첫 입맞춤처럼, 느끼했다. 나는 내 육체가 빨리 그녀에게 적응하기를, 그래서 그녀의 육체로부터 쾌락을 느끼기를 원했다. 그녀의 육체에 적응하기 위해 내가 고른 방법은 한 자리에서 그녀와 스무 번쯤 입을 맞추는 것이었다. 그러고 나면 머리가 띵해지고 입은 텁텁해졌지만, 나는 그녀와 함께 그 미련한 짓을 적어도 세 차례는 한 것 같다. 그리고 어느 순간, 내 몸이 그녀를 원하게 됐다는 것을 알게 됐다. 그것이 열여덟 살 때였으니, 내가 그녀와 함께 만들어온 사랑의 역사도 어느덧 28년을 넘긴 셈이다.

그 28년 동안, 그녀와 내가 궁합이 딱 맞는다고 생각해본 적은 없다. 나는 그녀의 욕망이 내 욕망과 어우러지며 내 몸 어딘가를 갉아먹고 있다는 것을 그야말로 '육체적으로' 느꼈다. 그래서, 분수 모르고 치정에 빠진 남자들이 흔히 그러하듯, 그녀와 헤어지겠다는 결심을 무수히 했다. 그런 결심은 대개 그녀와 함께 술을 엄청 마시고 잔 이튿날이나 감기에 된통 걸려 마음이 수정처럼 맑아진 날 찾아왔다. 그러나 그 결심이 사흘을 넘긴 적은 없다. 내 의지가 너무 여렸기 때문이다. 그녀와의 운우가 내 몸에 끼칠 해에 대한 두려움보다는, 그녀의 몸이 또렷이 베푸는 쾌락

(이 아니라면 적어도 위안)의 유혹이 훨씬 더 컸기 때문이다.

어느 때부턴가 나는 그녀와 헤어지겠다는 생각을 완전히 버렸다. 그녀와 나는 만나지 않는 것이 더 좋았을지도 모르지만, 어차피 우리는 정인情人이 되어버렸다는 판단 때문이었다. 우리는 지독한 사랑을 나누는, 서로에게 중독된 정인이었다. 나는 이 정인을 아무런 거리낌 없이 사랑하기로 했고, 죽음이 우리를 갈라놓을 때까지 붙어살기로 했다. 그때만 해도 우리들의 사랑을 나무랄 자는 세상에 없을 것 같았다 그러나 세간의 풍속은 점점 이 연애를 불륜으로 몰아가고 있다. 사람들은 언젠가부터 그녀를 중세의 마녀 대하듯 하고 있다. 그리고 그녀와 헤어질 수 없다는 나까지 벌레 보듯 하고 있다.

나는 한때 그녀와 고속버스에도 함께 오를 수 있었지만, 이젠 비행기에도 동승하지 못한다. 이른바 공공건물이라는 곳에는 그녀의 출입을 금한다는 팻말이 세워졌고, 무정해라, 우리 둘이 오붓이 허기를 채울 식당에서마저 점점 그녀를 박대하고 있다. 내 연인은 그녀를 질투하는 아내 때문에 내 집에도 발을 들여놓을 수 없게 됐고, 그녀를 간특한 요부로 여기는 우리 회사 보스 때문에 내 사무실에도 떳떳이 찾아오지 못하고 있다.

이제 내가 그녀와 떳떳이 데이트를 할 수 있는 곳은 길거리나 술집뿐이다. 미국에서는 술집들조차 점점 그녀의 출입을 꺼린다고 하니, 그 나라 문화와 풍속의 배수구인 한국에서도 그녀가 들어갈 수 있는 술집은 앞으로 점점 줄어들 것이다. 가엾어라, 내 정인! 그리되면 내가 그녀와 만날 수 있는 곳은 사방이 탁 트인 광장이거나, 궁극적으로는 치정자들의 수용소일지도 모른다.

그러나 나는 그녀를 배신하지 않을 것이다. 세상 모든 사람들이 그녀를 헐뜯고 경멸하고 모욕하고 저주해도, 나는 그녀 곁을 지킬 것이다. 혹시 한순간 한눈을 팔다가도, 나는 그녀의 눈물 한 방울이 땅에 떨어지기 전에 그녀 곁으로 달려갈 것이다. 내가 그녀를 사랑하고 그녀가 나를 사랑하기 때문이다. 이 글을 쓰는 이 순간에도 내 곁에는 그녀가 있다. 아니, 그녀 곁에 내가 있다. 그녀와의 입맞춤은 내 원기소다. 그녀와의 치정은 내 삶의 구원이다. 어화둥둥 내 사랑, 담배!

《롯데》, 2004. 4.

고종석 선집_에세이

# 사소한 것들의 거룩함

ⓒ고종석 2015

1판 1쇄 찍음  2015년 12월 23일
1판 1쇄 펴냄  2016년  1월  4일

지은이        고종석
펴낸이        정혜인 안지미
편집주간      성한경
기획위원      고동균
편집          성기승 배은희
아트디렉팅    안지미
표지 캐리커처  김재훈
디자인        김수연 한승연
책임 마케팅    심규완
경영지원      박유리
제작처        영신사

펴낸곳        알마 출판사
출판등록      2006년 6월 22일 제406-2006-000044호
주소          (우)121-869 서울시 마포구 연남로 1길 8, 4~5층
전화          02) 324-3800(마케팅) 02) 324-2845(편집)
전송          02) 324-1144
전자우편      alma@almabook.com
트위터        @alma_books
페이스북      www.facebook.com/almabooks

ISBN          979-11-85430-87-4  04810
              979-11-85430-03-4 (세트)

알마 출판사는 아이쿱생협과 더불어 협동조합의 가치를 구현하기 위한 출판공동체입니다.
살아 숨 쉬는 인문 교양, 대안을 담은 교육 비평, 오늘 읽는 보람을 되살린 고전을 펴냅니다.

종이_앞표지|클로스 아쿠아 5011번 뒤표지_디프매트 123 화이 116g/㎡  책등_뉘스트반타지 123번 옐로우 오키 120g/㎡  본문_클라우드 80g/㎡